IN DUBIO PRO VINO

DAS AHRTAL
Altendorf
Fritzdorf
61
L 267
Todenfeld
Gelsdorf
L 261
L 492
Ringen
L 83
Hilberath
B 257
Vettelhoven
Berg
L 78
Ahrweiler
Houverath
B 267
Dernau
Mayschoß
Walporzheim
ALTENAHR
L 76
Kreuzberg
Altenburg
Rech
Lind
Ahr
Ramersbach
Brück
L 85
Kesseling
Staffel
Ahrbrück
Hönningen
L 85
Deckenbach
Liers
Weidenbach
B 257
L 73
Dümpelfeld
Insul
Spessar
Herschbach
L 90
N
W
E
S
B 412
Hohenleimbach
0
5km
Kartographie: U. Beha, U. Baaser

UNKEL
L 252
L 253
B 42
Oeverich
Nierendorf
L 79
Ockenfels
REMAGEN
L 256
L 80
573
BAD BODENDORF
LINZ
Bad Neuenahr
Heppingen
B 266
Ahr
Leubsdorf
571
SINZIG
Heimersheim
B 9
Rhein
BAD NEUENAHR-AHRWEILER
L 82
L 83
BAD BREISIG
L 86
Schalkenbach
Königsfeld
L 83
L 87
Waldorf
L 87
L 83
Niederlützingen
61
L 88
Lützingen
B 412
Niederdürenbach
Niederzissen
Kell
Burgbrohl
Oberzissen
L 111
L 83

Dieses Buch ist ein Roman. Handlungen und Personen sind frei erfunden. Ähnlichkeiten mit lebenden oder toten Personen sind nicht gewollt und rein zufällig.

Carsten Sebastian Henn

IN DUBIO PRO VINO

Kulinarischer Kriminalroman

Der dritte Fall für Julius Eichendorff

emons:

Bibliografische Information der Deutschen Nationalbibliothek
Die Deutsche Nationalbibliothek verzeichnet diese Publikation in der Deutschen Nationalbibliografie; detaillierte bibliografische Daten sind im Internet über http://dnb.d-nb.de abrufbar.

MIX
Papier aus verantwortungsvollen Quellen
FSC® C083411

Die Erstausgabe erschien 2004
Umschlagmotiv: shutterstock.com/M.E. Mulder;
iStockphoto.com/Marta Jonina
Umschlaggestaltung: Nina Schäfer
Druck und Bindung: CPI – Clausen & Bosse, Leck
Printed in Germany 2019
ISBN 978-3-7408-0704-7
Kulinarischer Kriminalroman
Neuausgabe

Für meinen Sohn Frederick

»Das Erste, was man bei
einer Abmagerungskur verliert,
ist die gute Laune.«

Gert Fröbe

1. Kapitel

... überaus gehaltvoll ...
(Weinbeschreibung aus dem Gault Millau WeinGuide)

Julius konnte es nicht fassen. Er wollte den Blick abwenden, aber es gelang ihm nicht. Der Anblick übte eine merkwürdige Faszination aus. Trotz aller Abscheu, die er fühlte, trotz aller Wut, trotz aller Fassungslosigkeit. Wie konnte so etwas passieren? Wer ließ so etwas zu?

Julius ging im Kopf die letzten Tage und Wochen durch, um die Momente herauszufiltern, die zu dem geführt hatten, was er nun erblicken musste. Hatte er Warnungen nicht wahrgenommen? Hatte er dies vielleicht selbst zu verantworten?

Er stand da, den Kopf gesenkt, die Augen glasig, die Lippen verbittert zusammengepresst. Der Tag hatte so gut gerochen, als er die Fensterläden vor wenigen Minuten weit aufgedrückt hatte. Gestern war Pfingsten gewesen, das Fest des Heiligen Geistes. Schon einen Tag später war dieser nicht mehr zu finden. Nicht in diesem Raum.

Gestern erst war Julius spät in der Nacht aus dem jahrelang geplanten Urlaub zurückgekommen, auf dem er den Spuren seines dichtenden Vorfahren, Joseph Freiherr von Eichendorff, gefolgt war, hatte sich noch vor wenigen Stunden auf ein paar ruhige Tage zu Hause gefreut, da das Restaurant noch wegen Betriebsferien geschlossen war.

Er blickte durch das kleine Sichtfenster. Doch dahinter bewegte sich nichts mehr.

Die Wahrheit war nicht zu verleugnen, und Julius wusste, dass sie ihn als Täter nannte. Er konnte die Schuld auf niemand anderen schieben. Dieses Verbrechen hatte langen Vorlauf gehabt, viele Tage der Planung und Vorbereitung. Er musste sich eingestehen, dass er es gern getan, ja geradezu genossen hatte. Es half nichts, dass im Urlaub andere Regeln herrschten. Die Zeche musste er trotzdem zahlen.

Was war nur aus ihm geworden? Seit zwei Jahren klärte er nun nebenberuflich Verbrechen auf, wie konnte es passieren, dass er für dieses Grauen federführend verantwortlich war?

Für jedes einzelne Kilo.

Julius stieg wie in Trance von der Waage. Herr Bimmel, sein

schwarzweißer Kater, kam ins Badezimmer getrottet und blickte ihn hungrig an. Die unheilvolle Veranlagung zum Schlemmen lag wohl in der Familie. Und doch, resümierte Julius, als er in den Spiegel blickte und sich die Wangen mit einer exakt in der Handinnenfläche abgemessenen Menge Rasierschaum einrieb, gab es Mittäter. Viele davon waren zu Freunden geworden. Es waren die Köche, bei denen er auf seiner Reise eingekehrt war. Die ihm noch dieses Gericht präsentieren und ihn von jenem wenigstens einen Happen probieren lassen wollten. Da er ein höflicher Mensch war, erklärte Julius sich das Unerklärbare nun, hatte er mehr als nur einen Happen probiert. Wie hätte das denn ausgesehen, den Rest immer stehen zu lassen? Da hieß es, feinfühlig zu sein. Wenn nötig, sogar Nachschlag zu verlangen, um den Gastgeber nicht zu vergrämen! Auch wenn dies auf Kosten der eigenen Gesundheit ging. Man musste Opfer bringen. Löffel für Löffel. Gabel für Gabel. Nachschlag für Nachschlag.

Herr Bimmel hatte begonnen, an Julius' Morgenschluffen zu knabbern. Wozu einen der Hunger treiben konnte. Wo der Kater doch sowieso …

Julius kam eine Idee.

Der Kater blickte ihn ängstlich an.

Julius lächelte.

Herr Bimmel machte einen Buckel.

Doch das nützte nichts mehr. Er wurde hochgehoben, Julius stieg gemeinsam mit ihm auf die Waage und blickte durch das Sichtfenster zu seinen Füßen.

Zu viel!

Die Entscheidung war gefallen, das angenehme Katerleben beendet. Herr Bimmel traute sich kaum, in das Gesicht des weiß eingeschäumten Julius zu blicken, in dessen Augen furchtbare Entschlossenheit stand.

»Wir zwei diäten!«

Herr Bimmel maunzte und wand sich wie ein Fisch im Netz, um aus der fürchterlichen Umarmung zu entrinnen.

Doch es war zu spät.

Das Schicksal seines Speckes war besiegelt.

Nach beendeter Morgentoilette und Ankleide ging Julius zu Fuß zu seinem Restaurant. Dass dieses nur wenige Meter entfernt lag, änderte nichts an seiner Entschlossenheit, sie sportiven Ganges hinter sich zu bringen. Diese paar Schritte bei blendendem Wetter, das die Rebstöcke anregte, Wasser aus dem Boden in die Trauben zu pumpen, das den Cabriofahrern Gelegenheit gab, ihre Kopfhaut zu lüften, waren die ersten in ein leichteres Leben.

Es wurde durch die Briefe, die er im Restaurant-Briefkasten fand, jedoch gleich wieder erschwert. Die Firmennamen auf den Umschlägen stammten von seinen neuen Gläubigern. Bevor er zahlte, wollte Julius jedoch sehen, wofür.

Es kam ihm vor, als würde der Schlüssel geschmeidiger ins Schloss der »Alten Eiche« gleiten, als würde sich die Tür majestätischer öffnen. Julius wusste natürlich, dass im Eingangsbereich nichts geändert worden war, dass die Verwandlung im Inneren, im Herzen des Restaurants, stattgefunden hatte. Er blieb stehen und genoss die Vorfreude. Lange vor seinem Urlaub hatte er Pläne gezeichnet, hatte an jedem Detail getüftelt wie ein Uhrmacher an Pendel und Unruh. Palisanderholz, klare Linien, in die Decke eingelassene quadratische Leuchten. Ein wenig Art déco, ohne wirklich Art déco zu sein – aber nichts sollte die Konzentration vom Essen abziehen! Formen, Farben, Licht, alles wolle Julius zum leichtfüßigen Tanzen bringen, hatte der Innenarchitekt gescherzt. »Aber im Walzertakt«, hatte Julius geantwortet. Gleich würde er seinen Traum erstmalig betreten. Er sog die Luft ein, die noch nach frischer Farbe roch, und hielt den Rücken gerade.

Ein kleiner Schritt für Julius Eichendorff, ein großer für die schlemmende Menschheit.

Gleich …

»Herr Eichendorff! Gut, dass Sie da sind!«

Julius wandte sich um. Und blinzelte. Plateauschuhe, Schlaghosen, dunkle Korkenzieherlocken und Wangenknochen, die fast parallel zu den mandelförmigen Augen lagen. In der Eingangstür stand, von der Sonne rücklings wie auf einer Showbühne ins Licht gestellt: ein Rockstar.

»Cher?«

»Was haben Sie gesagt?«

Wenn dies Cher war, wo war Sonny? Und warum sprach Cher deutsch?

Sie trat aus dem Gegenlicht. Und plötzlich war Cher verschwunden. Die Frau vor ihm sah aus, als hätte sich noch kein Schönheitschirurg an ihr eine goldene Nase verdient. Sie hätte Chers jüngste Tochter sein können. Chers sympathische jüngste Tochter.

»Guten Tag, Herr Eichendorff. Entschuldigung, aber ich habe gerade nicht verstanden, was Sie gesagt haben.«

»Entschuldigung akzeptiert.«

Sie sah ihn fragend an. Ihre Augen strahlten Intelligenz aus.

»Oh, Sie wollen wissen, was ich … Sagen wir, ich habe Sie für eine alte Bekannte gehalten.«

Sie schüttelte den Kopf, als belästige sie eine Fliege. »Ist auch egal. Sie müssen mir helfen. Sofort!«

»Wir haben Betriebsferien, und ich koche zurzeit nicht. Ich muss ja auch mal Urlaub machen. Kommen Sie in einer Woche, dann öffnet die ›Alte Eiche‹ wieder.«

Julius drehte sich um, eine Melodie der amerikanischen Popdiva im Kopf. *Bang, bang, my baby shot me down …*

»Ich brauche keinen *Koch*. Ich brauche einen *Detektiv*!«

Auch das noch! Darauf hatte er ja nur gewartet, dass irgendwann jemand kommen und ihn bitten würde, den Ehemann zu observieren, ob der Gute wirklich nur zu Hause aß oder sich außerhalb mehr als Appetit holte. Das hatte er jetzt von der Aufklärung zweier Mordserien im Ahrtal. Und er hatte die Presse so gebeten, seinen Namen beim letzten Mal rauszuhalten, aber diesen schmackhaften Bissen hatte die Meute sich nicht nehmen lassen. Eine Mörderjagd im tiefsten Winter durch Heppingen, ein Spitzenkoch in Lebensgefahr. Bitte recht freundlich! Und so war aus ihm, dem Koch und Eigentümer des Gourmetrestaurants »Zur Alten Eiche« in Heppingen, der kulinarische Detektiv geworden.

»Hören Sie, suchen Sie sich einen echten Privatdetektiv. In Köln oder Bonn gibt's bestimmt welche. Ich bin Koch. Sonst nichts. Und ehrlich gesagt denke ich, das ist mehr als genug.«

So, jetzt umdrehen und ins Restaurant gehen. Endlich die neuen Lampen sehen. Würden sie mit der passend dazu gewählten Wandfarbe harmonieren? Und wie wirkte die überhaupt auf großer Fläche?

»Es geht um Leben und Tod!«

Okay, dachte Julius. Der begehbare Traum musste warten, der Alptraum ging weiter. Immerhin sah er nett aus.

»Natürlich, geht es ja immer. Ihr Mann oder Ihr Freund, von mir aus auch Ihr Lebensgefährte – nein, nicht Ihr Lebensgefährte, das klingt furchtbar –, also wer auch immer betrügt Sie. Oder Sie glauben zumindest, dass dem so ist. Dann schleichen Sie ihm am besten selbst hinterher. Ich kann Ihnen da nicht helfen. Ich könnte Ihnen höchstens bei Gelegenheit ein gehaltvolles Süppchen kochen, damit Sie fürs lange Beschatten Kraft bekommen.«

In den dunkelbraunen Augen erschienen Tränen. Die junge Frau verbarg sie nicht. Sie stand einfach da und weinte.

Das hier würde länger dauern.

»Du setzt dich besser hin, Mädchen«, sagte Julius, stellte ihr einen der Stühle hin und reichte ein Taschentuch. »Möchtest du vielleicht eine Praline?«

Seine Notfallpralinen führten immer dazu, dass die Stimmung sich änderte. So auch diesmal: Sein Gegenüber war verdutzt.

»Sie bieten mir eine Praline an? Jetzt?«

»Ja, ich hab immer welche dabei.« Ihr Blick verriet, dass man Julius dies ansah. »Nebenbei gefragt: Glaubst du, dass ich zu viel auf den Rippen habe?«

»Ich glaube, Sie müssen ein *hervorragender* Koch sein. Wenn das Ihre Frage beantwortet. – Aber warum duzen Sie mich plötzlich?«

»Wer bei mir im Haus weint, wird geduzt. Alte Familientradition.«

Es war kein richtiges Lächeln, das sich auf ihrem Gesicht zeigte, aber die Mundwinkel verließen die Vertikale doch kurzzeitig Richtung Wangenknochen. »Dann duze ich Sie ... dich ... aber auch. Du bist ein komischer Kauz.«

»Unter anderem.« Julius lehnte sich gegen die Wand und schwang lässig ein Bein über das andere. Komischer Kauz, na prima, so einer war mindestens hundertzwanzig Jahre alt und lebte in einem hohlen Baum. Da musste er wenigstens eine coole Position einnehmen. »Und jetzt raus damit. Worum geht's?«

»Jemand will mich umbringen.« Sie sagte es ohne Pause zwischen den Wörtern, ohne Luftholen, ohne Zögern und ohne Stottern. Vielleicht klang es deshalb so wahr.

»Wer?«, fragte Julius. »Und warum?«

Sie schüttelte den Kopf. »Dafür brauch ich dich ja.« Sie musste lächeln, als sie Julius duzte.

»Warum bist du dir denn so sicher, dass es jemand auf dich abgesehen hat?«, fragte Julius. Als sie nicht direkt antwortete, stellte er noch eine Frage, die schon die ganze Zeit ungeduldig darauf gewartet hatte, ihre Arbeit aufzunehmen: »Und mit wem habe ich überhaupt die Ehre?«

Die junge Frau wischte sich die Tränen am Ärmel ab. »Zuerst die einfache Antwort. Du hast die Ehre mit der gestern frisch gekrönten Gebietsweinkönigin der Ahr, Constanze Dezaley. Sehr erfreut.«

»Hoheit!« Julius deutete eine Verbeugung an. Es musste doch ein richtiges Lächeln aus diesem Mädchen rauszuholen sein!

Es gelang nicht.

»Als ich heute Morgen in meinen Wagen gestiegen bin, fand sich dort eine Kreuzotter.« Constanze Dezaley sah Julius herausfordernd an. »Eine ausgewachsene Kreuzotter.«

»So was kommt hier im Tal vor, das müsstest du doch wissen. Die Biester schlängeln sich überall rein.«

»In einen *abgeschlossenen* Wagen?«

»Vielleicht stand eins der Fenster ja einen Spalt offen.«

»Aber nur einen klitzekleinen! Wie soll die Schlange bitte schön das Auto hochgeschlängelt sein? Das geht doch gar nicht!« Constanze Dezaley biss sich auf die Unterlippe.

»Vielleicht hat sie einer in hohem Bogen aus seinem Garten rausgeworfen, sie ist auf deinem Dach gelandet und von da aus reingekommen. Denkbar ist vieles. Wenn das alles ist, brauchst du gar nicht zur Polizei zu gehen.«

»Das haben die mir auch gesagt. Deshalb bin ich *hier*. Du musst mir helfen, bitte!«

»Sagen wir, es hätte dir tatsächlich jemand eine Kreuzotter in den Wagen gelegt – übrigens eine sehr unsichere Art, jemanden umzubringen. Dann stellen sich die Fragen, wer und warum. Da braucht jemand einen triftigen Grund.«

Constanze Dezaley schwieg. Dann stand sie auf. »Mir fällt kein Grund ein.«

Die Geschichte war abenteuerlich, aber die junge Frau schien fest davon überzeugt. Julius war es nicht. Constanze Dezaleys Verzweiflung stand allerdings außer Frage. Also würde er sehen, was er tun konnte. Und wenn es nur war, ihr die Hirngespinste auszureden. Doch dafür musste er sich alles noch einmal durch den Kopf gehen lassen.

»Okay. Du hast gewonnen. Aber heute habe ich keine Zeit. Wir treffen uns morgen, sagen wir, gegen Mittag. Komm wieder ins Restaurant, und ich mach uns einen kleinen Imbiss. Dann reden wir und schauen, was wir machen können. Ich habe ganz gute Verbindungen zur Polizei, vielleicht kann ich sie vom Ernst der Lage überzeugen. Aber heute ist wirklich nichts zu machen. In Ordnung?«

Constanze Dezaley stellte den Stuhl wieder an seinen Platz und ging zur hölzernen Eingangstür. Sie blieb kurz davor stehen und drehte sich um. »Wenn du Todesangst hättest, würdest du auch keinen Tag warten wollen.«

»Wenn ich Angst hätte, ermordet zu werden, würde ich zu Freunden fahren, die weit weg wohnen und ein Haus mit perfekter Sicherungsanlage haben.«

»Hab ich nicht. Bis morgen.«

»Bis morgen. Wir kriegen das schon hin!«

»Natürlich.«

Als sie weg war, drehte Julius sich langsam um und ging genießerisch in den renovierten Prachtsaal.

Er war genau so, wie er ihn sich immer erträumt hatte.

Auf den ersten Blick.

Die gesamte Kraft und Ruhe, die Julius in seinem Urlaub getankt hatte, war bereits vor dem Zwölf-Uhr-Läuten verbraucht. Nach Besichtigung der Renovierungsarbeiten und der damit verbundenen Registrierung einiger Schlampigkeiten trat Julius in den kleinen Garten hinter dem Restaurant und setzte sich in den weißen Holzpavillon, im Blick den vor dem Urlaub noch englischen Rasen. Constanze Dezaley ging ihm nicht aus dem Kopf. Ihre Verzweiflung. Ihre Angst vor einer potenziell tödlichen Gefahr.

Julius hielt eine Gefahr persönlicher Natur in Händen. In Briefform. Noch ungeöffnet. Er hatte sie eben bei der Post gefunden. Julius wusste, dass es unvermeidlich war, und er wusste, dass es schmerzen würde. Und trotzdem blieb die Hoffnung, es doch irgendwie umgehen zu können. Julius versuchte es mittels Nicht-Öffnung des Briefkuverts.

Eine Ablenkung kam ihm da genau recht. Diese machte das kleine Tor zum Garten auf und kam freudig ein Plastiktütchen schwenkend auf Julius zu. Der blonde Hüne war sehnig, ein typischer Langstreckenläufer, einmal hatte er es sogar zur deutschen Meisterschaft auf der Zehntausend-Meter-Strecke gebracht. Aber gekleidet war er wie ein Atomkraftgegner.

Er würde bestimmt ausdauernd davonlaufen können, falls mal ein Atommeiler in die Luft ging.

Julius musste schmunzeln bei dem absurden Gedanken.

»Wieso lächelst du so? Ist mein Anblick so erheiternd?«

»O nein. Beim ›Retter des alten Gemüses‹ packt mich nichts als blanke Ehrfurcht!« Julius stand auf und schüttelte Christoph Auggen freundschaftlich die Hand. »Ich war mit meinen Gedanken woanders. Schön, dich zu sehen. Bringst mich auf andere Ideen.«

»Ich frag jetzt lieber nicht, was bei dir los ist. Gleich muss ich nämlich wieder weg. Ehrlich gesagt hatte ich erwartet, dich nach deinem Urlaub bestens erholt vorzufinden.«

Julius räusperte sich nur.

»Nichts gesagt ist auch gesprochen, Julius. Also, auf andere Ideen bring ich dich gern, hab dir nämlich was ganz Feines mitgebracht – aber mach ruhig erst deinen Brief da auf.«

Jetzt musste Julius wieder lachen. »Gib mir lieber das Tütchen!«

Er wusste bereits, was darin war. Historische Samen. Denn Christoph Auggen arbeitete in Samen, dachte in Samen, ja lebte in Samen. Schließlich sammelte er sie für das »Gemüsesortenprojekt Rheinland (+) Pfalz«. Julius kannte den Sinziger Biologen schon lange, der sich zum Ziel gesetzt hatte, verloren geglaubte Obst- und Gemüsesorten wieder heimisch zu machen. Von Anfang an war er mit dabei gewesen. Julius schätzte Auggens detektivischen Eifer, mit dem er altes Saatgut aufspürte, glich dieser doch seinem eigenen auf der Suche nach alten Rezepten. Rund zweihundert Sorten, so wusste Julius aus vielen Gesprächen, warteten bei Auggen auf ihre »Wiedergeburt«. Diese geschah unter anderem durch Hobby-Gärtner, die Paten beim Gemüsesortenprojekt wurden – genau wie Julius. Denn die Pflanzen konnten nur überleben, indem sie angepflanzt und vermehrt wurden und so stets keimfähige Samen vorhanden waren. Dabei konnte jedes alte Samenpäckchen aus dem Keller wertvolles genetisches Gut enthalten. Julius hatte einen entsprechenden Zeitungsausschnitt im Eingangsbereich seines Restaurants aufgehängt, um die Gäste zum Mitmachen zu animieren. Vielleicht hatte der ein oder andere ja Lust, gemüsehistorisch tätig zu werden.

»Hast du denn besondere Wünsche, was im Tütchen drin sein sollte?«, fragte Auggen.

»Was Kalorienarmes!«

»Ist das jetzt der neue Trend in der Spitzengastronomie?«

»Nur, wenn meine private Bratpfanne Trendsetter ist.«

Auggen setzte sich zu Julius und kniff ihm freundschaftlich in die Wange. »So wie du *muss* ein Koch einfach aussehen!«

»Danke, charmant gesagt. Hab ich heute schon mal gehört. Gut, dass man Freunde wie dich hat. Was die Samen angeht, ich hätte gern welche für blaue Kartoffeln. Da hatte ich dich beim letzten Mal ja schon drum gebeten.«

»Mist! Ich wusste, dass ich irgendwas vergessen habe.«

»Dann halt nächstes Mal.« Julius nahm Auggen das Tütchen aus der Hand. »Könnten mal Erbsen werden, wenn sie groß sind«, tippte er.

»Hast ein scharfes Auge. Aber es sind Bohnensamen. Da können wir gar nicht genug Paten für haben. Bohnen verändern sich durch die menschliche Kultivierung sehr schnell, und deshalb haben sich in den vergangenen Generationen unzählige regionale Sorten ausgebildet, perfekt angepasst an Klima, Boden und Regenmenge. Hochwertvolle Pflanzenkulturen!«

Julius war eine Idee gekommen. Er stand verschmitzt lächelnd auf und legte freundschaftlich den Arm um Auggen, der unwillkürlich zusammenzuckte. »Lieber Christoph, hier ein lukrativer Vorschlag: Ich besorge dir zehn neue Paten, und du joggst mit mir einen Monat lang jeden Morgen ein halbes Stündchen an der Ahr.«

»Das ist jetzt nicht dein Ernst!«

»Haben wir einen Deal?«

»Ich bin Biologe und kein Fitnesstrainer.«

»Zehn neue eifrige Paten.«

»Jeden Morgen, auch am Wochenende?«

»Vorzugsweise Paten mit großem Garten.«

Nun war es Auggen, der Julius einen Arm um die Schulter legte. »Fünfzig!«

Julius zog seinen wieder zurück. »Jetzt mal nicht größenwahnsinnig werden, Herr Schrebergärtner!«

»Wir müssten schon *mindestens* eine Stunde joggen, sonst bringt das nichts. Wir reden hier also über rund dreißig Stunden Arbeit, und dafür zehn läppische Paten. Bin ich so wenig wert?«

»Zwanzig.«

»Dreißig.«

»Zwanzig. Und die hast du bis Ende des Monats, wenn alle Gemüsepaten ganz offiziell ihre Samen bekommen. Und dann geht's los in Sachen Körperertüchtigung.«

Auggen lächelte und tätschelte Julius den Bauch. »Einverstanden – vielleicht wirst du den Kugelfisch ja doch noch los, der sich in deinem Bauch breit gemacht hat.«

»So sei es. Jetzt erklär mir schnell noch, was in dem Tütchen genau drin ist, und dann mach dich auf die Socken, damit ich mich gleich auf Patensuche machen kann.«

»Der unscheinbare Samen im Tütchen stammt von der Sojabohne ›Schwarze Poppelsdorfer‹. Die haben wir aus der Genbank in St. Petersburg zurückgeholt. Und jetzt ist sie hier, in deinem Garten. Ein weiterer Erfolg für die –«

»Sag nicht wieder das böse Wort mit B!«

»Bio-di-ver-si-tät!«

»Genau das! Ihr Wissenschaftler könnt es nicht lassen, oder? Bekommt ihr eine Zulage für Fremdworte in euren Vorträgen?«

»Gute Idee!« Auggen holte einen Block hervor und kritzelte »Zu-la-ge« hinein, dann blickte er auf und lachte. »Nur Spaß! – Du weißt Bescheid wegen der Poppelsdorfer: Über jedes Blütli ein Verhüterli, damit sich die Pflanze nicht kreuzt. Neunzig Prozent der Ernte fließen zurück an mich. Mit zehn Prozent kannst du kochen, die Bohne weitervermehren oder die Samen über den Gartenzaun verschenken.«

»Wenn die Bohne auch nur die Bohne schmeckt, werde ich eine Plantage anlegen.«

»Dicke Menschen sind doch immer am witzigsten!«

Julius erhob sich, die Fäuste geballt. Auggen wich zurück. »Und ihr versteht Späße auch am allerbesten! Ich wäre ja auch gern etwas vollschlanker.« Er wich weiter zurück.

»Bist du noch nicht raus, du dünner Hering!«

»Einen schönen Tag noch, Julius.«

»Dir auch, du Taugenichts.« Witz hatte er ja, der Gemüsemann. Witz und schnelle Beine.

Jetzt hielt Julius leider nichts mehr davon ab, das Briefkuvert zu öffnen. Entgegen seinem Ordnungssinn riss er den mit einer spanischen Briefmarke versehenen Umschlag unordentlich mit dem Zeigefinger auf.

Im Inneren steckte eine Postkarte, auf der Vorderseite ein Foto von irgendeiner Kirche.

Sohn,

wir werden Sonntag nach Pfingsten, Punkt zwölf Uhr, bei dir eintreffen. Bereite alles entsprechend vor. Bitte sorge dafür, dass wir endlich einmal ein ordentliches Hotelzimmer haben. Sag der Verwandtschaft diesmal nichts von unserem Aufenthalt, wir wollen in der Zeit unsere Ruhe haben. Deine Mutter möchte nicht, dass du ihr wieder neuartige »Kreationen« vorsetzt. Du weißt, dass sie und ich die klassische französische Hochküche schätzen, obwohl ich mir nicht sicher bin, ob du zu dieser fähig bist. Wenn du bei unserem Besuch immer noch keine Frau an deiner Seite vorweisen kannst, mach dich auf einiges gefasst. Deine Mutter möchte dich daran erinnern, wie schmerzhaft deine Geburt gewesen ist. Vierzehn Stunden im Kreißsaal. Auch ich kann dich nicht verstehen. Von mir hast du das nicht.

Wir sehen uns
Dein Vater

Da konnte einem richtig warm ums Herz werden, dachte Julius. Beim letzten Besuch hatte er ihnen ein Zimmer im besten Haus des Tals reserviert und so aufgetischt, wie es eigentlich keine geistig gesunde Kostenkalkulation zuließ. Nur das Beste. Von der Verwandtschaft hatte sich nur die Schwester seines Vaters blicken lassen. Und dies auch nur, weil sie Julius' Eltern zufällig in der Stadt getroffen und sich selbst eingeladen hatte.

Aber es war wie immer. Was Julius machte, machte er falsch. Der Stern, den er sich erkocht hatte, auch für seinen feinschmeckenden Vater, hatte Letzteren überhaupt nicht beeindruckt. »Einen«, hatte er gesagt, »hat heute ja schon jede Gyrosbude.«

Ach, wie er sich freute, die beiden wiederzusehen.

Ob er es bedaure, dass seine Eltern nach Spanien ausgewandert waren, fragten ihn Freunde regelmäßig. Und bekamen regelmäßig keine Antwort. Gab es eigentlich Eltern, die das Nervenkostüm ihres Nachwuchses nicht zerfetzten? Und wenn ja, wo konnte er sie bestellen?

Platz eins auf Julius' Hitliste des Unangenehmen: Hunger. Der trieb ihn nun in die Küche, weg von dem papiernen Grauen, das er im Pavillon liegen ließ. Damit hatten ihn seine Füße, ohne dass ihm dies bewusst gewesen wäre, an den einen Ort gebracht, an dem er nicht sein durfte. Denn die Küche war die Verheißung selbst, hier fanden sich alle Ingredienzien dafür, das Gewicht um weitere Kilo zu erhöhen.

Julius redete sich ein, die Küche nur begutachten zu wollen. Dem Hunger würde er einfach widerstehen. Die Hände auf dem Rücken, inspizierte er wie ein Feldwebel die Truppe. War alles korrekt und sauber? Oder waren die Rekruten etwa verwahrlost? Die perfekt aufgeräumte und penibel saubere Küche befriedigte seinen Ordnungssinn. Er hasste es, aus dem Urlaub in eine unaufgeräumte Wohnung, ein unordentliches Restaurant oder einen ungepflegten Garten zu kommen. Deswegen waren vor Urlaubsbeginn Großputz und Großgärtnerei angesagt. Der eingeplante Nebeneffekt: Falls ihm etwas zustoßen sollte, wäre zu Hause wenigstens alles blitzblank. Julius wollte sich in diesem Bereich nichts nachsagen lassen. Was sollten die Leute von ihm denken? Allerdings wagte eine kleine Stimme im Hinterkopf in solchen Momenten anzumerken: Interessiert dich das dann überhaupt noch?

Im Augenblick war allerdings kein Platz für derartig tiefsinniges Gedankengut, denn in Wahrheit prüfte Julius gar nicht das ordnungsgemäße Glänzen des Edelstahls. Sein Unterbewusstsein war auf der Pirsch, es suchte Fleisch, Gemüse oder Obst, das es erlegen und in die Pfanne befördern konnte, um ihm einen schnellen, heißen Tod zu bereiten.

Julius' Vorhaben, dem Hunger zu widerstehen, war vergessen.

Er wollte kochen!

Zwei Wochen ohne eigenen Herd, nur ab und an die Chance – ohne allzu aufdringlich zu sein –, das Reich des Kollegen, dessen Gast er gerade war, nutzen zu können, das hatte zu aufgestauter kulinarischer Energie geführt, die sich in Hacken, Schneiden, Einköcheln und Garen entladen wollte. Das Problem: Die Speisekammer war bis auf besonders haltbare Lebensmittel leer, schließlich hatte die »Alte Eiche« noch eine weitere Woche geschlossen.

Julius spürte nichtsdestoweniger genau, was er suchte, wonach Herz und Magen verlangten. Er wollte sein Heimweh, das ihn die ganze Reise begleitet hatte und immer noch in den Knochen steckte, einfach aufessen. Julius wollte drei Pfund Kartoffeln, zwei Eier, eine Zwiebel und ein halbes Pfund durchwachsenen Bauchspeck finden. War das denn zu viel verlangt? Konnte die Welt so grausam sein, ihm dies zu verweigern? Er schlich sich an den Kühlraum, öffnete ihn überraschend und sprang überfallartig hinein.

In die gähnende Leere.

Er würde nicht bekommen, wonach sein Körper dürstete.

Kein Döppekuchen heute. Die »Gans der armen Leute« hatte seine Großmutter das Gericht genannt – und Julius hatte in kindlichem Unwissen gern arm sein wollen. Am besten jeden Tag morgens, mittags und abends. Und am liebsten so arm, dass er doppelt bekam.

Julius trat wieder aus dem Kühlraum und zog die Tür frustriert hinter sich zu. Sein Hirn begann durchzuspielen, was passiert wäre, wenn die Küche prall gefüllt gewesen wäre. Ein wunderbarer Tagtraum, in dem er sich sah, wie er Kartoffeln schälte, sie gemeinsam mit Zwiebeln zerrieb, den Speck würfelte, ihn in einer Pfanne knusprig anbriet, alles gemeinsam mit den Eiern, gut gesalzen, mit ein wenig Muskatnuss und Pfeffer in eine eingeölte Auflaufform gab und für anderthalb Stunden bei zweihundert Grad in den vorgeheizten Backofen schob. Er konnte natürlich auch geräucherte Mettwürstchen statt des Specks nehmen. Oder besser: beides! Er konnte auch, wie seine Großmutter es immer gemacht hatte, noch ein in Milch eingeweichtes Brötchen in den Teig einkneten. Oder Haferflocken?

Wie auch immer. Es wäre würzig, zupackend, ohne subtile Geschmacksnoten, ohne Anbiederungen an die Haute Cuisine, ohne Verfeinerungen, die doch nur von der Kraft des Eigentlichen ablenken würden. Kein Bärlauch, kein Zitronengras, kein begleitendes Gläschen lauwarmer Spargelsaft. Nein, dies war ein Gericht, das nicht in die Annalen der Küchenkultur eingehen, sondern einfach nur den Hunger stillen wollte.

Julius würde dabei zusehen, wie sich im Ofen eine krosse Kruste bildete. Und wenn sie kross genug wäre, raus damit, eine große Portion auf einen Teller, dazu Apfelmus und Schwarzbrot, die Gabel in der Hand, etwas vom dampfenden Döppekuchen darauf, den Weg zum Mund einschlagen und dann …

»Hallo, Maestro.«

… dann würde FX hereinkommen und den Traum zerstören. Dabei war Julius so nah dran gewesen, seinen Hunger kalorienarm zu befriedigen. Der Maître d'Hôtel der »Alten Eiche« und zugleich bester Freund des Hausherrn – trotz seiner Wiener Herkunft, wie Julius gern spöttelte – stand lustlos in der Tür zum Hof. Julius ging auf ihn zu und nahm ihn herzlich in die Arme, was FX, der eigentlich Franz-Xaver hieß, mit einem lauwarmem Klopfen auf den Rücken quittierte.

»Ich hätte nicht gedacht, dass man eine solche Gurke wie dich so vermissen kann! Schön, dass du reinschaust.«

»Der Herr hat mich doch höchstselbst herbestellt«, sagte FX dröge, ohne Anstalten zu machen, die freundschaftliche Beleidigung zu kontern.

»Ja, stimmt, hab ich, trotzdem schön. Wie ist es dir ohne mich ergangen? Hätte nicht erwartet, dich überhaupt lebend wieder zu sehen.«

»Des ist sehr witzig, wirklich ausgesprochen witzig. Mir geht's blendendst, könnt net besser sein.«

Julius schaute etwas verdutzt ob der lahmen Antwort, aber hielt sich nicht lange damit auf, denn der Hunger hatte einen Gang zugelegt. Das musste aufhören! Auf einer Nudelstange hingen verloren noch ein paar hauchdünne Steinpilz-Tagliatelle. Dazu einen Spritzer Öl, etwas frisch geriebenen Pecorino Romano und ein paar zerkleinerte und klassisch italienisch gewürzte Tomaten, das sollte passen. Er entflammte fasziniert den Gasherd wie ein Pyromane das alte Rom und setzte einen Topf Wasser auf. Gleich würden Blasen die leicht schwankende Oberfläche durchbrechen, und Dampf würde den Moment verkünden, wenn die Nudeln ihr erstes und zugleich letztes Bad nahmen.

»Hast du ein Auge auf die Renovierung gehabt?«, fragte er FX.

»Hab die Hunde regelmäßig angeschissen, schneller und besser zu arbeiten. Könnt ich –«

»Aber perfekt ist das nicht, da müssen wir in dieser Woche noch was ausbessern lassen.«

»Da hat der Österreicher also net entsprechend der Vorstellung des Maestros aufgepasst. Auch gut. Des sollten wir dann schnellstmöglichst ändern lassen. Könnt ich –«

»Kann es sein, dass dir eine Laus über die Leber gelaufen ist?«

»Nein, alles bestens, hab ich doch schon gesagt. Hörst mir eigentlich net zu?«

Julius blickte vom Wasser auf, das seinen Blick gefangen hatte. »Du scheinst dich aber überhaupt nicht zu freuen, dass ich wieder da bin!«

»Ich hab noch einen Termin und muss rasch weg. Schon zweimal hab ich versucht, dir des zu sagen, aber du fährst mir ja immer über die Goschn.«

»Was denn für einen Termin?« Julius gab Salz ins brodelnde Wasser.

»Geht dich einen feuchten Kehricht an!« FX sah Julius nicht in die Augen, er stierte grummelnd aus dem Fenster.

»Jetzt mach aber mal halblang! Es gibt keinen Grund, bei einer harmlosen Frage so hochzugehen. Lass deine miese Laune nicht an mir aus. Da komm ich aus dem Urlaub zurück, und du fragst mich noch nicht mal, wie meine Eichendorff-Wallfahrt war oder meine Heimreise oder wie mir die Neugestaltung gefällt. Genau so hab ich mir das vorgestellt.«

»Des is mir absolut wurscht, wie der Herr sich des vorgestellt hat. Und ich muss hier net den Begrüßungskasper spielen!«

»Sag mal, hast du sie noch alle!«

Die Tür ging auf. François, der südafrikanische Sommelier, ein Ausbund an Selbstbewusstsein und Weltgewandtheit, stand ebenso blond wie hoch gewachsen im Raum und lächelte nonchalant, während er seine perfekt sitzende Föhnfrisur richtete.

»Guten Tag, zusammen. Ich sehe, hier hat sich nichts verändert. Immer noch das gleiche prickelnde Arbeitsklima. Hallo, Chef.« Er drückte Julius freundschaftlich die Hand und nickte FX zu: »Maître.«

»Weinkeller gepflegt und gut bestückt?«, fragte Julius automatisch, obwohl mit Gedanken noch bei FX.

»Besser denn je, was auch sonst. Ich hab einige phantastische neue Weine aus dem Roussillon ordern können, unter anderem Gauby und Sarda Mallet, und konnte bei Christmann ein paar Flaschen des Chardonnays ergattern – der steht bei denen nicht auf der normalen Preisliste. Wie war denn die Reise zum Grab des Vorfahren?«

»Siehst du, so hatte ich mir das gewünscht!«, sagte Julius zu FX, der nichts darauf erwiderte. Was war nur mit ihm los? Sonst sprühte er vor guter Laune, selbst im Streit behielt er immer seinen wienerischen Schmäh, den Julius mit den Jahren zu schätzen gelernt hatte. Sein Verhalten war unerklärlich. Sie waren schließlich Freunde, sprachen sogar über Dinge, die sonst nur der Beichtvater zu hören bekam.

Die Nudeln! Er hatte vergessen, die Nudeln ins Wasser zu geben, obwohl es schon seit einiger Zeit kochte. Rein damit.

»*Hallo*, Chef? Wie war die Reise?«, fragte François.

»Ach so, ja, gut, gut. Ich hab alles gesehen. Schloss Lubowitz in der Nähe von Ratibor, wo er geboren wurde, Breslau, wo er aufs katholische Gymnasiums ging, Kaliningrad, das früher Königsberg hieß, Eichendorff war da Oberpräsidialrat, in Halle war ich natürlich auch, da hat er Jura studiert, danach kamen Heidelberg, Berlin und Wien.« Julius bemerkte, dass François in den Kochtopf schaute und FX auf den Boden. »Sagt mal, hört ihr mir überhaupt zu?«

»Hochinteressant! Ich sehe die Landkarte vor mir!«, sagte François spöttelnd, den Blick von den Nudeln lösend.

»Kann ich jetzt gehen, oder war's des noch net?«, fragte FX.

»Ach, leckt mich doch alle am … Götz und lasst mich in Ruhe meine Nudeln kochen! Die sind jetzt eh gleich fertig.« Er probierte eine, die er sich mit den Fingerspitzen von der Oberfläche fischte. Seine Hände waren nach all den Jahren des Kochens abgehärtet. FX nannte sie oft scherzhaft die »Teflon-Tatzen«. Heute würde so etwas nicht über seine Lippen kommen.

»Ich werde kurz in den Weinkeller gehen, ich muss noch eine fruchtige Hermannshöhle von Dönnhoff verkosten, bevor ich den Wein bei der prachtvollen Wiedereröffnung nächste Woche auf die offene Karte setzen kann.« François drehte sich mit elegantem Schwung um und verschwand Richtung Untergeschoss.

»FX, wir müssen reden«, sagte Julius. Die Sache musste aus der Welt.

»Andermal«, sagte FX.

Und weg war er.

Dafür tauchte François wieder auf. »Hätte ich fast vergessen«, sagte er, eine Dekantierkaraffe in der Hand haltend. »Ich habe etwas von meinem Kurz-Urlaub mitgebracht. Ich verrate dir aber nicht, wo ich war. Probier den Wein und sag es mir. Du kennst das Spiel.«

François spielte es nach jedem seiner Urlaube. Er präsentierte Julius blind einen Wein. Manchmal war es Supermarktware, manchmal stammte der Tropfen von unbekannten Newcomern, es waren aber auch Legenden darunter. Der Sommelier setzte sein Pokerface auf und goss den Wein mit großer Geste ein. In ein Glas für Chianti Classico, wie Julius bemerkte.

Das musste nichts bedeuten.

François war ein hinterhältiger Vertreter seines Berufsstandes.

Julius hielt das Glas hoch, er konnte nicht durch die Flüssigkeit sehen. Tiefrot und konzentriert lag der Wein im Glas, kein jugendlicher Purpurton mehr, aber auch keine braunen Ränder, die man mit älterem Rotwein assoziierte. Er schloss die Augen und näherte sich mit der Nase dem Glas. Viel dunkle Beerenfrucht kam ihm entgegen, Schwarze Johannisbeeren vor allem, aber es gab auch noch andere, faszinierendere Töne, wie einen satten Erdgeruch, der sich zu Gewürz- und Trüffelaromen entwickelte.

François beobachtete ihn mit überheblicher Grimasse.

Die dunkle Farbe und das Bouquet sagten eigentlich nur aus, dass es kein Spätburgunder oder Chianti war – trotz des dazu passenden Glases. Und eines war Julius jetzt schon klar: Das, was er im Glas hatte, war ein Wahnsinnstropfen.

Julius nahm einen kleinen Schluck und schlürfte etwas Luft mit ein. Verdammt, das war ein widersprüchlicher Bursche! Zwar war alles wunderbar weich und rund, zwar war da wieder diese traumhafte Beerenfrucht, aber es gab auch eine Mineralität, komplexe Tannine – und eine sagenhafte Konzentration.

Genug Eindrücke gesammelt. Julius schaltete seine Kombinationsgabe ein.

Ein Rioja? Nein. Weil: Farbe zu dunkel, nicht genügend Holzaromen.

Ein Barolo? Nein. Weil: zu leicht und zu elegant.

Julius schlussfolgerte: dunkle Farbe, Konzentration, Beerenfrucht, dabei deutliche, gut entwickelte und vielschichtige Tannine = ein sehr guter, gereifter Cabernet Sauvignon.

Im Mund weich und fleischig = Es musste mindestens eine weitere Rebsorte im Wein geben, am ehesten Merlot.

Ergebnis: Es war ein Bordeaux-Cuvée.

Nur kamen die mittlerweile aus der ganzen Welt.

Julius nahm wieder einen Schluck. Ja, keine Frage, er musste richtig liegen.

Woher kam der Tropfen? Aus der Neuen Welt, also aus Amerika, Südafrika oder Australien? Nein, dafür war die Frucht des Weines nicht extrem genug, und die erdigen, mineralischen Töne wollten auch nicht so recht darauf hindeuten. Außerdem war der Abgang fest und knochentrocken, bei einem Wein aus der Neuen Welt erwartete Julius mehr Süße.

François begann zu pfeifen, er hatte ein geradezu widerliches Vergnügen an der harten Nuss, die er Julius vorgesetzt hatte.

Der Wein im Glas wurde immer besser. Julius entschied sich. Die Kombination von Kraft, Struktur und Finesse war Europa. Dies war ein Bordeaux-Cuvée aus Bordeaux.

Doch das würde François nicht reichen.

Und Julius auch nicht.

Wieder rein mit der Nase. François schüttelte den Kopf und blickte vorwurfsvoll auf seine Uhr.

Jetzt hatte sich auch noch eine deutliche Note von Veilchen entwickelt! Wo gab es eine Ecke, die einen so eleganten und zugleich so konzentrierten und haltbaren Wein hervorbringen konnte? Dazu in dieser Qualität?

Vor Jahren war Julius vor Ort gewesen. Und er erinnerte sich: Nicht weit vom Flussufer entfernt, fast in Sichtweite der Geburtsstätte von wuchtigen Pauillac-Weinen wie Château Latour, gab es eine kleine Ebene, die durch sehr hellen, fast weißen Boden gekennzeichnet war, von vielen kleinen Kieselsteinen durchsetzt. Berühmt war sie für elegante und doch körperreiche Weine. Diese Ebene lag in der Appellation Margaux, und das beste Stück dieser hellen Erde gehörte dem Ersten Gewächs. Sein Name: Château Margaux.

Bei diesem Gedanken erlaubte sich Julius einen weiteren Schluck.

Es konnte gar nicht anders sein.

François hatte sich selbst ein Glas des Weines eingeschenkt, begonnen daran zu nippen und verächtliche Lacher von sich zu geben. Er schlug Julius mitleidig auf den Rücken.

Der sagte nichts. Die Rache war sein. Er würde auch noch das Sahnehäubchen draufsetzen. Den Jahrgang.

Julius durfte nicht vorschnell bei dessen Schätzung sein. Es gab riesige Variationen der Jahrgänge. Der Cabernet Sauvignon reifte spät und brachte nur in einem perfekten Sommer große Weine hervor. Ein solcher musste es gewesen sein, als die Trauben für diesen Wein gereift waren. Die Tannine waren rund, der leichte Trüffelduft deutete auf fortgeschrittenes Alter, der Wein musste ungefähr zwanzig Jahre alt sein. Als Spitzenjahrgang kam da nur der 82er in Frage.

So musste es sein.

Julius nahm noch einen prüfenden Schluck.

Die Geschmacksknospen im Mund schüttelten sich die Hand mit den kleinen grauen Zellen im Hirn, und ein zufriedenes Lächeln erschien auf Julius' Gesicht.

»Und, was meinst du?«, fragte François.

»Schwer«, sagte Julius.

»Ach komm. Du hast doch bestimmt schon eine Idee.«

»Als Erstes ist mir das Glas aufgefallen«, sagte Julius. François lächelte zufrieden. »Eins für Chianti Classico, nicht wahr?«

»So ist es, du hast ein scharfes Auge.«

»Deshalb war ich mir direkt sicher, dass es keiner ist.«

François' Lippen zuckten unmerklich. »Bist du dir *sicher*?«

»François, mein Lieblings-Sommelier, du hast es mir nicht leicht gemacht. Hast mir extra einen Wein eingeschenkt, den viele Leute als schlecht bezeichnen würden.« François' Miene erhellte sich wieder. »Weil sie noch nie so etwas Gutes getrunken haben.« Er schien wieder enttäuscht. »Für Cabernet-Sauvignon-Freunde ist der Wein natürlich nichts.« François schien wieder besserer Laune. »Denn dafür ist die Cuvée zu ausgewogen, auch der Merlot spricht hier ein gewichtiges Wörtchen mit.«

François hatte es satt. »Du weißt, was es ist, oder? Du weißt es schon *wieder*? Aber ich möchte es *genau* wissen. Mit einer Region kommst du mir nicht davon.«

»Es ist ein Bordeaux«, sagte Julius. »Vom linken Ufer.«

»Das hätte sogar meine Großmutter herausgefunden.«

»Wir reden von Margaux, und wir reden von Château Margaux.« Julius war sich absolut sicher.

François sagte nichts.

»Und ich will dir sogar den Jahrgang verraten.«

»Jeder blamiert sich, so gut er kann.« François setzte wieder ein Lächeln auf.

»1982.«

François schlug mit der Faust auf die Arbeitsplatte. »Ich hasse dich, Julius, ich hasse dich aus ganzem Herzen. Deine Nase ist so gut, ich würde sie dir am liebsten abschneiden! Wann kommt endlich der erste Wein, mit dem ich dich aufs Kreuz legen kann? Ich zahle jeden Preis, versprochen!«

»Irgendwo da draußen, in einem kleinen, vergessenen Bergdorf, wird ein Wein gekeltert, den ich nicht erraten könnte. Und wenn ihn jemand finden kann, dann du. Übrigens: Danke für den grandiosen Wein. Und jetzt trinken wir endlich was von dem Wahnsinnsgesöff!«

Anna wohnte nicht mehr – sie lebte schon. Fast alles in ihrer Altbauwohnung im Koblenzer Stadtteil Lützel stammte aus dem Katalog des skandinavischen Möbelhauses, das ein großes Herz für Selbstschrauber hatte.

Julius hatte unten geklingelt und die Wohnungstür angelehnt gefunden. Das Dave Brubeck Quartett spielte in der Küche »Blue Rondo a la Turk«. Anna hatte sich angewöhnt, Musik aufzulegen, die eine Brücke zwischen ihrer Jazz- und Julius' Klassikleidenschaft schlug. Die Küche war offenbar auch der Ort, an dem er Anna finden würde, denn es drangen Kochgeräusche von dort, synkopisches Klappern und Brutzeln.

Die Schmetterlinge im Bauch waren noch da, und sie flatterten immer heftiger, je weiter Julius sich dem Raum näherte, vorsichtig über das abgenutzte Parkett gehend.

Vor einigen Monaten war das noch ganz anders gewesen. Da hatte sich allein beim Gedanken an diese Frau sein Magen zusammengekrampft. War sie es doch gewesen, Anna von Reuschenberg, Kommissarin im Fachkommissariat Kapitaldelikte, dem K11, die ihn in Mordverdacht gehabt hatte, als er der »Roten Bestie« auf der Spur gewesen war. Aber es war gut ausgegangen. Und bei der nächsten Mordserie hatten sie bereits Hand in Hand gearbeitet. Und nun waren sie ein glückliches Paar mit unglücklichen Terminschwierigkeiten. Er hatte sie gewarnt. Köche lebten in einer anderen Zeitzone.

Wie in ihrem Büro fanden sich auch in Annas Wohnung überall Pflanzen, und keine wies welke Blätter auf, keine ließ den Kopf hängen. Alpenveilchen, Birkenfeige, Drachenbaum, Elefantenfuß, Fensterblatt, Gummibaum, Hibiskus, Orchidee, Tigeraloe – das ABC der Pflanzenwelt stand irgendwo in der mit großzügigen Fenstern versehenen Wohnung und machte es sich bequem. Julius wäre nicht überrascht gewesen, wenn sich plötzlich ein Affe von Deckenlampe zu Deckenlampe geschwungen hätte.

In der Küche waren überall kleine Terrakotta-Töpfe mit Küchenkräutern, mittendrin Anna, ihm den Rücken zukehrend, leise die Melodie des Jazzstückes mitsummend und, wie Julius sofort erkannte, einen Grießstrudel aufschneidend, der gerade dampfend aus dem Ofen gekommen war. Auf der Küchenzeile lagen und standen ein Milchkarton, eine halb leer gekratzte Butterpackung, eine offene Flasche Rum, zwei ungleichmäßig abgeriebene Zitronen, Eierschalen, eine Vanillestange, dazu benutzte Gabeln, Messer, Löffel – kreuz und quer, nichts weggeräumt. Ein explodierter Kühlschrank hätte nicht mehr Chaos anrichten können. Dafür hätte Julius jeden Küchenazubi ausgepeitscht. Ganz ruhig, nicht aufregen! Lächeln, immer nur lächeln! Sie kann nichts dafür.

Julius klopfte an den Türrahmen. Anna reagierte nicht, schnitt ein weiteres Stück heißen Strudel ab.

»Da bin ich wieder!«, sagte Julius und ging auf sie zu, doch bevor er sie erreichen konnte, passierte sie ihn seitlich mit zwei Tellern Strudel samt Mohneis.

Julius folgte ihr ins Wohnzimmer an den Tisch »Stensund« mit zwei schwarzen Kerzenleuchtern »Fjärran« (inklusive Kerzen »Vardag«), wo sie sich auf den Stuhl »Bror« setzte und er es ihr gleichtat.

Sie stellte eine Portion Strudel mit Mohneis vor ihm auf den silbernen Platzteller.

»Schön, dich zu sehen«, sagte sie, ohne ihn anzuschauen, dann: »Guten Appetit.« Sie begann zu essen, und Julius wollte genau dies nicht tun. Ein fetter Strudelteig mit Mohneis, das so cremig aussah, als stecke die Jahres-Sahne-Produktion einer mittelständischen Molkerei darin. Das war keine diätische Ernährung. Das würde alles wieder kaputtmachen, was er sich eben abgenudelt hatte. Das würde ihm seine zutiefst hinterfotzige Körperfettwaage mit Hundert-Gramm-Einteilung morgen früh so was von exakt vorhalten. Und zu Recht.

Aber der Empfang war ausnehmend kühl gewesen. Anna musste offenbar besänftigt werden. Am besten mit einer großen Gabel Strudel und einem begeisterten Kompliment … *Meine Güte, hatte sie viel Rum für den Strudel genommen!* Der schmeckte ja nach nichts anderem!

Dafür schmeckte das Mohneis nur nach Zitrone und war ungleichmäßig gefroren.

»Also, da kommt man gern in die Heimat zurück, wenn es so was Tolles zu essen gibt!«

»Ich hätte überhaupt nichts machen sollen«, erwiderte Anna.

»Du bist also immer noch sauer, dass ich nach meiner Ankunft nicht direkt zu dir gekommen bin. Aber wir hatten doch am Telefon drüber gesprochen, als ich in Wien war.«

»Ja, als du in Wien alle berühmten Torten der Stadt durchprobiert hast. Vierzehn waren es, glaube ich, in drei Tagen. Ohne mich – obwohl ich das auch gern gemacht hätte. Schon allein dafür hast du eine Szene verdient, das ist das gute Recht aller Strohwitwen.«

»Du hast gesagt, es wäre okay, dass ich mir erst mein renoviertes Restaurant anschaue und dass du sowieso viel zu tun hättest.«

»Du hättest wenigstens *sagen* können, dass du gern direkt zu mir gekommen wärst. Das hätte mich gefreut. Wenn du nicht langsam anfängst zu lernen, dass Frauen beizeiten kunstvoll angelogen werden möchten, dann steht dir noch einiges bevor, mein Lieber. – Schmeckt dir der Grießstrudel mit Mohneis? Du magst doch so gern Desserts, und ich wollte dir unbedingt was kochen. Du hast das natürlich überhaupt nicht verdient.«

Das stimmt, dachte Julius, das hatte er wirklich nicht verdient.

Anna schien es zu schmecken. »Ich hatte Muffensausen, für einen Profikoch wie dich zu kochen, aber ich glaube, es ist mir sehr gut gelungen.«

»Ausgezeichnet, hätte ich nicht besser machen können. Eine phantastische Kombination!«

»Ja? Finde ich auch. Ich hab jetzt leider vergessen, einen Wein aufzumachen, aber das kann ich gern noch nachholen.«

»Lieber danach.« Für Julius waren Eis und Wein Todfeinde. Zu Eis gingen höchstens Muskat-Schaumweine. Anna würde so etwas bestimmt nicht vorrätig haben. Außerdem war Wein schlecht bei einer Diät. Er würde seinen Abnehm-Kummer also nicht einmal ordentlich wegspülen dürfen.

»Gut, dann danach. Ich bin übrigens immer noch säuerlich, falls es dir entgangen sein sollte.«

Aber Gott sei Dank nicht halb so säuerlich wie das Mohneis, dachte Julius, der beschloss, zu Kreuze zu kriechen. »Es tut mir Leid, und es wird nie wieder vorkommen. Ich bereue es jetzt schon.«

»Dann ist ja gut.« Sie lächelte und holte sich in der Küche eine neue Portion.

»War das gerade unser erster Streit?«, fragte Julius, als sie wieder am Tisch saß.

»Also, wenn du das für einen Streit hältst, dann warten noch einige Überraschungen auf dich.«

Julius zwängte sich eine weitere Gabel Dessert hinein. »Ich finde, wir klangen gerade fast schon wie ein altes Ehepaar – und das nach wenigen Monaten. Wenn das keine Leistung ist!«

»Wie ist die neue ›Alte Eiche‹ denn geworden?«

»Wie soll ich sagen ... wie ein perfekt gereifter Käse mit kleinen Spuren unerwünschten Schimmels. Manch einer könnte es für gewollt halten.«

»Bis er reinbeißt ...«

Julius musste lachen und war froh, dass er vorher den Kampf gegen seine angeborenen Reflexe gewonnen und geschluckt hatte. »Das werden wir in der nächsten Woche beheben. Es gibt natürlich keinen Schimmel, das war nur bildlich gesprochen, es sind ein paar Kleinigkeiten, bei denen geschlampt worden ist.«

»Wärst besser direkt zu mir gekommen, statt dich zu ärgern. Selber schuld.«

Die Sache war also noch nicht gegessen. »Warum sind heute eigentlich alle schlecht auf mich zu sprechen? FX benimmt sich, als hätte ich ihn gefeuert. François hat nichts außer seinen Weinen im Kopf, und du zeigst mir die kalte Schulter, weil ich mich nicht ordnungsgemäß bei dir zurückgemeldet habe. Die neue Weinkönigin des Tals habe ich dabei noch gar nicht mitgerechnet, mit deren Horrorstory fing der Tag schon gleich gut an.«

»Die frisch gekürte Ahrweinkönigin? Constanze Dezaley?«, fragte Anna überrascht.

»Genau die. Aber seit wann kennst du jemanden der örtlichen Prominenz?«

»Kennen wäre zu viel gesagt.«

»Das heißt?«

»Ich hab sie nur tot zu Gesicht bekommen.«

2. Kapitel

... erinnert an frisch getoastetes Röstbrot ...
(Gault Millau WeinGuide)

Auf dem grünen Pfeil, der an einem schmalen Birkenstamm angebracht war, stand »Zu den Ausgrabungen«. Tau lag auf den Gewächsen rundherum, ließ den Wald wirken, als sei er gerade aus den Wassern emporgestiegen.

Julius trottete hinter Anna her. Die Fahrt war ihm lang vorgekommen, auf Straßen ohne Mittelstreifen, links und rechts Fetzen von Wiese, dahinter Bäume hinter Bäumen. Ab und an ein Hof oder eine grüne Streusandbox. Dies war irgendwo im Nirgendwo.

Und genau hier stand eine römische Fabrik.

Und genau hier war der Mord geschehen.

Wären da nicht die rotweißen Absperrbänder der Polizei, die vielen Fußabdrücke im weichen Boden und Anna, Professionalität ausstrahlend wie ein alter Ofen Hitze, dies wäre ein unendlich friedlicher Ort, dachte Julius.

Anna hielt an einer farbigen Schautafel, die ein Bild der Vergangenheit zeigte, weil die Gegenwart nur Mauerreste zu bieten hatte. Zu römischen Zeiten hatte hier eine große Eisenverhüttungsanlage gestanden. Die Edelmetallvorkommen des rheinischen Schiefergebirges waren zu wertvoll gewesen, um sie ungenutzt zu lassen.

»Kaum vorstellbar. Hier wurde einmal Erz geschmolzen, Eisen geschmiedet, hier lebten Menschen, arbeiteten, feilschten, feierten Feste – und das über Jahrhunderte«, sagte Anna und kratzte einen Fleck von der Schautafel.

Julius sagte nichts.

Anna ging weiter in Richtung eines kleinen Unterstandes, der am linken Ende des rechteckig ummauerten Bereichs lag. Zwei mannshohe Brennöfen standen darunter. Sie erinnerten Julius an Termitenhügel. Beim Näherkommen erkannte er, dass der rechte noch glühte. In ihm steckten zwei Temperaturfühler, die mit einem am Boden stehenden Gerät verbunden waren.

Das Absperrband mit einer Hand nach unten drückend, schwang

sich Anna darüber hinweg und hielt es für Julius herunter. Wie schnell war er nun wieder mitten in polizeiliche Ermittlungen geraten?

»Siehst du die moosbewachsene Mauer da? Auf der die Balken liegen, die den Unterstand bilden? Dahinter muss der Täter gestanden haben.«

Constanze Dezaley war nicht nur Gebietsweinkönigin gewesen, wie Julius gestern erfahren hatte. Sie hatte zudem Archäologie in Bonn studiert und gerade an ihrer Abschlussarbeit gesessen. Ihr hatte es vor allem die eigene Scholle angetan, das Ahrtal. Methodisch hatte sie sich der experimentellen Archäologie verschrieben. Auf dem Areal der alten Eisenverhüttungsanlage wollte sie erproben, wie die Römer das heimische Erz verhüttet hatten, en détail. Also wie groß die Öfen sein mussten, in welchem Verhältnis Erz und Kohle eingefüllt wurden oder wie lange es brauchte, bis der Prozess beendet war. Auch mit welchen Werkzeugen all dies geschehen war und wie sie benutzt wurden. Fragen, auf die Nachdenken allein keine Antworten brachte.

Anna stand nun auf der anderen Seite der alten Mauer und ging in die Knie. Sie war nicht mehr zu sehen.

»Der Mörder wird sich aus dem Waldstück hinter mir herangepirscht, sich dann hier auf die Lauer gelegt und auf seine Chance gewartet haben. Ohne dass Constanze Dezaley etwas davon mitbekam. Von ihrer Position nahe dem Ofen ist das alles nicht einzusehen – außerdem wird sie zu sehr in die Arbeit versunken gewesen sein. Selbst wenn sie sich bedroht fühlte, wie du erzählt hast, hier wird sie so von ihrer Arbeit gefordert und gefesselt gewesen sein, dass sie alle Sicherheitssysteme runtergefahren hatte.«

Julius ging vorsichtig an den im Inneren noch glühenden Ofen. Er fühlte sich keineswegs heiß an, als er die Hand darauf legte. Am Boden rundherum waren die Grashalme in den Dreck gedrückt. Ob durch Schuhe oder die Leiche, konnte Julius nicht sagen. Aber dort musste sie gelegen haben.

»Mit wenigen Schritten war der Täter bei Constanze Dezaley, die in diesem Moment auf der kleinen Trittleiter dort stand.« Annas Oberkörper tauchte wieder auf. Die Leiter stand an das Mäuerchen gelehnt im Schatten. Eine kleine Trittleiter, wie man sie im Haushalt verwendete. Nur verdreckt.

Anna sprang hinter dem Mäuerchen hervor und kam mit drei raschen Schritten zum Brennofen.

»Es muss alles sehr schnell gegangen sein. Constanze Dezaley füllte Eisenerz nach, aus dem Eimer dort, der war noch halb voll, als wir ihn umgekippt neben dem Ofen gefunden haben. Das Nachfüllen geschieht durch den Abzug, und da oben wird es richtig heiß. Constanze Dezaleys Kollege – er sah übrigens aus wie Indiana Jones höchstpersönlich – hat uns das Vorgehen erläutert. Er war während der Tatzeit unterwegs und schien sehr mitgenommen. Das Feuer muss seiner Meinung nach gerade durchgebrannt gewesen sein, als sie ermordet wurde. Das ist der Moment im Verhüttungsprozess, in dem die Temperatur am höchsten ist, bis tausend Grad. Unser Pathologe hat das bestätigt. Es war ein extrem brutaler Mord, Julius. Der Täter muss ihren Kopf in die Gischt gehalten und ihn dort fixiert haben. Ich weiß, was du dich fragst, das ging mir nämlich genauso: ob die Hand des Mörders dabei ebenfalls verbrannt worden ist. Der Gerichtsmediziner meint, nicht unbedingt. Bis zu Constanze Dezaleys Hinterkopf ist die Hitze nicht vorgedrungen. Das Gesicht, das genau im Kamin gesteckt haben muss, bekam alles ab. Schwere Quetschungen an ihrem rechten Handgelenk lassen darauf schließen, dass der Mörder ihr den Arm auf den Rücken gedreht hatte, um zu verhindern, dass sie sich losreißen konnte. Eine Zeit hat sie wohl noch gelebt, worauf Rußeinatmung bis in die tiefen Lungenwege und verschluckte Rußteilchen im Magen deuten. Ihr Gesicht wies Verbrennungen des vierten und fünften Grades aus, was man als Verkohlung bezeichnet.« Anna streckte die Arme in die Höhe und hielt sich an einem der Dachbalken fest, den Kopf gesenkt. »Die offizielle Todesursache ist Erstickung, verbunden mit einer Kohlenmonoxid-Vergiftung.«

»Hat sie lange …?«, fragte Julius.

Anna nickte. »Constanze Dezaley hat wohl länger gelitten, als man glaubt.« Sie blickte in Richtung des Waldstücks, aus dem der Mörder gekommen sein musste. »Wir haben ein paar Fußspuren, leider keine von Autoreifen. Der Täter muss weiter entfernt geparkt haben. – Bevor du fragst, wir hatten gehofft, Spuren von einem Kampf auszumachen. Zellreste vom Täter unter ihren Fingernägeln, Haarbüschel, die sie ihm ausgerissen hat. Aber nichts. Es hat keinen Kampf gegeben. Der Mörder hat ihren Kopf in die glühend heiße Gischt gehalten, und zwar so lange, bis sie tot war. Ohne dass sie etwas dagegen tun konnte.« Anna schüttelte den Kopf. »Wie kann man so kaltblütig sein? Mit was für einem Menschen haben wir es hier zu tun, Julius? Wer quält sein Opfer so?«

»Und wer lässt so etwas zu?«, fragte Julius, »Wer hilft nicht, wenn er darum gebeten wird?«

Er ging, ohne die Antwort abzuwarten.

Julius hatte sich auf den Weg zu Constanze Dezaleys Kollegen gemacht, von dem Anna gesprochen hatte. Er hatte sofort gewusst, um wen es ging, kannte ihn noch von der Schule. Schon damals hatte dieser gern mit Feuer gespielt.

Gerade stieg träge ein Flugzeug auf, als müsse es sich kräftezehrend durch die Luft schieben.

Wilfried Pause, der Kollege, war nicht an Bord. Er saß neben Julius an einem Tisch im Flugplatz-Restaurant »Heidestuben«. Dies war kein Airport, kein Ort zum Geldverdienen. Dies war ein Flugplatz für Flugverrückte, für Menschen, die den Traum vom Fliegen leben wollten. Oberhalb Ahrweilers, nicht weit von der Heerstraße entfernt, lagen ein paar Gebäude und eine Start-Lande-Bahn, die zusammen den Flugplatz »Bengener Heide« ausmachten.

Der Mann, der Julius gegenübersaß und einen Kaffee, schwarz ohne alles, zum Wachwerden trank, war kein Flieger. Wollfilz-Hut, pechschwarzer Dreitagebart, langer brauner Ledermantel – dieser Mann, der aussah wie ein seit Jahren vergeblich gesuchter Pferdedieb aus Oklahoma-City, hatte sogar Höhenangst.

»Das ist trotzdem mein Ding«, hatte er Julius vor rund drei Jahren bei einem Klassentreffen erzählt. »Da muss ich den inneren Schweinehund besiegen.« Der Grund war die Archäologie gewesen. Die Luftbildarchäologie.

»Das musst du dir so denken: Vom Flugzeug aus kann ich mithilfe von Bewuchsmerkmalen historische Stätten ausmachen. Stell dir zum Beispiel ein Getreidefeld vor, bei dem an einer geraden Linie das Getreide nicht so hoch steht. Der Grund dafür? Darunter befindet sich eine Mauer im Boden, die noch keiner gefunden hat. Genau umgekehrt verhält es sich mit Pfostenlöchern. Da reicht der Humus rein, die Pflanzen können tiefer wurzeln und haben dadurch mehr Nährstoffe zur Verfügung. Deshalb ist ein Pfostenloch durch höheren Bewuchs der Pflanzen erkennbar. Wallartige Überreste und Grabhügel erkennt man vom Flugzeug aus gut durch die Schattenbildung. Deshalb fliege ich vor allem dann, wenn sich lange Schatten über die Landschaft legen, am späten Nachmittag.« Pause hatte seinen inneren Schweinehund niedergerungen, den zähen Burschen, und flog seitdem mit, wann immer ein kostenloser Platz an Bord eines privaten Motorflugzeuges frei war. In der Luft verschoss er einen Film nach dem anderen. Auf diese Weise hatte er schon einige historische Anlagen ausgemacht, wie Julius in der lokalen Presse mitverfolgt hatte.

»Eisenerzschmelzen, das klang nach dir. Du warst schon immer ein Spielkind«, sagte Julius.

»Ich war schon immer ein *Forscher*. Egal, ob ich Feuerwerkskörper zusammengebaut oder mir Silberfische gehalten habe, um als Erster ihr Leben zu dokumentieren, das geschah alles aus Forscherdrang.«

Er meinte es völlig ernst.

»Wieso war sie allein bei den Brennöfen?«

»Ich war Gyros holen.«

Julius sagte zuerst nichts und nippte an seinem Wasser, in dem die obligatorische Zitronenscheibe schwamm. »Machst du dir Vorwürfe?«

»Lass uns über was anderes reden.«

»Kann ich verstehen.«

»Glaub ich nicht.«

Julius blickte hinaus aufs Rollfeld. In den Pfützen schwamm Benzin, schillernd wie ein Regenbogen. Wolken spiegelten sich darin. In der Ferne konnte er die kleine Cessna als Punkt erkennen, die eben abgehoben hatte. »Ich wollte dir mein Beileid aussprechen.«

Pause blickte in seine Tasse. »Danke.« Er trank aus. »Es ist faszinierend bei den Öfen, weißt du das? Fünfzig Kilo Kohle und dreißig Kilo Brauneisenerz sind alles, was du brauchst. Die Kohle ist nicht das Problem, aber das Erz. Constanze und ich haben tagelang Eisenerzklumpen in den Pingen gesucht. Das sind trichterförmige Mulden, ehemalige Schürfgruben, die sind nur wenige hundert Meter von der Verhüttungsanlage entfernt, liegen am westlichen Talhang zum Bachemer Bach hin. Die Constanze konnte sich festbeißen in so eine Arbeit, die hat so lange gesucht, bis kein Licht mehr da war oder ihr alle Knochen wehtaten. Und hatte dabei immer noch ein waches Auge für alles ringsum. Zum Beispiel für die Finca, das ist eine kleine grüne Pflanze, Julius, ein Anzeichen für römische Gräberfelder oder

Siedlungen. Steht auch oben rund um die Ausgrabungen. Alles voll davon. Constanze hat immer danach gesucht, bei jeder Eisenerzsuche, bei jeder Autofahrt. Immer unter Strom, so war sie.«

Pause begann gedankenverloren mit den Fingernägeln über die Tischplatte zu kratzen. »Der Ofen muss schwer gebrummt haben, als der Täter von hinten …« Er kniff die Augen zusammen und atmete durch. »Wenn so ein Ofen brummt, Julius, das ist ein Geräusch von Hitze und Zug, kraftvoll und beruhigend, da hört man nichts anderes.«

Julius nickte, obwohl er nicht wusste, wie es war. Pause blickte ihn nun wieder an, lächelte sogar, die Augen glasig.

»Man kann da oben sogar noch Schlackestücke finden, du musst einfach nur übers Gelände gehen. Da gibt es so einen kleinen Schlackehügel, und da findest du immer was. Ferritische Schlacke aus der Römerzeit, irre. Bist du eigentlich schon oben gewesen? Hast du meine Gesichtsöfen gesehen? Ich hab in die Rennfeueröfen Augen geformt und Nasen und Münder. Die schauen einen richtig an.«

Das war Julius aufgefallen. Die nachgebauten römischen Öfen hatten Gesichter gehabt. Mit einem Lächeln versehen.

»Constanze wollte einen gemischten Salat. Bloß nichts Fettes, hat immer auf ihre Top-Figur geachtet. Also bin ich los zur Gyrosbude, denn ich war an der Reihe. Hin und zurück braucht man eine Dreiviertelstunde. Dann war da so viel los, und ich hatte so einen Hunger, dass ich meine Pita direkt gegessen habe. Anstatt schnell wieder hochzufahren. Vielleicht …«

»Dann hätte der Mörder sich einen anderen Zeitpunkt ausgesucht. Du hättest nicht immer bei ihr sein können.«

»Ja, klar.«

Das war nicht genug, wusste Julius. Pause war nicht der Einzige, der sich Vorwürfe machte.

»Hatte sie Feinde?«

»Leute, die ihr nicht gönnten, dass sie alles hatte, Aussehen, Intelligenz und Erfolg? Das Komplettpaket? Sicher viele. Dazu kommen Kollegen, die ihr die archäologische Spürnase neiden. Aber deshalb mordet man doch nicht, oder? Sag's mir, Julius, mordet man wegen so was?«

»Wer kann schon in das Hirn eines Mörders sehen?«

»Richtig, ja, das ist richtig. Aber mir fällt keiner ein, der zu so was fähig wäre. Und ich hab mir den Kopf darüber zermartert. Von ihrer Weinköniginnengeschichte hab ich natürlich keine Ahnung, den Heinis trau ich alles zu. Das ist mir suspekt, diese ganze Heimattümelei und dieser ganze Weinwerbescheiß.«

Julius fiel auf, dass der Kaffeegeruch nicht nur in der Luft hing, er schien alles imprägniert zu haben, die Tischplatte, die Wände, die Decke. Selbst die Fensterscheiben. Als er sich näher zu ihnen beugte, um aufs Rollfeld zu blicken, nahm er einen bitteren Geruch von altem Kaffeesatz wahr. Er drehte sich wieder zu Pause, der eine filterlose Zigarette aus der Packung fingerte.

»Hatte sie einen Freund?«

Pause zündete sich die Zigarette zittrig an und sog lange, bevor er eine dichten Strom Rauch ausstieß. »Keine Ahnung.«

»Habt ihr nicht über so was gesprochen?«

»Hast du sie gekannt, Julius?«

»Flüchtig.«

»Das heißt, du hast sie gesehen. Glaubst du ernsthaft, ein solcher Schuss hätte keinen Freund?«

»Und auf welchen Typ stand sie?«

»Weiß ich nicht. Auf jeden Fall keine Weicheier, sie war eine starke Frau und suchte starke Männer, die zupacken konnten, die etwas wagten.«

Also solche, wie Pause selbst einer war. Oder sein wollte.

»Du siehst blass aus, Julius. Iss was, wird dir gut tun.«

»Bin auf Diät.«

Pause grinste. »Das ist der beste Witz, den ich seit langem gehört habe. Dein Körper ist dein Kapital, Mann. Die beste Werbung, die sich für Geld kaufen lässt.«

»Nicht in Zeiten, in denen die Leute auf ihr Gewicht achten. Da wirkt ein dicker Koch nur wie einer, der fettig auftischt, und fettig will niemand essen. Aber darum geht's mir nicht. Ich will einfach ein paar Pfunde verlieren.«

»Hast du's mal mit römischer Küche versucht?«

»Gekochter Strauß und gefüllte Haselmäuse? Nein danke.«

»Im Kochbuch des Apicius steht auch anderes. Ich hab mir letzte Woche ›Cucurbitas more Alexandrino‹ gemacht.«

»Zucchini auf alexandrinische Art.«

»Du erstaunst mich doch immer wieder: Universalgelehrter und

Angeber. Du solltest es wirklich mal damit versuchen, eine klasse Küche, was für Entdecker.«

»Machen wir einen Deal, du warst doch früher immer für so was zu haben.«

»Wenn's zu meinem Vorteil ist.«

Altes Schlitzohr. »Ich hätte auch was für Entdecker. Der Deal: Ich koche römisch und lade dich mal dazu ein, und du wirst Bohnenpate.« Julius erklärte das Projekt.

»Ich bin ein miserabler Gärtner.«

»Ich bin ein miserabler Römer.«

Pause kratzte sich am Kopf. »Kann's nicht was anderes sein?«

»Man muss auch mal etwas wagen.«

»Du willst mich provozieren! Also gut, gewonnen. Aber wenn du römisch für mich kochst, hätte ich gern Flamingo.« Pause lachte, und Julius lachte mit. Es tat gut.

Danach nippte der Archäologe gedankenverloren an seiner leeren Kaffeetasse und schwieg, bis jemand vom Rollfeld aus in seine Richtung winkte.

»Ich glaub, mein Flug wird gerade aufgerufen. Siehst du die Cirrus RS 20 da? Die kleine weiße Propellermaschine? Macht mit ihren zweihundert PS locker dreihundert Stundenkilometer. Da muss ich jetzt hin.«

Er klopfte zum Abschied auf den Tisch.

Über den Wolken …

Es lag nicht wirklich auf dem Weg, aber Julius redete sich ein, dass es so war. Er wollte glauben, dass er nur zufällig hierher kam, und nicht, weil es ihn hierher trieb.

Und er wollte, dass FX dies glaubte.

Vis-à-vis des Kurparks wohnte dieser in schöner exponierter Lage, wie Wohnungsprospekte so gern warben. Das fünfstöckige Gebäude an der Ecke Georg-Kreuzberg-/Telegrafenstraße wurde dominiert von roten Rundbalkonen, die wie Rettungsringe am gläsernen Bau hingen. FX hatte sich eine Wohnung gekauft, die zu ihm passte. Das Teuerste. Die Penthousewohnung in der fünften Etage. Mit Terrasse hundertzwanzig Quadratmeter Wohnfläche, wie FX bei jeder Gelegenheit betonte, stolzer Eigentümer, der er war.

Julius ging nicht über die noblen Natursteine im Treppenhaus hinauf, sondern nahm den geräumigen Lift.

Gleich würde er die Friedenspfeife rauchen.

Das Guckloch verdunkelte sich, kurz danach wurde die Tür geöffnet. FX trug einen dunkelblauen Seidenkimono. »Komm rein, des war ja klar, dass du hier aufkreuzen würdst.«

»Ich kam nur zufällig vorbei.«

»Schon recht.«

Julius trat in den hellen Flur und ging weiter geradeaus ins riesige verglaste Wohnzimmer, das hinaus auf die Dachterrasse führte. Dabei wandelte er auf Echtholzparkett erster Wahl. Es verwunderte Julius immer wieder, wie FX sich diesen Traum von Wohnung bei seinem Gehalt leisten konnte. All die teuren Möbel ließen es zu einem Privat-Museum für Design werden.

So schick die Wohnung auch war, so viel Geld sie auch atmete, wie alter Mief kroch FX' österreichische Herkunft aus den unpassendsten Ecken und Enden. Vor allem Wien, sein geliebtes Wien, kam in vielen farbenblinden Zeichnungen vor, zum Beispiel in Form einer Lipizzaner-Parade, des Burgtheaters oder Schloss Schönbrunns. Die Bilder wirkten in ihren breiten dunklen Holzrahmen in der hellen, mit Geschmack eingerichteten Wohnung wie Farbbomben, die ein Geisteskranker geworfen hatte. Neben dem Keith-Haring-Druck war doch tatsächlich ein protzig eingerahmter Mozartkugel-Pappdeckel an der Wand befestigt.

Doch dies alles passte zu FX, der mit Kimono und kaiserlichem Zwirbelbart, den er sich in den letzten Monaten hatte stehen lassen, selbst wie das Ergebnis eines missglückten Experiments wirkte.

FX ließ sich in einen großen Ohrensessel aus gelbem Leder fallen und sah weiter fern. Das Wetter auf n-tv.

»Wie geht's dir?«, fragte Julius.

FX schaltete den Fernseher aus. »Heuer so wie gestern.«

»Willst du mir sagen, was du hast, oder muss ich es aus dir rausprügeln?«

»Ich schlottere. Warum willst du net verstehen, des ich net über alles mit dir reden möcht?«

»Weil das ganz neu wäre.«

»Die Zeiten ändern sich.«

»Jetzt spuck's schon aus!«

»Kann ich dir was zu trinken anbieten, bevor ich dich rausschmeiß?«

»Das ist eine ernste Sache.«

»Lass mich raten: Du nimmst eine schöne Spätlese aus dem Monzinger Herbstkuchen – natürlich von deinem geliebten Emrich-Schönleber. Den hab ich nämlich gerade auf. Sehr wohl, der Herr.« FX machte einen übertriebenen Diener und ging zur Küchentür.

So funktionierte es nicht. Also anders. Themenwechsel. »Hast du schon vom Mord an der Weinkönigin gehört?«

FX zuckte zusammen und drehte sich so blitzartig um, dass er fast das Gleichgewicht verlor. *»Mord?«*

»Von allein hält man bestimmt nicht den Kopf in einen glühenden Ofen, bis man verbrannt ist. Du hast also noch nichts davon gehört.«

FX entspannte sich. »Nein.«

»Sie war gestern, kurz vor ihrer Ermordung, bei mir und hat um Hilfe gebeten.«

»Und?« FX kam zurück mit zwei bis zur Verjüngung gefüllten Riedel-Rheingau-Gläsern in der Hand und reichte eines davon Julius.

»Und *was*? Sie ist tot! Ermordet. Beantwortet das deine Frage?« Er wollte FX gern erzählen, wie er sich fühlte. Nur so ließ sich damit umgehen. Reden, bis es eine Geschichte war.

»Hat die Polizei schon eine Ahnung, wer es gewesen sein könnt?« Die Frage klang sehr beiläufig, fand Julius.

»Nein. Keine Spur, nur Richtungen, in die gesucht wird, familiäres und berufliches Umfeld.«

»Du willst sicher, das ich dich des frag, also: Hast *du* schon eine Vermutung?«

»Was sollte diese Einleitung?«

»Ich muss doch immer dein offenes Ohr sein, dein Harry, dein Rodenstock, dein Watson.«

»Bisher hatte ich den Eindruck, du wolltest das auch sein.«

»Wie gesagt, die Zeiten ändern sich.«

»Anscheinend.« Er musste weitermachen, weiterreden. Welche Möglichkeit hatte er sonst? Beleidigte Leberwurst spielen? Wohin führte das? »Ich denke, der Mörder ist entweder im Weinköniginnen-Milieu oder unter Archäologen zu suchen. Gebietsweinkönigin wird nun eine andere, vielleicht war ihr der Titel so wichtig? Und was die Archäologen angeht, vielleicht hat Constanze Dezaley eine Entdeckung gemacht, die jemand anders für sich haben wollte?«

»Hast irgendwelche Beweise?«

»Keine.«

»Komm wieder, wenn du welche hast.« FX nahm ihm das Glas aus der Hand. Julius hatte noch nicht einmal nippen können.

»Du schmeißt mich wirklich raus?«

»Der Höflichkeit ist Genüge getan. Auf Wiedersehen, der Herr. Beehren Sie uns nicht so bald wieder.«

»Das ist nicht dein Ernst?«

FX ging Richtung Ausgang. »Ich werd dir sogar die Tür öffnen.«

»Ich dachte, wir wären Freunde. – Sag jetzt bloß nicht, die Zeiten ändern sich!«

»Nein. Aber die Menschen.«

Auf der Heimfahrt versuchte Julius den Ärger über FX zu unterdrücken und dem Verkehr zu folgen. Er klammerte sich an die Hoffnung, dass die Welt gerecht war. Trotz aller Gegenbeweise wollte er daran festhalten, dass die Waagschalen stets zum Ausgleich gebracht wurden. Wenn du glaubst, es geht nicht mehr, kommt von irgendwo ein Lichtlein her.

Manchmal stammte es allerdings von einem herannahenden Zug.

Und man selbst stand auf den Schienen.

Der Triebwagen erfasste Julius mit voller Wucht vor seinem Haus in der Martinus-Straße. Die beiden Dampfturbinen saßen auf der Rückbank eines Taxis und blickten ihn an, als er seinen blauen Audi zentimetergenau einparkte und ausstieg.

Julius' Eltern stiegen nicht aus. Sie warteten. Darauf, dass ihr Sohn ihnen die Türen öffnete.

Lächeln, dachte Julius. *Lächeln ist meine Rüstung. Nichts durchdringt meine Rüstung.*

Julius zeigte Zähne.

Für den ungeübten Beobachter mochten Julius' Erzeuger harmlos wirken. Seine Mutter schien auf eine noble Art bieder, wie es sonst nur britische Königinnen sind, deren Farbsinn dem von Maulwürfen gleicht. Sie war untersetzt und glich, hüfttechnisch, einer römischen Vase. Das kaschierte sie durch einen taillierten Rock und mehr noch durch eine knapp überhängende Jacke. Von den Schuhen bis zu den perfekt Drei-Wetter-getafteten Haaren stimmte alles. Nur ein Hut fehlte. Er lag bestimmt in einer Schachtel im Kofferraum.

Für Julius' Vater war das Wort »stämmig« geschaffen worden. Denn dass unter dem Speck, der es sich gleichmäßig auf dem Körper bequem gemacht hatte, Muskeln steckten, war fraglos. Dafür hielt er sich zu gerade, dafür ging er zu raumgreifend, dafür schwitzte er zu wenig. Früher war Julius' Vater Leistungssportler gewesen. Ringer. Heute rang er nur noch mit seinen Pfunden – eine der schlechten Eigenschaften, die er, so empfand es Julius, vererbt hatte. Auch sein Vater war elegant gekleidet, aber eher auf die Art eines Reitstallbesitzers, mit Halstuch und englischem Tweed-Sakko. Ein Landadeliger wie aus »Der Doktor und das liebe Vieh«, ein Raubein, das sich nicht erlaubte zu lachen, sondern lieber die Unterlippe vorschob und mit den Augen blitzte.

Kein Wunder, dass ihn alle nur »Den Sir« nannten. Doch stand »Der Sir«, wie Julius wusste, fraglos unter der Fuchtel von »Der Mutter«.

»Ich hatte euch erst in ein paar Tagen erwartet.«

»Na, was ist denn das für eine Begrüßung! Hast du das gehört, Hermann-Josef? Dein Junior sagt nicht: ›Schön, euch zu sehen«, nein, er beschwert sich, dass wir zu früh gekommen seien. Und du dachtest noch, er würde sich darüber freuen! Da siehst du, wie er ist. Alles ist ihm wichtig, nur nicht seine Eltern.« Julius' Mutter schüttelte den Kopf.

»Ich *wusste* halt nur nicht, dass ihr heute schon ankommt. Natürlich freue ich mich. Sehr sogar.«

»Na, dann hol jetzt geschwind unser Gepäck aus dem Kofferraum und zahl den guten Mann aus. Er hat lang genug auf dich warten müssen.«

»Ihr hättet euch doch in meinem Garten an den Tisch setzen können. Ihr wisst doch, dass das Gatter immer auf ist.«

»Also Julius, sag mir bitte, dass das jetzt nicht dein Ernst ist! Sollen wir uns eine Erkältung holen? Das kann doch nicht deine Vorstellung von Gastfreundschaft sein, so haben wir dich aber nicht erzogen. Holst du jetzt bitte die Koffer, der gute Taxifahrer soll nicht denken, dass wir ihn den ganzen Tag aufhalten wollen.«

Lächeln ist meine Rüstung. Lächeln ist … Sie sind meine Eltern. Sie haben mich großgezogen. Sie lieben mich. Sie sind, wie sie sind.

Und sie sind bald wieder weg.

Julius zahlte den Taxifahrer und gab ihm ein horrendes Trink- als Schmerzensgeld. Er mochte sich dessen Wartezeit lieber nicht vorstellen, aber er konnte sie erahnen. Der Fahrer hielt es nicht für nötig, sich zu bedanken, sondern schnaufte nur verächtlich wie ein alter Gaul, dem endlich das Geschirr abgenommen worden war. Das arme Tier, das nun eingespannt wurde, war Julius selbst, und die erste Aufgabe bestand darin, die Armada der Koffer heil ins Haus zur Zwischenlagerung zu befördern. Zwei Pilotenkoffer in die linke Hand, drei Trolleys in die rechte, vier Kleidersäcke über den Unterarm, ein Beautycase links und eins rechts unter die Achsel gekeilt, den Hutkoffer mit dem kleinen Finger einhakend. Und Lächeln, diesmal reisten sie schließlich nur mit kleinem Gepäck.

»Welches Hotel hast du für uns vorgesehen?«

»Ihr habt doch geschrieben, dass ihr erst einige Tage später kommen wolltet.«

»Ich hab's gewusst! Hab ich's nicht gewusst, Hermann-Josef? Also keins. Jetzt stehen wir ohne Zimmer da, ohne Dach über dem Kopf! Wir zwei alten Leute. O weh, o weh!«

Seine Mutter ging auf Julius' Heim und Haus zu in der Art, wie Kolumbus Amerika betreten hätte, wäre er eine Frau gewesen. Majestätisch – und kritisch.

Zwei Ureinwohner trotteten auf die Eroberin zu.

»Julius, du solltest mal mit deinen Nachbarn reden, dass die hier so einfach ihre Katzen herumstreunen lassen. Sogar zwei auf einmal!«

»Das sind meine. Herr Bimmel und Felix.«

Den kleinen dreifarbigen Kater, eine Glückskatze, hatte er nach dem letzten Mordfall bei sich aufgenommen. Er gehörte bereits zur Familie, nicht zuletzt, weil Herr Bimmel sein Vater war. Ein stolzer noch dazu.

»Die haben ja gar keine Halsbänder!«

Weil sie jeder im Ort kennt, dachte Julius, sagte aber: »Ja, Mutter.«

»Du solltest keine Tiere halten, wenn du dich nicht richtig um sie kümmern kannst. Ein Tier bedeutet immer auch Verantwortung!«

»Ja, Mutter.«

Sie näherte sich weiter Julius' Haus und kam dabei unweigerlich an seinem Auto vorbei.

»Ist das dein Wagen, Julius?«

»Ja, Mutter.«

»In deinem Alter fährt man doch keinen so sportlichen Wagen! Du solltest dir etwas deinem Alter und Stand Entsprechendes zulegen. Du bist doch kein Rocker, Julius!«

»Ja, Mutter.«

Sie baute sich vor Julius' Heim auf. »Deinem Haus fehlt die weibliche Hand. Das sehe ich gleich, Julius. Den Augen deiner Mutter entgeht so etwas nicht. Ihr Männer habt einfach keinen Sinn für behagliches Wohnen. Du weißt sicher, dass ich sehr gehofft hatte, eine ordentliche junge Frau an deiner Seite vorzufinden. Dagegen kann eine Mutter nicht an, Julius. Ich erwarte nicht mehr viel vom Leben, aber es gibt ein paar Wünsche, die ich noch habe. Wir werden noch einmal ausführlich darüber reden, jetzt wo ich da bin. Dafür sollten wir uns Zeit nehmen.«

»Ja, Mutter.« Warum ging sie nur so langsam? Der Hutkoffer drohte ihm zu entgleiten, und seine Hände waren schweißnass vom Gewicht des restlichen Gepäcks.

»Jetzt sag mir nicht, dass du schon bei den paar Köfferchen schnaufst? Du bist wirklich nicht gut in Form, Julius. Als deine Mutter kann, nein, muss ich dir sagen, dass du etwas zu propper geworden bist. Da verwundert es mich nicht, dass ich hier keine Frau sehe. Frauen wollen heutzutage athletische Männer, Julius. Die Optik hat sehr an Bedeutung gewonnen, darüber solltest du dir im Klaren sein.«

»Ja, Mutter.«

»Sag bitte nicht immer ›Ja, Mutter‹, das klingt so schrecklich alt!«

»Sehr wohl, Mama.«

Julius stellte das Gepäck vor dem Hauseingang ab, schloss die Tür auf, schleppte es hinein und fragte seine Eltern, ob er ihnen eine Tasse Kaffee anbieten könne, bis er ein adäquates Hotel für sie organisiert hatte.

Sein Vater kam zackig auf Julius zu und blickte ihm tief in die Augen. »Mein Sohn, deine Mutter ist sehr froh, dich endlich wiederzusehen. So gut gelaunt wie heute war sie seit Monaten nicht mehr.«

Das Weingut Porzermühle lag perlengleich in einem Seitental der Ahr. Ebenso strahlend weiß, ebenso vollkommen gestaltet, ebenso wertvoll. Doch heute, wusste Julius, floss hier kein Wein, sondern Blut.

Die ideale Ablenkung nach den erlittenen Grausamkeiten.

Ein kleines bisschen Horrorshow.

Er ging nicht den Weg durch das gusseiserne Tor, der ihn entlang des kleinen Baches und durch den vieleckigen Wintergarten geführt hätte. Stattdessen schlenderte er daran vorbei und nahm die Zufahrt zur Kelterhalle. Hier, wo sonst die Trauben angeliefert wurden, lieferte Julius nun sich selbst an. Das große grüne Holztor stand einen kleinen Spalt offen, und er schlüpfte hinein – wofür Julius es ein großes Stück aufdrücken musste, was seinen ohnehin unbändigen Diätwillen weiter steigerte.

Nach einigen Schritten und dem richtigen Riecher stand er in einem Raum, von dem die wenigsten Besucher des Weingutes wussten und den noch weniger je betreten hatten.

Die Metzgerei Porzermühle.

Im Raum: August Herold, dazu ein Unbekannter mit Schweiß auf der Stirn und Angst in den Augen sowie ein Wildschwein. Letzteres tot an den Hinterläufen aufgehängt.

»Julius, grüß dich! Komm rein, ich bin gerade dabei, den Eber abzuschwarten. Du kannst live dabei sein, wie ich für dich die besten Stücke rausschneide. Ich geb dir ausnahmsweise mal nicht die Hand«, sagte Herold und nickte bedeutungsvoll in Richtung seiner blutigen Hände. »Der junge Mann dort ist Stephan Zeh, ein ausgezeichneter Jurist für Steuerrecht und Vegetarier. Julius Eichendorff – Stephan Zeh, Stephan Zeh – Julius Eichendorff.«

Julius musste lächeln. »Warum schaut sich ein Vegetarier an, wie ein Eber zerlegt wird? Graut es Ihnen nicht vor so was?«

Stephan Zeh hatte eigentlich ein fröhliches Gesicht. Falls Brandt für seinen Zwieback ein neues Bübchen suchte, wäre Zeh die nächstliegende Wahl, nicht nur weil seine Wangen so rosig leuchteten. Im Moment aber wäre sein Konterfei auf dem Plakat einer Geisterbahn besser aufgehoben gewesen.

»So etwas müsste man sich eigentlich mal anschauen, habe ich eben bei der Weinprobe gesagt. Da haben Sie jetzt aber Riesenglück, hat Herr Herold gemeint. Und jetzt steh ich hier«, sagte Zeh mit zitternder Stimme. »Es ging alles so schnell …«

Herold war bester Laune. »Seien Sie unbesorgt, wenn Sie *das* erst einmal gesehen haben, wissen Sie, dass Sie bedenkenlos Fleisch essen können. Und immer schön die Augen auf! Damit Sie nicht das Beste verpassen!«

»Ich schau ja hin, Herr Herold«, stotterte Zeh, »halt nur nicht immer.«

»Wo war ich stehen geblieben? Ach ja, direkt nach Erlegung wird der Eber aufgebrochen, das heißt, man nimmt die Innereien raus. Deshalb hat mein geliebtes Weib Christine die Leber gestern Abend auch schon braten können. Phan-tas-tisch! Sie ist eine Göttin am Herd! – Nach dem Aufbrechen muss der Eber dann ausschweißen.«

»Ausbluten«, flüsterte Julius in verschwörerischem Ton zu Zeh. Der Mann war ein sicherer Anwärter für eine Gemüsepatenschaft. Julius würde nach der Schlachtung alles in die Wege leiten.

»Danach hab ich den Überläufer – also ein halb erwachsenes Schwein, zwischen Frischling und jungem Keiler – hier im Kühlhaus zum … Kühlen abgehangen. Vierzig Kilo schwer, der Bursche. Dann kam die amtliche Trichinenschau.«

Herold zeigte Stempel-Abdrücke an der Innenseite der Keulen, der Bauchlappen und der Rippenbögen.

»Die Fleischbeschau wird wegen der Gefahr eines Fadenwurms durchgeführt, der eine beim Menschen schwere, teilweise tödlich verlaufende Krankheit auslöst«, erläuterte Julius leise.

»Fleisch«, spuckte Zeh aus. Es klang wie »Gift«.

»Und jetzt wird der Schwarzkittel zerwirkt, Herr Zeh«, fuhr Herold fröhlich fort.

»Zerlegt«, übersetzte Julius fast simultan.

Der Eber blickte gleichgültig zu Boden.

»Hervorragendes Fleisch, Wildschwein. Nicht wahr, Julius?«

»Deshalb bin ich hier! Es ist so ein wunderbar saftiges Wildbret, August. Ich hoffe, der Eber war nicht rauschig.«

Herold sah ihn beleidigt an. »Du kannst gleich direkt wieder fahren. Als wenn ich einen rauschigen Eber zerwirken würde. Als würde ich so was essen!«

»Während du den Flomen von den Innenseiten der Rippen abziehst, klär ich unseren Vegetarier auf.«

Der blickte zu Herolds flinken Schnitten, als führte der Schnitter persönlich die Klinge.

»Rauschig heißt: Der Eber ist in der Brunft. Dann schmeckt das Fleisch, nun ja, urinös. Bekommt man leider viel zu häufig serviert, daher auch der schlechte Ruf dieses Wildbrets. Viele denken, das müsste so sein.«

»Wie gut, dass ich so was nie gegessen habe.« Zehs Blick haftete wie magnetisch an der Klinge, die das Fleisch sicher durchtrennte.

Julius beugte sich nah zu Zehs Ohr. »Warum gehen Sie nicht einfach wieder? August würde das bestimmt verstehen.«

»Auf keinen Fall. Ich möchte Herrn Herold nicht enttäuschen, er ist immer so freundlich zu mir. Und er scheint wirklich zu glauben, dass er mir einen Gefallen tut. Das hier ist ein Alptraum, aber ich steh ihn durch. Ich möchte hier kein Vorurteil über Vegetarier bestätigen. Vielleicht ist das auch die Buße für alle meine Sünden.« Er zwinkerte mit den Augen – es sah schmerzhaft aus.

Nach kurzer Zeit begann Herold, die Schwarte an der Unterseite der Vorderläufe bis zum Brustbein aufzuschneiden. Zeh sah zu, wie Bauchlappen, Rippenbögen und Sprunggelenke freigelegt und den Pürzel abgeschnitten wurde. Dabei ging er Schritt für Schritt rückwärts.

»Kommen Sie näher, Herr Zeh, keine Angst, der Eber beißt nicht mehr!« Herold lachte, und es steckte Julius wie immer an. Zeh kam zögerlich wieder näher.

»Wollen Sie auch mal? Geht ganz einfach!«

Zeh wich zurück, lehnte sich an die gekachelte Wand und wurde leichenblass.

»Dann vielleicht später. So faszinierend hätten Sie sich das nicht vorgestellt, oder, Herr Zeh?«, fragte Herold und setzte sein Werk begeistert fort, ohne eine Antwort abzuwarten. Julius wusste, dass Zeh das Schlimmste hinter sich hatte. Denn je mehr Herold an dem Wildschwein herumwerkte, desto weniger sah es nach einem solchen aus.

»Julius, ich hab dir ja noch gar nicht von meiner gestrigen Spritztour erzählt, das hältst du nicht für möglich!« Herold sah ihn schelmisch an. »Du musst wissen, ich hatte es schon lange auf den Eber hier abgesehen, der war letztes Jahr des Öfteren in meinen Weinbergen spazieren gegangen und hat sich den Bauch voll geschlagen. Ich hab also wieder auf den Burschen angesessen, und was meinst du? Plötzlich reibt der sich direkt in meiner Nähe an einer Eiche. Zack! Da hatte ich ihn. Der Schuss saß, keine Nachsuche nötig, nix, direkt erledigt. So weit, so gut. Aber dann! Versuch mal einen solchen Burschen in einen Aston Martin zu bekommen! Da kannst du drücken und quetschen, wie du willst, da ist nichts zu machen. Den hättest du einölen können, der wäre nicht reingeflutscht. Tja, was sollte ich machen?«

Die Frage war rhetorisch, und Julius schwieg dementsprechend, die Augenbrauen hochziehend. Wahrscheinlich hatte er den Eber auf dem Dach verschnürt. August Herold war einfallsreich, wenn er ein Ziel erreichen wollte. Und er ließ nicht locker, bis er einen Weg fand.

»Auf den Beifahrersitz damit! Drunter die Plastikplane, Eber drauf, angeschnallt. Der saß da, als hätte er sein Leben nichts anderes getan. Blick geradeaus, ein angenehm ruhiger Beifahrer.« Herold musste selbst lachen ob der Geschichte. »Wir beide also ab durch die Mitte. Kannst dir ja denken, was passiert ist.«

»Polizeikontrolle?«

»Also, du kannst einem auch jede Geschichte kaputtmachen! Ja, die Polizei. Allgemeine Verkehrskontrolle. Die Papiere bitte. Ich hol also mein Portemonnaie raus«, Herold machte wieder eine Pause, »da leuchtet der Grünrock doch mit seiner Taschenlampe in mein Auto Richtung Beifahrersitz. Und was sagt der Bursche?«

»Ich muss passen.« Julius kamen die Tränen.

»Schöner Mantel, den Ihre Frau da trägt.«

Die beiden brachen in schallendes Gelächter aus. Stephan Zeh zwang sich ein Lächeln ab. Herold klopfte vergnügt auf den Eber und begann den Wildkörper zu spalten. Dabei arbeitete er mit der Knochensäge auf der Innenseite entlang der Wirbelsäule. Zeh hielt sich die Ohren zu und begann zu summen. Er blickte auch nicht mehr weiter in Richtung der beiden halben Eber. Die Augen waren geschlossen. Dieser Mann würde niemals Fleisch essen. Julius war sich sicher. Nicht nach diesem Erlebnis.

Herold löste nach vollbrachter Spaltung die Wildschweinfilets von der Unterseite des Rückens und hielt sie hoch wie zwei Goldbarren.

»Davon braten wir uns jetzt was, und erst danach zerwirk ich den Rest.«

»Rede gut von einem Fürsten / Und nicht schlecht von einer Frau/ Knickre nicht mit deinen Würsten / Wenn du schlachtest eine Sau.«

»Dein dichtender Vorfahr war also auch kein Kostverächter!«

»Das war jetzt ausnahmsweise mal Heine. Von dem kenn ich auch noch eine andere schweinische Stelle: »Und schrecklich grunzt die wilde Sau / Des blonden Ebers Ehefrau.«

»Das lass ich unkommentiert.«

»Viel wichtiger als der Eber ist natürlich der Wein. Also, was trinken wir dazu?«

»Einen Tropfen aus dem Altenahrer Eck! Denn du weißt ja: Steile Lagen, geile Weine!«

»Da sag ich niemals nein. Lass uns aber vorher noch etwas Investigatives regeln.«

»Och nö! Hat das nicht Zeit?«

»Was weißt du über die tote Weinkönigin? Sie stammte doch aus Mayschoß?«

Herold legte die beiden Filets auf ein Tablett und wollte gerade etwas antworten, als ihm Zeh dazwischenfuhr: »Sie sind das! Sie sind dieser kulinarische Detektiv!«

Julius konnte die Bezeichnung nicht leiden, war er doch in erster Linie Koch und, wie er hoffte, ein guter noch dazu. Aber dieser Stempel saß auf seiner Stirn, und es war das Einfachste, ihn zu akzeptieren. Kämpfe nicht gegen das, was du nicht ändern kannst.

»Ich bin es, mit jedem Kilo meines Leibes.« Aber nicht mehr lange mit so vielen, dachte Julius bei sich.

»Auf Regen folgt also doch Sonnenschein!«, sagte Zeh. »Zuerst musste ich mir diese grausige Schlachtung ansehen, aber dafür darf ich jetzt dem berühmten kulinarischen Detektiv bei der Ermittlung zuschauen. Das glaubt mir keiner in der Makrobiotiker-Vereinigung!«

»Ich geb's Ihnen gern schriftlich«, sagte Julius und wandte sich wieder an Herold. »Musst mit deinem Wissen nicht hinter dem Berg halten, August.«

»Also gut. Ein sehr hoffnungsvolles Mädchen, Julius, allerdings nicht ganz unkompliziert. Immer Klassenbeste, blitzgescheit, aber früher auch ein bisschen rebellisch. Sonntags vor der Kirche rauchen, immer sexy Kleidung an, nachts betrunken und laut durch die Straßen. Hat den Jungs natürlich reihenweise den Kopf verdreht. Ich hab mich zuerst gewundert, als sie Mayschoßer Weinkönigin wurde, aber es gab einfach keine andere geeignete Kandidatin im richtigen Alter. Außerdem ist sie mit der Zeit ruhiger geworden, hat sich auf ihre Heimat besonnen, nachdem sie ein Jahr in England Archäologie studiert hat. Es gibt einige, die erzählen, sie hätte sich nur zur Wahl gestellt, um Kontakte aufzubauen, um als Archäologin Karriere zu machen. Geschwätz, wenn du mich fragst. Und selbst wenn, wäre es egal. Traurig, dass sie so jung sterben musste. Jetzt essen wir aber!« Herold machte sich auf in Richtung Küche, Julius im Schlepptau.

Zeh trottete hinter ihnen her, einen Schluck aus einer kleinen Karottensaft-Flasche nehmend, die er aus seiner Sakkotasche hervorgezogen hatte. »Es ist ein Jammer, dass die schönen Damen alle sterben müssen.«

»Was soll das heißen?«, fragte Julius.

»Hast du das gar nicht mitbekommen?« Herold schien überrascht.

»Ich war doch auf Reisen. *Was* habe ich nicht mitbekommen?«

Zeh schniefte jetzt in ein nach Menthol duftendes Taschentuch. »Na, dass am Pfingstsonntag die Vorjahresweinkönigin auf den Bahngleisen gefunden worden ist.«

»Um präzise zu sein«, sagte Herold, »mausetot.«

3. Kapitel

... verführerisch glitzerndes Altgold ...
(Gault Millau WeinGuide)

»Heißluftmassage« hieß es, bestand aber nur aus neun Rotlichtlampen, die seinen Rücken zwölf Minuten lang angarten, damit die folgende Massage schmerzfreier vonstatten gehen konnte. Zwölf Minuten Zeit zum Nachdenken, die Julius nicht brauchte. Er hatte schon die Nacht dafür genutzt, nachdem er seine Eltern im »Silbernen Kutter« einquartiert hatte. Praktischerweise gegenüber dem Spielkasino. Da waren sie beschäftigt.

In die »Massagepraxis für physikalische & ganzheitliche Therapie« in der Bad Neuenahrer Poststraße war er nur gekommen, um etwas zu erfahren. Der Mann, der ihm gleich alle Verspannungen aus dem Rücken kneten würde, setzte seine magischen Finger nicht nur bei Julius regelmäßig ein. Rudi Antonitsch hatte die jetzt tödlich verunglückte Weinkönigin für ihre Auftritte fit massiert. Ein entsprechendes Dankesfoto mit Unterschrift hing im Warteraum: Tina Walter freundlich lächelnd, mit makelloser Haltung im Schulterbereich, ein Weinglas in der Hand, ein Krönchen auf dem Haupte. Die blonde Schönheit hatte eine leicht gewellte Mähne gehabt, die bis über die Schultern gereicht hatte. Genau so stellte Julius sich eine Weinkönigin vor. Was nicht passte, waren die Augen. Sie strahlten etwas Gefährliches aus. Sie verrieten die Wölfin im Schafspelz. Solch einen Schlafzimmerblick hatten Weinköniginnen normalerweise nicht. Ein gewisser erotischer Anklang war zwar erwünscht, aber er durfte nicht weitergehen als bei Romy Schneiders Sissi-Filmen. Die Unschuld vom Lande, der reine Wein, das ordentliche Vergnügen. Tina Walter war bei dieser Arbeitsplatzbeschreibung fraglos die falsche Wahl gewesen – dafür hatte sie sicherlich einige Männer für Wein interessiert, die sonst in ihren Träumen unter einem lecken Bierhahn lagen.

Julius strich sich über den Rücken, prüfend, ob er schon Brandblasen schlug. Er fühlte sich weich und warm an wie ein Babypopo.

Die Zeit war aber noch nicht um.

Natürlich war Anna seine erste Ansprechpartnerin gewesen, nachdem er auf der Porzermühle von dem tödlichen Unfall erfahren hatte. Sie hatte bereits davon gewusst, aber keinen Zusammenhang zum Mord an Constanze Dezaley gesehen. Mehr war nicht aus ihr herauszubekommen gewesen. Aus Stressgründen.

Antonitsch, so vor Kerngesundheit strotzend, dass sich Julius automatisch krank fühlte, war hereingerauscht, schaltete das Rotlicht aus und träufelte sich aus einer Flasche Massageöl in die Hände.

»Obacht, kühl! Da haben Sie aber Glück gehabt, dass ich so kurzfristig einen Termin freihatte. Ist es *so* schlimm?« Seine Pranken walkten durch Julius' Rückenfleisch, als gelte es, daraus einen geschmeidigen Teig zu kneten.

»Ich muss mich gestern verhoben haben. Seitdem sitzt der Schmerz in den Schulterblättern, mein altes Leiden. Ich habe schon ein paar Aspirin genommen, aber die helfen nicht wirklich.«

»Schmerzmittel bekämpfen ja auch nur die Symptome. Es gilt, die Ursache anzugehen, alles andere ist medizinische Augenwischerei. Von diesem Trend zur Selbstdiagnose und Selbstmedikation halte ich übrigens überhaupt nichts. Dafür gibt es Experten. – So schlimm ist es aber gar nicht.«

Rudi Antonitsch war kein gewöhnlicher Masseur, das hatte Julius bereits bei der ersten Massage erfahren. Er war ein Bekehrter.

»Immer noch keine Lust, das Psychologiestudium wieder aufzunehmen?«, fragte Julius, um das Gespräch aufzulockern.

»Psychoanalyse ist jene Geisteskrankheit, für deren Therapie sie sich hält, wie Karl Kraus so richtig gesagt hat.«

Julius konnte es nicht sehen, da er durch ein Loch im Massagetisch auf die großen Terrakotta-Fliesen am Boden blickte, aber er wusste, dass Antonitsch lächelte. Er hatte Freud und Jung abgeschworen, da er zu der Überzeugung gekommen war, dass Seele und Körper eins waren und er durch eine effektive manuelle Therapie auch die Seele heilen konnte. Oder zumindest so weit stärken, dass sie es selbst ordentlich hinbekam.

»Ich fürchte, ich bin etwas besser gepolstert um die Hüften als beim letzten Mal.«

»Mich freut's, da kann ich wenigstens richtig reinpacken.« Gesagt, getan.

Julius sah den Zeitpunkt für gekommen, das eigentliche Thema anzugehen. Fünfzehn Minuten Rückenmassage waren schnell vorbei.

»Mir ist eben das Foto der Weinkönigin im Warteraum aufgefallen. Ist das nicht die Frau, die vor kurzem bei einem Unfall ums Leben gekommen ist?«

»Tina? Ja, das ist sie. Tragische Geschichte. Sie war so eine Nette.«

»Aber keine typische Weinkönigin, oder?«

Antonitsch arbeitete sich jetzt an der Muskulatur rund um die Wirbelsäule empor. »Sie haben sie gekannt?«

»Nur mein Eindruck vom Foto.«

»Sie sind mir ja ein echter Frauenkenner, Herr Eichendorff. Hätte ich Ihnen gar nicht zugetraut.«

Julius überging die Beleidigung geflissentlich. »Wie war sie denn so?«

»Sie war etwas Besonderes. Ich weiß nicht, ob Ihnen dieser Typ schon mal begegnet ist: Die Tina war Lebenslust pur. Ich hatte eigentlich gedacht, dass es sie mal mit ihrem Motorrad erwischen würde, sie fuhr so eine hyperschnelle asiatische Reisschüssel und liebte die engen Serpentinen hier in der Eifel. Volltrunken von der Fußgängerbrücke an der Kreisverwaltung zu fallen, das ist für sie fast schon ein bisschen unspektakulär.« Er arbeitete sich durch Bizeps und Trizeps.

»Der Alkohol gehörte also auch zur Lebenslust?«

»Unbedingt.«

»Von was für einer Feier kam sie denn?«

»Keine Ahnung, das hat man wohl nicht herausgefunden. Aber der Ort war ihr eigentlich immer egal. Sie wird an dem Samstag irgendwo bis, ich glaub, fünf Uhr früh war es, gefeiert und sich dann auf den Weg zu ihrem Auto gemacht haben, das auf dem Supermarkt-Parkplatz stand. Vielleicht hat sie versucht, auf dem Geländer zu balancieren, zuzutrauen wär's ihr. Ich hab ihr häufig gesagt, dass Alkohol reines Nervengift ist, aber das war halt ihr Weg, das brauchte sie, und das Schicksal hatte ihr einen Körper geschenkt, der das auch alles mitmachte. Mann, war die durchtrainiert. Halt die harte Polizeischule. – Tut das weh?«

Es tat weh, und Julius bestätigte dies enthusiastisch. Wieder bei Luft, fragte er, ob er das mit der Polizei gerade richtig verstanden habe.

»Klar, sie war da in der Ausbildung. Da muss man sich durchsetzen können. Tina war tough, die ließ sich nichts gefallen. Klasse Frau.«

»Passt so gar nicht zu dem Bild, das man von einer Weinkönigin hat.«

»Das war wohl mehr ein Scherz oder eine verlorene Wette, irgend so was. Sie hat selbst nicht dran geglaubt, dass sie es wird, aber es dann doch genossen. Ein bisschen Maskenball und Karneval.«

»Gab es nie Ärger?«

»Ein paarmal hatte sie wohl etwas zu sehr dem Wein zugesprochen – selbst für eine Weinkönigin. Aber sonst nichts, was ich wüsste. Also kein größerer Skandal.«

Tina Walter hatte in Julius' Vorstellung mittlerweile zwei Knarren in Händen und einen Pistolengurt um die wohlgeformte Hüfte. Ein echtes Flintenweib. »Wie sah es aus mit Männergeschichten?«

»Oh, Herr Eichendorff, so was dürfen Sie mich nicht fragen. Da haben wir Masseure ein Schweigegelübde, genau wie Priester. Ich erzähl anderen ja auch nichts von Ihren sexuellen Ausschweifungen.« Er lachte. »Setzen Sie sich bitte auf. Und entspannen. Nicht die Schultern hochziehen.«

Bis hierher also und nicht weiter. Für eine Sache aber musste sich der teure Besuch doch noch nutzen lassen. »Haben Sie eigentlich einen grünen Daumen?«

»Aber sicher! Gärtnern mach ich zur Entspannung. Es ist schön, zur Abwechslung was in die Hände zu bekommen, das nicht bei jeder Berührung stöhnt.«

Es war ein Kinderspiel, ihm die Gemüsepatenschaft aufzuschwatzen. Das waren drei – fehlten nur noch siebzehn.

»Schnaps?«, fragte Antonitsch.

»Immer«, antwortete Julius. Der hochprozentige Orangenbrand kühlte die erhitzte Haut und roch zudem angenehm.

»Hoffentlich wird die neue Weinkönigin auch wieder so ein Feger«, sagte Antonitsch und reichte Julius dessen Unterhemd. »Würde mir gefallen.«

»Das müsste doch schon klar sein. Jetzt, wo die amtierende nicht mehr zur Verfügung steht, wird vermutlich die Zweitplatzierte nachrücken.«

»Herr Eichendorff, wo leben Sie? Lesen Sie keine Zeitung?«

Dafür hatte Julius seit seiner Rückkehr noch keine Zeit gehabt.

»Das hat doch einen Riesenaufruhr gegeben«, sagte Antonitsch. »Entgegen allen Regularien wird die Wahl wiederholt. Die Zweitplatzierte ruft jetzt natürlich laut ›Skandal!‹. Im Tal ist richtig was los.« Dem Masseur schien das zu gefallen.

Julius nicht. Wie hatte er sich während der stressigen Eichendorff-Wallfahrt nur auf die Rückkehr in sein ruhiges, beschauliches Ahrtal freuen können? In Wirklichkeit war es Bad Sodom und Gomorrh-Ahr.

Knapp eine halbe Stunde später war Julius an einem Ort, der nicht so aussah, wie es die Tourismus-Prospekte des Ahrtals versprachen. Das hier war Durchschnittsdeutschland, hier musste Familie Mustermann leben. Anna hatte den Termin mit ihm am gestrigen Abend ausgemacht. Eine Adresse, eine Uhrzeit und die Chance, hinter die Fassade Constanze Dezaleys zu blicken. Nichts deutete auf Schatten hinter den gestärkten Vorhängen.

Anna saß in ihrem Wagen vor dem unscheinbaren Mehrfamilienhaus in der Mayschoßer Dorfstraße nahe dem Kindergarten und stieg aus, als Julius sich näherte. Sie begrüßte ihn mit einem Kuss und strich zärtlich über seine Wange. »'tschuldigung, dass ich gestern so kurz angebunden war.«

»Du siehst müde aus.«

»Nicht halb so müde, wie ich mich fühle.« Sie schloss die Haustür auf. »Die Eltern hatten den Reserveschlüssel, um nach den Pflanzen zu sehen, wenn ihre Tochter im Urlaub war. Sie sind völlig fertig mit den Nerven. Die Mutter weint die ganze Zeit nur.«

Durch das schulterhoch algengrün gekachelte Treppenhaus mit den dicken Glasbausteinen zur Straße hinaus musste Julius bis unters Dach gehen. Er hatte nichts anderes erwartet. Studenten und Tauben lebten stets dem Himmel am nächsten.

Nicht erwartet hatte er das, was hinter der antikbraunen Haustür lag.

Eine solche Diele sollte eigentlich Hunderte von Kilometern entfernt, in einer anderen Klimazone und vor allem in einer anderen Epoche liegen.

Constanze Dezaley hatte im alten Rom gelebt. Julius wusste nicht, wie die Säulen hießen, die links und rechts von jeder Tür errichtet waren, aber in den Kaiserpalästen hatten sie sicherlich Ähnliches gehabt. Der Boden bestand aus kleinen Marmorkacheln, die teilweise farbig bemalt und zu aufwendigen Mosaiken gelegt waren. Ein in Blau Gehaltenes zeigte Fische und den dazugehörigen Gott Neptun, Julius vermutete, dass es vor der Tür zum Bad angelegt war. Als er die Tür öffnete, bestätigte sich die Vermutung. Ein kleiner Zimmer-Springbrunnen stand ausgeschaltet in der Ecke. Bilder von nackten Männern mit Sandalen waren direkt auf die Wand gepinselt. Es gab keinen Schnickschnack, keine Wannen-Rutschstopper, keine Badeente. Auch keine Shampooflaschen. Nur Amphoren, die vermutlich alle nötigen Reinigungsflüssigkeiten enthielten.

»Hast du was gefunden?«, rief Anna aus dem Wohnzimmer. »Ich hoffe nicht, denn sonst wäre die Spurensicherung wieder schlampig gewesen.«

»Nein«, sagte Julius, »scheint alles normal zu sein.«

»Das nennst du normal? Schöne Fotos aus Rom, ein paar Statuen, so was fände ich bei einer Archäologie-Studentin normal. Das hier finde ich ... ein wenig übertrieben.«

Julius verließ das Bad und ging ins Wohnzimmer zu Anna, die eine Bronzestatuette eines Gladiators in Händen hielt. Der Raum war spärlich möbliert, Regale oder gar einen Fernseher gab es nicht. In der Mitte des Raumes standen nur drei mit rotem Samt bespannte Liegesofas, deren Füße die Form von Löwentatzen hatten, um einen runden Tisch, der bronzen glänzte. Die Wände nahe den Fenstern waren mit Fresken bemalt: Rosen, Lilien, Veilchen und Vögel, die darüber flogen. Auf die zentrale Wand war eine schlanke Frau mit Toga gezeichnet, die Farben so gestaltet, dass es aussah, als wären sie verblasst. Das Gesicht der Frau war aber gut zu erkennen. Es war das von Constanze Dezaley.

Sie war hervorragend getroffen.

Julius atmete durch.

»Du machst dir immer noch Vorwürfe?«, fragte Anna und stellte die Statuette auf den Tisch.

»Nein.«

»Doch.« Sie strich ihm über den Rücken. »Du hättest nicht immer bei ihr sein können.«

Julius drehte sich um. »Ich hätte sie aber ernst nehmen sollen.«

»Das haben wir doch schon besprochen. Du *hast* sie ernst genommen, du *wolltest* ihr helfen, und das trotz ihrer hanebüchenen Geschichte! Glaubst du wirklich, du hättest den Mörder ausfindig machen können, bevor er zuschlägt? So schnell?«

»Ich hätte dir Bescheid sagen können. Mit allem Nachdruck.«

»Und ich hätte gesagt, ich tue, was ich kann, und hätte es weitergeleitet. Aber die Kollegen wären bestimmt erst ein oder zwei Tage später rausgefahren. Dieser Mord war nicht zu verhindern.« Sie trat vor Julius, ging auf die Zehenspitzen und küsste ihn auf die Stirn. »Ich mag dich dafür, dass du so viel Verantwortungsbewusstsein hast, aber du wärst ein miserabler Kriminaler. Du würdest daran kaputtgehen.«

Sein Kopf hatte es längst kapiert, nur das dumme Ding in der Brust noch nicht. Er konnte Constanze Dezaley nicht mehr helfen, er konnte nur ihren Mörder finden. Das blieb ihm. Und wenn er sich die ganze Zeit Vorwürfe machte, stand er sich nur im Weg. Es galt, aus Fehlern zu lernen und sie abzuhaken, weiterzumachen.

»Ich hab dir auch was mitgebracht, um die Stimmung zu heben.« Anna fischte einige Zeit in ihrer großen ledernen Umhängetasche. Ihr Fang war in Alufolie eingepackt und stellte sich als Brownie heraus.

»Mit extra viel Schokolade und Nüssen. Regt den Sympathikus an. – Ich hab zu Hause noch ein ganzes Blech für dich.«

Warum hatte er ihr nur in einem schwachen Moment erzählt, dass er Schokolade liebte? Und warum hatte er es ihr nicht erst *nach* seiner Diät mitteilen können?

Na ja, jetzt hatte sie sich so viel Mühe gegeben, da musste er wenigstens einen essen.

Er biss hinein.

Der Brownie war viel zu lange gebacken und statt saftig-weich trocken und hart wie Knäckebrot. Die Nüsse waren kaum zu knacken. »Der ist ja fabelhaft. In meiner Küche ist immer ein Platz für dich frei!«

»Schmeichler«, sagte Anna und holte ein weiteres Aluminiumpäckchen heraus. »Damit du nicht verhungerst.«

Julius arbeitete sich auch durch den zweiten Brownie ohne einen Schluck Wasser, um den im Backofen grausam ermordeten Kuchen herunterzuspülen. Das musste wahre Liebe sein, dachte er.

Anna drückte auf die gemalte Hand der Constanze-Dezaley-Freske, und die Wand öffnete sich mit einem Klick.

»Ein Einbauschrank. Davon gibt es hier noch ein paar. In einem anderen lag Computerkram und ein Notebook, das wir gerade in Koblenz auswerten, ein High-Tech-Fernseher mit DVD-Rekorder und allem Pipapo ist da rechts versteckt. Die schönste Entdeckung haben wir aber hier gemacht.« Sie bückte sich. »Normalerweise hätten wir nichts anderes gefunden als die Bücher, die du überall hier drin siehst. Aber die Spurensicherung hat einen jungen Eiferer in ihrer Runde, der jeden Stein umdreht. Er hat sämtliche Bücher rausgeräumt und hinter der untersten Reihe ein Loch in der Wand entdeckt, in dem sich diese Schatulle mit Münzen befand.« Sie zog etwas Dunkles, matt Glänzendes hervor, klappte es kurz auf, römische Geldstücke präsentierend, und legte es dann wieder weg. »Noch schöner aber ist das hier.« Auch ihre zweite Beute glänzte in mattem Schwarz. Die Schatulle war bedeutend größer, maß sicher vierzig Zentimeter in der Länge und war relativ flach.

»Schau selbst rein.«

Julius öffnete den metallenen Verschluss und hob den Deckel der Schatulle.

»Das glaub ich nicht!«

»Ich auch nicht. In zwei Stunden kommt ein Experte und schätzt den Wert.«

Es war ein Stück, das den Blick nicht mehr losließ. Die Kette lag wie eine schwarzweiße Schlange auf dem blauen Seidenstoff, schimmernd, schlank. Die einzelnen Glieder glänzten wie Perlen. Hinten war ein verschnörkelter goldener Verschluss angebracht, vorn funkelten fünf goldene Weinblätter, feinst gearbeitet.

»Allem Anschein nach ist es original römisch«, sagte Anna.

Den Experten brauchte es nicht, dachte Julius. Diese Halskette war mit Sicherheit mehr wert, als sich eine Studentin leisten konnte – selbst wenn sie eine Königin war.

Als er eine halbe Stunde später in der Küche der »Alten Eiche« stand, hatte sich Julius' Stimmung geändert. Dies lag nicht an dem kleinen kupfernen Kochtopf, der auf offener Flamme vor sich hin köchelte. Auch nicht an dem salzig-würzigen Duft, der daraus entströmte, wild und komplex, mit einer frischen Note. Die Römer hätten es Liquamen genannt, es war die Grundlage ihrer Kochkultur gewesen. Julius nannte es Fischfond, denn die Historiker hatten sich darauf geeinigt, dass genau dies hinter dem Begriff stand, der jeder Übersetzung trotzte wie Verona Feldbusch dem Dativ.

Dass Julius' Stimmung sich verändert hatte, lag daran, dass er wieder diese besondere Spannung in seinem Körper spürte. Wie erst zweimal in seinem Leben. Er war sich dessen auf der Rückfahrt zum Restaurant bewusst geworden. Als die Rädchen in seinem Kopf sich zu bewegen begannen wie bei einer Uhr, deren Pendel angestoßen worden war; als seine Gedanken nicht mehr auf Gerichte, Abnehmen, oder die Ankunft der ›höllischen zwei‹ von der Costa Brava gerichtet waren, sondern auf den Mörder von Constanze Dezaley. Er hatte wieder Witterung aufgenommen.

Was steckte hinter der römischen Halskette? Konnte sie ein Mordmotiv liefern? Wäre es dem Täter um die Kette gegangen, hätte er die Wohnung durchsuchen und folglich verwüsten müssen, aber das war nicht geschehen. Vielleicht war der Mörder aber auch davon ausgegangen, dass Constanze Dezaley die Kette nicht mehr besaß, und hatte sie dafür bestraft?

Auch dieser Ansatz befriedigte Julius nicht.

Anna hatte bei den Eltern nachgefragt, ob es sich um ein Familienerbstück handelte, was diese verneint hatten. Also das Geschenk eines reichen Freundes?

Alles Nachdenken brachte nichts, er wusste noch zu wenig, um die richtigen Fragen zu stellen. Vielleicht brachte der Experte etwas ans Licht, nötig war es allemal. Es gab bisher kein ordentliches Motiv und keine Verdächtigen. Sollte gerade ein so brutaler Mord ungesühnt bleiben?

Plötzlich öffnete sich die angelehnte Hintertür wie von Geisterhand.

Julius blickte vom Herd auf, um zu sehen, wer hereinkam.

Aber da war niemand.

Der Wind hatte wohl Verstecken gespielt. Julius setzte einen neuen Topf auf und gab die Ingredienzien dazu, die er, wie es seine Art war, in Schälchen ordentlich und in exakt gleichem Abstand vor sich aufgebaut hatte: ligurisches Olivenöl von der Familie Bueri, geschnittene Schalotten, Liquamen, in Würfel gehackte – und besonders magere – Schweineschulter und einen gehörigen Schluck »New Millennium«, ein Ahrwein, den Paul Ninnats Sohn in Rech genau so machen durfte, wie er wollte. Losgelassen zauberte dieser einen Wein, der wie Spätburgunder unter dem Vergrößerungsglas wirkte: bombastische Frucht, cremige Fülle und Kraft, Kraft, Kraft. Julius holte ein großes Burgunderglas und goss sich einen Schluck ein.

Am liebsten hätte er gebellt.

Genau das Richtige für »Minutal ex praecoquis«.

Julius hatte beschlossen, mit diesem Gericht aus dem Kochbuch des Marcus Gavius Apicius zu beginnen, da er die Kombination von Schweineschulter und Aprikosen für richtig pfiffig hielt.

Hinter ihm schepperten Töpfe.

Es kam von rechts unten. Er ging in die Knie. Ein Abtropfsieb schaukelte noch leicht, aber niemand war zu sehen.

So weit kam der Wind nicht hinein, außerdem bevorzugte er Sträucher und Bäume, um darin zu spielen, und nicht Kochgeschirr. Hier war jemand. Julius lauschte nach weiterem Scheppern, nach Schritten, nach Atemgeräuschen.

Wer immer die Geräusche verursacht hatte, hörte auf damit.

Ein scharfer Schmerz schoss Julius durchs Schienbein.

Jemand musste ihm eine Nadel hineingejagt haben. Julius schrie auf, erwartete den nächsten Stich, in Bein, Rücken, Herz. Gab es eine Waffe, nach der er greifen konnte? Seine Augen suchten alles in Griffnähe ab. Nur ein Kochlöffel.

Etwas miaute vorwurfsvoll.

Julius blickte nach unten, während der Schmerz genauso plötzlich nachließ, wie er gekommen war. Herr Bimmel saß zu seinen Füßen und blickte hungrig hinauf, sich die Lefzen leckend. Auf Julius' Hose prangte in Knöchelhöhe ein Speichelfleck in Katzenmaulgröße.

»Das habe ich jetzt also davon, dass ich dir helfe, dein Gewichtsproblem zu lösen! Beim kleinsten Hungergefühl kommst du auf die Idee, mich aufzufressen? Weißt du, was das ist? Kannibalismus, jawohl. Man isst seinen Hausgenossen nicht. Da verhungert man lieber!«

Herr Bimmel sah ihn verständnislos an. Julius hob den Zeigefinger. »Ich esse meine Sippe nicht, nein, meine Sippe ess ich nicht!«

Herr Bimmel miaute wieder, hob eine Tatze und drückte damit gegen Julius' Schuh.

»Es gibt nichts. Wir sind zu dick. Aus uns könnten sie zwei schlanke Hotelpagen und fünf zierliche Katzen machen. Das weißt du doch, oder?«

Herr Bimmel schmiegte sich an Julius' Bein.

»Zuckerbrot und Peitsche, was, Herr Bimmel? Wenn's mit Beißen nicht klappt, dann antatzen. Und wenn das noch zu brutal ist, wird eben geschmust.«

Herr Bimmel miaute wieder. Es klang herzzerreißend.

»Das ist unfair«, sagte Julius und gab ihm einen kleinen Würfel der gekochten Schweineschulter. »Verrat's niemandem!«

Der Kater maunzte weiter. Und weiter. Bis er gut ein Dutzend Stücke verschlungen hatte. Dann verließ er die Küche ohne ein Miau des Dankes.

Kurze Zeit später, Julius hatte Kümmel, getrocknete Minze, Dill, Fleischbrühe, für die Schärfe Pfeffer, für die Säure Essig, für die Süße Honig, entsteinte Aprikosen und Passum – süßen Kochwein – in den Topf gegeben, ging die Tür wieder auf, aber diesmal kam kein Vierfüßler herein.

»Entschuldigen Sie, dass ich störe, Herr Eichendorff. Mein Name ist Rainer Schäfer von der Zentralredaktion der Eifel-Post. Ich würde Ihnen gern ein paar Fragen stellen, wenn Sie erlauben.«

Der Mann sah aus wie ein Surflehrer. Durchtrainiert, braun gebrannt, mit keckem blondem Haar – doch Julius ließ irgendetwas an eine Spitzmaus denken. Vielleicht die pointierte Nase. Frauen fanden so etwas wahrscheinlich sexy. Er wirkte so harmlos, seine Stimme war so samtig, dass bei Julius alle Alarmglocken läuteten. Solche Höflichkeit gab es in dieser Welt nicht ohne Hintergedanken.

»Können wir vielleicht einen Termin für ein Gespräch ausmachen?« Den würde Julius dann direkt vergessen.

»Es dauert nicht lang.« Die Spitzmaus lächelte, ihre Zähne waren perlweiß.

»Ich möchte nicht, dass mir mein römisches Gericht verkocht.«

»Ich bin gleich wieder weg.« Rainer Schäfer lächelte wieder. Seine Augen lächelten nicht mit.

»Also gut, es geht bestimmt um die Renovierung der ›Alten Eiche‹. Zurzeit wird noch dran gearbeitet, wir können trotzdem gern kurz in den Speiseraum gehen, da ist zwar der Anstreicher, aber wir sollten ein Foto machen können, bei dem es nicht auffällt.«

»Oh, darum handelt es sich nicht. Es geht um Ihre Ermittlungen im Fall der ermordeten Weinkönigin.«

Schäfer war hervorragend informiert. Er lächelte stolz.

»Ich ermittle nicht, ich bin Koch.«

»Komisch, ich habe Sie eben vor dem Haus der Toten fotografiert. Sie haben sich mit der ermittelnden Koblenzer Hauptkommissarin getroffen.«

Julius probierte mit einem kleinen Löffel das Frikassee. Zeit gewinnen. »Ich weiß auch nur, was in den Zeitungen steht. Sonst würde ich es Ihnen erzählen.«

Schäfer kam näher. »Das glaube ich Ihnen nicht.«

»Wollen Sie mir unterstellen, dass ich lüge?«

»Ein böses Wort. Aber es trifft den Kern. Wir können aber auch sagen: Sie beugen die Wahrheit. Ich weiß doch, dass Sie es nicht mit der Presse haben, dabei könnten wir uns so wunderbar gegenseitig helfen. Sie erzählen mir, was Sie wirklich wissen, und ich drucke nicht das Foto von Ihnen und der Kommissarin unter der Überschrift ›Spitzenkoch in Mord verwickelt?‹. Ich finde, das ist eine phantastische Idee.«

Ungefragt tunkte Schäfer einen Finger in den Topf und leckte ihn ab. »Da müssen Sie aber noch dran arbeiten.«

Schäfer wollte also spielen. Das konnte er haben. »Wie kommt es, dass die Weinköniginnen-Wahl wiederholt wird? Müsste nicht automatisch die Zweitplatzierte nachrücken?«

»Sehen Sie, es geht doch! Sich miteinander austauschen ist eine so wunderbare Art der Kommunikation. Also, die Ahrweiler und Recher Ortsvorsteher haben sich beschwert. Sie gehen beide davon aus, dass ihre Kandidatin gewonnen hätte, wenn Constanze Dezaley nicht kandidiert hätte. Dass also alle Stimmen, die auf sie gefallen sind, ansonsten ihre jeweilige Kandidatin bekommen hätte. Deshalb waren sie für die Neuwahl. Dernau war am massivsten dagegen, schließlich stellten sie die Zweitplatzierte, ein echter Schuss übrigens. Aber nachdem auch Bachem und Heimersheim für Neuwahlen votierten, beugte man sich der Mehrheit. Ich finde die ganze Sache hanebüchen, aber in diesem Jahr wird einfach alles probiert. Das war schon bei Constanze Dezaleys Wahl so. Ein Hauen und Stechen wie im alten Rom, so was hat's nie zuvor gegeben.«

»Und wieso?«

»Alle behaupten nur blöde, sie hätten die beste Kandidatin. In den Jahren zuvor war alles viel harmonischer. Und die Kandidatinnen waren genauso gut.«

»Dann muss ich da nachbohren«, murmelte Julius.

»Was haben Sie gesagt?«

»Nichts.«

»Dann fangen Sie jetzt damit an.«

»Hören Sie, Herr Schäfer, ich würde Ihnen ja gern etwas erzählen, wenn ich etwas wüsste …«

»Och, bitte! Verkaufen Sie mich nicht für dumm.«

»Es stimmt, ich war mit Frau von Reuschenberg in der Wohnung. Sie wollte meine Meinung hören, da ich ihr bereits zweimal geholfen habe … helfen *durfte*. Aber in der Wohnung fand sich keine Spur.«

Er durfte diesem Mann nichts sagen. Nur Anna konnte entscheiden, wann was an die Presse ging. Wenn sie wollte, dass der Mörder wusste, wie nah sie ihm auf der Spur war, würde sie es lancieren. Niemand sonst. Außerdem musste sie von diesem Gespräch hier erfahren.

»Herr Eichendorff, ich kann auch anders. Sie haben etwas von mir erfahren, jetzt sind Sie dran. Spielen Sie fair!«

»Jetzt tun Sie nicht so, als hätten Sie mir hier wahnsinnige Geheimnisse erzählt. Das hätte ich überall erfahren können. Aber es geht gar nicht darum, dass ich Ihnen nichts schuldig bin, ich weiß wirklich nichts. Ehrlich.«

»Schön, dann spielen wir es eben auf diese Weise. Sie sehen sich morgen in der Zeitung. Titelseite. Wenn Sie doch mit mir sprechen wollen, rufen Sie mich an.« Er steckte eine Visitenkarte in Julius' Schürzentasche. »Falls Sie sich dagegen entscheiden, werden in Zukunft noch einige Titelseiten folgen.«

»Drohen Sie mir?«

»Ich kann es nur kaum erwarten, mit Ihnen zusammenzuarbeiten.«

Nicht weit vom Kurhaus befand sich, leicht versteckt in einer Passage der kleinen Fußgängerzone, der Zugang zum Café Sester. Jetzt, kurz nach Pfingsten, saß man dort im hübschen Innenhof. Julius konnte es nicht lassen, sich auf dem Weg dorthin eine Farbdusche abzuholen. Das gediegene Innere des Sester tropfte vor Lila: lila Teppichboden, lila Streifen in Holzkassetten an den Wänden und eine blasslila Tapete.

Es war großartig.

An einem kleinen Vierertischchen im Hof sah er Anna, die gerade eine Gabel Kuchen zum Mund führte und ihm fröhlich zuwinkte. Ihr gegenüber, mit dem Rücken zu Julius, saß ein Mann, der ihm merkwürdig bekannt vorkam. Aber erst im Näherkommen erblickte er dessen rote Socken, die in einer geschnürten Kniebundhose endeten.

»Adalbert Niemeier!«

Der Mann drehte sich um und zuckte zusammen, als er Julius erkannte. »Herr Eichendorff, schön Sie zu sehen«, sagte er gezwungen freundlich.

»Ihr kennt euch?«, fragte Anna.

»Uns verbindet eine heftige Bekanntschaft«, sagte Julius schmunzelnd. Er hatte Adalbert Niemeier einst verfolgt, da er ihn fälschlicherweise für einen Mörder gehalten hatte. Dabei war das merkwürdige Männchen mit Topfschnitt und Buddy-Holly-Brille nur Oberstudienrat a.D.

»Schön, dann brauche ich dir unseren Experten ja nicht mehr vorzustellen.«

Julius verbarg seine Überraschung. Er hatte Niemeier für einen übermotivierten und schrulligen Hobbyarchäologen gehalten. Und tat es eigentlich immer noch.

Experten sahen anders aus.

»Die Kölner Uni hat ihn uns empfohlen. Sie meinten, im Ahrtal kenne sich keiner besser aus.«

»Zu viel der Ehre«, sagte Niemeier gespielt genant.

Julius setzte sich zu den beiden. Prompt tauchte ein Kellner aus dem Nichts auf wie ein eifriger Flaschengeist.

»Was darf es sein?«

Er musste etwas bestellen, alles andere wäre unhöflich gewesen. Essen musste er es ja nicht. Denn hier gab es im Diätsinne nur Todsünden. »Wenn ich schon mal hier bin, nehme ich die Birnen-Reis-Sahnetorte.«

»Die habe ich auch genommen!«, sagte Anna begeistert.

»Und ein stilles Wasser«, ergänzte Julius, der Teetrinker war und genau aus diesem Grund außer Haus keinen trank.

»Die Torte ist *so* lecker«, fuhr Anna schwärmerisch fort, während der Kellner ebenso schnell und plötzlich verschwand, wie er gekommen war, nur ein kurzes »Kommt sofort« auf den Lippen.

»Die klassische Mischung Birne und Schokolade harmoniert hervorragend mit der weichen Konsistenz der Reiskörner«, erläuterte Julius, der hoffte, damit das Geschmacksgeheimnis zu lüften und aus Annas Begeisterung etwas die Luft herauszulassen. Von einer seiner Speisen hatte sie noch nie so enthusiastisch geschwärmt.

»Ich bevorzuge die Florentiner-Kirsch-Torte«, sagte Niemeier und lächelte vor sich hin. »Die nehme ich immer, wenn ich hier bin.«

Julius bemerkte, dass Niemeier die Torte nicht vertikal aß, sondern horizontal. Die Biskuit- und Marzipan-Lage hatte er bereits sorgsam abgetragen und war nun zur tiefer liegenden Kirschschicht vorgedrungen. Stets in kleinen Stichen mit der Kuchengabel.

Plötzlich standen Julius' Tortenstück und sein Wasser auf dem Tisch. Er drehte den Teller so, dass der Kuchenkeil genau mittig auf ihn zeigte, und blickte dann zu Niemeier. »Kannten Sie Constanze Dezaley?«

»Eine Verrückte«, erwiderte dieser. »Wie aus dem Bilderbuch. Sie hätten mal ihre Wohnung sehen müssen. Verrückt, vollkommen verrückt. Nur Hirngespinste im Kopf, was man im Ahrtal alles finden könnte.«

»Aber die Halskette ist ja wohl kein Hirngespinst.«

Niemeier schien überrascht, dass Julius so gut informiert war, versuchte aber, es sich nicht anmerken zu lassen. »Merkwürdig nichtsdestotrotz.«

»Das heißt?«

»Du musst dir unbedingt anhören, was er zu sagen hat«, unterstrich Anna.

Tiere, das wusste Julius durch viele Fernsehabende mit Professor Grzimek, reagierten instinktiv. Sie sahen die Gefahr nicht, sie hörten sie nicht, sie rochen sie nicht, und doch spürten sie, dass sich ein Feind näherte. Auch Julius fühlte die Gefahr nun wie eine Luftdruckveränderung bei nahendem Gewitter. Er duckte sich unwillkürlich mit dem Oberkörper so dicht über den Tisch, dass er mit der Nasenspitze in die Birnen-Reis-Sahnetorte stieß. Sie war kühl.

»Julius? Geht es dir nicht gut?«, fragte Anna besorgt.

»Er bewegt sich nicht mehr«, sagte Niemeier. »Wie unter Schock!«

»Herr Ober!«, rief Anna panisch.

Von einem anderen Tisch tönte es plötzlich: »Julius!«, gefolgt von: »Lassen Sie mich durch, das ist mein Sohn!« Julius' Mutter schubste den Kellner zur Seite und zog mit beiden Händen den Kopf ihres Sohnes hoch.

Auch in diesem Augenblick handelte Julius instinktiv – er lächelte entschuldigend.

Ein intelligentes Tier hätte sich tot gestellt.

»Was hat *das* denn zu bedeuten?«, fragte seine Mutter vorwurfsvoll. »Was grienst du denn so? Hast du mal wieder nur Schabernack getrieben?« Sie wandte sich an die umhersitzende, andächtig lauschende Menge. »Ist Ihnen so etwas schon einmal mit Ihrem Sohn passiert? Also, ich kann es nicht glauben. So etwas tut man doch seiner Mutter nicht an! Vorzutäuschen, dass einem etwas Schlimmes passiert ist. Das macht man doch nicht!«

Zustimmendes Gemurmel erklang.

»Hörst du es, Julius! So etwas macht man nicht!«

»Ich hatte mich verschluckt.«

»Schau, wie du aussiehst, du hast ja Torte an der Nase.« Sie zog ein zerknülltes Stofftaschentuch aus ihrer Handtasche, spuckte darauf und rieb mit der nassen Stelle über Julius' Nase.

Das hatte er immer gehasst.

»Sie sind Julius' Mutter? Erfreut, Sie kennen zu lernen. Ich bin Anna von Reuschenberg. Wollen Sie sich nicht zu uns setzen?«

Das ist doch nicht nötig, wollte Julius sagen, noch besser: brüllen. Aber für eine weitere Standpauke fehlte ihm einfach die Kraft. Seine Mutter war nach Annas freundlichen Worten wie ausgetauscht. Sie winkte ihren Mann herbei, der seelenruhig auf seinem Platz geblieben war.

»Wie freundlich von Ihnen«, sagte sie zu Anna. »Sind Sie eine Freundin meines Sohnes?«

Anna lächelte ihr freundlichstes Lächeln. »Hat er Ihnen nichts von uns erzählt?«

Jetzt strahlte Julius' Mutter geradezu. »Sie haben ein ganz bezauberndes Sommerkleid an, Frau von Reuschenberg, ganz bezaubernd. Natürlich hat Julius uns von Ihnen erzählt«, sie zwickte ihn unter dem Tisch in den Oberschenkel, »ich bin nur so schlecht mit Namen.«

Julius wäre am liebsten vor Scham im Innenhof versunken.

Für immer.

Sein Vater kam an den Tisch, machte einen Diener und stellte sich zuerst Anna und dann Niemeier vor. »Eichendorff, angenehm.« Dann ging er wieder, um den Kellner anzuweisen, Kaffee und Kuchen sowie einen zusätzlichen Stuhl an den neuen Tisch zu bringen.

Es gab nur eine Lösung: Flucht. »Oh«, sagte Julius und blickte auf die Uhr. »Ich muss ja schon wieder weg.«

»Du hast dein schönes Stück Torte noch gar nicht aufgegessen«, sagte seine Mutter. »Hast du etwa vergessen, dass man seinen Teller leer macht?«

Anna prustete in ihre Serviette. Julius spachtelte sich die Torte rein. Zwischen zwei Bissen fragte er Niemeier: »Und was ist jetzt mit der Kette?«

»Ach ja, die Kette. Hatte ich in der Aufregung ganz vergessen. Es handelt sich um eine so genannte Weinblattkette. Ich wusste bisher nur von Funden, die aus dem ersten Jahrhundert nach Christus stammen und in Syrien entdeckt wurden. Ein besonders schönes Stück. Die Weinblätter wechseln sich harmonisch ab mit gebänderten Achaten und Süßwasserperlen. Sie ist fraglos echt und viel Geld wert.«

»Wie viel?«, fragte Julius mit vollem Mund.

»Julius!«, zischte seine Mutter.

»Sehr viel. Für eine exakte Schätzung braucht es aber Zeit.«

»Woher kann sie die Kette gehabt haben?«

»Das ist die Frage.«

»Worüber redet ihr eigentlich, Pucki?«, fragte Julius' Mutter.

Sie hatte seinen Spitznamen aus Kindertagen öffentlich gebraucht! Nahmen die Demütigungen denn überhaupt kein Ende? Anna nutzte wieder ihre Serviette.

»Es geht um die Halskette einer Toten«, sagte Niemeier.

»Wie unappetitlich«, sagte Julius' Mutter.

»Und die Münzen?«, fragte Julius.

»Völlig wertlos«, erwiderte Niemeier.

»Was hast denn du mit einer Toten zu schaffen, Puckibär?«

Sie machte es wieder, und sie hatte sogar die Verniedlichungsform gewählt!

»Ich muss weg. – Kann ich euch mitnehmen, Mutter? Vater?«

»Aber nein. Wir haben doch noch gar nicht unseren Kuchen aufgegessen. Und außerdem möchten wir deine reizende Freundin näher kennen lernen. Fahr du nur ruhig schon. Wir werden uns sicher prächtig verstehen.«

Er sah Anna erst spät wieder. Beunruhigend spät.

Es war ein Uhr in der Nacht, und sie klingelte Sturm.

Julius hatte nicht damit gerechnet, noch etwas von ihr zu hören. Eigentlich hatte er nach dem Gespräch mit seinen Eltern erwartet, nie wieder etwas von ihr zu hören.

Doch da stand sie in der Haustür, als Julius diese im rotweiß gestreiften Pyjama öffnete.

»Ich darf reinkommen«, sagte sie und kam herein.

»Komm herein«, sagte Julius schlaftrunken. Gerade war er noch an einem besseren Ort gewesen, in den Schweizer Alpen, Brotzeit haltend in einer kleinen Wandererstation nahe dem Matterhorn. Wo ihn seine Eltern, übereifrige Journalisten und verworrene Mordfälle niemals erreichen würden.

Anna ging in die Küche, nahm eine Flasche Weißburgunder vom südpfälzischen Weingut Prof. Burgdorf aus dem Kühlschrank, die Julius am Abend noch verpumpt hatte, um sie länger frisch zu halten, öffnete eilig die Glasvitrine, in dessen Innerem peinlich ordentlich die Gläser standen, und wählte, wie Julius nichtumhin kam zu bemerken, ein mächtiges Shiraz-Glas für den deutschen Weißwein.

»Das ist –«, fing er an.

»Ist mir egal«, fuhr Anna dazwischen. »Es ist bestimmt das falsche Glas, aber ich habe nicht vor, diesen Wein zu *degustieren*, sondern nur, ihn zu trinken.«

Ein Verbrechen nichtsdestotrotz, wie Julius fand. Gerade bei diesem Wein aus dem Birkweiler Walnussstrauch mit seinem finessenreichen Duft von vollreifen Stachelbeeren, seiner verschwenderischen Fülle und großen Klarheit. Aber Julius schwieg und setzte sich an den kleinen Küchentisch, den Anna in Beschlag genommen hatte.

»Danke für deine Vorwarnung auf meinem Anrufbeantworter den Journalisten betreffend. Das heißt dann wohl, dass wir uns ab jetzt nur noch in dunklen Gassen treffen können. Zum Wohle!« Sie nahm einen großen Schluck. »Der ist gut.«

»Das ist er«, bestätigte Julius, dessen Kopf brummte.

»Ich werde mir den Herrn morgen früh direkt mal vorknöpfen. Darauf trink ich!«

Sie nahm einen weiteren großen Schluck, griff nach der Flasche und füllte ihr Glas rasch wieder auf.

»Wenn du sauer bist wegen meiner Eltern, kann ich das verstehen. Ich hätte dich nicht mit ihnen allein lassen sollen. Aber ich hab's einfach nicht mehr ausgehalten.«

»Du meinst, *das* regt mich so auf? Ach was! Es war sehr amüsant. Ich weiß gar nicht, welche Probleme du mit deinen Eltern hast, sehr nette Leute sind das. Und sie haben sich klasse mit unserem Experten für römische Geschichte verstanden. Da fing dann sogar dein Vater an zu reden. Ein Grund, das Glas zu heben, finde ich!«

Sie tat es und nahm zur Belohnung einen weiteren Schluck.

Aus dem Wohnzimmer kamen Herr Bimmel und Felix hereingetapst, hintereinander, wie eine zu klein geratene Kamelkarawane.

»Da sind ja deine beiden süßen Katzen! Hallo, ihr zwei, ich trinke auf euer ganz spezielles Wohl!«

Julius sah dem Wein wehmütig hinterher. Er hatte sich so auf den Rest der Flasche gefreut. Am nächsten Tag wäre er sicher noch besser gewesen …

Schluss!

Was genug war, war genug. Er nahm ihr die Flasche weg, bevor sie sich nachschenken konnte. »Könntest du mir jetzt bitte sagen, was das alles soll?«

»Na gut. Immer nur raus damit!« Anna lallte keineswegs, so weit war der Alkohol noch nicht in ihre Blutbahn vorgedrungen. Aber eine leichte Sprachverzögerung, eine Dehnung der Vokale, hatte er bereits verursacht. »Kennst du hier im Tal jemanden, der ein Dessert mit Orangen-Krokant-Blättern, Schokoladen-Kirsch-Parfait und gebackenen Süßkirschen macht?«

»Nur mich, das weißt du doch. Ich hab den Nachtisch extra für dich kreiert.«

»Und außer dir, ich meine, in ganz Deutschland, gibt es da noch einen, der ihn zubereitet?«

»Nicht, dass ich wüste. Es ist meine eigene Kreation, und sie steht noch nicht lange auf der Karte.«

»Hast du das Rezept vielleicht herausgegeben?«

»Ich denke nicht daran! – Was soll die ganze Fragerei?«

»Und du warst vor Pfingsten zwei Wochen in Urlaub?«

»Bin ich hier im falschen Film? Ich hab dich doch jeden Abend angerufen.«

Anna entriss Julius die Weinflasche, goss sich bis zum letzten Tropfen ein, trank das Glas in einem Schluck leer und stand auf. Allerdings konnte sie ihre Beine nicht mehr so positionieren, dass sie ohne Schwankungen der Schwerkraft getrotzt hätte. Sie hob den Zeigefinger. »Du hast sicher von Tina Walter gehört, der Weinkönigin, die an Pfingsten – als du noch auf den Pfaden deines Vorfahren wandeltest – tot auf den Bahngleisen gefunden wurde.« Sie vollführte mit der Hand eine Geste, die klar machte, wie tot Tina Walter war.

»Natürlich, darüber haben wir doch schon miteinander gesprochen.«

»Schön ...« Der Alkohol schien nun das vegetative Nervensystem erreicht zu haben. Sie blickte ausdruckslos auf das leere Glas in ihrer Hand.

»Hallo?«, fragte Julius. »Ist noch jemand zu Hause?«

Sie sah ihn an. »Julius, verrat mir bitte eins.«

»Gerne.«

Sie lehnte sich an seine Schulter und blickte ihm tief in die Augen. »Wie kommt neben einer kleinen Menge Kaffee und einer großen Menge Wein dein Dessert mit Orangen-Krokant-Blättern, Schokoladen-Kirsch-Parfait und gebackenen Süßkirschen in ihren Magen?«

4. Kapitel

... felsenfester Charakter ...
(Gault Millau WeinGuide)

»Der muss doch zu erreichen sein!« Julius trommelte mit den Händen auf der Tischplatte. »Hast du es bei seinen Eltern versucht?«

»Bereits geschehen«, sagte François.

»Seinen Geschwistern?«

»Er ist ein klassisches Einzelkind.«

»Eine Freundin, etwas in der Art?«

»Hast du einen Namen?«

»Kirstin könnte was wissen, die beiden arbeiten häufig an derselben Station in der Küche. Die hast du doch schon erreicht?«

»Vor einer halben Stunde.«

»Gut.«

Aber es war nicht gut. Julius war in Aufruhr. Die Nacht war schlaflos, schokoladig und wanderfreudig gewesen. Zumindest was Strecken in seinem Schlafzimmer betraf.

Das Dessert *durfte* nicht in Tina Walters Magen sein.

Die einzige Lösung sah Julius in seinem Küchenteam, weswegen jetzt alle abtelefoniert wurden. Vielleicht hatte einer davon es ihr gekocht.

»Kirstin hat mir eine Nummer gegeben. Ich werde sofort dort anrufen«, verkündete François, während er den Hörer abnahm.

»Du vergisst nicht zu fragen, ob jemand das Rezept weitergegeben hat?«

»Wie besprochen«, antwortete François leicht genervt.

»Da müssen wir alle dran denken!«, sagte Julius und meinte damit FX, der in sein Handy sprach und durch ein Nicken zu verstehen gab, dass er daran dachte. Sein Zwirbelbart stand schlecht gelaunt in alle Himmelsrichtungen, hatte Julius ihn doch früh am Morgen ins Restaurant bestellt. Er hatte mürrisch reagiert, aber sich nicht beschwert – ein Schritt in die richtige Richtung, fand Julius. François hatte er nicht extra kontaktieren müssen, der Frühaufsteher war sowieso bereits vor Ort, da er den Weinkeller der »Alten Eiche« inventarisieren wollte.

»Die Ute Wieckhorst hat's auch net gekocht«, vermeldete FX und fügte nach einer kurzen Pause hinzu: »Und es auch net weitergegeben.«

Jetzt fehlten nur noch zwei. Und wenn die nichts damit zu tun hatten? Welche Lösung gab es dann?

Um die letzten zwei kümmerten sich François und FX. Jetzt hatte Julius keinen Vorwand mehr, nicht in die Zeitung zu blicken. Gelinst hatte er schon gleich nach dem Aufstehen und das angedrohte Bild entdeckt, den Text hatte er sich erspart. Er nahm den Lokalteil und verzog sich auf die Toilette. Nicht für den üblichen Zweck, nur um ungestört zu sein.

DER KOMMENTAR

»Kulinarischer Blindgänger«

Es ist ein merkwürdiges Süppchen, das Sternekoch Julius Eichendorff zurzeit köchelt. Der bisher nur als gut gelaunt und pfiffig bekannte Heppinger zeigt im Rahmen der Ermittlungen um den Mord an Constanze Dezaley eine ganz andere Seite. Nachdem Eichendorff zuerst nicht zu einem Gespräch mit der Eifel-Post bereit war, stritt er danach seine Beteiligung an den Ermittlungen kategorisch ab. Er sei nur Koch, so Eichendorff wörtlich. Erst als ihm das auf dieser Seite abgedruckte Foto vorgelegt wurde, gestand er seine Lüge und gab zu, involviert zu sein. Die Koblenzer Hauptkommissarin Anna von Reuschenberg habe seine Meinung zum Fall hören wollen, da er ihr bereits zweimal zuvor geholfen habe. Anscheinend sieht sich die Polizei nicht in der Lage, das Verbrechen ohne die Hilfe eines Kochs zu lösen. Dass die Ordnungshüter zur Verwicklung Eichendorffs nichts sagen wollten, verwundert da nicht.

Eichendorff sollte sich besser aufs Kochen konzentrieren, wie seine jüngsten kulinarischen Experimente zeigen. Nicht nur sein Verhältnis zur Wahrheit, auch seine Einstellung zum Kochen scheint neuerdings nämlich fragwürdig. Der Koch widmet sich zurzeit ausgiebig der historischen römischen Küche. Eichendorff versteht das »historisch« dabei allerdings grundlegend falsch. Was er »anrichtet«, schmeckt altbacken und wie von vorgestern.

Auch was den Mord an Constanze Dezaley angeht, scheint Eichendorff seinen guten Riecher verloren zu haben. So interessiert er sich zurzeit für die angesetzte Neuwahl der Ahrweinkönigin. Anscheinend sieht er da eine Verbindung zum Mord. Vielleicht vermutet er den Täter unter den Kandidatinnen. Das hat den Damen gerade noch gefehlt!

Früher wurde er gern als kulinarischer Detektiv bezeichnet. Kulinarischer Blindgänger trifft es zurzeit wohl eher.

Rainer Schäfer

Was für ein raffiniertes Aas! Fast alles, was er schrieb, stimmte und war doch vollkommen falsch. Dieser Schäfer war gerissener, als Julius gedacht hatte. Er hatte ihn unterschätzt. Das durfte ihm nicht noch einmal passieren. Er ging in die Küche und wählte Annas Nummer.

»Hast du den Artikel schon gelesen?«

»Ich hab ihn unter die Nase gerieben bekommen. Mehrmals.«

»Ist sie jetzt blutig?«

»Schön, dass du deinen Humor nicht verloren hast.«

»Wieso wolltest du zu meiner ›Verwicklung‹ in den Fall eigentlich nichts sagen?«

»Er hat einmal, ein einziges Mal, bei mir im Büro angerufen, und meine Kollegen haben ihm gesagt, dass ich nicht da sei. Was der Wahrheit entsprach. Das ist alles, was dahintersteckt.«

»Und was sollen wir jetzt machen?«

»Ich hab mit dem Chefredakteur telefoniert. Er hat Schäfer zurückgepfiffen. So was wird nicht mehr vorkommen.«

»Das ist doch mal eine gute Nachricht«, sagte Julius. »Darf ich denn weiter …?«

»… deine *Meinung* zum Fall sagen? Du darfst. Ich hab den Segen von oben. Deine Erfolgsquote hat sich herumgesprochen. Aber wir sollen es nicht an die große Glocke hängen.«

»Wir treffen uns ab jetzt also tatsächlich nur noch in dunklen Gassen und einsamen Berghütten.«

»Ist das ein Angebot?«

Julius musste schmunzeln.

»Chef«, rief François. »Schlechte Nachricht. Die Conzen war's auch nicht. An dem Gericht hat sie sowieso nie gearbeitet. Damit bin ich durch.«

»Okay«, rief Julius zurück. Dann war es Range. Dem Entertainer und Frauenheld im Küchenteam traute er einen solchen Geheimnisverrat sowieso am ehesten zu.

»Schon was herausbekommen?«, fragte Anna.

»Nein. Aber ein Eisen haben wir noch im Feuer. Ein besonders heißes.«

»Der Range hat's ebenfalls net gekocht und net weitergegeben. Und damit haben wir jetzt alle Herrschaften durch«, rief FX. »Ich bin dann wieder fort. Auf Wiederschauen.«

Alle erreicht. Aber dabei nichts erreicht, dachte Julius.

»Julius, Julius! Was hast du jetzt nur wieder vor? Ich frag besser nicht! Ich will es gar nicht wissen! Sag es deiner Kusine Annemarie lieber nicht. Sonst reg ich mich nur auf. Ich kann's mir natürlich denken, und in der Zeitung stand es ja auch schon. Bist wieder auf Mörderjagd, nicht? Ich hab mir so was schon gedacht, als du eben in der Haustür standst. Sonst lässt du dich ja nie mal bei uns blicken, dabei würden wir uns *so* freuen. Aber als Informantin – oder wie das heißt – bin ich dann gut genug, ist schon in Ordnung, ich versteh das schon. – *Nein!* Sag jetzt nichts! Lass dich lieber häufiger mal sehen. Oder lad uns mal nett zu dir ein. Ich bin zwar nicht so für diese gehobene Küche der feinen Leute, aber ab und zu darf das schon mal sein. Und du kochst ja auch gut. Wirklich! Glaub einer alten Hausfrau ruhig, wenn sie dir ein Kompliment macht, Julius. Musst aber nicht gleich rot werden!

So, wie auch immer, jetzt bist du hier, und ich freu mich. Annemarie, das wandelnde Tageblatt, freut sich. So nennt ihr mich doch hinter meinem Rücken! Aber weißt du, woher das kommt, Julius? Weil ich den Leuten zuhören kann, nur deshalb erfahre ich auch was. Ich weiß, wann es an der Zeit ist zu schweigen.

So, dann will ich mal loslegen. Die Weinköniginnen, über die wolltest du bestimmt was wissen. Beschäftige dich ruhig mit denen, Julius, einige davon sind noch zu haben. Du musst dich einfach nur trauen, Julius, dann werden die jungen Dinger schnell ein Auge auf dich werfen! Oder stimmen die Gerüchte über dich und die Kommissarin? Dass da mehr ist als Zusammenarbeit? Na, wer schaut da so verschmitzt? Aha, aha, du brauchst *nichts* zu sagen, Julius, deine alte Kusine weiß auch so Bescheid. Von mir erfährt keiner was! Jetzt wird mir auch klar, warum du um die Hüften ein bisschen zugelegt hast. Wer glücklich ist, der nimmt zu. Musst nicht beleidigt gucken, steht dir doch!

Wo war ich stehen geblieben, ach ja, die gekrönten Häupter.

Also, ich find die Weinkönigin aus Ahrweiler, die ja traditionell Burgundia heißt, besonders sympathisch. Heidrun ist ihr Name, Heidrun Wolff. Ein so adrettes Mädchen, weißt du, ganz reizend und ausgesprochen klug. Die arbeitet in der Apotheke in dem Supermarktgebäude, du weißt schon, an der Wilhelmstraße. Die wäre auf jeden Fall eine, um die Ahr würdig zu vertreten, die hat ein sicheres Auftreten, ist nicht auf den Mund gefallen – und noch zu haben! Aber das interessiert dich ja jetzt nicht mehr, wie schön, ich freu mich für dich!

Wen haben wir noch? Die Mayschoßerin. Die ist tot. Und über die Toten soll man ja nichts Schlechtes sagen, aber die hatte es schon faustdick hinter den Ohren. Ich will nichts gesagt haben, dass du mich richtig verstehst, aber das war ein echter Feger. Wir waren da früher anders.

Die Recher Weinkönigin, die könnte ich mir überhaupt nicht vorstellen als Ahrweinkönigin. Ein richtiges Mauerblümchen, und so schüchtern, kriegt kaum den Mund auf. Die Eltern haben ein Restaurant mit Fremdenzimmern, die ›Burgunder-Klause‹, bist du bestimmt schon mal dran vorbeigefahren. Natürlich nur gutbürgerliche Küche, nicht so was Feines wie bei dir – aber man kann da gut essen! Mag ja nicht jeder so französischen Kram, viele haben lieber was Richtiges auf dem Teller. Zumindest hat das Mädchen schon von klein auf im Lokal geholfen. Also fleißig ist sie, das muss man ihr lassen. Ich glaube, der Sohn vom Landrat hat ein Auge auf sie geworfen. Man munkelt da was. Na ja, geht mich nichts an, geht mich ja überhaupt nichts an.

Jetzt muss ich mir aber erst mal noch ein Käffchen holen. Willst du auch eins? Da schüttelt er den Kopf, der Meisterkoch. Wie ungemütlich von dir! Bah!

Geht ganz schnell. Da steht schon der Kaffee, und rein in die Tasse damit, Milch und Zucker, nicht zu knapp, sonst schmeckt der ja nach nichts, umrühren und … mhm …

Sooo, da bin ich wieder. Jetzt geht's mir gleich besser! Der wärmt so schön von innen. Ist entkoffeinierter, wegen meinem Magen. Hatte ich gerade von der Recher Weinkönigin erzählt? Ja, nicht? Also, da gibt es eine Geschichte, aber ich weiß nicht, was ich davon halten soll. Die Kandidatinnen haben ja immer einen großen Fototermin, bei dem sie in voller Montur abgelichtet werden. Da will natürlich jede einen besonders guten Eindruck machen. Also, das Mädchen aus Rech hat behauptet, die Ahrweiler Weinkönigin hätte ihr nichts von dem Termin gesagt – die Mädchen machen da so eine Telefonkette. Die schriftliche Einladung sei auch nicht bei ihr angekommen, und die Recherin behauptet jetzt, die Ahrweilerin würde ihren Postboten gut kennen, hätte dem schöne Augen gemacht, und der hätte den Brief dann nicht ausgeliefert. Was die sich manchmal einbilden, das glaubst du nicht! Wie auch immer, sie war bei dem Termin nicht dabei und auf dem Foto nicht drauf, und gewonnen hat sie auch nicht. Jetzt denkt sie natürlich, das hätte nur *daran* gelegen. Wenn's so einfach wäre!

Jetzt haben wir Ahrweiler, Mayschoß, Rech ... dann machen wir jetzt Dernau. Der müssen wir ganz, ganz fest die Daumen drücken. Die ist Azubi beim Betrieb unserer lieben Verwandten, der Gisela. Das Weingut Schultze-Nögel hat schon immer die besten Kräfte abbekommen. Bei der ersten Wahl war sie Zweitplatzierte und hat die Entscheidung sehr tapfer getragen, dabei ist es unglaublich knapp zugegangen. Nur eine Stimme Unterschied, so was hat es vorher noch nie gegeben. Kommt aus einem sehr gutem Stall, das Mädchen, der Vater ist Professor an der Bonner Universität, wohl ein bekannter Historiker.

Drei fehlen noch. Lass mich dir zuerst was über die Walporzheimerin erzählen, das ist eine ganz Junge. Sie macht gerade ihren Abschluss an der Realschule. Ein bildhübsches blondes Ding, Beine bis zum Himmel, die könnte sicher auch als Model Karriere machen. Erinnert mich ein wenig an mich, als ich jung war. Aber die Walporzheimer hätten besser noch zwei, drei Jahre gewartet, bis sie die zur Weinkönigin gemacht hätten. So ein Küken wird niemals das Tal repräsentieren.

Wen machen wir jetzt?

Altenahr fehlt noch. Die ist ja so politisch engagiert, bei den Jungen Demokraten oder den Jungsozialisten oder wie das heißt, ich kenn mich da ja nicht so aus. Ich wähle, was ich immer gewählt habe, und damit hat es sich. Das ist noch immer gut gegangen. Aber das Mädchen ist ein bisschen auf der molligen Seite. Eine richtige dicke Hummel, sagen wir doch, wie es ist.

Auf die Bachemerin tippen, glaube ich, neben der Dernauer Kandidatin und der Burgundia die meisten. Eine echte Winzertochter. Viele Alteingesessene sagen, so eine sollte immer vorgezogen werden. Weil, wie sieht denn das aus, wenn unsere Kandidatin bei der Wahl zur deutschen Weinkönigin gefragt wird, was sie macht, und sie sagt, Apothekerin? Das sieht dann aus, als hätten wir nicht genug Winzertöchter!

Wir sind hier eine fruchtbare Gegend, Julius, in jedem Sinne. Da soll keiner was anderes denken. Ich glaub, ich hol mir jetzt noch ein Pralinchen. Auch eins? Nu schüttel nicht schon wieder den Kopf, greif zu, komm schon, sonst werd ich sauer! – Geht doch, du wirst sehen, die sind *köst-lich*, waren diese Woche im Angebot, da hab ich gleich drei Packungen gekauft.

Jetzt haben wir sieben, fehlt nur noch eine, das wäre dann … Heimersheim. Die haben ja immer so eine schöne Tracht an, ein richtig traditionelles Kleid, mir gefällt's sehr gut. Was meinst du, könnte ich so was auch tragen? Natürlich *nicht*! Dafür habe ich jetzt einfach eine zu weibliche Taille, aber das liegt in der Familie, das kommt bei uns mit dem Alter, da könnte ich so viel hungern, wie ich wollte.

Also, um die Sache abzuschließen, die Heimersheimerin arbeitet bei der Stadt, ich glaube, im Einwohnermeldeamt. Die hat aber keine Chancen auf den Titel, weil die Heimersheimer im letzten Jahr bereits die Ahrweinkönigin gestellt haben. Hat feuerrotes Haar, das Mädchen, und du weißt ja, was man über rothaarige Frauen sagt! Was mir gar nicht an ihr gefällt, ist ihre große Nase. Wie eine Ente schaut sie aus, Julius, wirklich, genau wie eine Ente. Eine rothaarige Ente.

Kaffee willst du keinen, Pralinen auch nicht mehr, tja, dann hab ich eigentlich nichts mehr für dich. Erzählt hab ich auch alles.

Viel war es ja nicht.

Aber, Julius, wenn du unter diesen Mädchen eine Mörderin suchst, wirst du nicht fündig werden. So viel kann ich dir sagen, *die* Arbeit kannst du dir sparen. Das sind alles ordentliche junge Dinger, sonst wären sie schließlich auch nicht in ihren Orten auserkoren worden. Das darfst du nicht vergessen!

Habe ich dir eigentlich schon erzählt, dass ich auch einmal Weinkönigin war? Eine tolle Zeit, da haben die Männer mir noch Blicke hinterhergeworfen, für die sie ins Gefängnis gehört hätten! Aber ich sehe schon, davon willst du nichts hören. Brauchst gar nicht so auf die Uhr zu gucken. Ich muss mich jetzt auch wieder um die Wäsche kümmern. Die macht sich nämlich nicht von allein. Komm, ich bring dich noch raus. Und danke noch mal, dass du für Trixi Pansen mitgebracht hast. Den werde ich der schönsten Dackeldame des Tales gleich mal geben. Ach, Julius, es war richtig schön, mal wieder ausgiebig mit dir zu reden. Das sollten wir bald wiederholen!«

Heute hieß es, die Zähne zusammenzubeißen, den Schmerz auszuhalten. Teil eins der psychologischen Folter lag bereits hinter ihm. Zwar hatte er noch ein leichtes Summen im rechten Ohr von Annemaries Dauerbeschallung, aber für einen Tinnitus würde es wohl noch einige

Monologe mehr brauchen. Die galt es im Interesse der eigenen Gesundheit zu vermeiden.

Teil zwei der psychologischen Folter saß hinter seinem Schreibtisch und blickte mürrisch. Früher hatte das Gesicht des Mannes Julius an Steinformationen erinnert, heute musste er an alte Rebstöcke denken, gezwirbelt, zerfurcht, mehr Schatten als Licht. Der Mann gehörte fest zur schmucken »Villa Aurora« in der Georg-Kreuzberg-Straße, nur einen Katzensprung vom Kurgarten entfernt. Denn er war immer hier, wie ein böser Geist, der sich weigerte zu gehen. Dr. jur. Harry Hinckeldeyn, Anwalt und Notar, musste durch einen Fluch an das schöne Jugendstilgebäude gefesselt sein. Im Inneren der Villa krachten die Gegensätze aufeinander: klobiger Gelsenkirchener Barock brutalster Kitschigkeit, darin wie japanische Inseln der Schlichtheit ein Black-Matrix-Fernseher, und auf dem Zehn-Zentner-Schreibtisch ein schlankes, matt silbernes Notebook, das Julius heute zum ersten Mal sah. Hinckeldeyn bekam also doch mit, was in der Welt passierte.

»Willst du jetzt endlich sagen, warum du hier bist, Junge, oder dich weiter faul in meinem besten Sessel herumlümmeln?«

Hinckeldeyn hatte gesprochen. Julius spürte, wie er in Hab-Acht-Stellung ging. Und das im Sitzen. Er kannte diesen Tonfall bereits lange, Hinckeldeyn war der Anwalt seiner Sippe. Allerdings nicht mehr sein eigener, denn Julius hatte sich entschieden, nur jemanden zu konsultieren, der Teenagern nicht den Glauben an den Leibhaftigen wiedergab.

»Ich hab meine Zeit nicht gestohlen, Junge!«

»Und du willst, Menschenkind, der Zeit / Verzagend unterliegen? / Was ist dein kleines Erdenleid? / Du musst es überfliegen!«

»Belehr mich nicht mit deinem Vorfahren, Bursche, das sag ich dir! Beeil dich lieber. Denn wegen etwas wichtigem Geschäftlichem bist du bestimmt nicht hier, lässt dich ja jetzt vom Herrn von und zu vertreten.«

Nein, etwas Geschäftliches hatte Julius tatsächlich nicht dazu gebracht, sich jetzt in Hinckeldeyns bestem Sessel herumzulümmeln. Er war hier, weil Hinckeldeyn einmal nicht hier gewesen war.

Hinckeldeyn war der Unabhängige gewesen.

»Sie waren der Unabhängige«, sagte Julius deshalb.

»Stimmt, Junge. Es gibt eben Leute, die auf meine Fachkompetenz Wert legen.«

Die Stimmzettel der Weinköniginnenwahl wurden von der Fremdenverkehrsgesellschaft »Gesundheit52« und einer unabhängigen Person ausgezählt. Häufig war dies jemand von der Presse, diesmal war es anscheinend als nötig erachtet worden, einem Juristen die Aufgabe anzuvertrauen.

Leider war der Unabhängige zur Verschwiegenheit verpflichtet. Julius stellte dies einfach mal in den Raum.

»Sehr richtig. – Und was geht dich das an?«

Julius war sicher, dass Hinckeldeyn ihn mit seinem Blick durchbohrte. Durch die blendende Sonne konnte er die Augen in dessen Gesicht aber nicht ausmachen. Es mochte sich auch um Muttermale, die Nase oder eines der Ohren handeln.

»Die Gewinnerin der Wahl wurde ermordet.«

»Hatte ich mir schon gedacht, dass daher der Wind weht. Du warst als Junge schon ein kleiner Schnüffler. Hast dich immer um Sachen gekümmert, die dich nichts angingen. Hast mal meinen Mülleimer durchsucht, weil du dachtest, ich esse kleine Kinder.«

Daran erinnerte sich Julius gut. Er hatte damals tatsächlich Knochen gefunden, eine ganze Menge sogar. Sie stammten allerdings von Hühnern. Aber er würde heute noch Hinckeldeyns Mülleimer durchsuchen, falls Kinder vermisst würden.

»Eins muss ich dir zugute halten, Junge. Du scheinst ein ganz ordentlicher Schnüffler zu sein. Wie du damals den Mörder von Siggi gestellt hast, das hätte ich dir gar nicht zugetraut. Ich hatte dich immer für leicht beschränkt gehalten.«

Das war mit Abstand das unverschämteste Kompliment, das Julius jemals bekommen hatte.

»Deine Eltern haben wohl doch nicht alles falsch gemacht. Übrigens schön, dass sie mal wieder da sind. Sie waren heute Mittag zum Essen hier. Sie meinten, so gut wie ich würde keiner im Tal kochen.«

Hinckeldeyn hielt nichts von Julius' Küche. Das schmerzte nicht. Was seine Eltern gesagt hatten, stach dagegen schon ein wenig in der Herzgegend.

Er musste hier wieder raus. Je schneller, desto weniger würde er sein Selbstbewusstsein danach mit Pralinen wieder instand setzen müssen.

»Ging bei der Wahl alles mit rechten Dingen zu?«, fragte Julius.

»Du hast keine Manieren, Junge. Und weil ich das weiß, schmeiß ich dich nicht direkt raus. Ich bin Jurist. Was sagt dir das?«

»Dass Sie ein falsches Wahlergebnis niemals zugelassen hätten?«

»Du hättest dir deinen Besuch also sparen können. War's das jetzt, oder muss ich mir dein kreuzdummes Gesicht noch länger anschauen?«

Wie immer, wenn Julius mit Hinckeldeyn sprach, wurde er das Gefühl nicht los, dass dieser eine diabolische Freude an der Unterhaltung hatte. Für den Alten mussten Beleidigungen wie Bluttransfusionen sein. Er wurde durch sie immer lebendiger.

»Ist Ihnen bei der Wahl etwas Ungewöhnliches aufgefallen?«

»Noch einmal lasse ich dir nicht durchgehen, dass du den Doktor vergisst!«

»Doktor.«

»Zum Beispiel?«

»Bei der Vorstellung der Kandidatinnen vielleicht. Ging bei einem der Mädchen das Mikro ›versehentlich‹ aus, ist eine bei ihrem Auftritt über ein Kabel gestolpert, das vorher nicht da lag?«

Hinckeldeyn sagte nichts.

»Doktor«, fügte Julius an.

»Nein. Noch andere Ideen?«

Die alte Katze spielte mit der jungen Maus, dachte Julius.

»Wurde eines der Mädchen bei ihrem Auftritt ausgepfiffen, oder machte sich jemand im Vorfeld über eine Kandidatin lustig? So etwas in der Art?« Julius ließ den akademischen Titel ganz bewusst weg. Sollte sich Hinckeldeyn doch ruhig noch mal beschweren.

»Du hast nicht genug Phantasie, Junge. Oder du weißt nicht, wie es bei so einer Wahl zugeht. Wahrscheinlich beides.«

»Was hätte ich mit genug Phantasie und Fachwissen denn gefragt?«

»Das Wahlkomitee besteht aus rund vierzig Personen, darunter Ortsbürgermeister, Vertreter der Verkehrsvereine und Gemeinden, natürlich unser Landrat sowie der Vorsitzende und der Geschäftsführer der Fremdenverkehrsgesellschaft, welche von der Presse und so weiter. Die alle auf die Seite *einer* Kandidatin zu bringen ist unmöglich. Stimmung machen kann man natürlich, das wird auch versucht, aber das ist in einer guten Demokratie erlaubt. Pfusch gibt es nicht bei der Wahl. So. Zum Ablauf: Die Kandidatinnen kommen zuerst alle komplett rein, dann hübsch nacheinander und werden einzeln befragt. Alle bekommen dieselben Fragen in derselben Reihenfolge gestellt. Danach wird geheim gewählt. Hast du jetzt eine neue Frage für mich, Junge?«

»Ja. Wer stellt die Fragen?«

»Der Arbeitskreisvorsitzende der Weinwirtschaft, Kiesingar, diesmal auch der Prokurist des DWI, die amtierende Weinkönigin, der Lokalchef der Rheinzeitung, natürlich der Landrat. Um nur einige Beispiele zu nennen. Die Fragen dürfen nur von Unbefangenen gestellt werden, also nicht von Ortsvertretern.«

Hinckeldeyn machte eine Pause. Er schien auf eine weitere Frage zu warten.

»Was sind das für Fragen?«

»Falsche Frage. Ich beantworte sie trotzdem. Ganz unterschiedliche aus Politik und Wirtschaft und natürlich aus dem Weinbereich. Der Landrat fragte zum Beispiel, wie die Kandidatin die Ahr gegenüber einer französischen Delegation präsentieren würde.«

Bei Julius machte es Klick.

»Könnte eine der Kandidatinnen die Fragen bereits vorher gewusst haben?«

»Ich glaube, es ist jetzt Zeit für dich zu gehen, Junge.«

»Aber wieso?«

Hinckeldeyn ging zur Haustür. »Keine Widerworte.«

Julius' letzte Rettung: ein gutes Rezept. Hinckeldeyn war immer auf der Suche danach. Es musste nur etwas Einfaches sein. »Wissen Sie, dass ich vor kurzem ein ganz famoses Bratenrezept gefunden habe?«

»Damit kommst du diesmal nicht bei mir durch, Junge.« Er schob Julius hinaus auf den Fußabtreter.

»Warum können Sie mich eigentlich nicht leiden?«

»Ich sag dir, was ich als Rechtsanwalt nicht leiden kann: glückliche Ehepaare und nüchterne Autofahrer.«

Jetzt, wo das Sonnenlicht auf Harry Hinckeldeyns Gesicht fiel, konnte Julius dessen Augen erkennen und war schockiert. Sie sahen gütig aus.

»Soll ich Ihnen sagen, was *ich* nicht leiden kann?«, fragte Julius.

»Nein.«

»Griesbrei.«

Hinckeldeyn lächelte. Er sah dabei zwar mehr aus wie ein alter Tiger, der seine Zähne zeigte, aber es sollte wohl ein Lächeln sein.

»Die Gewinnerin hat sehr gut auf die Fragen reagiert. Sonst hätte sie niemals gegen die Dernauer Kandidatin gewonnen.«

»Danke, Herr Doktor.«

Hinckeldeyn packte Julius' Gesicht mit einer hageren Hand zwischen Daumen und Zeigefinger, presste dabei die Wangen so hoch, dass Julius sich wie ein Backenhörnchen vorkam.

»Du bist nicht der Allerschlechteste aus der Familie, Junge. Aber du solltest wirklich abspecken.«

Julius hatte ein Gesetz gebrochen, aber es interessierte ihn nicht. Er hatte auf einer Zufahrtsstraße geparkt, die nicht für Köche vorgesehen war. Unter anderem. Sie führte entlang der Heerstraße unterhalb der Weinberge. Sie führte auch an der Brücke vorbei, die Tina Walter für ihren letzten Höhenflug benutzt hatte.

Der Sommer würde schön werden, dachte Julius, als er aus seinem Audi stieg. Der Himmel war mit Pelikan-Tinte blau gemalt, und einige Wolken, die fluffig wie Zuckerwatte über ihm hertrieben, ließen ihn nur noch blauer erscheinen. Die Rebzeilen waren satt begrünt oder zeigten kahlen Boden, je nachdem, ob der Winzer ökologischen Weinbau betrieb oder lieber auf die Kraft der Spritzen setzte.

Julius blickte weg von den steil aufragenden Rebstöcken hin zur schmucklosen Brücke, die über die breite Straße, dann über die Bahngleise führte. Als er auf ihr stand, konnte er gerade noch das stählerne Hinterteil des Zugs erblicken, der Richtung Römervilla vorbeigerattert war. Julius stützte sich auf das Geländer.

Aus dieser Richtung war Tina Walter gekommen.

Er blickte ins Nirgendwo.

Die Weinberge lagen da, natürlich, aber wer feierte schon darin, so romantisch die Idee auch klingen mochte? Zwei Straßen führten etwas entfernt hoch nach Lantershofen, an einer davon, der Elligstraße, lagen vereinzelt Häuser. Aber wenn sie dort gefeiert hatte, warum hatte sie nicht auch dort geparkt? Wollte sie nicht gesehen werden? Doch selbst dann hätte es einen näheren, unauffälligen Parkplatz gegeben. Selbst dann war dies keine Erklärung. Wer ging schon gern weite Strecken nach einem Saufgelage?

Anderer Ansatz: ein langer nächtlicher Spaziergang, mit einem Verehrer vielleicht, der sie aus anderen Gründen als dem gemeinschaftlichen Feiern in die Weinberge getrieben hatte. Und anstatt mit ihr danach zusammen nach Hause zu fahren, hatte sich ihr Begleiter Tina Walters entledigt.

Auch ein Szenario.

Und Julius war wieder bei Mord angekommen, wo er doch von einem Unfall auszugehen hatte. Aber ein Unfall? Neben den hüfthohen Seitengittern der Brücke war jeweils ein betonierter Fallschutz angebracht, gut ein, anderthalb Meter breit. Wie besoffen Tina Walter auch gewesen sein mochte, einige Instinkte sicherten das Überleben, wenn das Hirn mal eben eine Auszeit nahm.

Die Fragen stürzten auf Julius ein wie gefräßige Vögel.

Wo hatte sie getrunken?

Mit wem hatte sie getrunken?

Wer hatte sie heruntergestoßen?

Welche Verbindung gab es zum Mord an Constanze Dezaley?

Und warum hatte Tina Walter eins von Julius' Desserts im Magen?

Er musterte die Straße, auf der ein acht mal acht Meter großes Stück in einer anderen Farbe geteert war, einem helleren Grau. Die B 267 lag bedeutend höher als die Bahngleise, und dort, wo der Unterbau der Straße an die Gleise stieß, war an einer Stelle ein vergitterter Erker angebracht. Vermutlich einer der Einstiege, an denen die Fahrbahnsicherheit geprüft werden konnte.

Julius drehte sich um, die andere Richtung in Augenschein nehmend.

Von dort kam ein Mann den Weg zur Brücke empor, dessen Gang Julius so vertraut war, dass er ihn allein am Klang der Schritte erkannt hätte. So schwungvoll schleifend konnte nur einer seine eleganten italienischen Designerschuhe bewegen. Und dieser eine war FX.

Den Kopf gesenkt, erblickte er Julius erst spät und blieb überrascht stehen. Dann schüttelte er lächelnd das Haupt und kam auf ihn zu.

»Wie bist nur drauf gekommen, Maestro, dass ich hierher kommen würd?«

»Gar nicht, ist purer Zufall. Ich hab dir doch erzählt, dass ich mich mit dem Mordfall Dezaley beschäftige. Und der Tod einer anderen Weinkönigin, Tina Walter, könnte damit zusammenhängen. Sie starb hier.«

Julius sah noch einmal zu dem kleinen Holzkreuz, das jemand neben den Schienen aufgestellt hatte. Frische Rosen lagen davor.

»Nur weil beide Weinköniginnen waren, siehst einen Zusammenhang? Na, des glaub ich net. Die beiden Morde musst für sich betrachten.« Er drehte an den Enden seines Zwirbelbarts, die imposant wie Kirchturmspitzen in den Himmel stachen.

Wie erholsam, dass sie wieder miteinander sprechen konnten, dachte Julius. Noch nicht wie früher, aber immerhin ohne dass er ständig von FX vor den Kopf gestoßen wurde. Wenigstens eine positive Überraschung am heutigen Tag. Sein Blick folgte den Schienen, bis sie sich im Horizont verloren. »Das heißt, du glaubst auch, dass der Unfall keiner war?«

FX zwirbelte weiter die Enden seines Barts mit den Fingerspitzen. »Hier soll jemand runterstürzen? Na, niemals. – So, ich muss jetzt rasch wieder weitermarschieren.«

»Darf ich dich noch was fragen?«

»Wenn's net lang dauert.«

»Es geht um die Geschichte mit dem Dessert. Ich hab noch nicht mal eine Idee, wie das passiert sein kann.«

»Ich schon. Is doch ganz einfach, Maestro. Wahrscheinlich is es ein anderer Koch gewesen, der bei uns gespeist und sich des Rezept stibitzt hat.«

»Ich kenne alle in der Umgebung, die so etwas nach einem Essen in der ›Alten Eiche‹ kochen könnten. Und von denen hat's keiner gegessen.«

»Dann wird's wahrscheinlich ein Koch von außerhalb gewesen sein.«

Das musste es sein!

Warum war ihm das nicht eingefallen? Das war des Rätsels Lösung! Er musste es gleich Anna erzählen! Er musste sie gleich anrufen!

FX war bereits weitergegangen. Als Julius einen Abschiedsgruß rief, drehte er sich um, blieb aber nicht stehen, sondern ging rückwärts weiter. »Ich weiß wirklich net, warum du dir so drüber den Schädel zermarterst. Adieu, Maestro.«

»Weil es mich verdächtig macht«, sagte Julius zu sich selbst. »Und es Anna in eine Zwickmühle bringt. Sie sagt zwar nichts in der Richtung, aber das braucht sie auch gar nicht.«

Er schaute seinem Maître d'Hôtel nach, der die Treppe in die Weinberge hochging.

Erst jetzt begriff Julius, was ihn an dem Gespräch gestört, was ihn gekribbelt hatte wie ein Insekt, das seinen Weg unter die Kleidung suchte: Wieso hatte sein alter Freund ihn gefragt, woher er wisse, dass er, FX, an diesen Ort käme? Welchen Grund konnte es für diese Frage geben? Und welchen dafür, dass FX hierher gekommen war? Er wohnte weit entfernt, und für einsame Spaziergänge war der Wiener Stehgeiger nicht bekannt.

Egal. Wahrscheinlich nur ein sprachlicher Ausrutscher. Er würde jetzt Anna anrufen und ihr den Trick mitteilen, wie der gordische Knoten zu lösen war. Mit einem gedanklichen Hieb, der Alexanders des Großen würdig war. Julius war euphorisch, da störten ihn übertriebene Vergleiche überhaupt nicht.

Nein! Er würde sie noch nicht anrufen. Er würde ihr die Lösung beim heutigen Abendessen präsentieren. Vielleicht ergab sich ja beim jetzt anstehenden Gespräch noch etwas Berichtenswertes. Dann bekam sie alles auf einmal serviert. Und danach einen besonderen Nachtisch.

Julius beschloss, die letzte Fahrt des Tages auf seinem Fahrrad zurückzulegen. Deshalb fuhr er nach Hause und holte seinen scheckheftgepflegten Drahtesel aus der Garage. Jetzt würde er dem Speck mit Muskelkraft zu Leibe rücken!

Die Fahrradfahrt wurde zur Qual.

Dabei dauerte sie nicht lang, nur Richtung Bad Neuenahr, über den Fluss, und er war da.

Aber auf der Fahrt hätte er am liebsten die Augen geschlossen. Konstant.

Von überall her blickten ihn Männer an, die nicht nur die richtige Halbfettmargarine aßen, sondern dies auch noch in Feinrippunterwäsche taten. So waren ihre durchtrainierten Körper besser zu sehen. Halbfettmargarinegepflegt. Andere Männer tranken lachend Bier, sahen aber aus, als müsste destilliertes Wasser in ihrem Glas sein. Am schlimmsten waren die jungen Sportler, die Kanus schleppten und dabei die vermutlich längsten Pralinen der Welt zwischen ihren Kaumuskeln zerkleinerten.

Konnte nicht wenigstens einer dieser Herren ein Bäuchlein haben?

Einen Bauchansatz vielleicht?

Den Hauch einer spack sitzenden Hose?

Julius wäre schon mit einem rundlicher geformten Schemen im

Hintergrund zufrieden gewesen. Aber die Existenz normal dicker Menschen wurde einfach geleugnet. Diese Plakatmenschen fraßen und soffen und blieben dabei so, wie sie waren.

Das konnte nur eins heißen: Er, Julius, musste auch Halbfettmargarine, Bier und als Pralinen getarnte Schokowaffeln zu sich nehmen, um schlank zu werden. Es würde ihm wohl nichts anderes übrig bleiben. Sonst würde er es niemals auf eines der Plakate schaffen, noch nicht einmal als sportlicher Passant im Hintergrund.

Endlich die Felix-Rütten-Straße!

Endlich keine Plakate mehr!

Endlich das Gebäude, auf dem so verheißungsvoll das Wort »Spielbank« prangte, und schräg gegenüber sein Ziel, das elegante zweistöckige Haus mit den hohen Sprossenfenstern und dem grau glänzenden Walmdach. Julius fuhr um die blumenumkränzte Verkehrsinsel, in deren Mitte ein Springbrunnen dezent plätscherte.

Drei Autos in drei Farben parkten vor dem Haus. Im vordersten saß ein Schrank von Mann und las den »Express«. Eigentlich war er eher eine Schrankwand von einem Mann. Von seiner bildreichen Lektüre aufblickend musterte er Julius, als dieser sein Fahrrad an ihm vorbei zum Haus schob und dort abschloss. Hier regierte die Fremdenverkehrsgesellschaft »Gesundheit52« über die Erholung und das Wohlsein der Gäste im Tal. Der Name erinnerte Julius unangenehm an Medikamente. Er klang einfach zu sehr, als könnte er auf eine kleine Schachtel gedruckt sein, die neben Amoxicillin 250 und Sigaprolol 50 im Apotheken-Regal stand. Aber vielleicht war genau das gewollt. Die Gesundheits- und Fitnessregion Ahr – das Medikament in Urlaubsform.

Julius hatte sich informiert. Der Mann, den er suchte, hieß Max Lisini und betreute die Ahrweinkönigin wie auch die Wahl derselben seit vielen Jahren. Aus der Tür, die zum Vorzimmer von Lisinis Büro führte, trat eine elegant gekleidete Dame mittleren Alters. Dunkelblauer Hosenanzug, dezentes Make-up, perfekte Frisur mit blonden Strähnchen. Sie nickte ihm freundlich zu.

»Einen wunderschönen Tag wünsche ich, Herr Eichendorff.«

»Kennen wir uns?«

»Wie es scheint, nicht gegenseitig. Lisini mein Name, Bianca Lisini. Ich bin die Frau des Mannes, zu dem Sie offenbar gerade wollen. Und zudem eine große Bewunderin Ihrer wundervollen Küche.«

»Danke sehr. Aber wir haben uns noch nicht persönlich …?«

»Nein, diese Ehre ist mir bisher noch nicht zuteil geworden.«

All das kam so natürlich über ihre Lippen, als hätte sie bereits im Kleinkindalter so und nicht anders gesprochen, als hätte es nie ein erstes Wort aus ihrem Babymund gegeben, sondern direkt zwei: Frau Mama.

Julius kam sich vor wie ein Bauer.

Aber auch Bauern hatten Manieren.

»Bitte lassen Sie beim nächsten Mal in der Küche Bescheid sagen, wenn Sie in meinem Restaurant zu Gast sind, damit ich Sie persönlich willkommen heißen kann.«

Sie lächelte charmant. »Ich muss Sie warnen, Herr Eichendorff. Mein Mann ist nicht gut auf Sie zu sprechen. Der Zeitungsartikel, Sie wissen sicher, welchen ich meine, und Ihre darin geäußerte Vermutung über die mögliche Verstrickung einer Weinkönigin in den Mord, haben seine Arbeit nicht leichter gemacht. – Jetzt muss ich aber weg. Auf Wiedersehen, Herr Eichendorff.«

Daran hatte er gar nicht gedacht! Er könnte diesen Tintenkleckser würgen. Wenn er ihn noch einmal zu Gesicht bekäme.

Rainer Schäfer trat aus dem Vorzimmer und ging an Julius vorbei, aufgesetzt lächelnd. Julius war perplex. So schnell gingen Wünsche normalerweise nicht in Erfüllung. Schäfer drehte sich um, bevor er Richtung Ausgang entschwand, und rief übertrieben freundlich: »Bis bald, mein Bester!«

Die Wut war eine kalte Faust in Julius' Kehle, aber er schluckte sie herunter. Den Gefallen, sich aufzuregen, würde er dem Burschen nicht tun. Der tangierte ihn doch überhaupt nicht!

Julius öffnete die Tür zum Vorzimmer etwas zu harsch und stieß rumsend mit ihr an die Wand. Der Raum war heimelig, Hochglanzplakate der »Wein und Gourmet«-Veranstaltungsreihe hingen überall, an einer Längswand fand sich eine Galerie aller bisherigen Weinköniginnen, etliche Reihen weißer Zähne zeigend.

Seine zwei Gegenüber taten dies nicht, und die heimelige Stimmung war futsch. Vor ihm stand Max Lisini, eine perfekte Kopie des Gentleman-Schauspielers Sky Dumont – nur einen Kopf kleiner. An ihm lehnte eine Frau, die so schlank war, dass Julius sie fast übersehen hätte. Beide blickten ihn erschrocken an.

»Kommen Sie, um sich zu entschuldigen? So viel Anstand hatte ich Ihnen gar nicht zugetraut!«

»Wie konnten Sie nur so etwas Dummes sagen?«, kam es von dem Strichweibchen an Lisinis Seite.

»Anscheinend muss ich mich nicht vorstellen«, sagte Julius. »Das spart uns Zeit. Die werde ich aber nicht fürs Entschuldigen nutzen. Der Schmierfink, der gerade Ihr Büro verlassen hat, ist hervorragend darin, einem das Wort im Mund umzudrehen. Alles, was ich sagen kann, ist, dass ich daraus gelernt habe und dass es nicht meine Absicht war, irgendjemandem Probleme zu bereiten. – Darf ich jetzt erfahren, mit wem ich die Ehre habe?« Julius blickte zu der jungen Frau, die sich gut auf den Halbfettmargarine-Plakaten gemacht hätte.

Max Lisini schien verdutzt, berappelte sich aber schnell. »Das ist Chantal Schmitz, die Weinkönigin des letzten Jahres, und nach dem grausamen Tod von Constanze nun wieder die amtierende.«

Sie knickste nicht. Sie lächelte auch nicht freundlich. Sie blickte nur ängstlich.

Natürlich! Wenn es ein weiteres Opfer geben sollte, dann standen ihre Chancen gut. Was bedeutete: schlecht.

»Haben Sie Personenschutz beantragt?«

Sie schüttelte den Kopf. »Max hat mir einen Bodyguard besorgt. Er wartet draußen im Auto.«

»Welches Motiv könnte der Mörder haben, Sie zu töten?«

»Was geht Sie das an?«, fuhr Lisini dazwischen. »Und was für eine unsinnige Frage. Ein Irrer braucht kein Motiv. Vielleicht will er nur berühmt werden. Jetzt sagen Sie endlich, warum Sie hier sind, und dann lassen Sie uns weiter unsere Arbeit machen. Ich hab alle Hände voll zu tun, damit die Orts-Weinköniginnen ihre Titel nicht ablegen.«

Max Lisini hatte viel Luft aufgewirbelt und Julius mit seinem Parfüm eingenebelt. Eine von Julius' – aus Gründen des Prestiges – geheim gehaltenen Leidenschaften bestand darin, Parfüm-Pröbchen zu sammeln und sich deren Duft einzuprägen. Lisini hatte etwas aufgelegt, das in der Kopfnote eine Zitrusfrucht, vermutlich Mandarine, aufwies sowie ein Aroma, das Julius aus Likören kannte, es musste Bergamotte sein. Julius ging einen Schritt näher an Lisini und sog die Luft langsam ein. Die Herznote bot viele Gewürze: Lavendel, zweifellos Myrrhe und Salbei. Muskatnuss war auch auf jeden Fall dabei. Die Basisnote bestand aus Ambra und bildete gemeinsam mit würzigem Moschus und Sandelholz die Unterlage für die leichteren Düfte. Julius gab die Aromen in die Datenbank seines Kopfes ein und erhielt eine eindeutige Antwort. Lisini hatte »Obsession for Men« gewählt. Ein extrovertierter Duft. Er sagte viel über seinen Träger aus, dachte Julius, mehr, als diesem vielleicht lieb war.

»Kommen Sie mir nicht so nah, Mann!«

»Entschuldigung, ich war gerade in Gedanken.«

»Ist mir egal, wo Sie waren. Rücken Sie mir nur nicht so nah auf die Pelle!«

Julius ging einen Schritt zurück und lächelte entschuldigend. »Kommen wir zum Grund meiner Anwesenheit. Ich will Ihnen Ihre Arbeit etwas leichter machen. Was Sie zurzeit brauchen, ist gute PR. Sehen Sie es von mir aus als Entschuldigung für den Artikel an. Ich biete Ihnen an, ein Essen aller Kandidatinnen gemeinsam mit der Presse in meinem Restaurant zu geben. Dafür kreiere ich ein besonderes Weinköniginnen-Menü.«

Dann hätte er sie alle auf dem Servierteller.

Max Lisini wirkte nicht überzeugt, er fuhr sich mit der Zungenspitze nervös über die Lippen.

»Hatte ich erwähnt, dass alles kostenlos für Sie ist?«, fragte Julius.

»Was springt für Sie dabei raus?«

Auf diese Frage war Julius vorbereitet. »Ich stehe als engagierter Wohltäter da. Bei so einem gibt man gern seine Geschäftsessen. Ich verbuche meine Ausgaben für das Event einfach unter Werbungskosten.«

Event, das Wort hörten Leute vom Schlage eines Max Lisini sicherlich gern.

»Leuchtet mir ein. Ich habe Sie falsch eingeschätzt, Herr Eichendorff. Verzeihen Sie, dass ich zu Beginn unseres Gesprächs so harsch war. Ich glaube, wir zwei sprechen dieselbe Sprache.«

Lisini konnte ein echter Charmeur sein, wenn er nur wollte.

»Sie müssen sich nicht entschuldigen! Ich kann gut verstehen, dass Sie gereizt waren. Nicht nur der Mord, nicht nur der Unfall von Tina Walter. Auch all das andere Gerede.«

So, das ließ Julius jetzt erst mal im Raum stehen.

»Welches Gerede meinen Sie genau?«, fragte Lisini.

Es konnte weitergehen.

»Ach, es wird ja so viel getuschelt. Manche erzählen sogar, Constanze Dezaley hätte viel zu souverän auf die Fragen bei der Kandidatinnenkür geantwortet. Das muss man sich mal vorstellen!«

Lisini blieb ernst. »Das erzählt man sich also?«

»Worauf die Leute alles kommen. Woher sollte sie die Fragen denn vorher gewusst haben?«

»Und dazu sagen die Leute nichts?«

»Wie auch? Ist doch unmöglich, nicht?«

Lisini blickte auf die Uhr. »Herr Eichendorff, ich glaube, wir sind uns einig. Lassen Sie uns wegen des genauen Termins in den nächsten Tagen telefonieren. Jetzt muss ich aber wieder ran. Chantal und ich haben noch einige Auftritte zu besprechen.«

»Können Sie mir vielleicht einen klitzekleinen Gefallen als Dankeschön für das PR-Essen tun?«

»Also *doch*!«, sagte Lisini triumphierend. »Ich wusste ganz genau, dass Sie noch was anderes im Schilde führen!«

»Würden Sie es in Betracht ziehen, die Patenschaft für eine heimatlose Bohne zu übernehmen?«

Julius erklärte das Procedere und erntete ein »Wenn es sein muss, meine Frau wird sich drum kümmern«.

»Und wir sollten am Abend des Essens bekannt geben, dass auch alle Ortsweinköniginnen eine Patenschaft übernehmen. Das macht sich bestimmt gut.«

Lisini nickte zögerlich.

Als Julius Chantal Schmitz zum Abschied die schlaffe Hand drückte, fiel ihm noch etwas ein.

»Können Sie mir vielleicht sagen, warum in diesem Jahr alle so scharf auf den Weinköniginnen-Titel sind?«

»Weil klar ist –«

Lisini schnitt ihr das Wort ab, wobei er sie grimmig anschaute. »Die Frage kann ich Ihnen beantworten, Herr Eichendorff. Behalten Sie es aber *bitte* für sich. Die Ahr hat seit exakt zwölf Jahren keine deutsche Weinkönigin mehr gestellt. Und Deutschland hat exakt dreizehn Weinbauregionen. Mit anderen Worten: Wir sind dran. Wer immer dieses Jahr Ahrweinkönigin wird, hat den nationalen Titel in der Tasche.«

5. Kapitel

... überraschende Ahr-Power ...
(Gault Millau WeinGuide)

Wie schön, wenn man eine Heimstatt hat, die einen abends umfängt wie ein gefütterter Handschuh, dachte Julius, als er vor seiner Haustür stand. Er musste den Schlüssel nur einmal im Schloss drehen, und nicht zweimal, wie normalerweise. Aber er wunderte sich nicht, denn er hatte Annas Wagen, einen roten New Beetle, in der Einfahrt gesehen. Wenn es eine Überraschung sein sollte, dann war sie nicht durchdacht. Das schmälerte Julius' Freude aber keineswegs.

Der Geruch von Schokolade lag wie eine dicke Daunendecke über der Diele. Julius wurde es immer wohliger, und er beschloss, den Spieß umzudrehen und Anna zu überraschen. Leise schlüpfte er aus seinen Schuhen und ging auf Socken die Treppe hoch zum Schlafzimmer. Er konnte Anna hören, wie sie in der Küche mit sich selbst sprach.

»Ich muss nur noch schnell die Chantilly-Sahne machen, dann kann Julius kommen.«

Der Pyjama, den Julius sich erst vor kurzem aus amourösen Gründen zugelegt hatte, hing ordentlich in der Nachtabteilung seines Schrankes, die sich genau neben den Abteilungen für Tag und Abend befand. Julius hatte sich für diese Aufteilung entschieden, da sie ihm am logischsten erschien und den Vorteil mit sich brachte, dass die Katzen nicht mehr in einen der Kleiderschränke sprangen. Sie wussten, dass jeder nur einmal am Tag geöffnet wurde.

Julius zog den Pyjama mit den bacchantinischen Szenen an und schlüpfte in seine Hausschlappen, auch wenn diese jeden erotischen Reiz schmerzlich vermissen ließen.

Jetzt leise die Treppe hinunter und zur Küche.

Da stand Anna und spritzte mit Beutel und Sterntülle ungelenk Chantilly-Sahne neben Mousse au Chocolat, die auf vier Teller verteilt war. Julius sah fasziniert zu, wie konzentriert sie bei der Sache war, die Zungenspitze zwischen die Lippen geklemmt.

Julius' Unterbewusstsein versuchte beständig, ihn auf das Chaos in der Küche hinzuweisen, die noch niemals so verwüstet gewesen war. Selbst als er einmal ein Sieben-Gang-Menü für ein paar alte Schulfreunde zubereitet hatte.

Aber er nahm es nicht wahr. Sein Unterbewusstsein begriff, dass Liebe tatsächlich blind machte, und begann sich auf den Nachtisch zu freuen.

Das Wasser musste sehr laut in Julius' Mund zusammengelaufen sein, denn Anna blickte zu ihm auf.

»Julius! Da bist du ja! Wie schön. Guck mal, Mousse au Chocolat à l'orange. Ich hab extra Valrhona genommen. Ist das eine Überraschung? Ich dachte, du würdest dich über eine süße Kleinigkeit freuen.«

Sie kam mit der Spritztüte in der Hand zu ihm herüber, um ihn zu umarmen und zu küssen und dabei einen kleinen Klecks Sahne auf seinem Rücken zu hinterlassen.

»Riecht phantastisch!«, sagte Julius.

»Trägst du auch zwei Teller ins Wohnzimmer?«

Julius rechnete nicht schnell genug.

Als er hinter Anna ins Wohnzimmer trat, sah er seine Eltern am gedeckten Tisch sitzen.

»Hallo, Julius«, sagte seine Mutter mit vollkommen normaler Betonung, bevor sie realisierte, was er trug. »Hallo, *Julius*«, wiederholte sie, nur diesmal bedeutete es: Bist du eigentlich noch ganz bei Sinnen, Sohn? Ich sag jetzt ausnahmsweise mal nichts, weil deine reizende Freundin hier ist. Aber das werde ich nachholen, Julius, darauf kannst du dich verlassen.

Julius hätte seine Mutter für diesen ökonomischen Einsatz von Worten bewundern sollen, aber er war viel zu sehr damit beschäftigt, sich unwohl zu fühlen.

»Guten Abend, Sohn«, sagte sein Vater.

»Ich glaube, ich gehe mich umziehen«, sagte Julius.

»Ach was. Das macht deinen Eltern bestimmt nichts aus. Und ich finde, der Pyjama steht dir hervorragend. Oder, Frau Eichendorff?«

»Ja, wirklich«, sagte Julius' Mutter und meinte: Das Ding ist scheußlich, und es sollte verboten sein, so etwas zu tragen. Was habe ich nur falsch gemacht, dass mein Sohn so etwas anzieht?

Julius beschloss, nicht mehr zwischen den Zeilen zu lesen. Es war einfach zu deprimierend. Er beschloss, sich hinzusetzen und dies durchzustehen.

»Ich hoffe, es schmeckt allen«, sagte Anna.

»Bestimmt! Es sieht köstlich aus«, sagte Julius' Mutter, während sein Vater gönnerhaft lächelte.

Julius blickte auf seinen Teller.

Er durfte diese Mousse nicht essen.

Auf keinen Fall.

Irgendwann musste Schluss sein. Und dieses Irgendwann war jetzt.

Für einen solchen Fall gab es Servietten. Und Ablenkungsmanöver.

»Hier riecht's verbrannt.«

Anna sah ihn verblüfft an. »Quatsch. Der Herd ist seit Stunden aus.«

»Ich rieche auch nichts, aber wenn mein Sohn sagt, dass es verbrannt riecht, dann wird das wohl so sein. Er hat ja eine gute Nase.«

Anna stand auf, um in die Küche zu gehen. Julius' Eltern sahen ihr besorgt nach.

Sie sahen also kurz weg!

Julius zog seine Serviette auf den Tisch, schob mit der Gabel die Mousse hinein, schlug die Serviette zusammen und ließ sie auf seinen Pyjama sinken.

Anna kam wieder zurück. »Keine Ahnung, was du gerochen hast, aber aus der Küche kam es nicht.«

So zerstört man seinen guten Nasenruf, dachte Julius, aber rettet seine Linie.

»Vielleicht kam es von draußen«, sagte er.

»So muss es sein«, sagte seine Mutter. »Jetzt schau sich einer Julius' Teller an! Der Vielfraß hat schon alles weggeputzt. Da guckt man einmal nicht hin, schon ist es weg.«

Anna schien überglücklich. »Es ist noch ein bisschen was da.«

»Danke, aber mehr darf ich mir nicht erlauben.«

»Ach was!«, sagte Anna.

»Alles ist giftig, es kommt nur auf die Dosis an«, scherzte Julius. »Nicht wahr, Vater?«

»So ist es.«

Thema beendet.

»Also, die Mousse ist wirklich ganz köstlich«, sagte Julius' Mutter. »Sie sind ja so eine gute Köchin, Frau von Reuschenberg. Ist das nicht ein unglaublicher Zufall, dass Sie und mein Sohn sich gefunden haben? Sie passen so wunderbar zusammen, wie geschaffen füreinander!«

»Gibt es etwas Neues bei den Ermittlungen?«, fragte Julius schnell.

»Darüber müssen wir doch nicht reden, wenn wir so nett mit deinen Eltern zusammensitzen.«

»Das macht uns nichts aus, wirklich nicht. Erzählen Sie nur, bitte! Sie haben ja so einen interessanten Beruf.«

Anna sah Julius unsicher an, der ihr zunickte. Lieber über den Mord reden, als den Zufall das Tischgespräch bestimmen zu lassen. Seine Eltern könnten auf die Idee kommen, Geschichten aus seiner Kindheit zu erzählen. Zum Beispiel die, wie er dem Mops eine Packung Kaffee über den Kopf geschüttet hatte. Das durfte nicht passieren!

»Tja, was gibt's da Neues? Bei uns in der Soko wird zurzeit ein Motiv aus dem archäologischen Bereich favorisiert. Die römische Kette deutet darauf hin, aber auch, dass Constanze Dezaley bei einer archäologischen Tätigkeit getötet wurde. Der Täter muss gewusst haben, dass sie bei den Öfen zu finden war. Möglich ist ein Zusammenhang mit illegalen Grabungen. Natürlich ist es schwer, irgendetwas darüber in Erfahrung zu bringen. Es gibt da jemanden, der Führungen durch die römische Kalkbrennerei in Bad Münstereifel organisiert und der in Verdacht steht, im illegalen Bereich tätig zu sein. Aber solange wir nichts Konkretes in der Hand haben, werden wir wohl nichts aus ihm rauskriegen.«

»Ihr vielleicht nicht.«

»Lass die Finger davon, Julius! In dieser Szene geht es um viel Geld, und für viel Geld sind einige Menschen bereit, viel zu tun. Begib dich nicht in Gefahr und lass das die Experten machen. Wenn du Infos rund um die Weinköniginnen organisierst, bin ich dagegen sehr dankbar.«

Julius erzählte ihr, was er über den sicheren Titel der deutschen Weinkönigin in Erfahrung gebracht hatte.

»Ist das nicht allgemein bekannt?«, fragte Julius' Mutter. »Also, wir wussten das schon, Harry Hinckeldeyn hat es uns erzählt.«

Julius kommentierte dies nicht. Er erzählte nur, was er bei dem alten Notar erfahren hatte.

»Das wird ja immer besser! Zuerst hatten wir gar keine Spuren und jetzt so viele.«

»Hat sich etwas ergeben im Fall Tina Walter?«, fragte Julius.

»So schnell wird ein Unfall zum Fall«, sagte Anna. »Aber so ist es.

Weil sie eine Kollegin war, läuft bei uns die Ermittlungsmaschine auf Hochtouren, seit wir nicht mehr ausschließlich von einem Unfall ausgehen. Bisher gibt es aber nur Fragezeichen. Wir wissen noch nicht, von welcher Feier sie kam und wen sie dort getroffen haben könnte. Familie und Freundeskreis sind durchkämmt worden. Alle sind erschüttert, und es gab noch nicht einmal den Hauch von Konflikten. Augenzeugen für die Tatnacht werden gesucht, aber bisher gibt es keine handfesten Ergebnisse.«

Anna aß einen Löffel Mousse, bevor sie weitersprach. »Übrigens auch nicht bei den Befragungen unter Kollegen, die so was natürlich überhaupt nicht mögen. Leider sind Ermittlungen in der Richtung aber nötig, denn die einzige heiße Spur hat mit zwei Ex-Kollegen zu tun, die beschlagnahmte Drogen weiterverkauft haben. Beide sind suspendiert worden, mehr war nicht drin, weil die Beweise zu mager und die gefundenen Koks-Mengen zu gering waren.«

»Bestimmt wollte man auch kein großes Aufsehen durch einen Gerichtsprozess, oder?«, fragte Julius.

»Kein Kommentar.«

»Das war ein Sexmörder«, sagte Julius' Vater. »Zwei hübsche junge Frauen, ein Sexmörder.«

»Nein, es gab keine Sperma-Spuren.«

Julius' Mutter wurde rot, der Löffel fiel ihr aus der Hand. Sie röchelte. Julius' Vater schlug ihr hart auf den Rücken. Sie bekam einen Augenblick keine Luft, dann konnte sie wieder lächeln.

»Entschuldigen Sie, dass wir so etwas bei Tisch besprechen«, sagte Anna.

»Es geht mir schon wieder besser. Könnte ich vielleicht ein Glas Geist bekommen?«

Nein, er durfte diesen Witz nicht machen, dachte Julius, der war verboten, verboten, verboten. Er würde ihr Geist bringen. Ein großes Glas. Vielleicht half es ja …

»Kommt sofort.«

»Bleib sitzen, Julius!«, sagte Anna. »Ich weiß doch, wo er ist. Für Sie auch, Herr Eichendorff?«

»Einen kleinen«, sagte er, zeigte mit seiner Hand jedoch etwas anderes an.

»Guck mal, wer da kommt! Herr Bimmel und der junge Herr Felix.« Julius' Mutter schlug begeistert die Hände zusammen.

»Nur Felix«, sagte Julius, der den Stimmungswandel seiner Mutter nicht nachvollziehen konnte. Hatte sie ihn nicht vor kurzem noch wegen der Katzen kritisiert?

»Das ist ja ein Frecher«, sagte seine Mutter. »Dein Herr Bimmel ist ja schon ein gemütlicher älterer Herr. Aber dieser Felix! Ein richtiger Springinsfeld! Schau, die zwei kommen direkt auf dich zu, Julius.«

Das war nicht ganz korrekt. Sie steuerten direkt auf Julius' Schoß zu.

»So sehr habe ich die zwei noch nie schnurren gehört«, sagte Anna. »Ich glaub, sie wollen auf deinen Schoß.«

Herr Bimmel kam von links, Felix von rechts. Sie hatten ihn und die Mousse au Chocolat à l'orange umstellt. Der gemütliche ältere Herr stützte sich auf Julius' Schenkel. Der jüngere stellte sich aufrecht.

»Was haben die Tiere denn?«, fragte Julius' Mutter. »Sind die immer so schmusig?«

»Wieso wollen die plötzlich auf deinen Schoß?«, fragte Anna.

»Au!«, rief Julius und sprang auf. Herr Bimmel hatte versucht, sich an seinem Bein emporzukrallen. Die gefüllte Serviette fiel auf den Boden, die Katzen stürzten sich darauf. Die Beute war wehrlos.

»Was ist denn mit der Serviette?«, fragte Julius' Mutter.

Was nun? Die Wahrheit? Nichts war schlimmer als die Wahrheit! Dann lieber eine schlechte Lüge. Ihm musste eine einfallen, ihm musste schnell eine einfallen, *ihm musste doch eine einfallen*!

Julius hatte eine. »Die muss nach Mousse au Chocolat riechen, da hab ich mir eben den Mund dran abgeputzt.« Er hob sie auf. »Nein, das ist nichts für Katzen! Katzen essen Katzenfutter.« Er ging in die Küche, um das Beweismaterial zu vernichten.

»Komisch, an meiner Serviette habe ich mir auch den Mund abgeputzt, aber auf mich sind die Katzen nicht gesprungen«, hörte er Anna sagen.

Jetzt war ein Ablenkungsmanöver gefragt: »Ich hab noch etwas für dich.«

»Ach ja?«

»Etwas, das dich sehr freuen wird!«

»Wir können gern gehen, wenn ihr allein sein wollt«, sagte Julius' Mutter und zeigte, sodass Anna es nicht sehen konnte, Julius aber sehr wohl, auf ihren Ehering.

Sie dachte, er würde Anna jetzt einen Antrag machen! Gleich würde er eine enttäuschte Mutter haben. Auch das noch. Damit würde sie ihn von jetzt an zwiebeln.

»Ach, bleiben Sie doch bitte noch! Wir reden jetzt auch nicht mehr über den Fall. Ich würde so gern etwas über Julius' Kindheit hören. Da gibt es doch bestimmt einige schöne Geschichten.«

»Nein, ich glaube, wir sollten jetzt wirklich besser gehen.« Julius' Mutter stand auf.

»Es geht um etwas über den Fall, das ihr gern hören dürft.«

»Ach.« Pause. »So.« Setzen.

»Ich habe die Lösung für unser Magenproblem. – Ich erklär dir das später, Mutter.«

»Lass hören«, sagte Anna. »Immer her damit.«

»Es war ein Koch von außerhalb, bei dem sie gegessen hat. Der war irgendwann bei mir im Restaurant, hat das Dessert gegessen, es sich gemerkt und jetzt bei sich auf der Speisekarte. So einfach ist die Lösung! Man muss nur drauf kommen.«

»Schöne Lösung, keine Frage, nur leider die falsche. Aus Tina Walters Terminen an ihrem Todestag können wir rekonstruieren, dass sie keine Zeit gehabt haben kann, das Tal für längere Zeit zu verlassen. Sie hat das Dessert *hier* gegessen.«

Die Sonne war noch nicht aus ihrem Versteck im Osten gekommen. Anna schlief noch, aber Julius stand bereits angekleidet vor dem Schlafzimmerspiegel. Er konnte sich ja täuschen, aber er hatte den Eindruck, dass die Hose nicht mehr ganz so spack wie noch vor ein paar Tagen saß. Es war nicht wirklich spürbar, mehr ein Eindruck, ein vages Gefühl. Der oberste Knopf ging immer noch schwer zu, aber doch etwas weniger schwer als noch vor kurzem. Da war er sich ganz sicher.

Heute würde einer der stressigsten Tage des Jahres werden. Heute Abend war die große Wiedereröffnung nach den Betriebsferien. Das Menü hatte er in den freien Stunden zwischen den Ermittlungen kreiert und mit seinen Köchen einstudiert.

Wenn er vorher noch etwas herausfinden wollte, musste er früh raus. Für Anna hatte er frische Brötchen geholt und sie auf den Frühstückstisch in der Küche gestellt, zusammen mit einer Karte. Sie liebte Karten, sie liebte die Texte darauf. Sie waren wichtiger als Geschenke.

Die Straßen waren leer bis auf ein paar vereinzelte Wagen, die ohne Hetze über die Straßen fuhren. Es gab keine Raser um diese Uhrzeit. Raser schliefen lang. Es waren die Schleicher, die früh aufstanden.

Julius klebte hinter einem, bis er aus Dernau heraus war und die kleine Straße zum Weingut Schultze-Nögel nehmen konnte. Die schlechten Erinnerungen drückte er weg, Erinnerungen an die, die hier ihr Ende gefunden hatten. Das war Vergangenheit.

Kein Hund bellte mehr, als er den Wagen vor dem Betriebsgebäude parkte, das aussah, als beherberge es moderne Kunst und keinen Wein. Vielleicht verriet dies auch etwas darüber, wie man hier seinen Wein betrachtete.

Er fand die Frau, die er suchte, bei den Barriquefässern, die in Dreier-Reihen gestapelt in einem besonders gut isolierten Teil der großen Haupthalle standen. Es war Verena Valckenberg, Weinkönigin Dernaus und Zweitplatzierte bei der Wahl zur Herrscherin der Ahr.

»Liegt er noch drin?«, fragte Julius.

»Unser Bester braucht noch was«, sagte die sommersprossige junge Frau, deren natürliche Schönheit Julius sofort einnahm. »Wenn Sie Ihre Großkusine suchen, die ist außer Landes.« Verena Valckenberg drückte ihm ein Glas in die Hand, das sie gleich darauf mit der Pipette füllte, die sie gerade aus dem Spundloch des Fasses gezogen hatte. »Kommen Sie auf die Lage?«

Julius musste nur kurz schnuppern. »Walporzheimer Kräuterberg.«

»Sie sind ja wirklich so gut, wie man sagt. – Gisela ist in Südafrika.«

»Und danach macht sie vermutlich Zwischenstopps in Portugal, auf Mallorca, den Kanarischen Inseln – und den äußeren Hebriden«, sagte Julius scherzend, denn nur auf Letzteren war die umtriebige Weinmacherin noch nicht tätig geworden. Wohl nur eine Frage der Zeit.

»Wie schmeckt er Ihnen?«

»Zu diesem Zeitpunkt schwer zu beurteilen. Er braucht noch Zeit im Fass. Wird aber ein Goliath werden.«

»Hatten Sie nicht erwartet, was?«

Hatte er nicht. Seine Großkusine hatte einen absoluten Neustart hinlegen müssen, nachdem die »Rote Bestie« im Weingut zugeschlagen hatte. Gisela hatte aus dem Renommierbetrieb Schultze-Nögel, das die Rotweinrevolution an der Ahr ausgelöst hatte, das erste Frauenweingut des Landes gemacht. Hier arbeitete ausschließlich das »schwache« Geschlecht – und zwar hart. Aus der Not hatte sie eine Tugend gemacht, Medien und Kunden hatten es ihr gedankt.

»Und Sie schmeißen hier in ihrer Abwesenheit den Laden?«

»Trauen Sie mir das nicht zu?«

»Was ist, wenn Sie Weinkönigin werden? Bleibt dann noch genug Zeit dafür?«

»Ihren Optimismus möchte ich haben!« Sie prüfte ein weiteres Fass. »Wer soll es denn sonst werden?«

Verena Valckenberg hatte ein selbstbewusstes Auftreten, das fast schon an tätlichen Angriff grenzte. Sie baute sich vor Julius auf, die Arme verschränkt. »Beim ersten Mal ist schon alles getan worden, damit ich es nicht werde. Warum sollte es diesmal anders sein? Die Weiber gehen auf mich los wie die Furien.«

»Neid«, sagte Julius und gab ihr das leere Glas zurück. »Haben halt nicht alle Ihr Talent.«

»Seit wann geht es um Talent?« Ihr Gesicht zeigte keine Regung. Noch nicht einmal ein Blinzeln.

»Um was geht es dann?«

»Um Lobby.« Sie drehte sich weg und steuerte ein weiteres Fass an. »Und um Sexismus. Es gibt einige Männer, nicht alle, das will ich gar nicht behaupten, die wollen sicherstellen, dass die Weinwirtschaft eine Männerwirtschaft bleibt. Denen passt ein Frauenweingut nicht und dass eine Angestellte des Betriebs Ahrweinkönigin wird, erst recht nicht. Haben Sie sich nie gewundert, dass es in Deutschland keine großen Frauen im Weingeschäft gibt? Keine Baronesse Philippine de Rothschild, keine Lalou Bize-Leroy, keine Elisabetta Foradori. Alle Spitzenwinzer sind Männer. Frauen helfen im Verkauf, im besten Fall gibt es Winzerehepaare wie die Linxweilers an der Nahe, die sich die Arbeit teilen. Natürlich gibt es auch ein paar hervorragende Winzerinnen, aber ist irgendeine davon zu Ruhm gekommen? Nein. Fehlanzeige. Deutschland ist ein Entwicklungsland in dem Bereich. Bis jetzt!«

»Klingt sehr kämpferisch.«

»Geht ja nicht anders.«

»Und warum fehlt Ihnen dieser Biss bei der Weinköniginnenwahl?«

»Fehlt er ja gar nicht. Ich werd mein Bestes geben. Aber beim letzten Mal wusste die Constanze doch schon vorher, dass sie gewinnen würde. Die war so siegessicher, das war schon nicht mehr schön. Blöde Kuh.«

»Und diesmal? – Kann ich vielleicht auch aus dem Fass probieren, vor dem Sie gerade stehen?«

»Sie haben das Brandzeichen gesehen, was? Ja, das ist aus Amerika. Ein Experiment. Eigentlich sollte das weniger poröse Holz nicht zu unserem Pinot Noir passen, gibt zu süße Aromen ab, ist eher was für kräftigere Weine. Aber wir schauen uns das mal an.«

Es passte nicht, fand Julius. Und es war zu sehr getoastet. An der Ahr nutzten fast alle Medium-Toasted-Fässer, die viele, aber nicht zu viele Röstaromen an den Wein abgaben. Julius plädierte für weniger stark getoastete Fässer. Er hielt mit seiner Meinung auch jetzt nicht hinter dem Berg.

»Dann probieren Sie mal dieses Fass hier.« Verena Valckenberg ging ans Ende der Fässer-Reihe und holte mit der Pipette einen guten Schluck aus dem letzten Barrique. Französische Allier-Eiche.

»Ich hatte Recht«, sagte Julius.

»Wir werden sehen! Wenn der Wein zum Füllen bereit ist. Dann reden wir zwei Hübschen noch mal miteinander.«

Julius mochte die direkte Art der jungen Frau. Das machte das Gespräch einfach. Auch er konnte jetzt direkt sein. »Warum war sich Constanze Dezaley so sicher?«

»Sie hat wohl die richtigen Verbindungen gehabt.«

»Und zu wem?«

»Na, zu der anderen toten Weinkönigin, Tina Walter, die von der Brücke gestürzt ist. Die zwei kannten sich gut. Constanze ist häufig von ihr abgeholt worden, sie sind zusammen in Bad Neuenahr bummeln gegangen. Ich hab sie mal getroffen, da fragten sie mich nach einem Laden für Reitsportbedarf. Als wenn ich so was wüsste! Die waren dicke miteinander, ganz dicke, beste Freundinnen.«

»Und was kann ihr diese Verbindung gebracht haben?«

»Ich weiß es nicht, und ich will es auch gar nicht wissen. Aber Tina kannte Gott und die Welt. Die wird sie schon mit den richtigen Leuten zusammengebracht haben.«

Julius parkte seinen Wagen vor der römischen Kalkbrennerei in Bad Münstereifel-Iversheim, direkt an der B51. Wie praktisch, dass die

Römer ihre historischen Stätten so oft an Bundesstraßen gebaut hatten.

»Johann Joachim Winckelmann« stand auf dem Namensschildchen. Der Mann, der es trug, passte dazu. Er sah aus wie der Erfinder der Archäologie persönlich. Auf seinem Kopf war bereits alles Haar beiseite getreten, um Grabungen zu ermöglichen. Wo es noch ausharrte, an den Seiten, war es verfranst und stand leicht filzig ab, als habe Winckelmann gerade mit beiden Händen eine freiliegende Stromleitung ergriffen. Er trug einen Anzug, einen alten, abgewetzten, mit knallroter Krawatte. Und er trug Sandalen. Aber keine Socken.

»Dies ist, was die Wirtschaftsgeschichte der Römerzeit angeht, eine der bedeutendsten archäologischen Fundstätten nördlich der Alpen, Herr Brentano«, sagte Winckelmann zu Julius und schloss die Tür auf. Er sprach mit leiser Stimme, flüsterte fast.

Der Fundort war überdacht und wirkte von außen wie eine Mischung aus evangelischer Kirche und Whiskybrennerei.

»In der ehemaligen römischen Kalkbrennerei befinden sich sechs nebeneinander liegende Kalköfen.«

»Faszinierend«, fand Julius und überlegte sich eine Strategie, wie er von Winckelmann das erfahren konnte, weswegen er hier war.

»Der Kalk, der hier gebrannt wurde, ist bis in die bei Xanten gelegene Colonia Ulpia Traiana geliefert worden.« Winckelmann führte ihn ehrfürchtig ins Innere des Gebäudes. Er blieb vor einer birnenförmigen Brennkammer stehen, sein Tonfall wurde nun fast verschwörerisch.

»Wie Sie sehen, haben die Öfen die Form sich nach unten verjüngender Kannen, in deren Mitte sich kniehoch eine einzige Öffnung befindet, in die das Weide- und Pappelholz als Brennmaterial eingefüllt wurde. Von der anderen Seite wurde zwei Meter höher der gebrochene Dolomit – das ist Kalkstein mit Magnesiumgehalt – in die Öfen eingebracht und nach dem Brennprozess als Stückkalk hier unten wieder entnommen.«

»Wie heiß ist es da drin geworden?«

»Analysen der Glasuren des Ofeninneren haben ergeben, dass in diesen Öfen eine Temperatur von etwa neunhundert Grad Celsius geherrscht hat.«

»Heiß genug also, um einen Menschen zu braten.«

»Ja. – Hier sehen Sie einen weiteren Ofen. Aus der Anzahl der

Öfen kann man übrigens schließen, dass jeweils ein Ofen mit Kalkstein gefüllt wurde, der nächste entleert und die übrigen langsam erkalteten.«

»Machen Sie das hier hauptamtlich?«

»Die Öfen brannten Tag und Nacht und mussten laufend beheizt werden. Haben Sie mich etwas gefragt?«

»Ob Sie das hier hauptamtlich machen?«

»Nein. – Wenn die Franken nicht gekommen wären, mit ihren vernichtenden Einfällen um 275 nach Christi Geburt, wäre alles noch besser erhalten.«

»Ich bin Hobbyarchäologe«, sagte Julius. »Ich bin nicht nur in die Eifel gekommen, um mir römische Funde *anzusehen*.«

»Ganz besonders wertvoll ist, dass die Ausgräber in einem der Öfen, diesem hier«, Winckelmann ging einige Schritte weiter, »noch das Brennmaterial und die gesamte Kalkfüllung vorfanden, sodass es möglich ist, anhand dieser Verfüllung in einem der Original-Öfen den gesamten Arbeitsprozess des Kalkbrennens nach Römerart nachzuvollziehen.«

»Haben Sie mich eben verstanden?«, fragte Julius.

Winckelmann hörte auf, leise zu sprechen. »Was wollen Sie von mir?«

»Tipps.«

»Ich gebe keine Tipps! Ich opfere hier meine Freizeit, weil Sie heute in der Früh wegen einer Führung angerufen haben Und genau die werden Sie jetzt auch bekommen.«

»Die Tipps sollen Ihr Schaden nicht sein.«

»Hatte ich schon erwähnt, dass die Kalkbrennerei 1966 beim Bau einer Wasserleitung entdeckt wurde?«, fragte Winckelmann, Julius' Frage geflissentlich ignorierend.

Dieser setzte nach.

»Ich werde in der Eifel nach Artefakten suchen. Sie können mir Arbeit ersparen und sagen, wo es nicht mehr nötig ist. Dafür sage ich Ihnen, nachdem ich fertig bin, wo Sie nicht mehr hinmüssen. Niemand verliert etwas. Beide Seiten gewinnen.«

»Wir mögen es nicht, wenn andere in unserem Revier wildern.«

»Dagegen können Sie nichts machen, da müssten Sie mich schon umbringen.«

Winckelmann kam näher, als Julius lieb war. Sein Atem war faulig. Erst jetzt fiel Julius auf, dass die Kalkbrennerei als Kulisse für den

Hades herhalten könnte. Die Höllenöfen wären hier schnell wieder entfacht.

»Wieso erzählen Sie *mir* das eigentlich?«

Julius lächelte süffisant und beschloss zu pokern. Winckelmann fühlte sich bedroht. Er hatte Angst. Das musste bedeuten, dass Julius' Blatt gut war.

»Ich habe wohl mit dem Falschen geredet, und wir kommen nicht ins Geschäft. Auf Wiedersehen, Herr Winckelmann, und vielen Dank für die aufschlussreiche Führung.«

Julius ging zum Ausgang. Es war ein gewagtes Spiel, das spürte er. Aber Winckelmann war ein Besessener, mit einem solchen Menschen konnte man nicht verhandeln. Man konnte ihm nur Angst machen, dass ihm etwas entgehen könnte.

»Wir wollen von Ihnen auch die Orte wissen, an denen Sie etwas *gefunden* haben.«

»Einverstanden«, sagte Julius, reichte Winckelmann aber nicht die Hand. Dies war ein Waffenstillstandsabkommen, kein Friedensvertrag. »Aber erst, nachdem ich fertig bin.«

»Ich gebe Ihnen eine Liste mit Stellen, an denen Grabungen aussichtslos sind. Lassen Sie mir Ihre Adresse hier, und Sie bekommen auch Aufstellungen von Wilfried Pause und Adalbert Niemeier. Der Deal läuft nur mit uns allen. Und wenn Sie etwas Großes finden, ohne uns Bescheid zu sagen, bekommen Sie dreifachen Ärger. Haben wir uns verstanden, Herr Brentano?«

Julius war niemand für die große Bühne. Er hatte sich ganz bewusst gegen das Leben eines internationalen Stardirigenten und für das als Koch entschieden. Auch wenn Ersteres nicht wirklich zur Debatte gestanden hatte. Julius liebte den Platz hinter den Kulissen aus einem einfachen Grund: Er bot Sicherheit.

Aber heute stand er auf den Brettern, die die Welt bedeuteten.

Heute wurde die »Alte Eiche« wiedereröffnet.

Der sichere Kochberuf hatte sich in den letzten Jahren gewandelt. Heute waren Entertainer am Herd mehr gefragt als gute Handwerker. Heute musste man verrückt sein, besser noch genial, am allerbesten beides.

Heute musste man Stirnbänder tragen, Ziegenbärte und coole Kleidung. Julius war ein wenig stolz, dass er nichts davon machen musste, um die »Alte Eiche« voll zu bekommen. Bevor er mit seiner Rede im »Blauen Salon« begann, kontrollierte er noch einmal, ob der große Tisch auch sorgfältig gedeckt war. Einen Blumenstrauß musste er drehen, damit dessen orange Gerbera in dieselbe Richtung wie alle anderen schauten.

Er hatte die volle Aufmerksamkeit der anwesenden Journaille.

»Liebe Gäste, ich darf Sie zu einem ganz besonderen Abend begrüßen. Vielleicht haben Sie eben den Startschuss in der Küche gehört, denn heute geht es los. Neben unserer gewohnten Küche werden wir in diesem Jahr erstmals historische römische Gerichte anbieten, jede Woche ein wechselndes Menü. Die Rezepte stammen sämtlich aus dem berühmten Kochbuch des Marcus Gavius Apicius. Er lebte zu Zeiten von Kaiser Tiberius und galt als größter Verschwender und Prasser schlechthin. Er beging schließlich Selbstmord, weil er meinte, sein Geld reiche nicht mehr für einen erfüllten Lebenswandel. Dabei war er nach heutigen Maßstäben Millionär. – Sie müssen übrigens nicht mitschreiben, diese Informationen finden Sie auch in der Pressemappe, die wir für Sie vorbereitet haben.«

Julius fühlte sich unwohl, doch Klappern gehörte zum Handwerk. Das Unwohlsein war diesmal größer als sonst, da Rainer Schäfer mit am Tisch saß. Akkreditiert über die Eifel-Post. Julius hatte nicht darüber nachgedacht, die Liste vorher zu prüfen. Das war François' Aufgabe gewesen.

»Apicius' Kochbuch bietet meist nur grobe Anleitungen, kaum Mengenangaben oder Kochzeiten. Man braucht Phantasie, um damit zu kochen. Bestimmt fragen Sie sich, ob das, was Sie heute Abend essen werden, authentisch ist. Ob so, exakt hier, auch vor rund zweitausend Jahren gespeist wurde. Die Antwort ist: eher nein. Nicht nur, weil das Kochbuch ungenau ist und die Mengen der verwendeten Zutaten sich deshalb stark von den damals verwendeten unterscheiden können. Sondern auch, weil wir die Gerichte verfeinert haben. Ein wichtiger Unterschied besteht zum Beispiel darin, dass die alten Römer zu heftigem Würzen neigten. Der Eigengeschmack von Speisen war nicht besonders wichtig, manchmal sollte er auch ganz bewusst übertüncht werden. Da werden wir der historischen Küche untreu. Wir interpretieren sie nach heutigen Gesichtspunkten, so wie auch die Interpretation klassischer Musik einem Wandel – zum Teil auch was die Instrumentierung angeht – unterworfen ist. Dabei kannten die Römer in Ansätzen sogar eines unserer modernsten Kücheninstrumente: den Kühlschrank. Das hing mit ihrem ausschweifenden Lebensstil zusammen. Nach der Devise, was teuer ist, muss auch gut sein, waren Lebensmittel aus fernen Ländern beliebt. Diese wurden teils auf Eis oder Schnee auf langen Transportwegen herbeigekarrt.«

Wie erwartet ging ein Raunen durch die Reihen gut gekleideter Testesser, die bei ihren Redaktionen das große Los gezogen hatten und nach Heppingen geschickt worden waren. Für die von weit her Angereisten hatte Julius Hotelzimmer organisiert, die lokale Presse musste ihre eigenen Betten nutzen.

»So, jetzt aber zu dem, was bei uns ab heute auf der Karte steht und gleich an diesem Tisch serviert wird: ein römisches Festessen. Es gibt eine Vorspeise von Aprikosen, danach Linsen mit Kastanien, gefolgt von Huhn à la Fronto, als Hauptgang gedünstetes Zicklein, und als Dessert Eiercreme. Ich erspare Ihnen die lateinischen Namen. Ich hoffe, Sie sind nicht enttäuscht, dass es keine Flamingos oder Muränen gibt. Dafür ist zurzeit leider keine Saison.«

Julius wartete ab, bis der Witz seine Wirkung getan hatte. Jetzt konnte er zum Schluss kommen. Die einzelnen Speisen würde FX erläutern. Er musste sich gegen Ende des Abends dann nur noch kurz zu den Journalisten setzen, um sich nach ihrer Meinung zu erkundigen und sie formvollendet zu verabschieden. Dann würde er wieder seine Ruhe haben. Mittlerweile lagen Schweißperlen wie Tau auf seiner Stirn.

»Die Weine kommen vom Gut ›Falesco‹ aus Latium, der italienischen Weinregion, die Rom am nächsten liegt. Aber so gute Tropfen haben selbst römische Kaiser niemals im Glas gehabt. In diesem Sinne: einen schönen Abend!«

Es wurde geklatscht, es wurde gelächelt, und das Essen wurde pünktlich hereingetragen.

Vor dem »Blauen Salon« fing ihn François ab. »Rainer Schäfer ist doch der Mann, der aussieht wie ein Nagetier?«

»Auffällig, oder?«

»Ich habe mit meinem Freund vom Plachner-Verlag gesprochen. Er sitzt dort drüben.«

»Schicker junger Mann.«

»Das findet er auch. Wie auch immer, er sagte mir, Schäfer sei eigentlich harmlos. Zwar aalglatt und arrogant, aber eigentlich kein

Troublemaker. Keine bösen Leserbriefe zu seinen Artikeln, keine Streitereien, nichts. Schäfer geht wohl den Weg des geringsten Widerstands und macht sich gern bei den Wichtigen lieb Kind.«

»Dann verstehe ich sein Verhalten nicht.«

»Mein Freund hat noch erzählt, dass Schäfer keine Spezialgebiete hat. Schäfer meint, er könne über alles schreiben. Seine Lieblingsthemen sind aber American Football, Soul und Numismatik. Und er steht auf Luxus.«

»Wie geht das bei dem Gehalt eines kleinen Redakteurs?«

»Wahrscheinlich mit mehr Schein als Sein.«

François bemerkte, dass er an einem Tisch gebraucht wurde, und ging seinem Beruf nach. Julius tat dasselbe in der Küche. Es blieb keine Zeit, um über das Gesagte nachzudenken.

Doch an diesem Abend, von dem alle Gäste so begeistert gewesen waren, kam es noch zu einer unangenehmen Begegnung. Denn Rainer Schäfer war es, der als Letzter übrig geblieben war und den »Blauen Salon« nun mit Julius allein hatte. Der war nur reingegangen, um zu kontrollieren, ob alle weg waren. Ein Fehler.

»Haben Sie es sich bezüglich unserer Zusammenarbeit überlegt?«, fragte Schäfer und schlürfte seinen Wein.

»Wir zwei haben nichts zu bereden«, sagte Julius und wies Schäfer den Weg hinaus.

»Also nicht. Wie schade. Vielleicht denken Sie bald anders. Denn wissen Sie, Herr Eichendorff, ich habe mich auf den heutigen Abend vorbereitet. Auch als kleiner Lokaljournalist will man auf dem Laufenden bleiben, wenn es um neue Küchentrends gibt. Sie haben sicherlich schon von Roxanne Klein gehört.« Er legte sich theatralisch die Fingerspitzen an die Schläfen. »Ach nein, ich vergaß, haben Sie nicht, und deshalb werden Sie es übermorgen auch in der Eifel-Post lesen können. Ich möchte Sie aber nicht dumm sterben lassen. Die Dame führt ein Restaurant namens ›Roxanne's‹ in Kalifornien. Und in diesem gibt es keine heißen Pfannen, keine Töpfe mit brodelndem Inhalt und keine Öfen. Da sind Sie als kleiner Provinzkoch jetzt baff, kann ich mir denken. Aber so etwas gibt es, glauben Sie mir! Was sich in der Küche findet, sind hydraulische Saftpressen und Niedrigtemperaturherde. Das sagt Ihnen jetzt nichts. Ich erkläre es Ihnen: Keine der Zutaten wird über siebenundvierzig Grad erhitzt. Das nennt sich ›Raw Food‹, das ist englisch und bedeutet ›rohes Essen‹. So bleiben alle Inhaltsstoffe erhalten und werden nicht wie bei Ihnen rausgekocht. Das ist moderne Küche – kein Wunder, dass die Frau umjubelt wird. *Das* ist Kreativität, mein lieber Herr Eichendorff. Ich leihe Ihnen gern einmal das Buch der Dame.«

»Verzichte.«

»Nehmen Sie es mir nicht übel, aber ich habe mir schon gedacht, dass Sie so etwas sagen würden. Sie sollten Neuem gegenüber aufgeschlossen sein, sonst wird Ihr Laden vor die Hunde gehen.«

»Warum haben Sie eigentlich so eine diabolische Freude daran, mich zu piesacken? Warum gerade mich? Habe ich Ihnen mal etwas getan, gibt es da eine alte Familienfehde, von der ich wissen sollte? Oder sind Sie einfach nur ein Hobbykoch mit Minderwertigkeitskomplex?«

»Ich bin nur an der Wahrheit interessiert, und die geht schließlich alle an.«

»Oder sind Sie karrieregeil und wollen sich mit einer Super-Mörder-Story endlich einen Namen machen, um in die Hauptredaktion einer großen Tageszeitung zu wechseln? Und mich haben Sie bloß als Trittbrett auserkoren?«

»Was haben Sie nur für einen Eindruck von mir, Herr Eichendorff?«

»Den schlechtesten.«

»Das war eine rhetorische Frage. Wissen Sie, ich kann Lügner nicht leiden, und Sie sind einer. Sie meinen, nur weil Sie Sternekoch und eine bekannte Persönlichkeit im Tal sind, könnten Sie einen Provinzjournalisten behandeln wie den letzten Dreck. Sie tragen Ihre Nase zu hoch, Herr Eichendorff.«

»Ich darf Sie jetzt freundlich bitten zu gehen.«

»Der Wortlaut wird in etwa sein: ›hat den Trend verschlafen‹. Ausführlich werde ich auf Ihr verheerend schlechtes römisches Menü eingehen. Das bin ich meinen Lesern schuldig. Die müssen schließlich erfahren, wo sie besser nicht mehr hingehen sollten.«

»Beehren Sie uns bitte nie mehr wieder. Ich formuliere es deutlicher: Sie haben Hausverbot.«

»Fürchten Sie, dass die kritische Presse realistisch über Ihre Arbeit berichtet? Das ist aber schwach, Herr Eichendorff, ganz schwach. So wenig Selbstbewusstsein hätte ich bei Ihnen nicht vermutet.«

»Sie finden die Tür auch allein.«

Julius ging.

»Mein Angebot steht noch, Herr Eichendorff«, hörte er Schäfer aus dem »Blauen Salon« rufen. »Als Feind mag ich unerträglich sein, aber als Freund bin ich unsagbar – wertvoll.«

Während des Aufräumens ging Julius das Gespräch mit Schäfer nicht aus dem Kopf. Er war sich sicher, dass hinter dem Presseterror mehr steckte als übertriebener Eifer und maßlose Arroganz. Aber was? Er beschloss, den Gedanken noch ein wenig auf einer der hinteren Platten seines Hirnes köcheln zu lassen. Vielleicht kochte dieser zu einer Idee ein, während er seinen letzten Kontrollgang machte.

Für Julius war die »Alte Eiche« wie ein Schiff, und er ging stets als Letzter von Bord. Nur wer selbst Vorbild war, konnte andere in die Pflicht nehmen. Viele der jungen Köche würden ihm auf der Nase herumtanzen, wenn er nicht selbst lebte, was er predigte. Einsatz, Ordnung, Disziplin. Heute war noch nicht alles rund gelaufen, einige Teller hatte er an der Ausgabe zurückgehen lassen müssen, da sie unsauber angerichtet waren oder die Speisen nicht mehr die richtige Temperatur hatten. Auch hatte es wieder den üblichen Knatsch zwischen Küchen- und Restaurantbrigade gegeben. Fehler machten immer nur die anderen.

Julius musste sich leider eingestehen, dass auch er nicht hundertprozentig bei der Sache gewesen war. Denn schon ohne den neuerlichen Ärger mit Rainer Schäfer hatte genug in ihm gebrodelt. Dass sein Schulfreund Wilfried Pause die Finger in illegalen Grabungen hatte, schmeckte ihm überhaupt nicht. Dazu die offenen Fragen: Was hatte die dicke Freundschaft der beiden Ermordeten zu bedeuten? Und, natürlich, was machte das Dessert in Tina Walters Magen?

Julius' Dessert ...

Hätte er doch jemanden gehabt, mit dem er darüber reden konnte. Nicht Anna, die immer direkt nachdachte, ob dieser oder jener Gedanke ihn in Gefahr bringen konnte. Mit ihr hatte er eben vor der Wiedereröffnung noch ein merkwürdiges Telefonat geführt. Sie schien betrübt, mehr noch, etwas schien sie zu quälen. Aber sie wollte nicht darüber sprechen, deutete nur vage an, die Sache würde sich wohl von selbst klären. Julius hatte ihr von Niemeiers Verwicklung in illegale Grabungen erzählt – und Pauses Beteiligung verschwiegen. Das wollte er selbst klären. Anna hatte die Information ohne große Begeisterung zur Kenntnis genommen. Obwohl auch sie es für eine Spur hielt, der unbedingt nachgegangen werden musste. Aber das, was ihr auf der Seele lag, hatte größeren Enthusiasmus verhindert.

Julius blickte sich um. Alles war aufgeräumt, alles blitzte und war an seinem Platz. Er ging ins Restaurant und ließ sich erschöpft auf einen Platz in Griffnähe der Spirituosen nieder. Einen brauchte er, um besser schlafen zu können. Einen Weinbergspfirsichbrand. Einen Gaumen-Öler.

»Kann ich auch ein Schnapserl mittrinken?«, fragte FX, in der Tür zur Küche stehend.

»Wo kommst du denn jetzt her?«

»Ich war grad ein bisserl spazieren. Nachdenken. – Wie schaut's jetzt aus mit einem Schnapserl?«

»In der Flasche ist genug für zwei.«

FX nahm sich ein Glas und setzte sich zu seinem Chef. »Zufrieden?«

»Es war ordentlich, aber es gibt bekanntlich immer etwas zum Verbessern.«

»Des heißt neuerdings Nachbessern.«

Julius sah FX aus müden Augen an. »Was verschafft mir die Ehre deiner Anwesenheit?«

»Willst noch einen?«, fragte FX und füllte nach, ohne eine Antwort abzuwarten. Der Maître d'Hôtel der »Alten Eiche« drehte nervös an seinem Zwirbelbart herum.

»War es für dich und dein Team auch okay?«

»Von mir hörst fei keine Klagen. Des ist eine super Idee mit den römischen Gerichten.«

»Fast wie in alten Zeiten.«

»Was meinst?«

»Wie wir zwei hier zusammensitzen. Das ist fast wie in alten Zeiten.«

»Wieso auch net?«

»Ich dachte, Menschen ändern sich.«

»Seltenst. Meist sind's einfach nur a weng deppert.«

»Einsicht ist der erste Schritt …«

»… zur Besserung! Lass uns darauf die Glaserl heben.«

Es klang hell und freundlich, als die beiden Gläser einander trafen.

»Leiwand! Roter Weinbergspfirsichbrand aus Kail an der Mosel, den haben wir uns redlichst verdient. Und was sagt deine famose Nase zu diesem Tropfen, Maestro?«

»Herbfruchtig, Noten von Erde und wildem Thymian – und natürlich kein bisschen alkoholisch.«

Sie lachten.

»Ich hätt da noch eine Kleinigkeit für dich«, sagte FX und verschwand in der Küche, um kurz danach mit einer Torte wiederzukehren, die zu ihrer Gänze mit dunkler Kuvertüre bedeckt war.

FX druckste herum. »Maestro, ich hab mich in letzter Zeit wie ein echter Dodl aufgeführt. Es tut mir furchtbar Leid, und als Entschuldigung hab ich dir diese Esterhazy-Torte höchstselbst zubereitet und gebacken. – Schmeckt trotzdem!«

»Ich bin gerührt.« Und das war er wirklich.

»Die machen wir zwei jetzt alle.«

O nein!

Nein.

Nein!

»Ich bin doch auf Diät!«

»Willst mich beleidigen? Bei deinem Gewicht ist sowieso Hopfen und Malz verloren. Jetzt essen wir zwei diese Torte und leeren diese Flasche!«

»Sollen wir den Kuchen nicht lieber morgen mit allen zusammen essen?«

»Glaubst, für die Nasenbären hab ich mich in die *Küchen* gestellt? Wo sonst nur die Bazis arbeiten?«

»Jetzt glaub ich wirklich, dass du wieder der Alte bist. So um die Ecke beleidigt mich sonst keiner.«

Da musste er durch. Julius zog den Bauch ein. Eigentlich war in der Hose doch noch Platz. Und die halbe Torte würde er schnell wieder runterhaben. Eine Mörderjagd durch die Weinberge, und sie wäre weg. So eine Torte musste schließlich auch frisch gegessen werden. Alles andere wäre eine Schande und würde bedeuten, sich an Gottes Schöpfung zu versündigen. Das durfte er als guter Katholik nicht. Denn diese Torte war zweifellos ein Geschenk Gottes.

»Schön, dich wieder zurückzuhaben. Du hast mir gefehlt, du alter Bierkutscher!«, sagte er zu FX, nahm sich ein Stück Torte und biss hinein.

»Ich muss dir noch etwas gestehen, Maestro. Es hat mit meinem merkwürdigen Verhalten zu tun.«

»Immer nur raus damit, nach dieser Torte verzeih ich dir alles.« Sie war saftig, sie war schokoladig, und sie war nicht zu süß. Die Zuckerbäckerei schien den Österreichern in den Genen zu liegen wie den Belgiern das Brauen. Die einen konnten alles in Nachtisch verwandeln, die anderen alles in Bier. Überlebenswichtige Fertigkeiten.

»Maestro, schau, ich weiß gar net, wo ich anfangen soll. Du hast so viel Ärger deswegen gehabt, und ich hätt schon viel früher mit dir drüber reden sollen. Aber irgendwie konnt ich's net, du verstehst des doch, oder?«

»Immer her mit dem nächsten Stück Torte, keine Müdigkeit vorschützen!«

»Ehrlich gesagt, hab ich Angst gehabt. Zuerst war ich mit den Nerven am End, und dann hatt ich einfach nur diese Angst, weil du ja auch mit der Anna, die ja Kommissarin ist, quasi liiert bist.«

»Ich glaube, mein Glas ist leer. Füll's wieder auf, die Torte soll nicht allein bleiben!«

»Also, was raus muss, des muss raus. Hier kommt's …«

»Köstlich, wirklich köstlich, die Torte, habe ich das schon erwähnt?« Erst jetzt fiel Julius auf, dass FX zitterte. Das hatte er noch nie an ihm gesehen.

»Maestro, *ich* hab des Dessert für die Tina Walter zubereitet.«

6. Kapitel

... klassischer Pinot-Typ ...
(Gault Millau WeinGuide)

»Was?«

Das musste er noch mal hören, das war noch nicht in seinem zentralen Nervensystem angekommen.

»Ich war's! Ich hab des Dessert mit Orangen-Krokant-Blättern, Schokoladen-Kirsch-Parfait und gebackenen Süßkirschen der Tina gemacht.«

FX hatte ... das Dessert ... zubereitet.

»Ja, aber *warum*?«

»Ach, warum. Des ist leicht gesagt: wegen der Liebe, Maestro, wegen was sonst?«

»Die Vöglein, die so fröhlich sangen / Der Blumen bunte Pracht / 's ist alles unter nun gegangen / Nur das Verlangen / Der Liebe wacht«, sagte Julius, dessen Rezitationsprogramm in diesem Moment vollkommen selbständig ablief.

»Dein Vorfahr hat auch zu allem den rechten Vers gehabt.«

»Also du und Tina Walter, ihr wart ...«

»... ein Liebespaar, wohl wahr. Für mich war's die große Liebe, für sie ... ich weiß es net.« FX goss sich nach. »Es tut mir *wirklich* furchtbar Leid.«

»Aber warum hab ich nichts von euch beiden gewusst? Ich meine, du bist mir keine Rechenschaft schuldig, aber sonst erzählen wir uns doch alles.«

»Sie wollt des net.«

Julius zog die Augenbrauen hoch bis zum Anschlag.

»Ja, Maestro, ich weiß, was denkst. Dass des komisch ist, dass ich hätt aufhorchen müssen, wenn eine Frau so was möcht. Ja, des ist mir jetzt im Nachhinein auch klar geworden. Aber sie war halt so eine Frau, der man alles verzeiht.«

»Deswegen warst du auf der Brücke.«

»Jeden Tag, seit sie tot ist.«

»Du musst es der Polizei sagen!«

»Die weiß es bereits. Deine Anna hat gesagt, ich soll's dir sagen, bevor sie es tut.«

»Ansonsten hättest du wahrscheinlich bis in dein Grab geschwiegen.«

»Noch ein Stückerl Torten?«

»Die reine Bestechung.«

Sie nahmen sich jeder noch ein Stück.

»Wie war sie so?«, fragte Julius.

»Großartig, wirklich. Was Besonderes. Sie war so geheimnisvoll.«

»Mit anderen Worten, du wusstest nie, woran du bei ihr warst.«

»Wir beide kennen uns schon ein bisserl zu lang.«

»Ich mach eine Riesling Auslese vom August Herold auf – da können wir mehr von trinken, ohne zu lallen. Ich glaub, die Nacht wird lang. Wir haben einiges nachzuholen, du Dickschädel.«

»Hol zwei Flaschen.«

Und Julius holte zwei Flaschen. Bei der ersten, um zwei Uhr früh – plus minus ein Glas Auslese –, erzählte FX vom letzten gemeinsamen Treffen mit seiner Tina.

»Am Tag, als sie gestorben ist. Da haben wir uns am frühen Abend getroffen, und ich hab etwas Besonderes für sie zubereitet gehabt. Ein letzter Versuch.«

»Das heißt?«

»Die Sache zwischen uns, des lief net mehr so, wie ich mir des gewünscht hätt. Du kennst des. Plötzlich hat's keine Zeit mehr, und wenn's mal ein paar Stunden freihat, kommt's zu spät und geht zu früh. Und immer häufiger fühlt sie sich net in der Stimmung für die gescheiten Dinge des Lebens.«

»Und du Romantiker alter Wiener Schule dachtest, mit Süßem bekämst du deine Süße wieder?«

»Schaute wie eine phantastische Idee aus.«

»Also war's keine.«

»Ihre genauen Worte waren: ›Adieu, FX, es hat Spaß gemacht mit dir.‹ Und dann is sie fort.«

Julius stand auf, beugte sich zu seinem Maître d'Hôtel und nahm ihn in den Arm. »Armes Hascherl!«

»Komm, geh fort, sonst fang ich noch an zu heulen wie eine Gredl.«

»Das wollen wir nicht.«

»Nein, des wollen wir net.«

Julius setzte sich wieder und begann die Tortenkrumen mit den Fingerspitzen einzusammeln.

Um drei Uhr früh wurde die zweite Flasche geöffnet, danach eröffnete FX: »Ich hab mich auch als Detektiv versucht.«

»Nein.«

»Doch.«

»Nicht wahr!«

»Doch wohl.«

»Und?«

»Des war niemals ein Unfall, des hab ich dir ja schon gesagt.«

»Weiter!«

»Also zum einen gibt's da so einen Fan, der all denen Weinköniginnen nachspionieren tut. Damals bei Tina, bei derer Chantal und auch bei Constanze Dezaley. Ist auf allen öffentlichen Terminen dabei und fotografiert all die Maderln und will Autogramme und sich mit denen auch treffen, was aber keine jemals gewollt hat.«

»Hast du einen Namen?«

»Ja sicher, für was für eine Flaschen hältst mich denn?«

»Und wie heißt der Bursche?«

»Ich werd dir morgen in der Früh alles zeigen, sogar Farbfotos hab ich von dem Kerl.«

»Sonst noch was?«

»Dann ist da noch dieser Ex-Freund, dieser Muskelprotz, dieser Eierschädel. Der hat sich net von Tina trennen können und wollen, auch so ein Auflaurer. Männer sind Schweine, Maestro, ohne Ausnahme. Du natürlich net.«

»Danke. Hast du vom Ex-Freund auch den Namen?«

»Selbstverfreilich hab ich den. Antonitsch heißt der Gauner, Rudi Antonitsch, und Masseur is er.«

Am nächsten Morgen griff Julius zu Aspirin und Hering. Kulinarisch keine Gewinn bringende Kombination. Aber sie erfüllte ihren Zweck. Danach war Julius wieder so schmerzfrei, dass er sich den Artikel zutraute, den Rainer Schäfer in der Eifel-Post verbrochen hatte. Die Überschrift war sportiv und lautete: »Trend gegen Eichendorff 1:0«. Der Rest war wie angedroht, fast im Wortlaut. Dieser Schäfer wurde mehr als lästig. Natürlich würden die anderen Zeitungen positiver schreiben. Aber ein bisschen am Ruf kratzte es doch. Es brachte die Leute auf falsche Gedanken. Julius musste dem Mann Einhalt gebieten.

Mit einer Tasse Rhabarber-Sahne-Tee aus der Küche kommend stellte er verwundert fest, dass aus seinem Faxgerät Papier heraushing. Das war nicht nur unordentlich, es bedeutete auch, dass ihm jemand etwas mitzuteilen hatte.

Das Fax kam vom Bohnenmann.

»Wie geht's der Schwarzen Poppelsdorfer?« stand darauf und »Ruf mich an oder erstatte mir beim Patentreffen Ende des Monats Bericht!«. Darunter Grüße und Geschreibsel, das genauso gut von einem Vogel hätte stammen können, der versehentlich durch eine Tintenpfütze getrippelt war. Im Namen der Biodiversität beschloss Julius, sich auf den Weg zu seiner Poppelsdorfer in den Restaurantgarten zu machen und der Pflanze gut zuzureden. Das sollte ja Wunder wirken.

Die Martinus-Straße war auf voller Lautstärke, die beiden vorbeifahrenden Wagen klangen wie Jets im Tiefflug. Und warum grüßte Frau Lachmann jetzt so laut? Das musste doch auch ohne Schreien gehen. Und ihren Hund, diesen putzigen kleinen Chihuahua, hätte Julius am liebsten auf der Stelle portioniert. Was oder wen bellte er da an? Doch nicht wirklich einen Schmetterling? Welchen Grund gab es, einen Schmetterling anzubellen? Hatten die überhaupt Ohren?

Bald wäre er im Garten hinter der »Alten Eiche«. Bald wäre er in einer Oase der Ruhe.

Julius ging zielstrebig auf den Teil seines Gartens zu, in dem die Schwarze Poppelsdorfer ausgesät war. Hier war nichts dem Zufall überlassen, hier wucherte nichts frei oder thematisch unpassend. Die Bohne stand beim Gemüse, das grenzte an die Kräuter. Innerhalb des Gemüsequadranten stand die Poppelsdorfer neben den Pferdebohnen. Die Aufteilung gab Julius auch heute wieder Genugtuung. So übersichtlich sollte alles sein.

Er musste in die Knie gehen, um etwas von der sagenhaften Bohne zu sehen, und sah doch nur wenig. Die Samen hatten bisher nur blassgrüne Sprossen der Sonne entgegengestreckt. Julius zählte dreiundzwanzig davon in dem kleinen Beet. Erfolg hatte eine andere Größenordnung. Aber es war ja für einen guten Zweck.

Er musste es tun, es ließ sich nicht länger verdrängen.

Julius zog sein Handy aus der Hosentasche und wählte Wilfried Pauses Telefonnummer, die er sich wie alle Nummern gespeichert hatte. Man konnte nie wissen, wann man sie wieder brauchte.

Es klingelte. Nur einmal. Dann sprang der Anrufbeantworter an. »Hier ist der Anschluss von Wilfried Pause. Ich lege gerade das rheinische Troja frei. Rufen Sie wieder an, wenn ich mit dem Meereshafen fertig bin, oder sprechen Sie nach dem Trompetenstoß.«

Es biepte.

»Hallo, Wilfried, hier ist Julius, Julius Eichendorff. Kannst du mich mal dringend zurückrufen? Ich brauche eine Info von dir wegen dem Mord an Constanze Dezaley.« Dann hinterließ er seine Nummer.

Die Lösungsvariante, in der Pause gemeinsam mit Niemeier und Winckelmann eine Rolle spielte, hieß Mord aus Habgier. Drei Männer, die ihr ganzes Leben auf der Suche nach dem großen Fund waren, dem Sechser im Schaufellotto. Dann kommt eine Studentin, dazu auch noch eine gut aussehende, und macht den großen Fund. Zu dem römische Münzen und eine Halskette gehören und wer weiß was noch. Die drei bekommen das spitz, Constanze Dezaley will nicht teilen. Das ist ihr Todesurteil. Einer – oder alle drei – beschließen, sie aus dem Weg zu räumen und die illegale Grabungsstätte selbst weiter auszuweiden.

Aber wie passte der Mord an Tina Walter in dieses Szenario? War sie beteiligt an Dezaleys Grabungen oder bloß eine Mitwisserin, die beseitigt werden musste?

Julius beugte sich zur größten Sprosse. »Was meinst du, Poppelsdorfer? War's mein alter Schulkamerad oder der kalkige Archäologe oder doch der Oberstudienrat außer Rand und Band?«

Die Schwarze Poppelsdorfer schwieg. Bedeutungsschwer.

»Wenn du schon nichts sagst, dann wachs jetzt wenigstens besser. Ich hab schließlich mit dir geredet.«

Julius' Laune wurde schlechter, und er ließ seinen Zorn an der armen Bohne aus, indem er sie wegen ihrer Schweigeminute nun nicht mehr beachtete.

Der wahre Hintergrund für den Stimmungsumschwung saß aber an anderer Stelle.

Außer Aspirin und Hering hatte er sich nichts zum Frühstück gegönnt, und so langsam machte sein Magen wegen massiver Unterbeschäftigung Randale. Julius kümmerte sich nicht darum, wählte eine weitere Nummer, die er bereits auswendig kannte, und setzte sich zum Telefonieren in den Gartenpavillon, die Morgenfeuchte mit einem Taschentuch von der umlaufenden Sitzbank wischend.

»Hallo, Süßer!«

Bei der Begrüßung wurde Julius endgültig wach. »Hallo … du.« Super, warum ging er nicht gleich wieder zum Siezen über? Das Turteln musste er noch lernen. Frauen liebten so was schließlich. »Spatz«, fügte Julius wenig einfallsreich hinzu, weil sich ein ebensolcher gerade auf das Beet mit den Poppelsdorfern setzte und sich eine Sprosse ruckend von allen Seiten anschaute.

»Das wird schon, Julius, ich trainier dich. Spatz ist für den Anfang ganz gut«, sagte Anna, der die lange Pause nicht entgangen war. »Warum rufst du an?«

»Ich wollte hören, was Adalbert Niemeier zu den Verdächtigungen gesagt hat.«

»Er meint, das wäre dummes Gerede von neidischen Kollegen.«

»Und du glaubst ihm?«

»Ich glaube grundsätzlich keinem Mann. Die lügen doch alle.«

Kein Lachen in der Leitung.

»Das meinst du nicht ernst?«

Keine Antwort.

»Anna?«

»'tschuldigung, ich hab den Hörer weggehalten, weil ich so lachen musste. Was hast du gefragt?«

»Unwichtig. Und du lässt Niemeier das einfach durchgehen?«

»Wir überprüfen ihn jetzt und ermitteln verstärkt in Richtung illegale Szene. Aber ob die etwas mit Constanze Dezaleys Tod zu tun hat, ist fraglich. Es fehlen Beweise, dass sie selbst illegal gegraben hat. Und komm mir jetzt nicht mit der Halskette. Die kann sie sonst woher haben. Manche Männer machen ihren Freundinnen so wertvolle Geschenke.«

»Geht das jetzt so weiter?«

»Was meinst du damit, mein Schatz? Ich habe doch nichts gesagt.«

»Weiber! Können wir jetzt vielleicht wieder ernst werden?«

»Wenn's sein muss.«

Der Spatz hatte eine Sprosse gepackt und begann daran zu ziehen, als wäre sie ein Wurm.

»Es geht um diese delikate Sache«, sagte Julius. »Wegen FX. Ihr dürft ihn nicht verdächtigen, hörst du! Er hat mir gesagt, ihr wüsstet bereits über sein Verhältnis Bescheid.«

»Das ist aber nicht sein Verdienst.«

»Was meinst du damit?«

»Weil *er* es uns nicht erzählt hat. Wir haben's selbst rausbekommen. Eine gute Freundin von Tina Walter hatte die beiden mal zusammen getroffen und FX absolut unverwechselbar beschrieben. Jean Pütz auf Bayrisch, hat sie gesagt. Das werde ich ihm bei Gelegenheit mal auftischen. Daraufhin haben wir ihn ins Präsidium bestellt. Und da kam dann seine Liaison heraus und dass er nicht nur servieren, sondern auch kochen kann. Vor allem Desserts.«

»Vor allem Mehlspeisen«, sagte Julius.

»Zu deiner Beruhigung: Ich verdächtige ihn nicht. – Kann ich dich später noch mal anrufen, Julius? Ich wollte schnell noch in die Innenstadt, bevor das Tagesgeschäft losgeht, was zum Kochen einkaufen.«

»Hatte ich dir eigentlich von Constanze Dezaleys und Tina Walters dicker Freundschaft erzählt?«

»Nein«, sagte Anna vorwurfsvoll. »Hol's bitte nach, aber mach es kurz.«

So geschah es.

»Warum hat Verena Valckenberg uns die Geschichte nicht erzählt?«, fragte Anna danach.

»Ihr seid eben nicht so vertrauenerweckend wie ich.«

»Da sag ich jetzt nichts zu, ich muss nämlich wirklich los.«

»Warte, eine Sache noch, keine Ahnung, ob die wichtig ist. Aber vor dir kann ich halt nichts geheim halten.«

»Schmeichler.«

»Die beiden gekrönten Häupter waren bei ihrem Einkaufsbummel nicht auf der Suche nach königlicher Kleidung, sondern wollten zu einem Geschäft für Reitsportbedarf.«

»Da musst du dich verhört haben.«

»Wieso?«

»Tina Walter war bei der Polizei bekannt für ihre Angst vor Pferden, und Constanze Dezaley durfte wegen einer Rückengeschichte überhaupt keinen Sport treiben.«

Julius war auf dem Weg zu Rudi Antonitsch, als ihm dieser im schwarz glänzenden Range Rover mit aufgemalten Sternen, Monden und Galaxien entgegenkam. Und an ihm vorbeifuhr. Julius wendete auf der Landskroner Straße und begann die Verfolgung.

Sie endete schnell.

Eigentlich hätte Julius sie auch zu Fuß aufnehmen können.

Der Masseur Rudi Antonitsch wollte anscheinend Wasser zapfen und Geld sparen. Vermutlich ohne Berechtigungsschein. Wie fast alle. Wurde eh nicht kontrolliert.

Die Zapfstelle zwischen Heppingen und Bad Bodendorf war unscheinbar und erfüllte nicht die poetischen Erwartungen, die an eine vulkanische Quelle gestellt wurden. Nichtsdestoweniger fand sich eine kleine Schlange von drei Kanisterträgern davor. Jeder hatte mindestens zwei Plastikbehältnisse dabei. Einer gar vier.

Rudi Antonitsch war der Letzte in der Reihe. Er blickte interessiert auf die andere Straßenseite, in Richtung des renovierten ehemaligen Cassianushauses, das im klassizistischen Stil erbaut war. Die Quelle, aus der er gleich zapfen würde, war schließlich eine Cassianusquelle. Julius stellte sich hinter ihn.

»Ach, ich Dussel! Jetzt hab ich doch glatt meinen Kanister vergessen.«

Die drei Zapfer drehten sich um, auch Antonitsch.

»Herr Eichendorff! Das sieht Ihnen aber gar nicht ähnlich. Soll ich Ihnen einen leihen? Ich komm auch erst mal mit einem hin.«

Ein netter Kerl. So ein netter, hilfsbereiter Kerl.

»Nein, danke. Ich wohne ja gleich um die Ecke, ich hol mir einfach schnell einen. Aber gut, dass ich Sie treffe. Ich wollte –«

»Sagen Sie nicht, dass es Ihrem Rücken wieder schlechter geht! Nach der letzten Massage war er weich wie Götterspeise. Natürlich können wir gern einen Termin machen. Je öfter, desto besser!« Antonitsch grinste.

»Nein. Ich wollte Ihnen mein Beileid aussprechen.«

»Wozu Beileid? Bei mir ist alles bestens.«

»Wegen Tina Walter. Ich habe gehört, dass Sie Ihre Lebensgefährtin war.«

Antonitsch legte den Kopf zur Seite. Seine Halsmuskulatur war beeindruckend. »Ach das, das ist lange her. Jetzt ist … *war* Ihr Oberkellner der Mann an Tinas Seite.«

Julius tat überrascht. »Sehen Sie, so was erfährt man als Chef ja nicht.«

Antonitsch war an der Reihe mit Zapfen und schraubte den Verschluss vom ersten Plastikkanister. »Fabelhaftes Wasser hier, und was das an Geld spart, brauch ich ja keinem zu sagen. Gerade heutzutage muss man jeden Cent umdrehen.«

»Und es stört Sie nicht, dass Sie an einer Hexenquelle zapfen?«

»*Das* hier ist eine Hexenquelle?«

»In der Tat«, sagte Julius. »Zumindest wenn man dem gleichnamigen Ahrroman glaubt, der in den vierziger Jahren erschienen ist. Als ich klein war, hab ich mich deswegen nicht hergetraut.«

Antonitsch blickte ungläubig »*Sie* hatten Angst vor Hexen? Ein Mann wie ein Berg?«

»Damals war ich ein Junge wie ein Hügel.« Julius dachte nach. »Eine Anhöhe.«

»Sekunde«, sagte Antonitsch und hielt den Mund unter die Quelle. »Hier schmeckt's immer am besten. Hier ist es am frischesten. Köstlich! Wie an der Brust von Mutter Natur.«

Julius versuchte, das Gespräch wieder auf eine andere Frau zu lenken. »Ging das denn schon lange mit meinem Oberkellner und Tina Walter?«

Antonitsch zog den Kopf zurück und ließ das Wasser in den zweiten Kanister laufen. »Seit knapp einem Vierteljahr.«

»Sie sind ja sehr gut informiert dafür, dass sie kein Paar mehr waren.«

»Na ja, man hat halt immer ein Auge drauf, was mit denen passiert, die mal einem selbst gehörten. – Na los, trinken Sie auch was von der Hexenquelle! Kommt direkt aus der vulkanischen Hölle!«

Antonitsch schien den derben Witz lustig zu finden, denn er klatschte in die Hände. Julius nahm einen Schluck, und er war tatsächlich köstlich. So klar, so rein, so frisch, als wäre es das Leben selbst, das seine Zunge berührte.

»Von der Hexenquelle«, sagte Antonitsch, »wusste ich nichts. Aber dass die Zapfstelle hier früher eine römische Heilquelle war, das war mir bekannt. Man hat hier nämlich römische Opfergaben in Form von Münzen gefunden. Hat mir übrigens Tina mal erzählt, sie hat mich erst auf die Quelle aufmerksam gemacht.«

»Haben Sie eine Ahnung, wer die beiden Weinköniginnen umgebracht haben könnte?«

»Wieso, Tinas Tod war doch ein Unfall, oder? Und Constanzes, ich weiß nicht. Sie stand im Mittelpunkt, schon vor ihrer Wahl zur Gebietsweinkönigin, als sie nur die Mayschoßer Krone trug. Es gibt verrückte Fans, die sich groß fühlen wollen, indem sie Einfluss auf das Leben von Berühmtheiten nehmen. Und ein ziemlich bedeutender Einfluss ist der Tod.«

»Schimmert da der Psychoanalytiker durch?«

»Weil Freud den Geschlechtstrieb als Zentraltrieb ansah? Und die Entfaltung der geschlechtlichen Triebhaftigkeit durch gesellschaftliche Regeln und Tabus unterdrückt wird? Natürlich könnte das, wenn man denn diesem Gedankenmodell Glauben schenken will, zu einer Fehlentwicklung führen, die einen Geist hervorbringt, der zu Mord fähig ist. Jemand, der etwas von einer Frau will, um jeden Preis, es nicht bekommt und sie umbringt. Ich möchte da nicht ins Detail gehen, weil mir die Erklärung zu simpel ist. Aber natürlich kann man das so sehen. Genug davon.«

Antonitsch schraubte hastig den zweiten Kanister zu und riss ihn förmlich empor.

»Ist es nicht erstaunlich, dass zwei beste Freundinnen so kurz nacheinander ums Leben kommen?«, fragte Julius.

»Beste Freundinnen? Das war ja schon mehr eine Gang.«

»Eine Gang?«

»Ja, eine Gang. Zusammenhalten wie Pech und Schwefel, gemeinsam sind wir stark, so was in der Art. Allerdings, na ja, sind sie halt nicht durch die Straßen gezogen. Irgendwie fand Tina es besser, dass ihre Clique geheim blieb. Ein Spiel von kleinen Mädchen, sonst nichts. Wie auch immer, das war's jetzt mit der Gang der schönen Frauen. Jetzt lebt nur noch eine davon.«

»Und die wäre?«

»Chantal Schmitz, die Weinkönigin des letzten Jahres.«

»Rauschende Ahr, du so grün wie Smaragd / Frischklar dein Antlitz dem Wanderer lacht / Blinkende, lockende Wasserbraut / dir ist verfallen, wer je dich schaut.«

Die Küche hatte Julius seinem Sous-Chef überlassen. Eigentlich überlassen müssen, aber er empfand die Einladung zum Weingut Pikberg nicht als lästige Verpflichtung. Den Senior des Hauses auf der Gitarre zu hören, wie er Weinlieder zum Besten gab, war schon ein

Erlebnis an sich, es in einer Runde Gleichgesinnter zu können war noch besser. Hier, in der Straußwirtschaft des Weingutes, herrschte genau das Lebensgefühl, das Julius an seinem Tal schätzte. Im ehemaligen Wohnzimmer der Familie ging es südländisch ausgelassen zu. Auch gesellig und gemütlich, obwohl diese Adjektive durch zu viele kitschige Heimatfilme einen miefigen Geruch angenommen hatten. Zu Unrecht, fand Julius, er hatte es gern gesellig und gemütlich. Wenn die Menschen nett und die Gefühle echt waren.

»Darum dir sing ich inniglich wahr / Wandern ist Lust an der sonnigen Ahr / Wandern ist Lust an der sonnigen Ahr.«

Das Weingut feierte fünfzigjähriges Bestehen, und an diesem Abend hatten die drei Pikberg-Söhne Geschäftsfreunde zu einem Abend mit dem Senior eingeladen, einem Mann, der vom Singen genauso viel verstand wie von Wein. Mit samtiger, volltönender Stimme und gemütlichem Tempo gab er als Mischung aus Bacchus und Bänkelsänger Lieder zum Besten. »Wie lieb ich dich, du wilde Ahr« hatte Julius schon gehört, »Strömt herbei, ihr Völkerscharen«, und »Kommst du einmal in das Rheinland.« Dreißig, vierzig Leute mochten es sein, die jetzt in die erste Strophe mit einstimmten. Manche lernten den Text erst beim Singen, hinkten immer ein paar Millisekunden hinterher. Niemand störte sich daran. Die zu Beginn des Abends wegen der mörderischen Geschehnisse im Tal gedrückte Stimmung hatte sich mittlerweile entspannt.

»Funkelnde Ahr, wenn so rot wie Rubin / Strömst durch die Adern dem Zecher dahin / Nimmst ihn so sanft und so selig heim / Purpur geboren auf Feuerwein.«

Julius hatte sich an einen Ecktisch neben den schönsten Gast des Abends gesetzt. Verena Valckenberg, die Auszubildende vom Weingut Schultze-Nögel und zugleich Dernauer Weinkönigin. Vielleicht die hübscheste Verdächtige, die Julius jemals untergekommen war. In Konkurrenz stand sie eigentlich nur mit der extrem schlanken Chantal Schmitz, die aber ebenso gut bald in den makabren Wettbewerb um das schönste Opfer eintreten konnte.

»Wie gehen Sie eigentlich mit der Angst um?«, traute er sich nach einigem Smalltalk zu fragen.

»Ich versuche, nicht daran zu denken«, antwortete sie, und damit war das Thema beendet.

Und dann war lange Stille. Sie lauschten nur dem Barden.

Nach einiger Zeit fragte Verena Valckenberg: »Essen Sie doch was! Der Kuchen ist so toll!«

Der Kuchen, der war das Nächste, gegen das er ankämpfen musste. Der Rieslingsuppe hatte er schon den Zugang zum Eichendorff'schen Magen verwehrt. Noch schwerer war es gewesen, den gebeizten Lachs mit Senf-Dill-Sauce und kleinen Reibekuchen auf dem Teller zu lassen, trotz aufmunternder Worte über seine Figur und der Gefahr, unhöflich zu sein. Auf jedem Teller hatten gefächert vier dünne Scheiben Lachs übereinander gelegen, daneben ein dicker Klacks Senf-Dill-Sauce. Ringsherum acht Reibekuchen, alles mit Radieschen-Sprossen und geviertelten Kirschtomaten liebevoll dekoriert. Wenn er *das* geschafft hatte: den knusprigen Duft von in gutem Öl gebratenen Kartoffeln heldenhaft zu ignorieren, was konnte ihm da ein Stück Kuchen anhaben? Das würde ihn nicht bezwingen, nicht ein Stück saftiger Pflaumenkuchen mit einem Schlag Zimtsahne, das gerade frisch aus dem Ofen kam und noch warm war ...

Gab es eigentlich keinen Gott auf dieser verdammten Welt?

»Machst im Pokal es königlich wahr / Trinken ist Lust an der sonnigen Ahr / Trinken ist Lust an der sonnigen Ahr.«

»Ich würde Ihres ja liebend gern nehmen«, sagte Verena Valckenberg, »aber ich darf nicht. Für die Rievkooche und mein Stück Pflaumenkuchen muss ich die nächsten Tage sowieso schon ein paar Extrarunden durchs Dorf joggen. Eigentlich diäte ich ja auch.«

Deshalb hatte sie also nur einen Bissen von beidem genommen.

»Sie? Wo möchten Sie denn abnehmen?«, wollte Julius fragen, aber das hätte zu sehr nach billigem Kompliment geklungen. Wenn er Komplimente machte, dann nur Schmuckstücke aus seiner neuen Kollektion.

»Dann sind Sie aber schnell fertig. Und zwar in drei ... zwei ... eins ... jetzt!«

Anna wollte ständig Komplimente hören. Natürlich nur ganz frische, oder absolute Evergreens, die Greatest Hits des Süßholzraspelns.

»Wenn's doch nur so wäre«, sagte Verena Valckenberg.

»Frauen der Ahr, wie ihr spiegelt so blank / Feurig bezwingender auch wie ihr Trank / Lautet die Seele bis tief zum Grund / Liebreich dabei so mit Herz und Mund.«

Sie lehnte sich verschwörerisch zu Julius herüber. »Bei der neuen Wahl überlasse ich nichts dem Zufall. Ich nehme jetzt so ein Eiweißpulver zweimal am Tag, einmal darf ich normal essen, muss aber die Fettmenge im Auge behalten. Das ist ein ganz neues Wunderzeug aus Amerika. Fresubin Energy Drink. Das gibt es in vielen Geschmacksrichtungen wie Waldfrucht, Karamell oder Vanille. Sollten Sie auch probieren. Hat mir die Burgundia empfohlen. Die arbeitet in einer Apotheke und nimmt es selbst auch.«

»Warum nicht?«, sagte Julius. »Aber bei mir wird es schwierig, nur einmal am Tag zu essen. Schließlich muss ich probieren, was in meiner Küche gekocht wird.«

»Dann ersetzen Sie doch wenigstens die Hauptmahlzeiten.«

»Tja, schaden kann's nicht.«

»So schwer wie ein Koch hat's bestimmt keiner.«

»Und ich hab's noch schwerer als meine Kollegen! Ich bin nämlich dabei, mich in neue Speisen einzuessen. Um genau zu sein, in römisches Essen. Und da reichen keine kleinen Happen, da braucht es ganze Portionen. Weil sich viele Gerichte erst erschließen, wenn der Gaumen sich daran gewöhnt und sich geöffnet hat, wenn er die anfängliche Scheu ablegt.«

»Lasst mich euch loben inniglich wahr / Leben ist Lust an der sonnigen Ahr / Leben ist Lust an der sonnigen Ahr.«

»Und was haben die alten Römer so gekocht? Wahrscheinlich Pizza und Pasta!«

Verena Valckenberg schob ihren Kuchen demonstrativ an den Rand des Zweiertisches. Aus den Augen, aus dem Sinn.

»Ganz und gar nicht«, sagte Julius. »Die altrömische Küche unterschied sich ganz fundamental von dem, was heute in Italien gekocht wird. Nudeln waren unbekannt, Tomaten wuchsen ausschließlich in Südamerika. Nur das Olivenöl war schon damals so wichtig wie heute. Dessen Vorteil: Man konnte es für viele Gerichte *und* als Lampenöl benutzen.«

»Aber die typischen italienischen Kräuter müssen doch auch schon damals da gewachsen sein. Oregano und so was.«

»Zum Teil schon. Liebstöckl, Sellerie und Lorbeer wurden damals schon genutzt. Es wurde aber auch mit Gewürzen gekocht, die heute in der italienischen Küche gar keine Rolle mehr spielen. Zum Beispiel die bittere Weinraute und die Polei-Minze. Gewürzt haben die nämlich wie die Weltmeister. Und zwar alles. Ich habe sogar ein Rezept gefunden, das mit Rosenblüten parfümierten Wein beschreibt.«

»Manchem Wein täte das auch heute noch gut. – Natürlich nicht unserem!«

»Selbstverständlich. Und der Regent von den Pikbergs kommt auch hervorragend ohne aus.«

»Da sag ich nichts gegen, auch wenn es natürlich Konkurrenz ist. Aber sehr, sehr nette Konkurrenz. Und was die hier für einen Wein aus dieser Sorte machen, ist aller Ehren wert.« Verena Valckenberg zog den Kuchenteller wieder heran und gönnte sich einen zweiten kleinen Happen. »Aber so leckere Kuchen haben die Römer sicher nicht gemacht. Und so einen leckeren wie den gibt es sowieso nur hier.«

»Das schon, aber die alten Römer waren auch ganz schöne Schleckermäuler.«

»Erklären!«, sagte Verena Valckenberg, den Mund noch voll.

»Sie hatten eine Vorliebe für süßsaure oder auch nur süße und gleichzeitig pikante Gerichte. Die Süße kam fast ausschließlich vom Honig und zusätzlich von getrockneten Früchten, wie Rosinen oder Datteln.«

»Klingt gut. So was haben die also bei ihren Orgien gegessen. Und ich dachte immer, da hätte es nur Schweinsköpfe mit Äpfeln im Mund gegeben.«

»Das ist das Rom aus den Asterix-Comics.«

»Die spinnen, die Römer!«

»Sogar noch mehr als bei Asterix. In den Comics gab es zwar auch Amphoren voll Wein, aber Drogen und erotische Spielchen sind lieber draußen gelassen worden.«

»So was machen Comicfiguren ja auch nicht, Herr Eichendorff! Das müssten Sie als gebildeter Mann doch wissen!«

»Wo war ich bloß mit meinen Gedanken?«

Nachdem der hauseigene Bänkelsänger auf »Die blonde Lindenwirtin vom Rhein« Kurt Adolf Thelens »Souvenir von Mayschoß« hatte folgen lassen, stand er nun mit großer Geste auf. Sofort herrschte Ruhe.

»Komm, Papagena, sing!«

Zu Julius' Erstaunen fühlte sich Verena Valckenberg angesprochen. Der Senior des Hauses klärte vor allen Anwesenden auf, warum.

»Die Verena ist ja nicht nur Azubi beim Frauenweingut Schultze-Nögel, liebe Gäste, sondern auch ausgebildete Sängerin. Erst im zweiten Bildungsweg hat sie sich für das Winzerhandwerk entschieden.«

Applaus brandete auf, verbunden mit Johlen. Dazu kam Lachen, als Pikberg seinen nächsten Satz beendet hatte. »Sie erfüllt jetzt also drei Wünsche auf einmal: Wein, Weib und Gesang!«

Während Papagena die ersten Zeilen von »Wer an der Ahr war und weiß, dass er da war« anstimmte, nahm Julius den Briefumschlag aus der Sakko-Innentasche, für dessen Öffnung er den ganzen Tag keine Zeit gefunden hatte.

»Wer an der Ahr war und weiß, dass er da war, der war nicht an der Ahr / Denn dort, wo der Wein gärt, man erst einmal einkehrt und viele Gläser leert / So machen's alle Jahr für Jahr, denn das ist ein uralter Brauch an der Ahr.«

Papagenas Stimme war ein samtiger Mezzosopran, die klassische Gesangsausbildung war jedem wohlgesetzten Ton anzuhören.

»Die roten Teufel im roten Wein, die tanzen dir ins Herz hinein / Und das ist die Gefahr, an der Ahr, an der Ahr / Und das ist die Gefahr, an der Ahr, an der Ahr, an der Ahr.«

Das Kuvert stammte von einem privaten Fernsehsender aus Köln. Es enthielt die erste positive Überraschung seit Julius' Ankunft.

Es war eine Einladung.

Zu einer Jubiläumssendung.

Er war einer von zwei Köchen, die dazu geladen wurden.

Zur schnellsten Kochshow Deutschlands. Zu »An die Herde, fertig, kocht!«. Jetzt würde er im Fernsehen zeigen können, dass man auch ohne Kopftuch und Ohrring innovativ kochen konnte.

Julius wollte es gar nicht glauben. Genauso wenig, dass sich Papagena nun auf seinen Schoß setzte und ihren Kopf an seine Schulter lehnte.

»Wer nach der Ahr reist und nichts mehr von der Ahr weiß, nur der war an der Ahr / Wer immer noch mal trinkt, wenn Wein im Pokal klingt / Und voll Begeisterung singt / Lass andere fahren Jahr für Jahr, zur Mosel zum Rhein, ich fahr nur an die Ahr.«

Es war morgens um halb vier, als Julius aus dem Schlaf geklingelt wurde. Mit ihm erschraken zwei Katzen. Herr Bimmel schlief danach weiter, Felix ging mit zum Telefon.

Julius hatte ein mulmiges Gefühl, als er den Hörer abhob. Ein Anruf um diese Uhrzeit konnte nur Schlechtes bedeuten. Etwas so Schlechtes, dass es keinen Aufschub erlaubte.

Der Anruf kam von François.

»Hallo, Chef, du musst sofort ins Restaurant kommen.«

»Warum?«

»Erklär ich dir dann.«

»Was soll das? Du klingelst mich mitten in der Nacht raus und willst noch nicht mal sagen, worum es geht?«

»Wenn es dich beruhigt, die ›Alte Eiche‹ steht noch. Und wir werden auch morgen aufmachen können. Aber es gibt eine Entscheidung zu fällen. Eine dringende.«

»Immer deine blöden Spielchen«, sagte Julius und legte auf. Felix rannte um ihn herum, als habe jemand seinen Schwanz angezündet. Etwas stimmte nicht, schien er zu denken, sein Dosenöffner hätte zu dieser Uhrzeit nicht wach sein dürfen. Vielleicht verschoben sich auch andere Dinge. Zum Beispiel die Fütterung!

Julius ging aber nicht in die Küche, sondern zu seinem Kleiderschrank und entschied sich für den grau melierten, atmungsaktiven Jogginganzug, den er vor fünf Jahren für diverse sportliche Aktivitäten, darunter Freeclimbing, Kajakfahren und Walking, gekauft hatte. Er war noch original verpackt.

Sterne sprenkelten den Himmel, als hätte jemand Milch auf einer schwarzen Decke verspritzt. Die Nacht war lau, und der Trainingsanzug reichte für den kurzen Spaziergang zur »Alten Eiche«.

Nur das kleine Licht über der Eingangstür des Restaurants brannte, als Julius dort ankam. Er schloss auf und fand François nicht im Restaurantbereich, nicht in der Küche, nicht im Büro. François war in seinem Zuhause, er war in einem dunklen Keller, wie alle, die einen großen Teil ihres Lebens damit verbrachten, dem Wein beim Reifen zuzuschauen. Als Julius eintrat, sah er ihn inmitten von vier mannshohen Stapeln Weinkartons stehen.

»Hierher gejoggt, Chef? Keine Schweißtropfen zu sehen, ich bin beeindruckt. Für einen Mann deiner Körperfülle scheinst du in hervorragender Form zu sein.«

Julius blickte auf die Uhr. »Viertel vor vier und immer noch zu Späßen aufgelegt. Was ist los? Ich will wieder ins Bett.«

»Das ist los«, sagte François und legte seine Hände auf zwei der Kartonstapel.

»Der trockene Riesling LS vom Weingut Abt in Bachem? Was soll mit dem sein? Scheint weder ausgelaufen noch geraubt worden zu sein.«

»Nein. Letzteres wird auch sicher nicht mehr passieren.«

»Soll heißen?

»Du erinnerst dich an diesen fabelhaften klaren Pfirsichduft, den der Wein hat?«

»Natürlich. So etwas hab ich noch nie vorher im Glas gehabt. Deshalb haben wir ja so viel davon gekauft.«

»Nicht nur wir, der Wein ging weg wie warme Semmeln. Hat auch schon super Bewertungen bekommen. Erinnerst du dich ebenfalls daran, dass wir Andreas Abt gefragt haben, wie es zu diesem irrsinnigen Pfirsicharoma käme, das keiner seiner Weine zuvor gehabt hatte?«

»Komm zum Punkt, Weinkellner.«

»Er hat gesagt, er wüsste es selbst nicht, es müsse wohl am Jahrgang liegen. Dann hat er von der Magie des Rieslings schwadroniert, der so viele Aromen hervorbringen kann. Ich selbst hatte angenommen, es käme von der Kaltvergärung, mit der er erstmals gearbeitet hat. Das klingt natürlich nicht halb so weinromantisch. Warte einen Augenblick.«

François zog eine Flasche auf, füllte zwei Gläser und reichte eins davon Julius. »Den Schluck wirst du brauchen.«

»Doch nicht um die Uhrzeit!«

»Damit du gleich wieder gut einschläfst. – Und, was meinst du?«

»Konzentrat von reifen Pfirsichen, dazu Wiesenkräuter, herzhaftstoffiger Kern, munteres, säurefrisches Finale, absolut reintönig.«

»Wie immer den Wein perfekt in Worte gegossen, Chef.«

Julius drückte François das Glas in die Hand. »Nun komm endlich mit der Sache raus, sonst werde ich wirklich übellaunig.«

»Der Wein ist unecht.«

»Unecht?«

»Gepanscht.«

»Nein!«

»Mit dem Aromastoff Gamma-Decalacton.«

»Nein!«

»Die Weinkontrolle hat wohl einen Hinweis bekommen und den Riesling danach untersucht. Der Sommelier vom Schlosshotel in Bergisch Gladbach hat mich um drei Uhr früh angerufen. Keine Ahnung, woher er es wusste, aber der weiß so was immer als Erster.«

»Gamma-Decalacton?«

»Das macht den schönen Pfirsichduft. Es ist gar nicht so einfach, das Zeug nachzuweisen. Ich hab's mir vom Kollegen genau erklären lassen. Das für die Unterscheidung von natürlichen und naturidentischen Aromastoffen verwendete Verfahren beruht auf einer Abweichung der Atom-Anordnung im Molekülverband. Dabei verhalten sich die beiden Formen wie die linke und die rechte menschliche Hand. Bildlich gesprochen sind die gleichen Finger an jeder der beiden Formen enthalten. Nur die Anordnung zeigt den Unterschied: Legt man beide Hände mit dem Handrücken nach oben übereinander, zeigt der Daumen einmal nach links und einmal nach rechts.«

»Ist das giftig?«

»Nein, absolut harmlos. Aber verboten.«

»Ein ausgewachsener Weinskandal im Ahrtal!«

»Was machen wir jetzt mit dem Riesling? Und mit unserer Weinkarte? Drauflassen und so tun, als wüssten wir nichts, bis es hochoffiziell ist, den Wein morgen vielleicht sogar als Tagesempfehlung draufsetzen, damit er schnell weg ist? Oder wegschütten? Oder den Wein dem Abt wiederbringen und unser Geld zurückfordern?«

»Meinst du das *ernst* mit der Tagesempfehlung?«

»Ich präsentiere nur alle Lösungsmöglichkeiten.«

»Es gibt nur die letzte.«

»Das dachte ich mir. Deshalb habe ich dich auch direkt angerufen. In diesem Fall muss ich nämlich die Weinkarte umschreiben, neu ausdrucken und eintüten. Und wenn ich das nicht sofort tue, wird es morgen extrem hektisch.«

»So machen wir es. Gute Arbeit, François. Danke für den Anruf.«

»Ungern geschehen, aber es war nötig. Jetzt ist dein Familienweingut Schultze-Nögel der Ahrweinköniginnen-Krone ja wieder ein Stück näher gekommen.«

»Wieso?«

»Na, die Tochter von unserem Gamma-Decalacton-Winzer ist die Bachemer Weinkönigin, Petra Abt.«

»Nach diesem Skandal ist sie raus aus dem Rennen«, führte Julius den Gedanken zu Ende.

»Und die war ja eine ganz heiße Kandidatin auf den Titel. Jetzt haben wohl nur noch die Burgundia und Verena Valckenberg eine realistische Chance.«

Zu müde, um diese Information an irgendeine der kriminalistischen Spuren anknüpfen zu können, wankte Julius nach Hause. Als er durch die Haustür trat, hörte er bereits das Telefon. Mittlerweile war es weit nach vier. Also hatte François noch etwas vergessen zu fragen.

Julius nahm den Hörer ab.

»Ich höre, François. Aber mach es kurz, ich will endlich schlafen. Du weißt doch sonst immer ganz genau, was du machen musst. Mach es einfach so. Zusammenstauchen kann ich dich morgen früh dann immer noch.«

»Wieso François? Hier ist Anna. Und wieso zusammenstauchen?«

»Oh, du bist es. Erklär ich dir morgen. Und was es auch ist, dass du mir erzählen willst, es hat sicher Zeit bis nach meiner Nachtruhe.«

»Hat es sicher. Ich dachte nur, es würde dich interessieren.«

»Mich interessiert um diese Uhrzeit nur noch mein Bett.«

»Wenn das so ist, wünsche ich einen gesegneten Schlaf.«

»Danke, dir auch.«

Julius hatte fast schon aufgelegt, da hörte er gerade noch Annas Stimme im Telefon. »Du wirst es bereuen!«

Er schnaufte und hielt sich den Hörer wieder ans Ohr. »Also raus damit, aber schnell, sonst schlaf ich gleich hier in der Diele ein, auf dem kalten Steinfußboden. Das ist schlecht für die Gesundheit. Das willst du bestimmt nicht verantworten.«

»Ich mach's kurz.«

»Prima.«

»Sitzt du?«

»Dazu bin ich zu müde.«

»Dann eben so.«

»Ja.«

Sie zögerte es wieder hinaus. Diese Frau war wie ein drittklassiger Zauberkünstler, der das Kaninchen bis zum Verhungern im Zylinder ließ.

»Es gibt keine amtierende Weinkönigin mehr.«

»Und der Grund?«, fragte Julius, dessen Gehirnzellen beschlossen hatten, schon mal ins Bett zu gehen.

»Weil Chantal Schmitz tot ist.«

7. Kapitel

... fordernder Duft ...
(Gault Millau WeinGuide)

Julius fiel zuerst auf, wie sehr sich die Wohnung von Constanze Dezaleys römisch und nichtsdestoweniger spartanisch eingerichtetem Dachgeschoss unterschied. In Chantal Schmitz' Wohnung gab es keine Zurückhaltung, keine Dezenz. Julius konnte Form und Farbe der Tapeten kaum erahnen, so sehr waren die Wände voll gehängt mit Bildern und Fotos, Aufnahmen von ihr und ihrem Pferd, wahlweise auch nur sie oder nur ihr Pferd. Es handelte sich um einen Zweibrücker Wallach, so viel war Julius klar, schließlich war fast auf Originalgröße eine Zeitschriften-Seite hochkopiert worden, in der das Pferd vorgestellt wurde. Ein anderes gerahmtes Dokument zeigte den Stammbaum, der vor allem bewies, wie viel Einfallsreichtum und wie wenig Geschmack Pferdezüchter hatten. Lambada, Amateurin, Steinwurf, Vorbuch und Warthburg waren Namen, für die sich selbst ein Pferd schämen musste. Auf einem Foto schien Chantal Schmitz' Pferd genau das zu tun, so traurig hing das Maul herab. Es hatte nämlich den Vogel abgeschossen. Es hieß Ladykiller.

Julius wanderte die Fotogalerie entlang und musterte die Bilder gleichermaßen mit Interesse wie Unverständnis, als handele es sich um experimentelle Kunst. Bei einem Schnappschuss blieb er länger stehen. Die zierliche Weinkönigin wirkte auf dem kräftigen Pferd noch zerbrechlicher. Sie trug Frack und Zylinder. Julius wusste aus Olympia-Fernsehmarathons, was das bedeutete: Sie ritt Dressur, die nobelste Spielart des Pferdesports. Noch etwas anderes wurde Julius klar, als ihn die Tote jetzt dutzendfach lächelnd oder die Aussicht genießend anschaute. Diese Frau musste sich wirklich gemocht haben.

In der Küche erwartete ihn Anna, die Arme vor der Brust verschränkt, hinter ihr die Küchenzeile, mit Pferdeköpfen beklebt, die selbst von der Abzugshaube blickten.

»Hier ist sie gefunden worden. Auf dem Boden. In ihrem eigenen Erbrochenen. Die Arme mit einer ausgedienten Peitsche auf dem Rücken fixiert. Unser Gerichtsmediziner war richtig froh, mal eine

Schierling-Leiche zu finden. So was sähe er sonst nur in Fernseh-Krimis – und dann meist pathologisch inkorrekt. Er hat mir ausführlich die Vergiftungssymptome geschildert. Die typischen Lähmungen begannen bei ihr wohl an den Füßen und setzten sich über Beine, Rumpf und Arme fort. Der Tod ist dann durch zentrale Atemlähmung eingetreten. Das Gift war im Tee. Wenn du dich fragst, wo die Tasse ist, aus der das Opfer den vergifteten Tee getrunken hat, die ist nicht aufzufinden. Der Täter scheint sehr umsichtig zu sein …«

»So hat jeder seine guten Eigenschaften.«

»Chantal Schmitz' Bodyguard hat sie gefunden, bei seinem routinemäßigen Rundgang am frühen Morgen.«

»Verdächtig?«

»Prüfen wir, aber mein Instinkt sagt mir, nein. Der Mann scheint in keiner persönlichen Verbindung zur Toten gestanden zu haben, war ihr auch erst nach dem Tod von Constanze Dezaley von der Fremdenverkehrsgesellschaft an die Seite gestellt worden und hat eine einwandfreie Akte.«

»Andere Verdächtige?«

»Weniger, als der Papst Mätressen hat.«

»Dann nenn mir jetzt bitte alle vierundvierzig.«

»Nana, spricht so ein guter Katholik?«

»Im Rheinland schon. Ich bin schließlich nicht römisch-katholisch, sondern rheinisch-katholisch. Das ist die pragmatischere Variante.«

Anna besah sich gedankenverloren ihre Fingernägel. »Verwandte, Freunde, Bekannte… Zurzeit haben wir noch nichts, dafür aber etliche Alibis von der wachsweichen Sorte. Und das in Bezug auf alle drei Morde.«

»Das heißt, du glaubst jetzt definitiv nicht mehr an einen Unfall?«, fragte Julius.

»Ich glaube auch nicht mehr an den Weihnachtsmann. Natürlich kann es ein Unfall gewesen sein, aber ein Mord ist jetzt weitaus wahrscheinlicher.«

Julius nickte zustimmend. »Eine Frage hab ich noch zu den Alibis: Wie sieht es mit dem von Wilfried Pause aus?«

»Wieso kommst du jetzt auf den?«

»Hab ich mich nur so gefragt.«

»Bombenfest. Das sicherste Alibi von allen im Fall Constanze Dezaley. Der Inhaber der Gyrosbude schwört Stein und Bein, ihn zur Tatzeit bei sich im Laden gehabt zu haben. An einen Mann mit Cowboyhut, langem Mantel und Dreitagebart erinnert man sich.«

»Vergessen wir also die Alibis. Muss ich dich nach Fingerabdrücken, Blutstropfen, Fasern von Kleidung, weil der Mörder einen herausstehenden Nagel gestreift hat, oder Reifenspuren fragen?«

»Nein.«

»Ein Indiz wäre zur Abwechslung mal schön.«

»Der Mord ist diesmal Indiz genug. Schierling ist keine alltägliche Mordwaffe. Man muss darüber Bescheid wissen. Unser Mörder ist intelligent und belesen. Und er ist pedantisch. Er durchdenkt seine Taten. Nichts bleibt zurück. Ein analytischer Kopf, keiner, dem es um ein Blutbad geht. Glaubst du nicht auch, dass der Täter mit dieser Serie etwas ausdrücken will? Nur was?«

»Vielleicht seinen Hass auf Weinköniginnen? Vielleicht, dass man sich mehr mit römischer Geschichte als mit Wein beschäftigt sollte?«

»Würdest du deshalb morden?«

»Ich würde überhaupt nicht morden.«

Anna setzte sich an den Tisch und streckte die Beine aus. »Ich fasse zusammen: Wir haben einen intelligenten, pedantischen, nicht blutrünstigen Mörder, vermutlich mit einer Botschaft. Die irgendwie mit den drei Opfern zusammenhängen muss.«

»Welche sehr gut befreundet waren.«

»Aha? Immer nur heraus mit deinen Erkenntnissen!«

»Das war's schon.«

»Du bist mir ein alter Geheimniskrämer! Na ja, wie auch immer: Noch etwas wissen wir, denn hier hat kein Kampf stattgefunden. Es gibt keine derartigen Spuren am Opfer, keine in der Wohnung. Ergo: Das Opfer vertraute dem Täter.«

»Oder der Mörder hatte eine Pistole und hat sie gezwungen, den Tee zu trinken.«

Apropos Tee. Julius begann, in der Luft zu schnüffeln. Der Duft hing noch im Raum. Auf der Küchenzeile konnte er neben dem Wasserkocher eine Teepackung des Ladens erkennen, in dem auch er regelmäßig seinen Stoff bezog. Er würde nicht draufschauen, er würde es so herausbekommen. Die Grundlage war grüner Sencha-Tee, so viel stand fest. Darüber Blütenaromen, komplex, breit gefächert. Bergamotte war als Erstes auszumachen, dann sog Julius kurz rhythmisch wie ein Jagdhund, der Fährte aufgenommen hatte, weitere Luft ein. Kornblüten- und Sonnenblumenblüten-Duftstoffe. Doch da war noch etwas, frischer als die anderen Aromen, aber ganz schwach, kaum merklich. Er ging näher zum Tisch, wo der Tee gestanden haben musste. Er schloss die Augen, schob alle Erwartungen und Vorstellungen auf die Seite, beugte sich über den Tisch …

»Rosenblüten! Also ›Morgentau‹!«

»Dichtest du gerade, oder muss ich die Männer mit den weißen Kitteln rufen? Warum hattest du die Augen zu?«

»Nur der Tee, nur der Tee.«

Julius griff nach der Packung und musste feststellen, dass er sich geirrt hatte. Es war eine andere Mischung. Das passierte ihm selten.

Anna lehnte sich an den Tisch, der erstaunlicherweise nicht mit Pferdegesichtern übersät war. »Ich habe übrigens noch etwas Besonderes für dich.«

»Ist wieder jemand durch eine geschlossene Tür gegangen?«

»Nein, so was passiert selbst im Ahrtal nicht alle Jahre«, sagte Anna mit einem Lächeln, sich an den gemeinsam gelösten Fall um den Mord im Regierungsbunker erinnernd. »Das war ganz kalt.«

»Ist jemand gesehen worden, wie er das Haus nachts betreten hat?«

»Immer noch eiskalt, mein süßer Nasenbär.«

»Das hab ich jetzt nicht gehört.«

»Das hab ich jetzt aber so gesagt.«

»Das musst du dann aber irgendwie wieder gutmachen.«

»Das werde ich auch irgendwie wieder gutmachen. Und zwar direkt, und zwar hiermit.«

Sie holte ein großes Paket aus ihrer Handtasche.

Es war in Alufolie gepackt! Jetzt zog sie einen Löffel aus der Tasche.

»Ich habe dir ein Trifle gemacht. Damit du groß und stark wirst.«

Die Ausrede lag nahe, und Julius griff, ohne zu denken, danach. »Aber ich kann doch hier nichts essen. Hier ist erst vor wenigen Stunden ein Mord verübt worden und eine junge Frau gestorben. Also manchmal bist du ganz schön makaber.«

»Der Leichenschmaus hilft darüber hinweg. Sehr lebensbejahend, finde ich. Keine falsche Scham, ich sehe doch, mit wie großen Augen du auf das Trifle guckst. Iss ruhig, ich verrat's auch nicht weiter. Und während du schmaust, hol ich was, das ich dir unbedingt zeigen muss.«

Das war seine Chance. Julius blickte sich um. Chantal Schmitz schien neben ihrem Pferd nur noch eine weitere Leidenschaft gehabt zu haben: Fensterbankpflanzen. Allesamt Blumen. Nicht so viele wie bei Anna, aber genug, um den Dünger aufzubrauchen, den sie für ihn zubereitet hatte. Trifle war cremig, teigig und mit Früchten – etwas Besseres konnten Blumen doch gar nicht bekommen! Mal was anderes als Pinguin-Dung. Schnell schippte Julius den Inhalt des Schüsselchens in die Pflanzen und hetzte wieder zu seinem Platz zurück, als er Schritte hörte.

»Das gibt es doch nicht! Das hast du nicht wirklich schon alles gegessen!«

»Es war so lecker, ich konnte mich nicht zurückhalten.«

»Brav, Großer! Heute Abend gibt's Nachschlag.« Sie tätschelte ihm den Kopf. »Hier, das wollte ich dir zeigen.« Sie legte ein Foto auf den Tisch, das einen Jüngling auf einem Pferd zeigte. Er war so schlank, dass ihn ein starker Windstoß vom Gaul geworfen hätte.

»Ihr Freund, er ist dieses Jahr in die deutsche Springreiter-Nationalmannschaft aufgestiegen. Als jüngster Mann jemals. Eine Berühmtheit, hast du bestimmt von gelesen. Ist das nicht ein Zufall?«

Nein. Sport war für Julius nur eine populäre Form des Masochismus. »Ist ja noch ein richtiges Bürschlein.«

»Ach nein! Der hat doch was, wie er da so stolz auf dem Pferd sitzt. Da hat sich Chantal Schmitz schon einen echten Prinzen geangelt. Der hat sicher auch kein Gramm Fett zu viel.«

Mit diesem Satz hatte Anna die Schwerkraft hochgedreht. Julius fühlte all seine überschüssigen Kilos wie Wackersteine am Leib. Er hatte diese Diät zwar wegen Anna begonnen, aber doch stets gehofft, dass ihr seine Körperfülle nichts ausmachte, dass sie kräftige Männer mochte. Er wollte eben nur ein etwas weniger kräftiger Mann werden, um ihr vielleicht noch einen Tick besser zu gefallen. Aber so wie dieses Handtuch auf dem Foto würde er nie aussehen, niemals Annas »Prinz« sein und immer ein paar (Kilo-)Gramm zu viel haben.

Es würde nie genug sein.

War Anna blind vor Liebe? Wie sonst ließen sich die unzähligen Desserts erklären, die sie ihm auftischte? Aber was, wenn die erste Liebe verkocht war wie ein Schluck Noilly Prat in der Sauce? Was dann?

»So, wir sind hier eigentlich fertig. Ich gieß nur noch schnell die armen Blumen, damit sie nicht eingehen, bis mal wieder jemand vorbeikommt.«

O nein!

»Blumen kann man auch übergießen! Die sehen doch noch prächtig aus.«

»Lass das mal die Fachfrau machen. Dich frag ich, falls ich mal Blumen *essen* will.«

Sie würde das Trifle finden. Sie würde ihm sicher nicht abnehmen, dass er es nur gut mit den trauernden Pflanzen gemeint hatte.

»Bist du heute eigentlich schon geküsst worden?«, fragte Julius.

Anna, gerade einen großen Wasserkrug am Waschbecken füllend, drehte sich um. »Nicht, dass ich mich daran erinnern könnte«, sagte sie unverschämt.

Julius holte das nach und nahm ihr beim Küssen den Wasserkrug ab. Als er wieder sprechen konnte, sagte er: »Und weil du das so gut gemacht hast, gieße ich jetzt die Blumen für dich.«

»Du machst das bestimmt *falsch*.«

»Vertrauen ist die Grundlage einer jeden Beziehung.«

»Ich darf dir aber über die Schulter schauen.«

Und sie tat es, während Julius das Trifle der ersten Blume begoss. Er zog dabei die Schulter hoch, damit Anna nichts sehen konnte. Er hielt den Wasserkrug so, dass er den größtmöglichen Teil der Pflanze verdeckte.

Es nützte nichts.

»Was hat die denn für Dünger genommen?«

Julius drehte sich blitzartig um und kredenzte Anna einen Nachschlag am Kuss-Buffet.

»Was ist denn heute los mit dir? Hast du zu viel Vanille genascht?«

»Ist es nicht viel wahrscheinlicher, dass du einfach unwiderstehlich bist?«

»Du Schleimer!« Sie sah ihn an. »Du süßer Schleimer.«

»Und jetzt lass mich in Ruhe gießen. Setz dich hin. Sofort!«

»Gut, mein Herr und Gebieter. Dann hab ich ja Zeit, dir Antwort auf deine eben gestellte Frage zu geben, ob jemand beim Betreten des Hauses gesehen worden ist: Dem ist nicht so. Merkwürdigerweise. Denn die Bodyguard-Nachtschicht hat das Haus von außen im Auge behalten.«

»Einmal ein einfacher Mord, das wäre doch was zur Abwechslung.

Das wäre mal gut für die Nerven. Zum Beispiel ein schlampiger Mörder, der eine eindeutige Spur hinterlässt, vielleicht nach der Tat gesehen wird, so was in der Art. Ist denn das zu viel verlangt?«

»Uns ist noch etwas aufgefallen, aber wir wissen nicht, was es bedeutet.« Anna reichte Julius ein durchsichtiges Plastiktütchen, darin eine schlichte goldene Halskette mit Anhänger. »Constanze Dezaley, Tina Walter und Chantal Schmitz, alle trugen so eine Kette mit kleinem Stiefelanhänger. Unsere Experten sagen, es sei eine Sonderanfertigung. Ich zerbreche mir den Kopf darüber, was es bedeuten könnte. Vielleicht nur ein Zeichen ihrer Freundschaft. Aber warum Stiefel? Haben sie die alle gern getragen?«

»Mit solcher Frauenlogik kenne ich mich nicht aus.«

»Chauvinist.«

»Nein, nur Realist. Ich kenne meine Grenzen. Außerdem denke ich, du solltest dich mit zwei anderen Fragen beschäftigen. Erstens: Wer ist das nächste Opfer? Die Weinkönigin von vor drei Jahren, die von vor dreißig, oder wartet unser Killer lieber, bis das Ahrtal wieder eine neue amtierende hat? Und zweitens: Wie kann dieser Mord verhindert werden? Wenn das nämlich nicht gelingt, ist bald der gesamte Weinadel ausgelöscht.«

Anna nickte, stand auf und ging in Richtung Tür. Julius folgte ihr, blieb dann aber stehen und kam noch einmal zurück zum Esstisch, an dem Chantal Schmitz ihr Ende gefunden hatte. Etwas ging ihm nicht aus dem Kopf.

»Schierling … Schierling … wieso kommt mir das nur so bekannt vor? Irgendwas klingelt da bei mir. Irgendwas hat es damit auf sich.«

»Ich kann mir schon denken, was.«

»Und das wäre, Frau Oberschlau?«

»Schon die *alten Römer* benutzten Schierling als Gift, Herr Unterbelichtet.«

Diese Mordserie hatte mehr lose Enden als ein Flokati. Hatte Julius sich am Anfang über zu wenig Spuren beschwert, so hätte er jetzt gern ein paar an der Kasse zurückgegeben. Drei Frauen waren ermordet worden, die eng befreundet und darüber hinaus alle Ahrweinköniginnen gewesen waren.

Constanze Dezaley wurde über einem nachgebauten römischen Eisenofen ultrahocherhitzt.

Chantal Schmitz wurde mit Schierling ermordet, einem Gift, das schon die alten Römer kannten.

Tina Walter wurde von einer Brücke heruntergestoßen – ohne direkten Bezug zum alten Rom. Die Bahngleise, auf denen sie gefunden worden war, führten zwar in Richtung Römervilla, doch lag diese weit entfernt. War vielleicht etwas übersehen worden?

Und wenn ja: Wie passten Freundschaft, Krone und das alte Rom zusammen?

Wenigstens das Mysterium um den Reitsportladen und zwei Nichtreiterinnen hatte sich aufgeklärt. Sie hatten wohl etwas für ihre Freundin kaufen wollen.

Julius saß in seinem Audi, unterwegs nach Hause. Das Ahrtal, von den Sonnenstrahlen wie mit Honig übergossen, bot links und rechts der Straße Postkartenmotive. Die hatte die Fremdenverkehrsgesellschaft bitter nötig, nachdem drei Aushängeschilder ermordet worden waren.

Trotz der vielen losen Enden, der vielen Spuren, traute sich Julius nicht, Namen von Verdächtigen zu nennen, noch nicht einmal im Geist. Er hielt sie zurück, die der neidischen Orts-Weinköniginnen, der Masseure und Archäologen.

Darunter auch den Wilfried Pauses. Dessen Telefonnummer hatte er so oft in den letzten Stunden gewählt, dass er sie nun auswendig kannte. Es hatte immer nur der freundliche Anrufbeantworter mit ihm gesprochen, aber Julius nicht mehr mit diesem.

Diesmal war niemand Elektronisches am Apparat.

»Valckenberg.«

»Entschuldigung, falsch verbunden«, sagte Julius, dann machte es Klick. »Valckenberg?«

»Ja.«

»Verena Valckenberg?«

»Genau die, aber mit wem spreche ich denn?«

»Vom Weingut Schultze-Nögel?«

»Auch das stimmt.«

»Papagena?«

»Sie sind gut informiert, Herr ...«

»Eichendorff.«

»Na, so eine Überraschung! Das hätten Sie aber auch gleich sagen können.«

»Ich wollte eigentlich einen alten Freund von mir anrufen und muss mich verwählt haben.«

»Ach schade, und ich dachte schon, Sie wollten mich sprechen ...«

»Nein, natürlich immer gern, es kam halt nur etwas überraschend.«

»Wie heißt denn Ihr Freund?«

»Pause, Wilfried Pause, ein Archäologe.«

»Dann haben Sie sich doch nicht verwählt.«

Was? Wie? Wilfried Pause und Verena Valckenberg lebten zusammen? Die beiden waren ein Paar?

Wo die Liebe hinfiel, dachte Julius. Und doch fühlte es sich merkwürdig an.

Egal.

Er schüttelte sich innerlich. Dann musste sie ja wissen, wo Pause war.

»Wo finde ich Ihren Lebensgefährten und meinen Freund denn jetzt?«

»Lebensgefährte?« Sie prustete ins Telefon. An Julius' Ende der Leitung klang es wie eine Sturmböe. »*Wilfried*? Nein! Wir teilen uns eine Wohnung! Und um Sie zu beruhigen: Wir sind zu dritt. Wir haben hier noch einen Vegetarier. Eigentlich ist er Makrobiotiker. – Ich glaub's ja nicht, Wilfried und ich!«

Wie klein die Welt doch war. Stephan Zeh, der Mann, der einen Eber von innen gesehen hatte, war auch mit dabei.

»Auf den Anrufbeantworter sollten Sie mal Ihren Namen sprechen, sonst weiß keiner, dass Sie unter der Nummer auch zu erreichen sind«, sagte Julius.

»Ach Gott, der AB, den haben wir ja total vergessen! Wilfried hat die Zimmer noch nicht lange untervermietet, erst seit drei Monaten.«

»Und vorher hat er allein gehaust?«

»Ja. Aber es ist ihm auf Dauer zu einsam geworden.«

»Da hat er sich dann die netteste nur denkbare Gesellschaft geholt.«

»Aha, Sie kennen unseren Vegetarier also schon«, sagte Verena Valckenberg mit einem kecken Ton.

»Ich hatte da mehr an Sie gedacht.«

Konnte er sich Flirten als fest gebundener Mann eigentlich noch erlauben? Na ja, es war schließlich für die Ermittlungen nötig.

»Angekommen«, sagte Verena Valckenberg. »Wenn Sie Wilfried suchen, der ist Einkäufe erledigen. Haben Sie seine Handynummer?«

Die hatte Julius natürlich nicht, bekam sie dann aber und wählte sie, nachdem er sich höflich von Verena Valckenberg verabschiedet hatte. Pause war direkt am Apparat.

»Julius, mit deinem Anruf hatte ich ja nun gar nicht gerechnet!«

»Deine Mitbewohnerin hat mir die Nummer gegeben.«

»Verena? Ein nettes Mädchen.«

»Wo finde ich dich, wir müssen dringend miteinander reden.«

»Lass uns doch für nächste Woche einen Termin ausmachen. Dann treffen wir uns mal auf einen schönen Burgunder.«

»Mir wäre sofort lieber.«

»Wenn du mich so sehr vermisst: Ich bin gleich, in fünf Minuten, beim Bioladen vom Junihof in Ahrweiler, kennst du sicher. Komm einfach hin.«

Julius fand den Schulfreund zwischen Essig und Öl.

»Wusste gar nicht, dass du ein Grüner bist, Wilfried.«

»Sagt mein Speiseplan etwas über meine politische Gesinnung aus? Ich glaube nicht. Und *ich* wusste nicht, dass du so ein Hektiker bist. Was gibt's denn so Dringendes?«

»Können wir ...?« Julius bedeutete Pause, in eine Ecke des Ladens zu gehen, in der ihr Gespräch etwas privater verlaufen konnte.

»Ich habe Johann Joachim Winckelmann getroffen.«

Das schien Pause nicht zu beeindrucken. Er besah sich in Seelenruhe die Etiketten der vor ihm im Regal stehenden Gelees. »Guter Archäologe. Hat einen tollen Riecher.«

»Ich habe ihm eine Lüge aufgetischt, habe behauptet, ich würde illegal graben wollen im Ahrtal.«

»Soso«, sagte Pause. »Dass du so lügen kannst.«

Er entschied sich für ein Apfelweingelee mit Pfirsichlikör und packte es in seinen Bastkorb.

»Es wird noch besser. Winckelmann sagte, ich müsse ihm, Adalbert Niemeier und *dir* Rapport erstatten.«

»Ach, Julius, das weiß ich doch alles schon. Hast dich als Herr Brentano ausgegeben, du alter Romantiker.« Pause griente. »Solltest dir auch eins von den Gelees mitnehmen, die sind wirklich großartig.« Er kostete den Überraschungseffekt aus.

»Aber, woher ...?«

»Wenn mir mein Bad Münstereifeler Freund erzählt, zu ihm wäre ein korpulenter Archäologe namens Brentano gekommen, mit einem

Hubschrauberlandeplatz auf dem Kopf, der behauptet, von außerhalb zu sein, aber in schönstem Ahrtaler Dialekt spricht und einen metallic-blauen Audi A4 mit Ahrweiler Kennzeichen fährt, dann weiß ich, dass der kulinarische Detektiv in der falschen Richtung ermittelt. Ich hab nur darauf gewartet, dass du dich bei mir meldest.«

»Das scheint dich ja herzlich kalt zu lassen, dass ich über deine illegalen Tätigkeiten Bescheid weiß.«

»Von welchen illegalen Tätigkeiten sprichst du? Ich sag dir, was illegal ist: die unzähligen römischen Funde, die von Häuslebauern und Straßenplanierern einfach verschwiegen und überbaut werden. Und wir reden hier nicht von Ausnahmen, sondern von der Regel. Ein Baustopp kostet Geld, viel Geld, also ist eben nichts gefunden worden. *Das* ist illegal!«

»Du weißt, was ich meine.«

»Wenn du glaubst, das wir selber illegal graben, bist du schief gewickelt. Wir wollen nur das durch illegale Grabungen von anderen erlangte Wissen festhalten, ansonsten hat nämlich keiner was davon. Verhindern können wir sie eh nicht. Diese Leute, Julius, die machen sich teilweise so was von detaillierte Notizen, die *müssen* gesichert werden, die brauchen wir. Nur darum geht es. Die dürfen nicht verloren gehen. Wenn wir wissen, was wo gefunden wurde, hilft das allen. Nichts anderes wollte Johann dir sagen, aber er hat manchmal einen argen Verschwörerton drauf, das weiß ich.«

Eine Erdbeer-Rhabarber-Marmelade, ökologisch erzeugt, verschwand in Pauses Korb. Er schlenderte weiter in die Gemüseabteilung.

»Und das soll ich dir abnehmen?«

»Eigentlich lieber diesen Sack Kartoffeln. Das wäre eine echte Hilfe.«

Pause hievte ihn hoch und Julius in die Arme, der nicht anders konnte, als ihn festzuhalten.

»Das ist eine ernste Sache, Wilfried. Wenn die Polizei das erfährt.«

»Von wem sollte sie das denn? Du weißt ja jetzt, wie's aussieht, und wirst denen bestimmt nichts sagen. Du kennst mich schließlich.«

Nein, dachte Julius, ich kenne niemanden. Er hatte schon einmal erleben müssen, dass sich auch im engsten Freundeskreis ein Mörder befinden konnte. Richtig kannte man niemanden. Und bei einigen war dies auch besser so.

»Was ist mit Constanze Dezaley? Hatte sie auch einen solchen Deal mit dir?«

»Hab ich mir schon gedacht, dass du mich das fragen würdest. Und nein, hatte sie nicht. Constanze war eine von der besonders korrekten Sorte.«

Ein Bund Radieschen war nicht sicher vor Pauses Einkaufsgelüsten und gesellte sich zu den anderen Beutestücken in den Korb.

»Wie kam sie dann in den Besitz einer enorm wertvollen, original römischen Halskette?«

»Das fragt sich Adalbert, das fragt sich Johann, das frage ich mich. Sie kann sie nur geschenkt bekommen haben.«

»Und wer könnte ihr so was schenken?«

Pause verzog keine Miene. »Adalbert, Johann oder ich.«

Herr Bimmel und Felix spitzten die Ohren. Ihr Futterlieferant sprach schon seit einiger Zeit mit ihnen und schien Aufmerksamkeit zu erwarten. Die sollte er bekommen. Die Chancen auf Käserollis standen dann bestimmt gut.

Julius saß während seines Vortrags auf der Wohnzimmercouch. Auf dem kleinen Tischchen vor ihm stapelten sich Bücher, der Größe nach von unten nach oben abnehmend. Die Lesebrille auf der Nasenspitze, betrachtete Julius nun einen großformatigen Bildband.

»Das ist so faszinierend, Jungs, das könnt ihr euch gar nicht vorstellen. Wusstet ihr, dass an keiner anderen Stelle des ehemaligen römischen Reiches so viele Funde von Austernschalen und Pfirsichkernen gemacht wurden wie an der Rheinfront? Ich muss unbedingt ein Gericht mit beidem in das Menü einflechten. Tja, die Rheinfront war schon immer Sitz echter Feinschmecker, so sieht es aus! Nachgewiesen sind auch Feigen und Datteln aus Nordafrika, indischer Pfeffer und italienischer Knoblauch. Kosmopolitisch waren wir damals also auch schon!«

Herr Bimmel maunzte zustimmend, es schien angebracht. Außerdem konnten die Käserollis langsam aufgetragen werden.

»Das, was wir jetzt in der ›Alten Eiche‹ kochen, war natürlich nicht das übliche Abendmahl. Aber soll ich den Gästen in einem Sternerestaurant etwa ›Puls‹ auftischen, das wichtigste Nahrungsmittel über Jahrhunderte? Doch eher nicht, was, Jungs? Das ist nämlich Dinkelbrei, der in Wasser und Salz gekocht wurde. Ab dem zweiten

Jahrhundert spielte dann auch Weizenbrot eine gewichtige Rolle. Da fällt mir was ein! Mein musikalisch-literarischer Kochkollege aus Stuttgart hat mir mal so ein Wahnsinnsrezept für Römische Weinbrötchen gegeben, die ich immer schon zu einem passenden Menü machen wollte. Prima!«

Er nickte seinen beiden Katzen fröhlich zu. Felix stand auf und verließ das Zimmer.

»Aber *du* willst weiter hören, was es zu berichten gibt, nicht wahr, Herr Bimmel?«

Und Julius wollte weiter davon erzählen, in seinem Kopf mal etwas anderes bewegen als Mordtheorien und Spuren die nach überall und nirgends führten. Das römische Menü musste, wie alle anderen auch, jede Woche gewechselt werden, neue Rezepte, neue Ideen mussten her.

Zudem machte ihn das Erzählen über Essen eigentümlicherweise satt.

Er fühlte sich danach, als habe er einen Teil von dem gegessen, worüber er gesprochen hatte. Auf ein paar neue Rezepte bekam er Lust, aber mehr darauf, sie zu kochen, als sie zu essen. Im Mund gehabt hatte er sie schließlich schon.

Das redete Julius sich ein.

»Zuerst gab es beim großen Gastmahl ›Gustus‹, appetitanregende Vorspeisen, zu denen als Aperitif Honigwein gereicht wurde, dann kam das eigentliche Essen, ›Fercula‹, welches oft aus drei Gängen bestand und von Wein begleitet wurde, Nachtisch schließlich waren Früchte, Backwerk oder pikante Speisen.«

Herr Bimmel sah ihn hungrig an.

»Ich weiß, was du wissen möchtest: Waren auch Kater am Tisch erlaubt? Ich glaube, ja, mein haariger Freund. Denn das römische Gastmahl war reine Männersache. Frauen und Kinder waren nicht dabei, sie saßen irgendwo anders zu Tisch. Die Männer dagegen *lagen* zu Tisch, also so wie du. Auf Liegesofas, den so genannten ›Clinen‹.« Julius schlug eine Seite des Buches auf und hielt sie Herrn Bimmel vor die Barthaare. »Hier kannst du sehen, wie sie um einen Tisch angeordnet waren. Und wegen der ›Clinen‹ hieß das Esszimmer auch ›Triclinium‹, also ›drei Liegesofas‹. Das Frühstück, ›Iantaculum‹, und das Mittagessen, ›Prandium‹«, dozierte Julius weiter, »waren übrigens nicht üppig, nur die ›Cena‹, das Abendessen. Es begann zur neunten

Stunde, im Sommer also gegen sechzehn Uhr, im Winter gegen vierzehn Uhr. Um *die* Uhrzeit würdest du auch schon gern was bekommen, du Hungerleider, und nicht erst um sieben! Die Diät steht dir aber gut, dein Fell sitzt nicht mehr so eng.«

Irgendetwas quakte im Garten.

»Von deiner Esstechnik her hättest du ebenfalls gut an einem römischen Gastmahl teilnehmen können. Die meisten Speisen wurden nämlich ohne Messer und Gabel gegessen. Aber leider benutzt du keine Serviette, wie das damals Mode war. Zu der ist viel häufiger als heute gegriffen worden. Kein Wunder, wenn man alles mit den Fingern isst! Es war übrigens üblich, Speisen, die man mit nach Hause nehmen wollte, in Servietten einzuwickeln. So sparsam stellt man sich die ausschweifenden Römer gar nicht vor. Aber zurück zur Hygiene, mein lieber Herr Bimmel, die ist euch Katzen ja auch immer sehr wichtig: In ganz vornehmen Kreisen standen Diener mit Wasserkannen und Wasserschüsseln bereit, damit man sich jederzeit die Finger reinigen konnte. Was für ein Schauspiel, wenn FX den Diener machen müsste! Aber nein, das wäre zu viel Show. Die ›Alte Eiche‹ ist kein Disneyland, sondern ein Gourmettempel. Die Idee mit den Gerichten, die ohne Besteck zu essen sind, gefällt mir dagegen, Herr Bimmel. Ich denke, wir sollten einen Gang anbieten, der so zu genießen ist. Allerdings einen, nach dem die Finger nicht aussehen, als hätte man in Eingeweiden gewühlt.«

Herr Bimmel schleckte sich die Lefzen. Eingeweide, das klang gut. Draußen quakte es wieder, diesmal panischer.

»Ich habe dir bei unserer letzten Lektion ja schon von den Fressorgien berichtet, über die Lucullus schrieb. In diesem Buch«, Julius zog vorsichtig ein ledern gebundenes aus dem Stapel und rückte die verbliebenen danach wieder zurecht, »steht aber, dass echte Orgien eine teure Angelegenheit und deshalb nicht alltäglich waren. Außerdem fanden die eigentlichen Trinkgelage erst nach der Mahlzeit statt. Und den Abschluss nach all den leiblichen Freuden bildeten Lustsklaven. Aber Obacht, Herr Bimmel, nicht jedes Essen war eine Orgie, nicht alles war Maßlosigkeit! Das normale Gastmahl, das Essen und Trinken mit Freunden, beinhaltete auch Reden und kultivierte Tischgespräche. Wer sich profilieren oder auffallen wollte, tat das übrigens über besonders reichhaltige und extravagante Gastmahle. Bei denen wollte dann natürlich jeder zugegen sein. Deshalb lauerten auch überall Mahlzeitenjäger – besonders in den Thermen –, um sich an den Gastgeber heranzumachen und eine Einladung zu erschnorren. Das wäre was für dich gewesen!«

Das Quaken hatte aufgehört.

»Eine andere Sache, bei der ich direkt an dich denken musste, war«, Julius blätterte wieder, »die berüchtigte ›Cena Trimalchionis‹. Hör dir das an: ›Auf den Ecken des Fischbrunnens herum waren vier Skulpturen des Marsyas, aus deren Schläuchlein gepfefferte Fischbrühe lief über die Fische, die gleichsam in einem Wassergraben schwammen.‹ Und nach dem Fischgang wurde ein gewaltiges Wildschwein aufgetragen. Dann kam ein riesiger bärtiger Mann, durchbohrte mit dem Schwert die Lenden, und aus den Wunden flogen Drosseln heraus. Vogelfänger mit Leimruten standen bereit und fingen die im Speisesaal herumfliegenden Vögel augenblicklich wieder ein. Das wäre ein Spaß für dich gewesen!«

Julius klappte das Buch zu und blickte zufrieden auf den Bücherstapel. Es war faszinierend, die Küche einer vergangenen Zeit zu rekonstruieren, den Geschmack der Historie. So konnte er Geschichte zum Essen schaffen. Auf diese Weise kamen einem die Römer viel näher als durch verfallene Mauern und Scherben von Tonkrügen. Mittels Speisen wurde der Genießer einer von ihnen, teilte mit ihnen die Tafel.

Auf leisen Pfoten kam Felix herein, öffnete das Maul, etwas platschte auf den Boden, und plötzlich fing es wieder an zu quaken. Das Geräusch stammte von einem sicherlich zehn Zentimeter langen und ausgesprochen hässlichen Teichfrosch. Sein Aufenthaltsort nahe den Katzen schien ihm nicht zu passen, und er hüpfte Richtung Julius. Felix sprang sofort hinterher und setzte elegant eine Pfote auf den Froschkopf. Herr Bimmel kam hungrig näher.

»Ja, fütterst du die armen Tiere denn nicht richtig, mein Sohn? Dass sie sich Frösche aus Nachbars Garten holen müssen, um nicht zu verhungern? Zu solcher Verantwortungslosigkeit habe ich dich aber nicht erzogen!«

Wie war seine Mutter hereingekommen? Julius hatte zwar schon in seiner Kindheit vermutet, dass sie durch Türen gehen konnte, aber es zu erleben war doch eine andere Sache.

»Mutter! Wie bist du hereingekommen?«

»Die Tür zum Garten stand offen, Julius. Irgendwann wirst du in deinem eigenen Haus überfallen werden. Denk an meine Worte!«

Herr Bimmel leckte am Frosch und wich angewidert zurück, während Felix versuchte, die Amphibie zu knacken. Julius' Mutter ging einen Schritt vor, griff sich den Frosch, öffnete ein Fenster und warf ihn hinaus.

»Ich gehe mir die Hände waschen.«

Als sie zurückkam, setzte sie sich zu Julius aufs Sofa und ergriff dessen Hand. »Mein Sohn, ich muss mit dir reden.«

Um Gottes willen! Vor lauter Schreck fiel Julius keine Ausrede ein, warum dies gerade jetzt nicht möglich war.

»Ja, Mutter.«

»Von Mutter zu Sohn, diese Anna von Reuschenberg, die ist sehr gut für dich. So eine Frau findest du niemals wieder. Ich weiß nicht genau, was sie an dir findet, aber du hast großes, großes Glück, mein Sohn. Eine so nette, gepflegte junge Frau. Ihr Beruf gefällt mir zwar überhaupt nicht, aber man darf nicht zu viel vom Leben erwarten. Du solltest zugreifen, Julius, ganz schnell, bevor sie merkt, dass sie jemand Besseres haben könnte. Versteh mich bitte nicht falsch, aber als deine dich liebende Mutter muss ich dir nochmals eindringlich sagen: Du bist kein Adonis! Ein paar Kilo weniger ständen dir gut zu Gesicht.«

Das sagte ihm die Frau, für die ein Kilo Butter die Grundlage jeder Speise war. Vom Braten bis zum Salat.

»Das kannst du ruhig mir überlassen«, erwiderte Julius.

»Nein, Julius, das glaube ich nicht. Nimm ab, aber vor allem: Mach ihr schnell einen Heiratsantrag. Vorher fahren wir nicht zurück nach Spanien.«

Welche verbotene Grabkammer hatte er geöffnet, dass dieser Fluch über ihn gekommen war?

»Gut Ding will Weile haben.«

»Ich habe gesagt, was ich zu sagen hatte. Dein Vater sieht es genauso. Du willst ihn doch sicher nicht enttäuschen, oder? Wir wollen doch nur dein Bestes, Julius!« Sie gab ihm einen feuchten Schmatzer auf die Stirn. »Dein Vater lässt übrigens fragen, ob es diese leidige Mordserie betreffend etwas Neues gibt.«

Julius hatte keine Lust, seiner Mutter irgendwas zu erklären. »Weißt du was, Mutter, ich rufe jetzt das große Katzenorakel an! Herr Bimmel, Felix, hört mich an: Hat die Mordserie mit Archäologie oder mit Weinköniginnen zu tun? Herr Bimmel, steh auf für Archäologie. Felix, du für Weinköniginnen.«

Es passierte nichts.
Es passierte immer noch nichts.
Dann standen beide Katzen auf.
»Großartig.«

Es war der Aufmarsch der Grazien. Die »Alte Eiche« wirkte ungleich glamouröser, als die Anwärterinnen auf den Gebietsthron im »Blauen Salon« Platz genommen hatten. Mit dabei waren auch Max Lisini, dessen Frau und Vertreter der Presse.

Darunter Rainer Schäfer.

Der Mann mit Hausverbot.

Julius entschied sich schweren Herzens gegen einen Eklat.

Als er jede der Damen einzeln begrüßte, war er überrascht, wie treffend Annemaries Beschreibungen waren. Die dicke Hummel aus Altenahr, das Mauerblümchen aus Rech, das blonde Gift aus Walporzheim, die feuerrote Ente aus Heimersheim und Papagena, die Dernauer Vertreterin, die gemeinsam mit ihm die Diät-Hölle durchschritt.

Erstaunlicherweise war auch Petra Abt, die zupackende Winzertochter aus Bachem, mit dabei. Dafür fehlte aus Krankheitsgründen die souveräne Apothekerin aus Ahrweiler,

Max Lisini und Frau waren ganz die personifizierte Eleganz, die Presse war gewohnt schlampig gekleidet, das gehörte halt zum Berufsbild.

Nach der Begrüßungsrede würde er sich die adeligen Damen einzeln vornehmen und versuchen, die unschuldigen Opfer, oder vielleicht die Täterin, mit gutem Essen und netten Worten einzuspinnen in sein Netz, das »Alte Eiche« hieß.

»Im alten Rom luden manche Gastgeber nur Gesellschaften ein, um ihre grauslig schlechten Gedichte vorzutragen. Ich darf alle Anwesenden beruhigen, ich werde heute keine Gedichte zum Besten geben. Da früher aber auch Tafelmusik üblich war, wird Ursula Nothelfer auf ihrer wunderbaren Harfe das Menü untermalen.«

Es wurde applaudiert. Die Harfinistin verneigte sich und begann zu spielen.

»Oft gab es auch Tänzer, Gaukler und Transvestiten, manchmal sogar Gladiatoren – bei uns gibt es heute Abend nur Brot, keine Spiele. Dafür mit Sicherheit besseres, als es die alten Römer hatten. Und zwar: römische Weinbrötchen! Aber natürlich nicht nur die. Es war mir ein besonderes Vergnügen, für die reizenden Weinköniginnen des Ahrtals ein spezielles Menü zu kreieren, das ab jetzt unter dem Namen ›Königinnen-Menü‹ in der ›Alten Eiche‹ auf der Karte stehen wird. Ich möchte allen einen angenehmen Abend und guten Appetit wünschen!«

Es wurde geklatscht, und Julius rauschte in die Küche, um FX zu beauftragen, den ersten Gang aufzutischen: gekochte, pikant gewürzte Kürbisse mit Datteln und Pinienkernen in süßsaurer Sauce. Sein Maître d'Hôtel schien wenig begeistert.

»Warum musstest des Volk unbedingt heut Abend einladen, Maestro? Heut ist doch unser Essen-zum-Wein-Tag und deshalb sowieso die Hölle los. Ich sag jetzt net noch einmal, dass des eine Schnapsidee und vollkommenst unnötig gewesen ist. Nein, des sag ich jetzt *ganz bestimmt* net. Aber denken, denken werd ich's!«

Der Essen-zum-Wein-Tag war Julius' Herzensangelegenheit. Heute Abend konnten die Gäste, mit Ausnahme der Weinköniginnen im »Blauen Salon«, keine Menüs wählen, sondern nur Weine. Dazu wurde dann ganz individuell gekocht, auf jeden einzelnen Wein abgestimmt. Jeder Tisch konnte pro Gang aber nur einen Tropfen wählen, ansonsten wäre dieses Umdrehen der üblichen Bestellgewohnheiten unmöglich gewesen.

Die Idee war zum einen ein Renner, zum anderen der Wahnsinn.

Es gab keinen Abend, der stressiger war, keinen, der Julius mehr forderte. Er hatte den Termin schlichtweg übersehen, als er mit Max Lisini ein Datum abgesprochen hatte. Eigentlich wurden an diesen Abenden keine Gesellschaften angenommen.

Plötzlich stand ein Teil der heutigen Gesellschaft in der Küche, gefolgt von FX, der entschuldigend die Arme hob. »Ich konnt die junge Dame net aufhalten, sie war ausgesprochen durchsetzungsfähig. Sie möcht dich gern sprechen. Und zwar umgehendst. Sie konnt es keine Sekunde länger ohne ein Wort des großen Kochgenies aushalten. Meine unterwürfigste Empfehlung.«

FX dienerte und verschwand rückwärts ins Restaurant.

Julius wies mit der Hand den Weg zum Hof und folgte der Durchlaucht in Sachen Reben. Es war die Vertreterin aus Bachem, und sie sah wütend aus, die Arme verschränkt, die schönen Gesichtszüge zusammengeknautscht.

»Von Ihnen hätte ich das nicht gedacht, Herr Eichendorff, von *Ihnen* nicht!«

Um was ging es hier? Hatte ihr der erste Gang nicht geschmeckt?

»Womit auch immer ich Sie enttäuscht habe, es tut mir Leid.«

»Mit einer Entschuldigung ist es nicht getan. Ich fordere von Ihnen, unseren Wein sofort wieder auf die Karte zu nehmen. Wie können Sie es wagen, wegen diesem ungeheuerlichen Vorfall einfach unseren Wein runterzunehmen und meinem Vater zurückzugeben? Er war natürlich viel zu höflich, um etwas zu sagen. Ich bin das aber nicht. Es ist eine Unverfrorenheit!«

»Wollen Sie abstreiten, dass in dem Wein Gamma-Decalacton gefunden worden ist?«

»Geringste Mengen, und es ist vollkommen ungefährlich.«

»Na, das ist ja ein hervorragendes Argument für etwas Unerlaubtes. Blutwurst in Schokolade ist auch ungefährlich, gehört da aber trotzdem nicht rein.«

»Lassen Sie mich doch ausreden, Mann!« Die junge Weinmacherin kam in Rage. »Glauben Sie wirklich, *wir* hätten das Zeug reingeschüttet? Das hat uns einer untergejubelt, da muss sich einer ins Weingut geschlichen und es ins Fass geschüttet haben. – Sagen Sie jetzt *bloß* nichts vom heiligen Weingeist! Den blöden Spruch haben schon andere abgelassen.«

Julius ließ es, obwohl ihm der Gedanke tatsächlich gekommen war.

»Das war ganz miese Rufschädigung«, fuhr Petra Abt fort. »Ist es Ihnen denn nicht spanisch vorgekommen, dass der Aromastoff gerade jetzt gefunden wird, wo die Neuwahl ansteht? Seltsam, dass die Weinkontrolle in dem Moment einen anonymen Tipp bekam, wo meine Chancen gut standen, den Titel zu gewinnen. *Ist Ihnen das nicht komisch vorgekommen?*«

Sie war so laut geworden, dass einer von Julius' Azubis besorgt in den Hof schaute, um zu sehen, ob sein Arbeitgeber noch unter den Lebenden weilte. Er tat es.

»Sagen wir, ich glaube Ihnen und ich verstehe Ihre Wut. Aber wie stellen Sie sich das vor? Dass ich einen Wein führe, von dem allgemein bekannt ist, dass er einen unerlaubten Aromastoff enthält? Das *geht* nicht!«

Die Bachemer Weinkönigin dampfte förmlich vor Erregung. »Super, hätte mir klar sein müssen, dass von Ihnen keine Unterstützung zu erwarten ist.«

»Jetzt lassen Sie mich mal ausreden, Mädchen!« Sie würde es wohl nur verstehen, wenn er ebenfalls laut wurde. »Hier mein Angebot: Ich nehme einen anderen Ihrer Weine auf die Karte. Sie haben doch einen schönen Portugieser aus alten Reben, der kommt drauf. Demonstrativ. Ab Montag sogar als Wochen-Empfehlung.«

Der Vulkan aus dem Hause Abt stellte das Lavaspucken augenblicklich ein. »Das würden Sie machen?«

»Das würde ich machen.«

Sie fiel Julius um den Hals und gab ihm einen Kuss auf die Wange. »Ich wusste ja, dass Sie ein Schatz sind!«

»Eben klang das aber noch ganz anders.«

»Das war im Eifer des Gefechts. Ich notiere also, zehn Kartons Portugieser ›Alte Reben‹. Bringe ich Ihnen morgen früh direkt vorbei. Und jetzt muss ich wieder zurück, sonst wundern sich die anderen.«

Und weg war sie. Ein paar Flaschen Wein mochte sie verkauft haben, resümierte Julius, die Gebietskrone aber war auf immer verloren. Mit Sicherheit würde sie auch die Ortskrone verlieren, es war nur eine Frage der Zeit, bis die Verantwortlichen dem Druck nicht mehr standhalten konnten. Armes Mädchen, dachte Julius, den der Auftritt beeindruckt hatte.

Zurück in der Küche, betrachtete er das Lauch-Quitten-Gemüse und das noch auf seinen großen Auftritt wartende Spanferkel mit Birnensoufflé. Es sah gut aus. Doch jetzt musste er sich mit Schwierigerem beschäftigen. Ein Tisch hatte tatsächlich eine Flasche 90er Pétrus, die Vollendung des Merlot, bestellt. Jetzt war er gefragt! Gefangen von der faszinierenden Aufgabe kam Julius nicht dazu, sich mit der Gruppe im »Blauen Salon« zu beschäftigen. Hätte FX ihn nicht herausgeholt, weil einer der Gäste nach ihm gefragt hatte, Julius wäre an diesem Abend gar nicht mehr aus der Küche gekommen.

Max Lisini hatte bitten lassen und stand vor dem Eingang zur »Alten Eiche«, wo er eine filterlose Zigarette rauchte. Er war leichenblass. Kein Vergleich zu dem energischen Mann, den Julius vor kurzem in seinem Büro getroffen hatte.

»Die Veranstaltung läuft gut, Herr Eichendorff. Wir haben so was zurzeit bitter nötig. Ich möchte Ihnen noch einmal für Ihre Gastfreundschaft danken.«

»Gern geschehen. Wie ist denn die Stimmung unter den Damen?«

Lisini schloss kurz die Augen. »Miserabel. Sie haben Angst, einige würden lieber gar nicht zur Wahl antreten, andererseits wollen sie natürlich den Titel, die große Chance wahrnehmen.«

»Kennen Sie die Kandidatinnen eigentlich gut?«

»Die vergangenen Tage haben uns zusammengeschweißt.«

»Wissen Sie, ob eine von ihnen eine Halskette mit einem Stiefelanhänger trägt?«

Lisini packte sich unwillkürlich an den Hals. »Nein, woher?«

»Hätte ja sein können.«

Er fragte nicht, wieso Julius die Halskette erwähnt hatte.

»Wollen Sie nicht wissen, was es mit dem Schmuckstück auf sich hat, Herr Lisini?«

»Ah ja, wenn Sie meinen. Ich hab zurzeit einfach keinen Kopf für so was. Ich bin etwas konfus, um ehrlich zu sein. Stiefelanhänger, schön, trägt man das heute?«

»Zumindest die drei toten Weinköniginnen. Alle trugen denselben, eine Spezialanfertigung.«

»Ein Zufall.«

»Mehr als ein Zufall, wenn Sie mich fragen.«

Lisini warf seine Zigarette auf den Boden und trat sie aus. Julius konnte ein solches Verhalten vor einem Sternelokal nicht fassen.

»Ich muss wieder rein, langsam wird mir kalt.«

Es war lauwarm, dachte Julius, hob die Zigarette auf, schlug sie in ein Papiertaschentuch und steckte sie ein. Zigarettenstummel gab es nicht vor seinem Restaurant. Das war doch keine Frittenbude!

Julius drehte sich um und lief einem nervösen Rainer Schäfer in die Arme.

»Herr Eichendorff! Ich dachte, wir beide müssten noch einmal miteinander reden.«

»Sie dürften gar nicht hier sein. Sie haben Hausverbot. Seien Sie froh, dass ich Sie nicht achtkantig rauswerfe!«

»Ich verstehe meine Anwesenheit hier als Friedensangebot.«

»Hier *mein* Friedensangebot: Gehen Sie mir aus dem Weg! Und jetzt gehen Sie rein, denn gleich kommt der nächste Gang. Es gibt etwas *Besonderes* für Sie. Ich halte es da wie der gute Plinius: ›Sich selbst und einigen wenigen setzte er allerhand Delikatessen vor, den übrigen billiges Zeug und in kleinen Portiönchen. Sie können sich sicher denken, zu welcher Gruppe Sie gehören.«

»Klassenbewirtung, was für ein reaktionärer Zug von Ihnen.«

»Lassen Sie mich einfach in Ruhe.«

»Reicht es Ihnen immer noch nicht?«

Dieser Mann hätte es verdient, dass er handgreiflich wurde, dachte Julius. Dieser Mann hätte einige saftige Ohrfeigen und einen satten Tritt ins Hinterteil nötig.

»Mit Ihnen rede ich nicht. Sie sind unterstes Niveau.«

»Ich werde Sie so lange runterschreiben, bis Sie weit unter meinem Niveau sind, glauben Sie mir.«

Julius war es leid. Dieser Mann hatte eine Lektion verdient.

»Okay, eine Information, und dann lassen Sie mich in Ruhe.«

»Wir werden sehen.«

»Der Mörder ist im Polizei-Milieu zu suchen. Das erste Opfer, Tina Walter, hat in den eigenen Kreisen einen Skandal aufgedeckt. Es war wohl ein Racheakt.«

»Und die anderen beiden Morde?«

»Man vermutet Ablenkung, damit alle denken, die Taten hätten etwas mit dem Weinköniginnentitel zu tun. Polizisten sind raffiniert und skrupellos, wenn sie mal die Seite wechseln.«

»Sehen Sie, Herr Eichendorff, es geht doch! Wir werden noch gute Freunde werden.« Schäfer schien mehr als zufrieden. Er schien beruhigt. Das Zittern in seinen Augen hatte aufgehört.

»Das haben Sie nicht von mir! Ich streite alles ab«, sagte Julius und unterdrückte ein Lachen. Für diese falsche Spur würde Schäfer mehr Ärger kriegen, als er sich vorstellen konnte. Julius spürte keine Reue.

Er hatte gerade mit Anna telefoniert, sie wegen der Lüge gegenüber Schäfer vorgewarnt und die dabei entstehenden Wogen geglättet, als FX eine harmlose Entdeckung machte. Harmlos, aber mit Konsequenzen.

»Schau dir des an«, sagte der Maître d'Hôtel, »da hat tatsächlich so ein Saukerl alte Lire-Münzen als Trinkgeld gegeben. Die sind doch jetzt absolut wertlos, die will ich net, die schmeiß ich jetzt weg. Warum sollt ich so was aufheben?«

Dingdong! Hallo, Herr Eichendorff, hier spricht Ihr Großhirn, wir haben eine Frage an Sie: Warum sollte jemand wertlose Münzen aufheben? Zum Beispiel römische? Noch deutlicher gefragt, Herr Eichendorff: Warum hat Constanze Dezaley wertlose römische Münzen gut versteckt neben einer sehr wertvollen Halskette aufbewahrt?

Ihr Großhirn rät Ihnen: Rufen Sie Adalbert Niemeier an, gleich morgen früh! Dieser hat die Münzen schließlich untersucht und könnte die Antwort kennen. Er könnte wissen, welchen Wert die eigentlich wertlosen Münzen für Constanze Dezaley hatten. Warum sie alte Metallplättchen versteckt hat, als handele es sich um Edelsteine.

Danke. Gezeichnet: Ihr Großhirn.

Ohne einen gewaltigen Bergrutsch im fünften Jahrhundert hätte Julius jetzt nicht vor verschlossenen Türen gestanden. Der hatte nämlich die Römervilla verschüttet, auf diese Weise gleich hervorragend konserviert und damit die Möglichkeit eines späteren Museums erst eröffnet.

Neben dem Bergrutsch war natürlich auch die Öffnungszeitenregelung zu einem kleinen Teil schuld. Die besagte, dass Besucher erst ab zehn Uhr hereindurften. Der dritte Grund neben Bergrutsch und Öffnungszeiten war Adalbert Niemeier, Oberstudienrat a.D., der Julius als Uhrzeit für ihr Treffen halb zehn genannt hatte. Niemeier aber war im Gegensatz zu Julius *im* Museum Römervilla, schließlich hatte er einen sich hinziehenden Termin mit der Direktorin. Julius wiederum hatte eine Verabredung mit Niemeier, der die Öffnungszeiten vergessen hatte. Also stand Julius vor der freitragenden Konstruktion aus Holz und Zink, welche die freigelegten Überreste der Villa vor Wind, Wetter und Souvenirjägern schützte, und wartete.

Und klopfte.

Dafür würde er sich rächen. Den Orts-Weinköniginnen hatte er gestern nur je eine Gemüsepatenschaft aufs Auge gedrückt, Niemeier würde Bohnen und Erbsen satt bekommen! Widerstand zwecklos. Endlich erschien Niemeier an der Eingangstür mitsamt einem Schlüssel.

»Sie glauben nicht, wie weit man Ihr Klopfen hören kann, Herr Eichendorff.«

»Ein Hoch auf die Akustik!«

»Kommen Sie rein. Ich hatte Sie ganz vergessen.«

»Eine reife Leistung, wenn man bedenkt, dass wir erst um acht Uhr miteinander telefoniert haben.«

»Ich mag so kurzfristige Termine nicht, ich lasse mich nicht gern hetzen. Sie wollten mich sprechen, worum geht es?«

»Richtig. Es geht um –«

»Ich kann es mir schon denken. Sie kennen das Museum?«

»Natürlich, wer nicht?«

»Wann waren Sie denn das letzte Mal hier?«

»Zur Eröffnung«, sagte Julius etwas kleinlaut. »Aber es ist ja nicht so, als gäbe es hier jedes Jahr eine neue Achterbahn zu bestaunen.«

»Dies ist kein Freizeitpark, gewiss. Veränderungen gibt es hier nichtsdestoweniger. Lassen Sie uns doch auf die Empore über der Eingangshalle gehen, da steht ein gelungenes großformatiges Modell, das einen guten Überblick über den Fund als Ganzes gibt. Und dann können wir von oben auch gleich über den richtigen Grundriss schauen. Frischen Sie Ihre Erinnerung ruhig mal etwas auf. Ich erzähle Ihnen gern alles.«

Keine Geschichtsstunde heute, dachte Julius, erst recht nicht von einem Oberstudienrat a.D. Aber bevor er etwas einwenden konnte, sprach dieser schon weiter.

»Wir können uns auch gern die aussagekräftige Diaschau über den Fund und die Freilegung im Keller anschauen.«

»Aussagekräftig ist genau das richtige Wort. Um auf meine Frage zurückzukommen –«

»Sie werden Ihre Antwort schon bekommen. Atmen Sie doch die Historie dieses Ortes ein! Hier kann einem die Zeit niemals lang werden.«

Für das flüchtige Auge, fand Julius, sah die Römervilla aus wie eine verlassene Baustelle, auf der nichts fertig geworden war. Nein, er aß lieber Geschichte, als sie sich anzusehen.

Sie kamen auf die Empore. Julius konnte von dort sehen, wie die ersten Besucher eintrafen und über die Geländer blickten wie über die Reling eines Schiffes. Merkwürdigerweise waren auch alle gekleidet wie für eine Bootsfahrt. Teilweise sogar mit Hut.

»Die Polizei hat mich schon deswegen befragt, und Johann hat berichtet, dass Sie bei ihm in der Kalkbrennerei waren. Das war sehr hinterhältig von Ihnen, Herr Eichendorff, dort unter falschem Namen und unter falschen Angaben vorstellig zu werden. Aber ich kann nicht sagen, dass es mich wundert nach meinen Erfahrungen mit Ihnen. Dabei haben Sie so reizende Eltern! Ich weiß nicht, worauf Sie mit diesen Nachforschungen hinauswollen, aber Amateur-Archäologen kann man ja alles in die Schuhe schieben, nicht? Inklusive Mord und Totschlag. Wer Gräber aushebt, füllt sie auch mit Leichen. Das liegt ja nahe, so wird doch gedacht. Aber wenn Sie dieser Meinung sind, sollten Sie *hier* nicht stehen. Denn das alles gäbe es nicht ohne Menschen, die auch in ihrer Freizeit für die Archäologie leben. Das alles hier läge heute auf der Müllkippe, wissen Sie das eigentlich? Ein Teil des Mauerwerks landete nämlich genau da, als eine Trasse für die neue Bundesstraße gebaut wurde. Die farbigen Wandstücke haben dann aber Gott sei es gedankt die Aufmerksamkeit eines ehrenamtlichen Mitarbeiters des Landesamtes für Denkmalpflege geweckt, und der hat dann die Fachbehörde informiert. Ein Amateur, Herr Eichendorff, ist jemand, der seine Tätigkeit aus Liebhaberei betreibt, ohne einen Beruf daraus zu machen. Solche Menschen brauchen wir, wirkliche Idealisten.« Niemeier tupfte sich die Stirn mit einem bestickten Stofftaschentuch. »Entschuldigen Sie meinen Ton, aber so etwas regt mich sehr, sehr auf.«

»Darum geht es aber gar nicht. Wilfried hat mich aufgeklärt.«

»Hat er das? Ja, aber warum wollten Sie mich dann sprechen?«

»Es geht um etwas Römisches.«

»Ach so, ja, natürlich. Deshalb wollten Sie mich auch in der Römervilla treffen.«

Nein, wollte Julius sagen, *Sie* wollten *mich* in der Römervilla treffen, aber er kam nicht dazu. Niemeier blickte wie hypnotisiert auf das Modell und begann wieder ohne Pause zu reden. »Kurz gefasst stellte dieser Fund für Archäologen eine Sensation dar. So wurden in der Villa große Fenster nachgewiesen, deren Hälften in die Wand geschoben werden konnten. Selbst bei Ausgrabungen in Italien gibt es keine entsprechenden Parallelen. Die Fußbodenheizungen, Hypokaust, wie wir sagen, sind so gut erhalten, dass sie unter Umständen heute wieder in Gang gesetzt werden könnten.«

Die übereinander gestapelten quadratischen Steine sahen aus wie ein altertümliches Dominospiel, fand Julius, hielt aber den Mund.

»Und nicht nur das Mauerwerk ist ungewöhnlich gut erhalten, sondern auch dessen farbige Ausschmückung im Bereich der Sockelzonen. Um nur einige Besonderheiten zu nennen. Dieser Fund macht deutlich, welchen hohen Standard sowohl römerzeitliche Bautechnik als auch künstlerische Ausschmückung eines Baues im zweiten und dritten Jahrhundert selbst in den Provinzen fern der römischen Kernlande erreicht haben.«

Julius räusperte sich geräuschvoll. »*Darum* geht es mir auch nicht.«

»Ah ja.«

»Aber danke für die Lektion.«

»Gern, gern. Immer gern.«

»Es geht um die Münzen.«

»Welche Münzen?«

Mittlerweile waren so viele Besucher in der Villa, dass ein beständiges Murmeln und Tuscheln zu hören war, untermalt von Schritten. Die Villa schien wieder bewohnt.

»Die Münzen, die in Constanze Dezaleys Wohnung gefunden wurden«, sagte Julius.

»Aber die sind vollkommen wertlos.«

»Genau.«

»Schund, Blendwerk«, sagte Niemeier verächtlich. »Nicht von Interesse.«

»Warum sind sie wertlos?«

»Es sind Imitationen.«

»Warum sollte Constanze Dezaley diese aufbewahren?«

»Ich habe keine Ahnung.«

»Sind es besondere Imitationen?«

»Was meinen Sie damit?«

»Von besonders seltenen, wertvollen Münzen? Oder sind sie besonders gut, also täuschend echt gemacht?«

»Beides nicht, nein.«

Verdammt! Was war nur dran an diesen Münzen? Welche Frage hatte er Niemeier noch nicht gestellt?

»Und von was genau sind es Imitationen?«

»Von Münzen, die nur zu einem Zweck genutzt werden konnten«, sagte Niemeier und wurde unruhig.

»Und der wäre?«

Niemeier wurde rot. »Zur Bezahlung im Bordell.«

8. Kapitel

… vibrierend reife Frucht …
(Gault Millau WeinGuide)

»Nein, FX. Noch mal: Es waren keine guten Imitate. Es kommt also nicht in Frage, dass Constanze Dezaley echte rauben und sie mit ihren falschen austauschen wollte. Dafür waren die Münzen *nicht* geeignet.«

»Für das Auge des Experten, Maestro! Net für den, der kein Fünkchen davon versteht. Sie könnt solche Münzen als ihre Funde ausgegeben und als echt verkauft haben.«

FX saß neben Julius im Audi, während es Richtung Bad Neuenahr ging. Sein Zwirbelbart hatte in den letzten Tagen mächtig an Volumen gewonnen, und Julius war sich nicht sicher, ob dies nur auf den kräftigen Bartwuchs des Wiener Freundes oder auf eine Familienpackung Conditioner zurückzuführen war.

»Nein, auch Laien würden die Münzen irgendwann schätzen lassen. Wer viel Geld bezahlt, der holt sich eine unabhängige Expertise. Die Gefahr, aufzufliegen, wäre viel zu groß gewesen. Außerdem: So etwas hätte sie mit allen Arten von römischen Münzen machen können, sie hätte dafür wertvollere wählen können. Und dann hätten wir nicht nur ein paar Münzen in einer kleinen Schatulle gefunden, sondern vermutlich ganze Säcke. Nein, sie brauchte nur diese wenigen. Sie reichten vollkommen.«

»Und wenn's die Münzen nur historisch interessant gefunden hat?«

»Warum sie dann verstecken? Warum sie nicht einfach irgendwo in der Wohnung hinstellen oder rahmen und an die Wand damit? Warum sie neben dem Wertvollsten bunkern, das sie hatte? Doch nur aus einem Grund: Weil sie für *sie*, weil sie für Constanze Dezaley wertvoll waren.«

FX blähte die Wangen und ließ die Luft mit einem Stoß aus. »Okay, Maestro, verrat mir bittschön, welchen kaiserlichen Schmarrn sich dein verkochtes Hirn ausgedacht hat.«

»Falsches Geld kann als Spielgeld Wert besitzen. Wie in einem Casino.«

»Aber wenn des Spielgeld war, dann müssen die Münzen auch zu einem Spiel gehört haben. Des schlussfolgere ich jetzt einfach mal so.«

»Und bei der Art Münzen, von denen wir hier sprechen, könnte es sich um ein besonders *interessantes* Spiel handeln.«

»Du drückst dich wieder einmal fein aus, hast halt die allerbesten Manieren, aber wir reden hier doch vom Gleichen, oder? Wir reden hier doch von *erotischen* Spielereien, net wahr?«

»Sonst wüsste ich nicht, warum auf den Münzen pikante Szenen dargestellt sein sollten, wie mir Niemeier mit roten Ohren erzählt hat.«

»Aber wenn man solches Spielgeld hat, dann kann des doch nur zweierlei bedeuten.«

»Entweder sie hat es erhalten, oder sie wollte es ausgeben.«

»Für Dienstleistungen.«

»Nun hast du dich fein ausgedrückt.«

»Wir Österreicher können des sowieso am allerbesten. Je anstößiger des Gesprächsthema, desto feiner wird unsere Wortwahl.«

Julius versuchte die folgende Frage ohne einen Unterton auszusprechen, der seine Gedanken verraten würde.

»Gibt es denn in der Nähe ein Haus, in dem eine solche Währung genutzt wird?«

Es misslang.

»Woher soll *ich* des bittschön wissen? Schau ich aus, als würd ich die einschlägigen Etablissements kennen?«

»Oh, hier muss ich rechts abbiegen. – Was hast du gesagt?«

FX grummelte. »Dass *man* wüsst, wenn es so etwas tatsächlich geben tät. Und zudem, dass ich unterstreichen möcht, niemals in einem solchen Hause Gast gewesen zu sein. Ein blendend ausschauender Wiener hat des net nötig.«

»Nehmen wir mal an, es gibt kein entsprechendes Haus, was Anna unbedingt überprüfen muss, dann hat Constanze Dezaley die Münzen also privat gebraucht. Dann sprechen wir von einer Gruppe von Menschen, die mit Münzen spielen und mit …« Julius stoppte. Die Auswahl an Körperteilen war einfach zu groß, um einen einzigen herausheben zu können.

»Wir verstehen uns, Maestro.«

»Wenn wir die Gedanken schweifen lassen, haben wir falsche römische Bordellmünzen, die als Spielgeld für amouröse Leistungen genutzt wurden. Und wenn wir von römischen Münzen reden, warum nicht auch von römischen Dienstleistungen?«

»Was meinst jetzt damit?«

Julius setzte den Blinker und bog ab. »Ich wälze doch seit einiger Zeit diese römischen Kochbücher.«

»Des ist jedem in der ›Alten Eiche‹ aufgefallen.«

»Ich hab mich nicht nur in die Rezepte, sondern auch in die Esskultur der Römer eingelesen.«

»Ist halt ein hochgebildeter Herr, der Chefkoch.«

»Und dabei bin ich immer wieder über ein Wort gestolpert, das mir sofort einfiel, als ich von den Bordellmünzen erfuhr.«

»Und des wär?«

»Orgien.«

Julius ließ das Wort in der Luft stehen wie einen besonders beeindruckenden Rauchkringel.

»Du meinst, die Weinkönigin des Ahrtals, die bezaubernde Constanze Dezaley, hat an *Orgien* teilgenommen?«

»Ich meine, dass ich mir vorstellen kann, dass eine Frau, die offenbar nicht nur römisch gegraben, sondern in ihrer Wohnung auch römisch gelebt hat, mit ihrem Hobby nicht bei privaten Beziehungen aufhört.«

FX ließ sich den Gedanken durch den Kopf gehen. »Aber wenn die drei Morde zusammenhängen, würd des bedeuten, auch Tina hätte etwas mit Orgien zu tun gehabt!«

FX' Mund stand jetzt leicht offen, als wäre er ins Wachkoma gefallen.

»*Muss* es nicht. Selbst wenn die Morde zusammenhängen, könnte Tina auch nur eine Mitwisserin gewesen sein und keine Mittäterin.«

»Des soll mich überzeugen?«

»Es sind alles nur Theorien, Vermutungen, Hirngespinste. Leider führen sie zu keinem ordentlichen Mordmotiv.«

»Jetzt spinnst aber, Maestro. Wenn es tatsächlich diese Orgien gegeben haben sollte, dann würd des zu einem Haufen Motiven führen. Und des schönste wär Erpressung. Stell dir vor, die hübsche Constanze Dezaley hätt eine Kamera mitlaufen lassen oder ein paar Fotos geschossen von ihrem Treiben. Glaubst net, damit hätt sie den beteiligten Herrn erpressen können? Und glaubst net, des hätt diesen Herrn gestört?«

»Dann müssten wir nach einem Mann suchen, der einer Orgie offen gegenübergestanden haben könnte.«

»So einen Burschi suchen wir. Und wenn wir den gefunden haben«, FX blickte wieder ernst drein, »dann werd ich ihm höchstpersönlich die Spielchen austreiben.«

Julius breitete die Arme aus, die Landschaft links und rechts der Straße einschließend. »Schau dich in unserer schönen Kurregion um, FX! Gute Luft, vulkanische Quellen, gesunder Wein – und doch befinden wir uns mitten im Sündenpfuhl.« Er musste lächeln. »Das wäre gar kein schlechter Slogan für die Fremdenverkehrsgesellschaft, könnte eine neue Zielgruppe ansprechen. ›Wein, Weib und Gesang‹ für Pauschaltouristen. *All* inclusive.«

Der Audi wurde langsamer. »Wir sind da. Du weißt, was wir besprochen haben?«

»Geheimaktion Schwabbelbäuchlein.«

»Sehr charmant, der Wiener Zuckerbäcker, wie immer.«

»Ich rekapitulier: Meine hochgeheime Aufgabe is es, auszukundschaften, wann sich am wenigsten Personen in der Apotheke aufhalten, und dir dann ein Zeichen in Form eines unauffälligen Kopfnickens zu geben. Zudem soll ich ein Auge drauf haben, ob sich eine dir bekannte Person in der Nähe aufhält. Des schließt die Apotheke selbst als auch umliegendes Gelände ein.« FX salutierte. »Ich werd meine Aufgabe zur vollsten Zufriedenheit erledigen. Und danke für die Lizenz zu töten, Eure Majestät.«

»Ja, schön, mach dich nur lustig. *Du* bist ja kein weltbekannter, blendend aussehender Koch, der trotzdem ein bis zwei Gramm abnehmen will.«

Mit einem »Genau« auf den Lippen stieg FX aus und ging zur Apotheke, die in einem Supermarktgebäude an der Wilhelmstraße lag. Von hier bekam Verena Valckenberg ihr Fresubin, den Superschlankmacher aus den USA. Hier arbeitete auch die Burgundia, Vermittlerin des Wundermittels.

FX schlich hochdramatisch auf Zehenspitzen zur Apotheke und zog damit den Blick eines alten Mannes auf sich, der gerade mit einer Tüte aus dem Laden kam und den Kassenbon mit Brille auf der Nasenspitze kontrollierte. Er blickte zu FX auf, der sich daraufhin hinter einen Volvo Kombi kauerte, direkt danach aber betont lässig weiter zur Apotheke schlenderte. Pfeifend.

Super Idee, dachte Julius, als hätte er ein Kind gebeten, auf ein Glas Süßigkeiten aufzupassen. Jetzt drückte sich FX, vorher blitzschnell nach links und rechts blickend, durch die nur leicht geöffnete Eingangstür in die Apotheke.

Eine Frau mit Einkaufskorb im einen und Kind im anderen Arm kam aus der Apotheke und schaute verunsichert über ihre Schulter. Wenig später folgte ein Jugendlicher, dem der Hosenbund seiner Jeans praktisch unter den Knien hing, wodurch er nur kleine Schritte machen konnte, was so blöd aussah, dass er es durch eine sofort angezündete Zigarette zu kompensieren versuchte. In die Apotheke war seit FX keiner mehr gegangen. Viele Einkaufswagen waren vom Supermarkt zu Autos geschoben worden, viele Wagen parkten ein und aus, aber niemand schien medikamentöse Behandlung zu benötigen.

FX' Kopf erschien und nickte langsam und ausgiebig wie eine Kuh beim Grasen.

Sein Maître d'Hôtel hatte offenbar einen Heidenspaß.

Julius zog sich die Baseballkappe über den Kopf, die ihm der Vertreter eines rheinhessischen Weingutes geschenkt hatte. Aus Gründen der Sparsamkeit hatte er sie noch nicht weggeschmissen, aus Gründen des Geschmacks noch nicht getragen. Dazu hatte er eine alte Segeltuchjacke gewählt, ein Geschenk seiner Mutter, und einen Schal, um das Gesicht zu verdecken.

Er sah aus wie ein Amok laufender amerikanischer Tourist auf der Suche nach seiner Kamera.

Da seine Sonnenbrille alles in eine mondlose Nacht verwandelte, entging Julius völlig, dass er durch die Verkleidung nicht weniger, sondern beträchtlich mehr Aufmerksamkeit auf sich zog. Er fühlte stattdessen das Prickeln der Anonymität.

FX hielt ihm gönnerhaft die Tür zur Apotheke auf.

Hinter dem Tresen stand leider nicht die Burgundia, sondern der Apotheker selbst. Der Laden war leer, und Julius konnte direkt zum Tresen gehen.

»Guten Tag, Herr Eichendorff. Womit kann ich Ihnen dienen?«, fragte der weiß bekittelte Mann und grinste, als habe er ein Präparat für rosa Wolken eingenommen.

Was hatte ihn nur verraten? Julius kam nicht zum Fragen, denn der Apotheker quasselte weiter.

»Lassen Sie mich raten! Ich rate doch so gern. Ihr Mitarbeiter Herr

Pichler hat Sie zwar gerade angekündigt, aber nicht den Grund Ihres Besuchs. Also: Sie tragen einen Schal, Sie sind erkältet! Darauf deutet auch Ihre Sonnenbrille hin, die Sie vermutlich tragen, um Ihre roten Augen zu verdecken. Stimmt's?«

François wäre eindeutig die bessere Wahl gewesen. Aber der hatte seinen freien Tag gehabt. Warum nicht FX, hatte Julius sich gedacht, er ist schließlich mein Freund, er wird mich verstehen.

»Sie sind der geborene Detektiv«, sagte Julius.

»Also lag ich richtig, was Ihre Erkältung angeht? Schön. An was für ein Präparat hatten Sie denn gedacht?«

»Geben Sie mir irgendwas. Für alles. Und dann bräuchte ich noch –«

»Ich kann Ihnen doch nicht einfach *irgendwas* geben! Das wäre unverantwortlich von mir. Ich werde stattdessen schnell kombinieren.« Er hob die Hände und senkte den Kopf, sich konzentrierend. »Sie müssen vor allem etwas für Ihre Nase haben, denn als Koch braucht man ja seinen Geruchs- und Geschmackssinn. Volltreffer, was? Da hab ich was für Sie!« Er stellte ein Päckchen auf die Theke. »Rezeptfrei, etwas teurer als die anderen Medikamente, dafür hilft es schnell. Und da Sie nicht husten, bekommen Sie auch nichts dagegen – das wäre ja Geldschneiderei.« Er grinste wie ein Glückskeks.

»Phantastisch«, sagte Julius, der spüren konnte, wie FX sich hinter ihm die Hand vor den Mund hielt, um sein Lachen zu unterdrücken. »Und dann hätte ich gern …«

Die Tür ging auf, eine Kundin kam mit ihrem Dackel herein und ging schnurstracks auf das Zahnpflegeregal zu. Julius schenkte ihr keine Beachtung, da er durch die Sonnenbrille nicht erkennen konnte, um wen es sich handelte.

Er lehnte sich über den Tresen und flüsterte: »… Fresubin Energy Drink in Vanille. Eine Wochenration, bitte.«

Der Glücks-Apotheker wich erstaunt vom Tresen und fragte in deutlich vernehmbarer Lautstärke. »Fresubin Energy Drink? Ja, leiden Sie etwa an Appetitlosigkeit?«

»Nein«, sagte Julius in leisem, beschwichtigendem Tonfall. »Ich möchte abnehmen.«

»Mit *Fresubin Energy Drink*?« Diesmal schrie der Apotheker fast.

»Ja. Natürlich. Das haben Sie doch, oder?«

»Selbstverständlich. Aber das ist nicht zum Abnehmen.«

»Nicht?«

»Nein.«

»Sondern?«

»Fresubin Energy Drink ist eine hochkalorische Trinknahrung. Die ist zum Zunehmen. Nach Operationen zum Beispiel.«

»Wie bitte?«

»Schmeckt leicht gekühlt am besten.«

»Die ist zum Zunehmen?«

»Das geht ratzfatz.«

»Warum empfiehlt Ihre Mitarbeiterin das dann als Diätpräparat?«

»*Meine* Mitarbeiterin? Welche?«

»Raten Sie«, sagte Julius, der eine minimale Abneigung gegen den nun nicht mehr so glücklichen Apotheker entwickelt hatte.

»Wieso raten?«, fragte der nun.

»Es war Ihre Burgundia.«

Der Apotheker drehte sich um. »Heidrun? Kommst du bitte mal nach vorn!«

Heidrun erschien mit forschem Schritt. »Ja bitte?«

»Hast du *Fresubin Energy Drink* als Abnehmpräparat empfohlen, wie Herr Eichendorff behauptet?«

Heidrun sagte nichts. Heidrun wurde bleich. Heidrun rannte an FX vorbei aus der Apotheke.

»Ich fasse es nicht«, sagte der Apotheker, mittlerweile grimmig. »Das wird ein Nachspiel haben, das verspreche ich Ihnen, Herr Eichendorff!«

Julius wollte jetzt nur schnell wieder nach Hause, bevor ihn noch jemand anderes in diesem Aufzug erkannte. Aber er brauchte unbedingt etwas zum Abnehmen. Sonst wäre alles umsonst gewesen.

»Können Sie mir vielleicht ein anderes Präparat empfehlen?«

»Gern, Herr Eichendorff, und es geht selbstverständlich aufs Haus! – Könnten Sie diese unselige Episode vielleicht, ähm, vergessen?«

Er stellte mehrere Packungen Eiweißpräparate auf den Tresen. Gestapelt, damit alle darauf passten.

Plötzlich stand Annemarie neben Julius, ihre Dackeldame bei Fuß. Sie war ganz aufgeregt.

»Ich kann nicht glauben, was ich hier gerade miterleben durfte! Dieser Aufzug von dir, Julius! Und abnehmen! Also, *da* werden die anderen aber Augen machen, wenn ich *das* erzähle!«

INNEN / STUDIO
In einem Fernsehstudio. Links und rechts stehen Küchenzeilen. An der rechten ist eine Broccoli-Grafik, an der linken eine Chilischoten-Grafik angebracht. Dahinter jeweils ein Küchenregal mit Gewürzen sowie ein Kühlschrank und andere Kochutensilien. Zwischen den beiden Küchenzeilen ist auf dem Bühnenhintergrund das Zeichen der Show aufgemalt: Broccoli auf rotem Grund und Chili auf grünem Grund, nebeneinander in einem Kreis, darüber der Slogan »An die Herde, fertig, kocht!«. Ein gut gelaunter, molliger Moderator tritt auf. Die Erkennungsmelodie wird überblendet mit Applaus.

Nahaufnahme Moderator.

MODERATOR: Hallo und herzlich willkommen zu »An die Herde, fertig, kocht!«, der schnellsten Kochshow der Welt!

Applaus.

MODERATOR: Heute ist keine Sendung wie jede andere. Heute haben wir zwei Gastköche eingeladen! Doch die Regeln bleiben gleich: Jeder Koch bekommt eine Tüte mit Lebensmitteln zu zehn Euro und hat fünfzehn Minuten Zeit, etwas daraus zu zaubern. Zu meiner Linken darf ich Julius Eichendorff vom Sterne-Restaurant ›Zur Alten Eiche‹ in Bad Neuenahr begrüßen, der neuerdings kocht wie im alten Rom. Und zu meiner Rechten Antoine Carême vom ›Frais Löhndorf‹ aus Sinzig, den legendären Kräuterkoch, der jede Pflanze in eine kulinarische Köstlichkeit verwandeln kann und demnächst, wie man hört, im Ahrtal eine Trüffelplantage anlegen möchte.

Applaus.

ANTOINE CARÊME: Auf den guten Lößboden! In sieben Jahren komm ich mit mein lecker Trüffel wieder zu Ihnen!

Aufblende.

MODERATOR: Mir läuft jetzt schon das Wasser im Munde zusammen. Ich darf dann auch direkt unsere heutigen Kandidaten zu mir nach vorne bitten. Frau Petra Ummel aus Oberursel, Sie gehen zum Broccoli, zu Herrn Eichendorff. Und Herr Detlev Raller aus Großenkneten, Sie dürfen zur Chili, Herrn Carême, gehen. – Frau Ummel, ich geh gleich mit Ihnen mit. Was haben Sie uns denn mitgebracht, und was hat es gekostet?

Die Kandidaten gehen mit ihren Stofftüten hinter die Küchenzeilen. Der Moderator folgt Frau Ummel, die ihre Tüte auf dem Tresen vor Julius Eichendorff ausleert. Die Kamera folgt ihr.

PETRA UMMEL: Aprikosen, Frühlingszwiebeln, ein Bund Zitronenmelisse, ein Glas Akazien-Honig, Austernsauce und fünfhundert Gramm Lammfilet. Alles zusammen für 8,77 Euro.«

MODERATOR: Hervorragend! Das sieht ja schon köstlich aus! – Frau Ummel, Sie sind ja in einem Kochverein. Kochen Sie da auch mal römisch?

PETRA UMMEL: Nein.

MODERATOR: Noch nie?

PETRA UMMEL: Nein, so was wollte noch keiner von uns zehn kochen.

MODERATOR: Ach so, ihr seid zehn Leute im Kochverein – und wie viele seid ihr da?

PETRA UMMEL: Zehn.

MODERATOR: Sehr interessant. Und was sind Ihre persönlichen Leib- und Magenspeisen? Ich esse ja am liebsten Geflügel wie Hühnchen oder Kaninchen.

Vereinzeltes Lachen im Publikum.

PETRA UMMEL: Ich bin eher für Wild zu haben.

MODERATOR: Jeder nach seinem Gusto! – So, Herr Eichendorff, jetzt habe ich Ihnen etwas Zeit zum Nachdenken verschafft. Fällt Ihnen zu den Lebensmitteln denn etwas Römisches ein?

JULIUS EICHENDORFF: Tja, leider kein Kranich und kein Schweineeuter dabei. Ich hatte so darauf gehofft.

MODERATOR: Kranich und Schweineeuter – die hatten wir doch erst gestern!

Nahaufnahme: Eine Frau im Publikum schmunzelt.

JULIUS EICHENDORFF: Dann muss es ohne gehen. Es ist nicht leicht, aber ich kenne meinen Apicius. Zufälligerweise passen die Zutaten genau zu zwei Gerichten. Ich werde »Gustum de praecoquis« und »Aliter haedinam sive agninam excaldatam« zubereiten.

MODERATOR: Das klingt ja … köstlich.

JULIUS EICHENDORFF: Es handelt sich um eine Vorspeise von Aprikosen und um gedünstetes Lamm.

MODERATOR: Ich hoffe, es schmeckt mindestens so gut, wie es klingt! – Mal schauen, was Herr Raller für Antoine Carême mitgebracht hat.

Die Kamera folgt dem Moderator zum anderen Herd. Dort stehen Detlev Raller und Antoine Carême über die Zutaten gebeugt. Kamerazoom auf Zutaten.

DETLEV RALLER: Also, da hätten wir Fasanenbrust, Gänseschmalz, Fasanenleberfarce, vier Schweinenetze, Kürbiskerne, Sauerkraut, eine kleine Flasche Champagner, Wacholderbeeren, dreißig Huflattichknospen, Weißwein-Essig, eine halbe Flasche Riesling, getrocknete weiße Bohnen, Barbarakraut, Schwarzwurzeln, Risottoreis, Mascarpone und Sahne.

MODERATOR: Und was haben Sie dafür ausgegeben?

DETLEV RALLER: 9,99 Euro. Na ja, ich musste ein bisschen handeln, aber dann gab's Rabatt. Und ein wenig hab ich aus eigener Tasche draufgelegt. Die Wacholderbeeren sind übrigens aus meinem Garten. Und den Riesling hat mir mein Onkel geborgt.

MODERATOR: Das lass ich gerade noch gelten. Aber nur, wenn ich was vom Wein abbekomme!

Harter Schnitt auf einen freudestrahlenden Antoine Carême.

ANTOINE CARÊME: Den Auswahl ist fabelhaft! Da werde ich machen meine famose Fasanenbrust in die Kräutermantel mit Champagnerkraut, Weiße-Bohnen-Salat mit den Huflattichblüten, Risotto mit Barbarakraut und das Schwarzwurzeln. Wunderbar!

MODERATOR: Das ist jetzt im Gegensatz zu Herrn Eichendorff überhaupt nicht römisch.

ANTOINE CARÊME: Nein, die Gerichten sind nicht römisch, aber so eine phantastische Kräuterküche, das hätten die Römer gemocht, mit großen Gewissheit!

MODERATOR: Das Champagnerkraut muss ich unbedingt mal probieren! Gut, dass wir jetzt eine Werbepause haben. Doch vorher: Sie haben fünfzehn Minuten Zeit. An die Herde, fertig, kocht!

Julius ging hinüber zu Antoine, der seinem Kandidaten erklärte, was zu tun war. Die beiden Köche kannten sich seit Jahren.

»Hast du eine Sekunde Zeit, Antoine? Eben bei der Stellprobe warst du ja nur im Stress.«

»*Jetzt* willst du mit mir reden? Mitten in die Sendung?«

»Es ist dringend.«

Antoine schaute zur Seite. Sein Adlatus mühte sich redlich. »Mach den Gespräch aber kurz, *oui*?«

»Klar. Was kannst du mir über Schierling erzählen?«

»Den Gespräch soll kurz sein! Ich kann dir ein ganzen Buch über Schierling erzählen.«

»Wächst er im Ahrtal?«

»*Naturellement.* Besonders gern an feuchten Stellen, an die Ufern, an die Hecken, aber auch an die Zäunen. Er hat gern ein stickstoffhaltigen, feuchten Lehmboden. Den giftigen Wurzel wird manchmal mit Meerrettich- und Petersilienwurzeln verwechselt. Den Samen mit Anis und Fenchel. Eine gefährliche Fehler, Julius! Den Schierling blüht übrigens zurzeit, aber den weißen Blüten sind sehr bescheiden. – Nur weiter so, Herr Raller. *Fantastique* machen Sie das!«

Julius würdigte seine Köchin keines Blickes. Sie entsteinte und halbierte die Aprikosen so vorsichtig, als handele es sich um eine Operation am offenen Herzen.

»Wie giftig ist Schierling?«

»Oh, sehr, sehr giftig, ohne Fragen! Dass den Schierling giftig ist, weiß man schon seit den Antike. In Griechenland wurde den Schierling zusammen mit Opium von die Staat als, wie sagt man, Selbsttötungsmittel ausgegeben. Den berühmten Philosoph Sokrates wurde mit den Schierlingsbecher umgebracht. Auch bei den Römern war die Gift sehr populär. Aber es kommt auf den Dosierung an, Julius. Den Schierling gilt auch als Heilmittel. Dioskurides hat geschrieben, dass auf die Hoden aufgetragene Schierlingssaft vor sexuellen Träumen schützt.« Antoine zwinkerte. »Wenn du Bedarf hast, kannst du dich ruhig bei Antoine melden!« Er zwinkerte wieder. »Den Schierlingssaft war auch Bestandteil von den berühmten Hexensalben, die auf den Haut aufgetragen ein real erlebte Gefühl erzeugten, durch den Luft zu fliegen. Und auch heute noch findet den Schierling Anwendung in den Homöopathie gegen Erschöpfung und wohl auch gegen den Krebsleiden.«

Der Moderator blickte böse zu den beiden Köchen, die ihre Kandidaten so schändlich allein mit den scharfen Messern spielen ließen.

Julius war froh, dass Antoine die Zeit aus den Augen verloren hatte, weil er so in dem Thema Schierling aufging. Jede Sekunde Information konnte wertvoll sein.

»Aber wie sieht es denn nun aus mit Schierling als Gift?«

»Das Name von den wirksamen Stoff, Julius, ist Coniin. Den tödlichen Dosis liegt bei nur 0,5 Milligramm! Den ersten Symptome sind eine Brennen und eine Kratzen im Mund und Rachen und Hals, und man sieht schlecht, fühlt sich auch schwach. Bei höheren Dosen kommt es zu Übelkeit, Erbrechen, Durchfällen. Schluck- und Sprachstörungen kommen durch einen Lähmung von die Zunge zustande.

Und wenn jemand wirklich ganz, ganz schwer vergiftet ist, beginnen den Lähmungen an den Füßen und setzen sich über die Beine, den Rumpf auf die Arme fort. Schon nach einer halben Stunde kann den Mensch tot sein, manchmal dauert das Kampf aber bis zu sechs Stunden.«

Der Moderator kam wütend herüber.

Julius stellte noch schnell eine weitere Frage.

»Erzählst du bei deinen Kräuterwanderungen vom Schierling?«

»Aber sicher das!«

Der Moderator war bei ihnen angekommen. Er lächelte wieder, denn das rote Lämpchen an der Kamera begann zu leuchten.

MODERATOR: Da sind wir wieder! Und hier sehen Sie mal, wie gut sich unsere Köche verstehen. Jetzt aber hopp, hopp zurück an die Töpfe! Damit unsere Zuschauer nicht vergessen, dass ein Leben ohne Pürierstab sinnlos ist. Herr Eichendorff, was fasziniert Sie so an der römischen Küche?

Kamera auf Julius Eichendorff, der die Lammfilet-Stücke gemeinsam mit einer geschnittenen Zwiebel anbrät. Zwischenschnitt auf einen hungrig aussehenden Zuschauer.

JULIUS EICHENDORFF: Es ist einfach interessant zu erfahren, auf welchen kulinarischen Pfeilern unsere Küche aufbaut.

MODERATOR: Mit römischem Essen verbindet man in erster Linie ausgiebige Fress- und Saufgelage. Stimmt das Vorurteil?

JULIUS EICHENDORFF: Es ist nur ein Teil der Wahrheit. Die meisten aßen viel, viel karger. Wer es drauf anlegt, kann mit der römischen Küche sogar diäten.

MODERATOR: Das Wort Diät löst bei mir relativ schnell schlechte Laune aus. Trotzdem muss ich manchmal die »Notbremse« ziehen, sonst besteht die Gefahr der Detonation vor laufender Kamera.

Lachen mit anschließendem Klatschen. Ein dicker Zuschauer ist zu sehen, der sich demonstrativ den Bauch reibt.

JULIUS EICHENDORFF: So, jetzt muss ich das Lammfleisch mit Weißwein ablöschen und gebe gehackten Koriander, Liebstöckl, frisch gemahlenen Pfeffer, Kümmel und Austernsauce dazu. Normalerweise müsste das Ganze noch anderthalb Stunden schmoren. Aber heute muss es schneller gehen. Gleich wird es noch mit Maispulver abgebunden und dann abgeschmeckt.

MODERATOR: Darf ich schon mal probieren? Nur etwas von der Sauce.

Er probiert und leckt sich danach demonstrativ die Lippen.

MODERATOR: Das ist lecker – wie übrigens alles, was gut schmeckt.

Julius Eichendorff schaut leicht verdutzt, nickt dann aber.

JULIUS EICHENDORFF: Klingt mehr als logisch.

MODERATOR: Und was macht unser Kräutergeist?

Lachen. Kameratotale, links ist Julius Eichendorffs Herd zu sehen, rechts Antoine Carêmes, zu dem der Moderator schnell geht. Etwas klingelt.

MODERATOR: Ich glaube, Ihr Fleisch hat geklingelt.

ANTOINE CARÊME: Den Fleisch, ja, den hat geklingelt, ah ja. Holen Sie es bitte aus das Ofen. *Merci beaucoup.*«

MODERATOR: Ja, gern, und da probiere ich auch gleich mal die Fasanenbrust. – Mhm, es schmeckt so ein bisschen nach meiner Großmutter.

ANTOINE CARÊME: Ihren Großmutter schmeckt nach Fasanenbrust? Was für ein merkwürdige Frau …

MODERATOR: Was? Ach so, da hab ich mich versprochen. Aber so was passiert schon mal im Eifer des Gefechts. Das muss einem nicht peinlich sein. Wissen Sie, was das Peinlichste ist, was uns hier je passiert ist?

ANTOINE CARÊME: Als Sie Ihren Großmutter gegessen haben?

Lachen, verbunden mit Johlen. Kamera auf Moderator, der wieder irgendetwas kaut.

MODERATOR: Haha. Nein. Es war die vergessene Hühnchenkeule in der Mikrowelle, hier im Studio. Drei Tage später lebte das Huhn quasi wieder oder zumindest der leicht grünlich schimmernde Flaum drum herum. – Mit diesem Bild im Kopf entlasse ich Sie, liebe Zuschauer, jetzt wieder in die Pause.

Julius ging noch einmal zu Antoine herüber.

»Antoine!«

»Jetzt nicht, mein lieben Julius, ich muss hier doch so schnell kochen.«

»Das hier ist wirklich die leistungssportliche Verschmelzung von Fast und Food. – Ich mach's diesmal kurz.«

Antoine Carême nickte und wischte sich die Hände an der Schürze ab.

»Aber Julius, frag du mich nicht bitte auch noch nach ein Alibi für den Mord an die schöne Weinkönigin. Das hat bereits den Polizei getan und noch nicht einmal gesagt, warum.«

Wegen dem Schierling, dachte Julius, darauf war Anna also schon gekommen. Antoines Ruf als Kräuterhexe drang weit.

»Was ich wissen will, ist: Wer hat an deinen Kräuterseminaren teilgenommen? Waren Ortsweinköniginnen darunter, Archäologen oder Masseure?«

Der Moderator nuckelte nervös an einer Plastikflasche mit stillem Wasser und warf ihnen wieder funkelnde Blicke zu. Julius meinte ein »So kann ich nicht arbeiten!« zu hören. Es war ihm egal. Er war hier sowieso nur aus Neugier, einmal schauen, wie es hinter den Kulissen ablief. Es war leider so, wie er erwartet hatte.

»Ich kenne natürlich nicht ein jeden, aber ich glaube nicht. Nur den Chef von die Weinköniginnen, den Herr Lisini, der war da, sogar mit sein ganze Familie. Und hatte auch ein Freund dabei, ein Reporter, der ein schön Bericht darüber geschrieben hat. Diesen Lisini ist schon ein beeindruckenden Mann, wir haben lange miteinander geredet. Hat als Sohn von ein einfachen Kartoffelbauern aus Euskirchen Karriere gemacht und in ein angesehene Familie eingeheiratet. Ein Militärfamilie, Marine, Julius, den Schwiegervater ist ein Konteradmiral. Ich würde nicht solchen Verwandten wollen, zu viel Zucht und Ordnung!«

Der Moderator, eine leere Packung Nikotinkaugummis nervös in den Händen haltend, baute sich vor ihnen auf. »Haben wir heute Waschweiber eingeladen oder Köche? Sagen Sie mal, haben Sie zu Hause in Ihrem komischen Tal nicht genug Zeit, miteinander zu quatschen? Müssen Sie das unbedingt hier machen, wo Sie kochen sollten? Dafür hätten Sie nicht nach Hürth-Kalscheuren zu kommen brauchen!«

Antoine trat bis zur Nasenspitze an den Moderator heran. »Zeit für ein gutes Wort mit ein guten Freund muss immer sein. Und außerdem sollten Sie sich eines merken, wo Sie die ganzen Pause kauen wie einen Kamel: Mit ein vollen Mund spricht man nicht!«

*

Wie eine lange blaue Zunge fiel die A61 in die sternenlose Nacht. Julius schaltete die CD des Orfeó Catalá leiser, um besser nachdenken zu können. Der Gesang des Chores mischte sich ins Motorbrummen.

Er hatte nichts gesagt, als der Fernseh-Sommelier den falschen Wein zum Essen ausgesucht hatte. Er hatte den dünnen Tropfen nicht öffentlich kritisiert, wie es angemessen gewesen wäre, er hatte ihn aber auch nicht gelobt, wofür ihn der Moderator nach Aufnahmeschluss gerügt hatte. Natürlich wusste Julius, dass die Sommeliers nur aus einem begrenzten Sortiment wählen konnten und ständig Neues präsentieren mussten. Aber ein säurebeißender Riesling von einem drittklassigen Moselaner Weingut? Da konnte er wirklich nicht mitmachen. Er hatte schließlich einen Ruf zu verlieren. Einfach nur alles gutzuheißen wie die regulären Köche, dafür war er sich zu schade. So viel Stolz musste sein. Es gab zu viele Winzer, die gute Weine produzierten, als dass man einen schlechten loben müsste.

Zwischen dem Rastplatz Peppenhoven und der Anschlussstelle Rheinbach beging Julius einen Fehler.

Er hörte seine Mailbox ab.
Sie enthielt vier Nachrichten.
Alle stammten von seiner Mutter.

Nummer 1: »Hallo? … Hallo? … Hallo? … Julius, geh doch mal ran, hier ist deine Mutter! … Hallo?«

Nummer 2: »Julius, deine Mutter hier, du bist anscheinend nicht da. Ruf mich an, wenn du wieder da bist.«

Nummer 3: »Wo steckst du, Julius? Hier ist deine Mutter! Ich versuche schon seit einer halben Stunde, dich zu erreichen, und habe bestimmt schon fünfmal auf deinen Anrufbeantworter gesprochen. Ruf mich bitte umgehend zurück. Ich mache mir langsam Sorgen.«

Nummer 4: »Julius, ich bin es jetzt leid. Du meldest dich nicht bei mir zurück. Ich weiß nicht, was ich dir getan habe, dass du meinst, dich nicht bei mir melden zu müssen. So etwas schmerzt eine Mutter, aber das scheint dir ja egal zu sein. Ich wollte dir auch nur mitteilen, dass ich die Adresse eines sehr fähigen Bad Neuenahrer Diätarztes bekommen habe, der wohl gerade auch Kapazitäten frei hat. Hör auf deine Mutter, Julius, und ruf sofort dort an. Ich bezahle dir auch die Behandlung. … Es war deine Mutter, die gesprochen hat.«

Damit war die Diät erledigt.

Er würde gleich einen Eimer Schmand essen, dazu dick Griebenschmalz auf Butter, verziert mit Olivenöl und Speck. Kugelrund würde er sich fressen!

Sein Entschluss stand fest! Aber da gab es nichts mehr dran zu rütteln!

Als Julius den Wagen vor seinem Haus in der Martinus-Straße parkte, besserte sich seine Laune schlagartig, und das Protestfressen war vergessen. Im Licht der Laterne stand wie eine Marienerscheinung die Burgundia. Ganz in Weiß gekleidet, ihr goldenes Haar zart glänzend, den Kopf leicht zur Seite geneigt, die Hände hinter dem Rücken, als halte sie dort einen Bastkorb mit frischen Äpfeln.

»Hallo, Herr Eichendorff. Ich warte schon lange auf Sie.«

»Mir war nicht bewusst, dass wir eine Verabredung hatten, Frau …«

Sie kam auf ihn zu und hakte sich ein. »Nennen Sie mich Heidrun.«

Heidrun, die Burgundia, die Fleisch gewordene Hoffnung Ahrweilers, begleitete den perplexen Julius zur Eingangstür und weiter herein. Herr Bimmel und Felix standen Spalier. Julius fand, dass sie nicht dünner aussahen als zu Beginn der Diät.

Gut so, das würde seiner Mutter bestimmt nicht gefallen!

»Ich mag korpulente Männer«, sagte Heidrun. »Sie strahlen so viel Kraft aus.«

Aha, er war also nicht mehr kräftig, auch nicht mehr stattlich, sondern schon korpulent, die letzte Haltestelle vor dick. Wunderbar. Heidrun hätte sich mit Julius' Mutter zusammentun sollen.

Oder besser nicht.

»Ich bin wirklich überrascht, Sie hier zu sehen«, sagte Julius. »In der Apotheke schienen Sie keine Lust zu haben, sich mit mir zu unterhalten. Wollen wir ins Wohnzimmer gehen?«

»Gerne. Vergessen Sie das in der Apotheke. Das ist irgendwie schlecht gelaufen.«

»Den Eindruck hatte ich auch. Schlecht gelaufen für Sie. Ein Glas Wein?«

»Einen Chardonnay, aber nicht aus Deutschland, wenn Sie haben.«

So eine war sie, dachte Julius. Er holte keinen Chardonnay. Er holte einen Weißburgunder »Lohengrin« vom fränkischen Weingut Herzog, den er seit Jahren für einen der besten Deutschlands hielt. Und für einen der wenigen, die international mitspielen konnten. Er vereinte Körper und Eleganz wie ein großer weißer Burgunder. Er schluckte das Barrique, als hätte er niemals Holz gesehen. Eigentlich war er zu gut, um ihn nicht mit Freunden zu trinken, aber Julius hatte selbst zu viel Lust drauf.

»Hier, ein Mersault«, log er dreist.

»O fein«, sagte Heidrun, die sich auf die Couch gesetzt, ihre Schuhe aus- und ihre Beine angezogen hatte, sodass sie nun angewinkelt auf dem Polster lagen. Verführerisch. Sie nahm einen großen Schluck. »Ich mag Weine aus Frankreich, die sind so lecker.«

Phantastisch, genau so sollte sich eine Ahrweinkönigin äußern. Julius' Stimme hatte sie nicht. Aber Julius saß ja auch nicht im Wahlgremium.

Er machte es sich neben ihr auf dem Sofa bequem. Herr Bimmel und Felix entschlossen sich zu einer Schnecken-Imitation vor Julius auf dem Teppich.

»Und, wie geht es Ihnen? Ich meine, wegen der drei toten Weinköniginnen, da machen Sie sich sicher Ihre Gedanken?«

»Wieso? Ich hatte mit denen doch nichts zu tun. Oder meinen Sie, weil ich als zukünftige Weinkönigin das nächste Opfer sein könnte? Ich pass schon auf mich auf, mir passiert bestimmt nichts.« Sie strahlte.

»Wenn Sie meinen. Tja, was führt Sie denn zu mir um diese Uhrzeit? Es ist immerhin schon nach elf.«

»Sie müssen mir helfen.«

»Ich helfe gern, wenn ich kann.«

»Sie müssen mit meinem Chef reden. Der macht mir die Hölle heiß. Sie müssen behaupten, dass Sie da was falsch verstanden hätten. Oder besser: *Sie* hätten sich falsch ausgedrückt, und ich hätte alles richtig gemacht.«

»Ich muss überhaupt nichts.«

»Wenn ich aber doch so nett bitte, bitte sage.« Sie machte große Rehaugen.

»Und wie wollen Sie Ihrem Chef die Flucht erklären?«

»Überreaktion! Ich bin doch eine junge Frau, wir machen so was manchmal. Es kommt vor, dass bei uns die Sicherungen durchbrennen.«

»Und welchen Grund sollte ich haben, Ihnen diesen Gefallen zu tun?«

Sie kam näher und fabrizierte mit ihren stark getuschten Wimpern einen verführerischen Augenaufschlag. »Mir würde da schon was einfallen.«

Er war in einem schlechten Film, er war in einem ganz schlechten Film.

»Mir würde da nichts einfallen«, sagte Julius.

»Dann werde ich Ihrer Phantasie mal auf die Sprünge helfen.« Sie begann die Knöpfe ihrer Bluse aufzunesteln.

Julius blickte in die andere Richtung. »Ich habe keine Phantasie, *überhaupt* keine.«

Eine Hand legte sich auf seine Schulter und fuhr die Brust herunter. »Jeder hat Phantasie.«

»Stimmt«, sagte Julius, nahm die Hand und drehte sich wieder zu Heidrun. »Jetzt ist mir etwas eingefallen. Sie haben tatsächlich was, das ich möchte. Und es nennt sich Informationen.«

Sie zog die Hand zurück. »Ich wüsste nicht, was ich Ihnen zu sagen hätte.«

»Sie ist also nicht mit allem so freigebig, Jungs.«

»Mit wem reden Sie?«

»Mit meinen Katzen. Und ich glaube schon, dass Sie mir etwas zu sagen haben. Sie haben der Dernauer Weinkönigin das hochkalorische Zeug gegeben, damit ihre Gewinnchancen in dem Maße schwinden, wie sie mehr wird.«

»Ja und? Das wissen Sie doch schon.«

»Lassen Sie mich nur weitermachen! Dann habe ich gehört, dass die Recher Weinkönigin einen Brief nicht erhalten hat, der über einen Fototermin informierte. Könnte da jemand den Postboten becirct haben? Zum Beispiel eine wunderschöne Burgundia wie Sie?« Mit Speck fing man nicht nur Mäuse. Auch Ratten.

»Durchaus denkbar, so ein Postbote freut sich über ein wenig Aufmerksamkeit.«

»Und wie sieht es aus mit Gamma-Decalacton in einem Weinfass, und einem entsprechenden, zeitlich gut abgepassten Tipp an die entsprechende Behörde?«

Die Hand kam wieder. »Können wir nicht über etwas anderes sprechen?«

»Ist das ein Ja oder ein Nein?«

»Das ist ein: Lassen Sie uns doch auf andere Weise miteinander … kommunizieren.«

Heidrun begann, mit der anderen Hand ihre Bluse von oben aufzuknöpfen. Schnell wurde sichtbar, welche beiden Körperteile sie sprechen lassen wollte.

»Und Busen und Wangen / Dürft ihr da sehn / Ich brenn vor Verlangen / Und muss hier stehn!«

»Greifen Sie ruhig zu!«, ermunterte ihn Heidrun, als wäre sie Inhaberin eines Gemüsestands. Sie drückte ihre Waren appetitlich nach oben.

»Ihnen ist der Titel wirklich wichtig?«

»Wollen Sie wissen, wie weit ich gehen würde?«

»Nein, ich will gar nichts mehr von Ihnen wissen!«

In Julius stieg Wut auf und eine Idee, wie diese Begegnung wenigstens etwas Positives haben könnte. Antoine Carême hatte er schon nicht für eine Patenschaft gewinnen können – er hatte bereits Dutzende übernommen. Die aktuelle Paten-Zahl hatte Julius nicht im Kopf, aber von zwanzig – und damit vom kostenlosen Jogginglehrer – war er weit entfernt.

»Eines würde ich doch gern von Ihnen wissen: Könnten Sie sich vorstellen, Erbsenzählerin zu werden?«

»Wie bitte?«

»Wir können auch sagen: Gemüse-Patin. Das würde sich sicherlich positiv auf Ihre Gewinnchancen auswirken. Die Presse wird es mögen.«

»Dann immer. – Werden Sie dafür auch meinem Chef erzählen, worum ich Sie gebeten habe?«

»Ich werde mit ihm sprechen.«

Und Julius meinte es so. Wörtlich.

Die Burgundia namens Heidrun lächelte zufrieden. Aber nicht lange. Herr Bimmel hatte während der amourösen Unterhaltung den Raum verlassen und war nun mit ein bisschen Katzenspielzeug zurückgekehrt.

»Iiih!«, kreischte Heidrun. »Ist das eine Taube?«

»Ich glaube, nein.« Julius nahm Herrn Bimmel den Vogel aus dem Maul. »Sehen Sie den blaugrauen Kopf mit schwarzem Streifenmuster, die bräunliche Oberseite und die zimtbraune Unterseite?«

»Der arme kleine Vogel!«

»Es ist eine Zippammer, ohne Zweifel. Sie bevorzugt steile Weinberge mit Felspartien und Buschgruppen. Viel nördlicher als im Ahrtal kommt sie nicht vor.«

»O mein Gott. Ist das nicht ein seltener Vogel?«

»Ja. Sie ruft übrigens ›tsi‹ und ›tsip‹ – daher auch ihr Name. Ihr Lied ist wie bei allen Ammern sehr schlicht und wenig attraktiv. Sie sitzt gern auf Weinbergspfählen.«

»Der arme Vogel. Der arme kleine Vogel. Ist er wirklich tot?«

»Er gibt keinen Piep, oder besser: keinen Tsip mehr von sich. Ich kümmere mich darum.«

»Ich muss hier weg! Pfui, pfui, pfui! – Herr Eichendorff, Sie sind ein wahrer Schatz. Und Sie haben wirklich etwas verpasst …«

Julius entsorgte die heute auf die Liste der von Herrn Bimmel bedrohten Arten gesetzte Zippammer und besah sich seine beiden Raubtiere, die sich im Wohnzimmer hingebungsvoll der Fellpflege widmeten.

»Diese Diät fordert wahrhaft Opfer. Ihr beiden Kuscheltiere dezimiert die heimische Tierwelt langsam wie eine biblische Plage.«

Er würde doch noch einmal in die »Alte Eiche« gehen. Einfach nur schauen, ob alles seinen Gang ging. Den Sous-Chef ein wenig kontrollieren, auch wenn dieser seine Vertretungsarbeit immer gut machte. Trotzdem. Er durfte sich nicht zu sicher fühlen. Dann schlichen sich Fehler ein. Viel würde jetzt nicht mehr los sein, aber genug, um zu sehen, wie die Mannschaft zurechtkam.

Doch Julius kam gar nicht erst zu ihr.

Er kam zu Rainer Schäfer.

Schon von weitem war die schneidende Stimme des Redakteurs der Eifel-Post zu hören. Julius blieb stehen und lauschte Schäfer außer Sichtweite.

»Guten Abend, Rainer Schäfer von der Eifel-Post. Darf ich Ihnen eine Frage stellen?«

»Aber nur kurz, ich habe noch ein gutes Stück zu fahren. Wenn Sie wissen wollen, wie das Essen war: Grandios wie immer«, sagte eine satte männliche Stimme.

»Hatten Sie denn keine Angst, vergiftet zu werden?«

»Wegen der toten Weinkönigin, meinen Sie?«

»Viele gehen nicht mehr zu Herrn Eichendorff.«

»Aber *er* hat doch diese Frau nicht umgebracht.«

»Wo Herr Eichendorff ist, scheint der Tod zu sein. Sagt man.«

»Blödsinn«, sagte die männliche Stimme. Aber Julius hörte den Zweifel, hörte die Spur von Unsicherheit, die in den nächsten Tagen wachsen würde. Der Mensch war ängstlich und abergläubisch. Der Mensch hielt sich fern von Unheil. Und Unheilsboten.

Rainer Schäfer wusste das.

»Sie wollen mein Restaurant kaputtmachen«, sagte Julius und kam um die Ecke. An ihm vorbei ging der gerade Befragte, sichtlich irritiert.

Schäfer klatschte in die Hände. »Schau an, der Herr Eichendorff. Ich will überhaupt nichts. Ich erstelle nur einen Bericht zur Stimmung im Ahrtal. Und im Gegensatz zu Ihnen lüge ich niemanden an.«

»Ach ja, und wer sind die ›vielen‹, die nicht mehr zu Herrn Eichendorff gehen?«

»Meine Freundin und ich.«

»Wie relativ doch manche Begriffe sind.«

»Sie haben den Falschen verarscht. Herr Eichendorff. Von wegen, der Mörder ist im Polizei-Milieu zu suchen, ein Racheakt an Tina Walter, die anderen Morde zur Ablenkung. Wir haben es gedruckt, und wir haben tierischen Ärger bekommen. Ich glaube nicht, dass unsere Zusammenarbeit noch eine Zukunft hat.«

»Gehen Sie! Diesmal werde ich das Hausverbot durchsetzen.«

»Ich bin nicht in Ihrem Haus. Ich bin auf einer öffentlichen Straße.«

»Auf einem Straßenabschnitt, für den ich Sorge trage. Dass sich kein Fußgänger gefährdender Müll darauf befindet.«

»Wollen Sie sich mit mir prügeln? Gerne! *Das* wird eine Schlagzeile, und noch dazu gibt's ein schönes Schmerzensgeld. Tun Sie mir den Gefallen!«

»Ich werde morgen mit Ihrem Chefredakteur telefonieren. Sie werden nie wieder über mein Restaurant schreiben.«

»Sie wollen mit meinem Chef reden?« Schäfer warf sich ein Minzbonbon ein. »Der ist aber leider äußerst schlecht auf Sie zu sprechen. Ich glaube nicht, dass Sie bei ihm ein offenes Ohr finden werden.«

»Dann wird eben die komplette Eifel-Post nie mehr eingeladen. Ich brauche Sie nicht.«

»Wir schicken trotzdem Leute, und Sie kennen nicht jeden von uns. Dann werden Sie als Dankeschön von allen so hart rangenommen wie von mir, Herr Eichendorff. Noch härter. Sie haben keine Chance.«

»Gehen Sie mir aus dem Weg.«

Ein Paar trat aus dem Restaurant.

»Guten Abend, Rainer Schäfer von der Eifel-Post. Darf ich Ihnen eine Frage stellen?«

»Gehen Sie bitte weiter«, sagte Julius so freundlich, wie es ging.

»Herr Eichendorff, machen Sie einen Spaziergang nach der Arbeit?«, fragte die bepelzte Dame. Die Augen ihres Begleiters waren bereits alkoholisch eingerieben.

»Ja, etwas Luft schnappen. Einen guten Nachhauseweg!«

»Hatten Sie keine Angst, vergiftet zu werden?«, fragte Schäfer.

»Was? Wieso? Herr Eichendorff, was hat das zu bedeuten?«

»Nichts. Kümmern Sie sich nicht drum.«

»Viele gehen nicht mehr zu Herrn Eichendorff.«

»Lassen Sie es gut sein, Herr Schäfer, oder ich rufe die Polizei!«

Das Paar verließ kopfschüttelnd die Szene.

»Haben Sie mal etwas von Bernard Loiseau gehört?«, fragte Rainer Schäfer.

»Was soll das denn jetzt?«

»Tragische Geschichte, nicht wahr? Da bringt sich ein gerade mal zweiundfünfzig Jahre alter Spitzenkoch, einer der allerberühmtesten des Landes, mit seinem Jagdgewehr um, weil er zwei Punkte im Gault Millau verloren hat. Das bedeutet dreißig Prozent weniger Kunden, sagt man. Und wie schnell kann man ein paar Punkte verlieren, wenn der Ruf erst ruiniert ist.«

»Sie spielen mit dem Feuer, Schäfer!«

»Das ›Côte d'Or‹ in Saulieu muss so ein gutes Restaurant gewesen sein. Loiseau wollte in der Weltgastronomie etwas wie Pelé im Fußball werden. Nun haben Sie noch nicht einmal Toni-Polster-Format. Aber selbst das könnten Sie verlieren. Ach, ich weiß nicht, ob ich es verantworten könnte, Sie in den Freitod getrieben zu haben …«

»Sie Schwein!« Julius knallte ihm eine.

»Das wird Folgen haben, das *schwöre* ich Ihnen! Dafür zeige ich Sie an!«

»Beweisen Sie es!« Julius ging schnellen Schrittes in die »Alte Eiche«, die Tür hinter sich zuschmetternd. Die wenigen noch im Restaurant befindlichen Gäste schauten auf, als er den Raum betrat.

Julius war wütend und erhitzt, er zwang sich ein »Manche Luftzüge sind tückisch. Ich hoffe, Sie haben sich nicht zu sehr erschreckt« heraus und ging schnurstracks in die Küche.

»Ah, der Herr Maestro kommt auch mal wieder herab zu den Sterblichen. Welch Glanz in unserer Küche! Da hängt ein Zettel für dich neben der Tür«, sagte FX allerbester Laune, Desserts an ihm vorbeitragend.

»Anna von Reuschenberg hat angerufen«, stand da, »der Mörder muss in Chantal Schmitz' Wohnung gelangt sein, als der Bodyguard wie jeden Abend kurz zu seiner Mutter gefahren ist. Die wohnte um die Ecke und musste immer zur selben Uhrzeit eine Spritze bekommen.«

FX kam durch die Schwingtür wieder herein und flüsterte Julius ins Ohr: »Und sie hat gesagt, ich soll ihren Wonneproppen herzlichst grüßen. Des hab ich net auf den Zettel geschrieben. Einen Rest Würde wollt ich dir noch lassen, Maestro.«

Nach einem ausgiebigen Frühstück am nächsten Morgen beschloss Julius, FX zu besuchen, der gestern Abend so gut aufgelegt gewesen war. Seine Augen hatten geglänzt, als hätte jemand das Licht wieder angeknipst.

Julius glitt im Aufzug hinauf, während die Sonne den Himmel plüschhasenrosa erstrahlen ließ. Von FX' Penthouse aus war das Spektakel noch besser zu sehen. Aber Julius hatte keine Augen dafür. Er hatte sie zuerst für die nur angelehnte Wohnungstür gehabt und jetzt für die leere Wohnung, in der sich trotz beständigen Rufens kein unverschämter Oberkellner befand.

Die Wohnung wirkte nicht wie nach einem Einbruch, alles war am Platz, jede geschmackvolle Plastik, jedes geschmacklose Bild. Die Wohnung wirkte auch nicht wie nach einem Kampf, alles war unzerbrochen, alles hing gerade, kein Designermöbel war verrückt.

Das einzig Ungewöhnliche bemerkte Julius erst, als er auf dem Parkett zum großen Ohrensessel aus gelbem Leder ging und es unter seinen Sohlen knisterte.

Der Fußboden lächelte ihn an.

In Form Dutzender Zeitungsausschnitte.

Mit den Gesichtern der Weinköniginnen.

Julius ging auf die Knie.

Da war Constanze Dezaley, dort lag Tina Walter, direkt neben seinem Schuh Chantal Schmitz. Alle auf der Höhe ihrer Regentschaft. Überall verstreut ehemalige Weinköniginnen, die Julius nicht kannte.

Das Plüschhasenrosa des Himmels wurde zu dünnen Lagen im Morgenblau und verschwand schließlich völlig.

Auf dem Tisch stand eine Kaffeetasse. Julius blickte hinein. Sie war noch halb voll. Das durfte sie nicht sein. FX trank, das wusste Julius nach all den Jahren, morgens drei Tassen Kaffee. Immer. Nicht mehr und nicht weniger, Sturkopf, der er war. Es war das Antifrostmittel, mit dem er das Schloss seines Hirnes enteiste. Julius hatte nie erlebt, dass FX ihm eine halb volle Tasse in die Küche gebracht hätte. Egal, wie schlecht der Kaffee war. Und von Zeit zu Zeit musste er grauenvoll gewesen sein, denn Julius hatte ihn aufgebrüht. Er trank keinen Kaffee und hatte in der simplen Zubereitungsart des Getränks seine Grenzen erkennen müssen. Julius konnte ums Verrecken keinen Kaffee kochen. Er konnte alles, was kreuchte und fleuchte, tranchieren, filetieren, marinieren, aber bei Kaffee versagte ihm das Können. Er konnte nur »zu dünn« oder »magenwandzerfressend«. In all den Jahren der Versuche hatte er nicht einmal einen Glückstreffer gelandet.

FX musste überhastet aufgebrochen sein, darum auch die unverschlossene Tür.

Die Frage war, ob freiwillig.

Wenn dies der Fall war, dann konnte es mit den Fotos zu tun haben, die schließlich in Kaffeenähe lagen. Neben ihnen hatte er gesessen.

Aber darauf waren doch nur die Weinköniginnen der letzten Jahre! Mal bei ihrer Krönung, mal bei Werbeveranstaltungen in Zelten, beim Tanzen auf einem Ball, Politikerhände schüttelnd, Weinkelche in die Höhe stemmend.

Es musste *mehr* darauf sein.

Die meisten zeigten Tina Walter. Auf dem Bild ihrer Krönung erkannte Julius die aktuelle Burgundia Heidrun applaudierend im Publikum, auf einem anderen besuchte Tina Walter das Frauenweingut Schultze-Nögel. Darauf war auch der merkwürdige Vegetarier abgebildet, Stephan Zeh, den Julius bei August Herold kennen gelernt hatte, als dieser den Eber zerwirkte. Auf dem Foto daneben war er auch, es zeigte Tina Walter beim Trinkzug der St.-Sebastianus-Bürger-Schützengesellschaft. Nur zwei Reihen hinter ihr stand Stephan Zeh.

Komischerweise war er auch auf dem Foto des Ahrweiler Winzerfestes in ihrer Nähe, neben einem Motivwagen hergehend.

Julius besah sich die anderen Fotos.

Stephan Zeh, Stephan Zeh, Stephan Zeh.

Er war auf fast allen zu sehen. Unabhängig von der Weinkönigin. Stephan Zeh war in der Nähe. Warum? Julius meinte sich erinnern zu können, dass er Jurist war, für Steuerrecht, wenn er sich nicht täuschte.

Er war also sicherlich nicht beruflich in der Nähe der Weinköniginnen gewesen.

Er hatte sich nahe bei ihnen aufgehalten, weil er genau dort sein wollte.

Julius sah noch einmal alle Fotos durch, behielt dabei die Jahreszahlen im Auge.

Seit mindestens zwölf Jahren war Stephan Zeh der Schatten der Ahrtaler Weinkönigin, ganz gleich, wie sie hieß oder aussah.

Normal war anders.

Das war kein Hobby mehr, das war Obsession. Hatte FX nicht von einem Fan erzählt, der den Weinköniginnen nachspionierte?

Julius' Handy klingelte.

»Hallo?«

»Spreche ich mit Herrn Julius Eichendorff?«, fragte eine kühle, weibliche Stimme unbestimmten Alters.

»Ja.«

»Sanner, vom Krankenhaus Maria Hilf in Bad Neuenahr. Sie sind im Terminplaner von Herrn Franz-Xaver Pichler als im Notfall zu benachrichtigende Person angegeben?«

»Kann sein.« Julius ordnete seine Gedanken. *»Notfall?«*

»Ich muss Ihnen leider mitteilen, dass Herr Pichler schwer verletzt worden ist und sich zurzeit auf der Intensivstation befindet.«

9. Kapitel

... majestätische Fülle ...
(Gault Millau WeinGuide)

Die rote Ampel war kein Ärgernis, sondern eine Unverschämtheit.

Julius wollte, musste zu FX, erfahren, was passiert war, warum, wann, wie schlimm die Verletzung war, ob FX in Lebensgefahr schwebte, ob er reden konnte, wann er wieder entlassen würde, wie lange es brauchen würde, bis er wieder der Alte wäre, ob ihm jemand etwas angetan hatte oder es ein Unfall gewesen war, ob ... Die Ampel schlug um.

Das Krankenhaus Maria Hilf war weitere drei rote Ampeln entfernt, an denen sich Julius immer dieselben Fragen stellte.

Dann war er endlich da, parkte unrechtmäßig, sprang aus dem Wagen, rannte hinein.

»Sie können nicht zu ihm.«

Die dicke Frau mit Brille, Brillenkette und Glitzerlippenstift blickte nicht von dem vor ihr montierten Bildschirm auf.

»Was soll das heißen? Ich *muss* zu ihm!«

»Können Sie nicht. Er kann jetzt keinen Besuch empfangen. Die Intensivstation ist kein McDrive, wo jeder kommen kann, wann er will.«

»Können Sie mir wenigstens sagen, was genau passiert ist, wie es ihm geht?«

»Ich ruf mal kurz auf Station an.« Sie nahm den Hörer ab. »Hallo, Magdalena, hier ist ein Herr ...« Sie sah Julius fragend an.

»Eichendorff«, sagte Julius.

»Eichendorff«, sagten die Glitzerlippen. »Er möchte wissen, wie der Zustand von Herrn Pichler ist. ... Stabil? ... Ja ... Richte ich aus ... gut ... dir auch, Magdalena.«

Sie blickte auf. »Sein Zustand ist stabil. Sie können ihn in anderthalb Stunden besuchen. Er hat eine Stichwunde, die Verletzung ist aber nicht letal. Sie hat das Herz verfehlt, allerdings eine Rippe verletzt. Der Blutverlust war recht hoch, aber der Notarzt war früh genug da, um Schlimmeres zu verhindern.«

Das war alles? Was war mit all den anderen Fragen, auf die er Antworten erwartete?

»Mehr kann ich Ihnen zum jetzigen Zeitpunkt nicht mitteilen.«

Sie blickte wieder auf ihren Bildschirm, die Körperhaltung verriet, dass Julius nicht mehr vor ihr stand. Nicht für sie. Sie war jetzt wieder allein. Mit sich, ihrer Brille, ihrer Brillenkette und ihrem Glitzerlippenstift.

Er musste Anna anrufen! Sie musste Zeh verhaften!

Besetzt.

Sollte er allein zu Zeh fahren? Ihn festsetzen, bevor er außer Landes verschwinden konnte?

Nein! Keine Alleingänge mehr! Sein letzter hatte ihn vor Monaten fast umgebracht.

Aber Anna würde Beweise wollen, mehr als ein wiederkehrendes Gesicht auf Fotos. Julius musste mehr in Erfahrung bringen. Er brauchte eine Quelle, jemanden, der ebenfalls immer bei den Weinköniginnen war, am besten seit Jahren, so einer Person *musste* Zeh aufgefallen sein.

Max Lisini.

Es war Wochenende, Lisini würde nicht im Büro, sondern zu Hause sein. Julius rief bei der Auskunft an und ließ sich die Adresse geben. Lisini wohnte in Gimmigen.

Julius wartete keine Sekunde, er musste etwas tun, irgendwas, anderthalb Stunden Däumchen drehen, bis er FX sehen konnte, wären verlorene Zeit.

Diesmal waren drei Ampeln blutorange, als er sie überfuhr, zwei dunkelgelb. Dafür tauchte das mit Feldbrandsteinen verklinkerte Haus der Lisinis schnell vor seiner Frontscheibe auf. Der Vorgarten war so perfekt gepflegt, dass er wie aus Zuckerguss wirkte.

Julius erkannte Lisinis Frau Bianca, die in einer Ecke des Gartens, die zur Gänze der wunderbaren Welt der Rosen gewidmet war, ebendiese schnitt. An anderer Stelle war ein großzügiger Gemüse- und Kräutergarten. Im hinteren Bereich des Areals saßen zwei Kinder auf einer Schaukel und versuchten ihre Fußspitzen so nah wie möglich an den Himmel zu bekommen. Das Grundstück war riesig, vermutlich hatte die Bundesgartenschau schon angefragt.

»Hallo, Frau Lisini«, rief Julius und winkte vom Gartentor aus. »Ich wollte zu Ihrem Mann. Ist er da?«

Bianca Lisini drehte sich um, sah Julius, lächelte charmant, schnitt eine Rose ab und kam zu ihm.

»Für Sie, eine ›Rose de Resht‹. Ich hoffe, Sie mögen Rosen. Mein Mann ist leider nicht da, er ist in seinem Büro. Es gibt zurzeit so viel zu tun.«

Julius nahm die fuchsienrote und dicht gefüllte Rose vorsichtig an. Sie musste auf Duft gezüchtet worden sein, denn dieser überrollte ihn geradezu. Und weckte Erinnerungen. Gut für Marzipan, dachte er, oder für Kalbszunge mit Hummer an Rosenvinaigrette. Warum dachte er umso mehr an Essen, je länger die Diät dauerte? Das machte alles doch nur schlimmer!

»Ich muss ihn unbedingt sprechen. Am besten fahre ich direkt zu ihm.«

»Es kann natürlich sein, dass er gerade einen Außentermin hat. So genau kenne ich seinen Terminkalender nicht. Im Moment muss er viele Klinken putzen, um Vertrauen wiederzugewinnen. Auch bei den Kandidatinnen. Irgendwann hat er heute auch noch einen Massagetermin. Das Essen bei Ihnen war für ihn einer der wenigen Lichtblicke in den letzten Tagen. Vielen Dank.«

»Haben Sie seine Handynummer für mich?«

»Ja, die habe ich.«

Lisinis Handy war ausgeschaltet. Wofür hatten einige die Dinger, wenn sie doch immer aus waren? Julius hinterließ eine Nachricht, bat um schnellstmöglichen Rückruf.

»Kann ich Ihnen vielleicht helfen?«, fragte Bianca Lisini.

»Nein, danke. Ich will Sie auch gar nicht lange aufhalten.«

»Machen Sie nicht. Ich muss nur gleich zu Malen und Selbstverteidigung.«

Malen und Selbstverteidigung? Warum nicht gleich Origami und Boxen?

»Erstaunlich, was heute alles angeboten wird.«

»Wie meinen Sie das?«

»Na, dass Sie Angreifer durch Farbe und Pinsel außer Gefecht setzen können. Nicht das Nächstliegende, aber wahrscheinlich gerade deswegen so überraschend für den Angreifer«, sagte Julius mit einem Schmunzeln.

Bianca Lisini lachte. »Nein, es sind zwei verschiedene VHS-Kurse. – Jetzt sagen Sie schon, worum es geht, vielleicht kann ich Ihnen ja doch helfen. Ansonsten widme ich meine Aufmerksamkeit sofort wieder den Rosen!«

»Haben Sie viel mit den Weinköniginnen zu tun?«

»Sicher mehr als die meisten. Bei den Großveranstaltungen im Tal bin ich immer dabei. Wenn mein Mann dann mit der jeweiligen Königin unterwegs ist, natürlich nicht. Wenn Sie aber die Kandidatinnen meinen, von denen weiß ich eher wenig.«

»Nein, es geht um die Gebietsweinköniginnen. Das heißt, eigentlich nicht. Mist, warum habe ich kein Foto mitgenommen! Dann muss es eben ohne gehen. Also, ich habe Aufnahmen aus den letzten Jahren durchgesehen, immer mit der amtierenden Ahrweinkönigin drauf, und sehr häufig war ein Mann in deren Nähe zu sehen. Er hat ein sehr kindliches Gesicht, ist Vegetarier ... ach, das wird Ihnen jetzt herzlich wenig sagen.«

»Stephan Zeh, den meinen Sie. Er ist *›der Fan‹*.«

»Sie kennen ihn?«

»Gott sei Dank nicht persönlich. Das sähe anders aus, wenn ich einmal Weinkönigin gewesen wäre. Die sind nämlich sein Hobby, immer die amtierende Ahrweinkönigin. Er schreibt Briefe, versucht immer und überall mit ihnen zu reden, schießt ständig Fotos, macht Geschenke zum Valentinstag. Alles unabhängig davon, ob sie schon vergeben sind oder nicht.«

»Und wenn eine Königin abtritt?«

»Dann wird sie uninteressant. Von einem Tag auf den anderen.«

»Ist schon einmal eine auf seine Avancen eingegangen?«

»Nicht, dass ich wüsste. Es gibt eigentlich nur Unterschiede darin, wie heftig sie ihn abweisen.«

»Und ... die drei Toten?«

»Waren Frauen, die wussten, was sie wollen. Und was oder wen nicht.«

»Kann die Polizei nichts gegen ihn machen?«

»Er achtet sehr genau darauf, nicht zu weit zu gehen. Oder sich nicht dabei erwischen zu lassen. Es gab immer wieder Mädchen, die erzählten, er hätte nachts vor ihrem Fenster gestanden. Andere berichteten von Anrufen, bei denen am anderen Ende der Leitung nur schweres Atmen erklang. Bewiesen werden konnte nie etwas. Es gab aber auch schon Kandidatinnen, die ihn als Maskottchen angesehen haben.«

»Eine Art menschlicher Wanderpokal.«

»Ein Pokal ist etwas, das man gern haben möchte. Stephan Zeh nicht.«

»Würden Sie ihm etwas Kriminelles zutrauen?«

Bianca Lisini blickte nachdenklich in ihren Garten. »Sie meinen die Morde?«

»Ja.«

»Er wirkt eigentlich harmlos. Aber wer weiß schon, was wirklich in einem Menschen vorgeht. Vielleicht ist er einmal zu sehr enttäuscht worden und hat beschlossen, es sich nicht mehr gefallen zu lassen. Das könnte ich mir schon vorstellen.«

»Hat er irgendetwas mit Archäologie zu tun?«

»Das weiß ich nicht, Herr Eichendorff, aber ich kenne Stephan Zeh ja auch nicht persönlich.«

Das war auch nicht nötig, dachte Julius. Und seine Frage war auch nicht nötig gewesen. Stephan Zeh lebte in einer WG mit Wilfried Pause. Das beantwortete sie ja wohl.

Bianca Lisini zog die Gartenhandschuhe aus. »So, jetzt muss ich mich aber fertig machen für meine Kurse. Soll ich Frau Valckenberg von Ihnen grüßen? Sie hat mir erzählt, dass Sie sich gut kennen.«

Verena Valckenberg, die Auszubildende des Weinguts Schultze-Nögel und dritte Bewohnerin der Pause/Zeh-WG? Wie kam Bianca Lisini nun auf sie?

»Sehen Sie sich denn gleich?«

»In«, sie blickte auf die Uhr, »neunundzwanzig Minuten, um genau zu sein.«

»Macht sie auch Selbstverteidigung?«

»Nein. Sie leitet den Kurs.«

Sein Vater, daran musste Julius denken, als er das Krankenhaus wieder betrat, ging nicht in Kliniken, grundsätzlich nicht. Nur wenn es gesundheitlich absolut unvermeidlich war. Aber er hatte niemals jemanden dort besucht. Krankenhäuser waren für ihn Infektionsherde, auch ansonsten wollte er nicht in der Nähe kranker Menschen sein, egal ob diese sich ein Bein gebrochen oder den Blinddarm entsorgt hatten.

Julius ging zur Intensivstation, ohne einen Gedanken an seine eigene Gesundheit zu verschwenden.

Vor dem Eingang saß Anna auf einem unbequemen Krankenhausstuhl, ein Merkblatt in der Hand, wie Julius beim Näherkommen erkannte. Sie blickte auf.

»Wusstest du, dass hier Qigong angeboten wird, Julius? ›Eine zunehmend bekannte und geschätzte Form der Gesundheitspflege.‹ Dabei werden langsame, fließende Bewegungen und harmonische Körperhaltungen kombiniert mit Atemführung und Vorstellungsübungen – steht hier so.« Sie stand auf und gab ihm einen Kuss.

»Deine Nerven möchte ich haben. Hast du was über FX gehört?«

»Dass ich gleich zu ihm darf. Oder wir.«

»Was ist denn eigentlich passiert?«

»Er ist im Treppenhaus seines Hauses niedergestochen worden. Ein Nachbar, der frühmorgens Brötchen holen wollte, hat ihn vor seiner Tür gefunden, zusammengekrümmt und blutend. Zu dem Zeitpunkt hatte aber bereits jemand anonym den Notarzt gerufen. Eine Frau mit verstellter Stimme, sie hat versucht, tief zu sprechen und zu röcheln. Zuerst hielten die Kollegen es für einen Scherz, aber sie hat wohl Druck gemacht.«

»Jemand muss ihm aufgelauert haben!«

»Da es im Haus war, gehen wir nicht von einem Straßenräuber aus. Es deutet auch nichts auf einen Einbrecher hin. Die Wohnung stand zwar offen, war aber nicht gewaltsam geöffnet worden. Es fehlt anscheinend auch nichts.«

»Soso.«

»Scheint dich nicht zu überraschen?«

»Ich bin nur in Gedanken.«

»Die Wohnung ist übrigens erst vor einer Stunde untersucht worden, da das Krankenhaus geschlafen und uns erst spät informiert hat. Die Blutlache hatte der nette Nachbar schon weggewischt, damit keiner ausrutscht. Wer weiß, wer noch alles in der Zwischenzeit am Tatort war.«

»Wer weiß«, sagte Julius.

»Ach, noch eine Kleinigkeit: Der Mann, der FX gefunden hat, erzählte den Kollegen, er habe jemanden aus der Wohnung kommen sehen, einige Zeit, nachdem der Notarzt da gewesen war. Er hatte wohl Geräusche gehört und dann hinter dem Guckloch ausgeharrt. Der verdächtige Mann sei stämmig gewesen, mit einer Halbglatze und listigen Augen.« Sie musterte Julius. »Schon mal so jemanden gesehen?«

»Ich hab keine listigen Augen, so ein Blödsinn! Aber ja, überführt, ich war da, zufällig, hab die Tür offen gefunden, und dann rief auch schon das Krankenhaus auf dem Handy an.«

Eine Frau erschien in der Schleuse zur Intensivstation. »Sie dürfen jetzt reinkommen. In der Umkleide ist alles, was Sie brauchen.«

Julius und Anna zogen sich Schutzhüllen für die Schuhe, grüne Kittel und Haarhauben über. Als sie aus dem Raum traten, führte die Krankenschwester sie zu FX, der an mehrere Apparate angeschlossen war. Sein stolzer Zwirbelbart hing schlaff nach unten. Julius musste sich geschockt setzen, während Anna ans Bett ging und FX' rechte Hand nahm.

»Wie geht's?«, fragte sie.

»Des ich so schlimm ausschau, hätt ich net gedacht«, sagte FX schleppend mit einem leichten Kopfnicken in Julius' Richtung.

»Der verträgt nichts, weißt du doch. Der feine Herr Koch ist halt ein Sensibelchen. Ich finde, du siehst fabelhaft aus.«

»Sie findet fei immer die richtigen Worte, Julius«, sagte FX und versuchte zu lächeln. Er wirkte müde. »Ein guter Fang.«

Julius erhob sich und stellte sich neben Anna ans Krankenbett. »Ich hatte ja den besten Lehrmeister, was Angelmethoden angeht.«

»Ach geh! Hör auf mit dem Schmarrn. Oder siehst hier irgendwo eine besorgte Herzallerliebste?«

»Deine weiblichen Fans warten draußen, die werden als Nächste reingelassen.«

»Schön wär's.«

»Ich hab was für euch beide dabei«, sagte Anna und packte zwei Eclairs mit Schokoladenglasur aus. »Dick mit Vanillecreme gefüllt!«

»So Liebesknochen hast doch schon mal als Vorspeise gemacht, Maestro. Gefüllt waren s' mit getrüffeltem Gänseleberpüree und bedeckt mit brauner Chaudfroid-Sauce.«

»Lang ist's her«, sagte Julius. Das Eclair für FX legte Anna auf das Beistellschränkchen, von Julius erwartete sie, dass er direkt hineinbiss, doch er wickelte es ordentlich in ein Taschentuch und steckte es in die obere Sakkotasche. »Das heb ich mir auf. So etwas Gutes muss man mit Muße genießen.«

Nach kurzer Pause lächelte Anna, dann wandte sie sich wieder FX zu. »Wir dürfen dich nicht zu lange stören. Kannst du mir schildern, was passiert ist?«

»Ja, des werd ich wohl grad noch schaffen. Als ich heut früh zur Toiletten wollt, hör ich so komische Geräusche aus dem Treppenhaus. Es klang wie ein Schnarchen. Also bin ich raus, nachschauen, was des war. Ich war zu verschlafen, ums Licht anzuschalten, und hab net viel gesehen. Plötzlich, ich war grad halb auf der Treppe, tut's einen Schrei, und ich hab des Messer im Bauch, dann bin ich gefallen, hab noch Schritte wegrennen gehört und dann Blackout. Bin wohl mit dem Kopf aufgestoßen.«

Anna nickte. »Das heißt, du hast nicht gesehen, wer es gewesen ist?«

»Ich hab nur diesen erschreckten Schrei gehört. Womit bin ich überhaupts zerstochen worden?«

»Ein Brotmesser, meinen die Ärzte. Eins von den großen.«

»Wie ein Laib Brot aufgesäbelt! Da schau her!«

»Hast du denn eine Ahnung, wer es gewesen sein könnte und aus welchem Grund?«, fragte Julius.

»Na, ich bin doch bloß ein kleiner Kellner.«

FX musste wirklich schlecht drauf sein, wenn er so bescheiden war.

»Hör doch auf! Ich hab die Fotos auf deinem Wohnzimmerboden gesehen. Wahrscheinlich bist du jemandem bei deinen Nachforschungen auf die Füße getreten«, sagte Julius.

»Wann bist denn du in meiner Wohnung gewesen?«

»Erklär ich dir später.«

Eine Schwester kam herein und drehte an dem Schräubchen einer Flasche, die sich mittels eines Schlauches in FX' Arm entleerte.

»Also bisher bin ich niemandem wirklich bös auf die Füße getreten. Des hätte sich heut ändern können, aber dazu ist es dann ja leider net mehr gekommen. Ich wollt zur Burgundia, weil Tina mal erzählt hatte, des die so einen falschen Charakter hätt. Die hat ihr wohl damals den Titel missgönnt. Und dann war da dieses Foto, wo sie so hinterfotzig dreinschaut, da dacht ich, stell ich sie mal zur Rede. Des hab ich auch schon mit anderen Titelanwärterinnen gemacht.«

»Jetzt fängst du auch noch an zu ermitteln!«, sagte Anna vorwurfsvoll. »Ist die ›Alte Eiche‹ jetzt endgültig zur Detektei geworden? Du siehst, wohin das führt!«

Julius achtete nicht auf Anna, sondern setzte nach. »Das heißt, du wolltest gar nicht zu dem verrückten Weinköniginnen-Fan?«

»Welchen verrückten Fan meinst du?«, fragte Anna.

»Stimmt!«, sagte FX. »Die Fotos wollt ich dir ja schon längst gezeigt haben. Hab ich in dem ganzen Stress total vergessen.«

Anna schubste Julius mit dem Ellbogen an.

»Ist ja gut! Er heißt Stephan Zeh, und er ist bei fast allen Weinköniginnen-Auftritten mit dabei.«

Sie legte die Stirn in Falten und holte ihr schwarzes Notizbuch heraus.

FX winkte ab – soweit er konnte. »Des tut mehr weh, als ich dachte!« Dann wandte er sich an Julius. »Der Zeh ist harmlos, Maestro, der ist net verdächtig. Ein Spinner, eine verwirrte Seele, aber tut keiner Fliege was zuleide.«

Anna hatte mit dem Blättern im Notizbuch aufgehört. »Stephan Zeh, wusste ich's doch. So einen Namen vergisst man nicht.«

»Woher kennst *du* jetzt Stephan Zeh?«, fragte Julius und versuchte erfolglos im Notizbuch etwas zu entziffern.

»Ich kenne ihn seit dem Mord an Constanze Dezaley.«

»Und wieso?«

»Er hat die Leiche entdeckt.«

Julius beschloss, aufzuräumen.

Sein Hirn benötigte eine Inventur.

Zurzeit war es so voll gestellt, dass kein Weg mehr hindurchführte. Julius wusste, irgendwo mussten die Antworten auf die Fragen liegen, die ihn zum Mörder führten, aber er konnte sich einfach nicht erinnern, welche Schublade er ziehen musste, in welchem Stapel das Nötige steckte.

Der Mann, der ihm bei der Aufräumaktion helfen sollte, lebte in einem kleinen Häuschen, das aussah, als sei es seit Generationen angefüllt worden. Dabei war sein Bewohner erst vor kurzem eingezogen. Jeder Raum wurde für Belletristik genutzt, außerdem gab es noch Atlanten, bis an die Decke streckten sich Lexika, und wo noch Platz übrig war, standen Bildbände. Und in jedem Zimmer eine Wodkaflasche. Professor Altschiff war wie ein durstiger Bolide. Er benötigte viele Tankstellen, falls ihm mal der Sprit ausgehen sollte.

Um all diese Merkwürdigkeiten wusste Julius, als er vor dem Häuschen stand und läutete. Im wortwörtlichen Sinn, denn er zog an einer Schnur, die an einer stumpf gewordenen Schiffsglocke angebracht war. Julius wusste aber auch um Professor Altschiffs Spezialgebiet, den Kriminalroman. Beim letzten Fall hatte sich herausgestellt, dass die Fiktion der Realität manchmal auf die Sprünge helfen konnte.

»Beim Barte des Propheten, Herr Eichendorff! Ich hab Sie schon längst erwartet. Immer herein in die gute Stube!«

Altschiff umarmte Julius, als wäre er ein lange vermisster Bruder. Fest drückte er ihn an sich. Julius hörte ein schmatzendes Geräusch an seiner Brust, dann roch er die Vanille.

Annas Eclair!

Er hatte es vergessen.

»Komisch«, sagte Altschiff. »Plötzlich bekomm ich Riesenkohldampf auf was Süßes.«

»Mit Vanille?«, fragte Julius und zog das Sakko aus. Annas Amokläufe in Sachen Dessert mussten aufhören. Jetzt war schon das erste Kleidungsstück zu Schaden gekommen. Was war als Nächstes dran? Möbel? Tiere? Menschen?

»Daran erkennt man den Meisterkoch!«, sagte Altschiff bewundernd, ohne das Eclair-Unglück wahrzunehmen. »Er weiß intuitiv, was sein Gegenüber begehrt. Vanille, genau danach gelüstet es mich. Ich bin beeindruckt!«

Julius gab der Versuchung nicht nach, ihm das Eclair anzubieten, und folgte dem Professor in einen Raum mit zwei Strandkörben, zwischen denen ein geschnitzter Schachtisch, Julius vermutete, afrikanischen Ursprungs, stand. Darunter lagen zwei Katzen. Die eine war Loreley, Herrn Bimmels farbliches Katzennegativ und die Katzendame, mit der er vor kurzem Nachwuchs gezeugt hatte. Daneben ihr Erstgeborener, Gantenbein, den Altschiff nach der Geburt behalten hatte. Sie lagen aneinander geschmiegt wie Yin und Yang. Julius ließ die Katzen schlafen, widerstand dem starken Impuls, sie zu kraulen.

»Sie hätten wegen dieser Morde früher zu mir kommen sollen. Ich wusste doch direkt, dass Sie Ihre Finger nicht davon lassen können, oder soll ich lieber sagen: Ihre Nase?«

»Trifft es beides«, sagte Julius.

»Dann will ich mir mal eine Pfeife für unser Gespräch präparieren, aber legen Sie ruhig schon los! Aus der Zeitung erfährt man ja nichts, die haben wohl noch nie was von investigativem Journalismus gehört. Der Mob will doch Einzelheiten, dunkle Geheimnisse!«

»Ihrem Plädoyer für investigativen Journalismus kann ich nicht folgen, ich leide gerade darunter.« Julius berichtete von Rainer Schäfer.

»Das ist ja hochinteressant! Und Sie meinen, sein Eifer hätte etwas mit dem Fall zu tun, also dass er selbst involviert sein könnte?«

»Das ist nur eines von vielen Szenarios, von zu vielen.«

»Hervorragend!«, sagte Altschiff begeistert und sog mehrmals tief an der Pfeife. »Ich will alles wissen, lassen Sie nichts aus.«

»Ich bin ehrlich gesagt immer noch baff, dass Sie wussten, ich würde zu Ihnen kommen.«

»Weil nur ich Ihnen helfen kann, ist doch klar. Die Polizei denkt nur an übliche Mörder und Motive. Wer wie ich Kriminalromane studiert, der hat ein viel breiteres Spektrum. Ich kenne das Mögliche und das Unmögliche. Habe ich den Nagel auf den Kopf getroffen?«

»Und versenkt.«

»Dann mal los!«

»Also, wir haben drei ermordete Weinköniginnen: Constanze Dezaley, Tina Walter und Chantal Schmitz – das Tal kann sich nicht erlauben, weiter auszubluten.«

»Sie haben drei *tote* Weinköniginnen, Herr Eichendorff. Eine ist ja wohl bei einem Unfall ums Leben gekommen, oder ist die Presse da falsch informiert?« Altschiff stand auf und holte eine Kladde mit Zeitungen aus einem der Regale, wo sie willkürlich neben ledergebundenen Wälzern gestanden hatte. »Steht zumindest hier.« Er zeigte Julius einen Artikel, auf den dieser nur kurz blickte.

»Extrem unwahrscheinlich. An der Stelle fällt keiner auf die Gleise, egal wie betrunken.«

»Okay, da bohr ich jetzt nicht weiter. Wie sieht es mit Verdächtigen aus?«

»Am verdächtigsten für mich ist Stephan Zeh. Er hat Constanze Dezaleys Leiche gefunden und ist seit Jahren fanatischer Fan der Weinköniginnen, hat aber noch nie bei einer landen können.«

»Hm.« Ein Rauchkringel kam aus Altschiffs Mund.

»Dann gibt es da drei Archäologen. Adalbert Niemeier, der Experte der Polizei, Wilfried Pause, Constanze Dezaleys Kollege, und Johann Joachim Winckelmann, der bei der Kalkbrennerei in Iversheim Touristen führt. Ihr Motiv könnte sein, dass Constanze Dezaley illegal gegraben hat, dabei vielleicht sogar etwas fand und sie dem Treiben ein Ende bereiten wollten. Vielleicht den Fund für sich kassieren.«

»Hm.«

Altschiff sandte ein weiteres Rauchzeichen aus. Plötzlich sprang etwas Weißschwarzes in die Luft, als seien die Gesetze der Schwerkraft in diesem Raum außer Kraft gesetzt. Eine Pfote schlug gegen den Kringel, der sich im Nu auflöste. Wieder heil auf allen vieren gelandet, hockte sich Loreley sprungbereit hin, die Katzenaugen auf Altschiffs Mund gerichtet, aus dem aller Erfahrung nach die nächste fliegende Beute kommen musste.

»Dann gibt es da noch Rudi Antonitsch, Ex-Freund von Tina Walter. Er hat mir bei einem Treffen an der Cassianusquelle mal von römischen Münzen erzählt. Und in Constanze Dezaleys Wohnung sind römische Münzen gefunden worden. Imitate. Von Bordellmünzen. Sein Motiv könnte zurückgewiesene Liebe sein.« Julius führte die Geschichte der Bordellmünzen weiter aus.

»Hm.« Der Schlot namens Altschiff arbeitete fleißig weiter.

»Dann haben wir da noch den übermotivierten Journalisten, für den ich allerdings weder ein Motiv noch eine Verbindung zum Mord habe. Und die Weinköniginnen, die auf Constanze Dezaleys Thron scharf waren. Der ist dieses Jahr gleichbedeutend mit dem der deutschen Weinkönigin und damit Gold wert. Und schließlich gibt es da noch zwei korrupte Polizisten, Ex-Kollegen von Tina Walter.«

»Hm.« Altschiff blies einen besonders formschönen Rauchkringel in Richtung der Decke seines Strandkorbes. Diesmal verfehlte Loreley die Beute. Als sie wieder gelandet war, begann sie, sich die Pfoten zu lecken, als wäre ihr dieser Fehlschlag vollkommen egal. Altschiff rubbelte ihr den Kopf.

»Es ist ein Rätsel, eingerollt in ein Mysterium, frittiert in einem Geheimnis, flambiert mit einem Enigma«, sagte Julius.

»Und dabei Vorspeise, Hauptgang und Dessert in einem«, bemerkte Altschiff. »Nun denn. Zuerst einmal müssen Sie sich Folgendes klar machen.«

»Ich lausche.«

»Tun Sie das. Sie müssen sich klar machen, dass nicht nur ein Einzeltäter in Frage kommt, sondern auch eine Gruppe, eine Verschwörung sozusagen. In der Zeitung habe ich gelesen, dass Constanze Dezaleys Kopf in den Abzug des Ofens gehalten wurde, dafür braucht man viel Kraft, vielleicht zu viel für einen Menschen allein. Die Möglichkeit von einer Mördergruppe sollten Sie immer im Hinterkopf behalten. Wenn ich also von Mörder rede, kann dies Singular wie Plural sein.«

»So werde ich es verstehen.«

»Gut. Dann lassen Sie mich von den vier Möglichkeiten erzählen, die uns dieser Fall lässt.« Altschiff zückte den Daumen, die erste Variante anzeigend. »Möglichkeit eins: Ein Mörder hat alle drei ermordet und jede aus dem gleichen Motiv. Möglichkeit zwei«, Altschiffs Zeigefinger erhob sich in die Luft, »ein Mörder hat Constanze Dezaley und Chantal Schmitz ermordet, Tina Walters Tod aber war ein Unfall oder Selbstmord – damit schieden die Polizisten aus. Möglichkeit drei«, der Mittelfinger des Professors ging in die Höhe, »ein Mörder für alle drei, aber für nur einen Mord gibt es ein erstrangiges Motiv, zum Beispiel zurückgewiesene Liebe, wie beim Masseur oder diesem Zeh. Die anderen beiden Taten sollten nur ablenken vom eigentlichen Motiv. Damit die Öffentlichkeit von einem irren Serienmörder ausgeht. Damit würde dieser Zeh jedoch rausfallen, denn ihm sollte klar sein, dass er als Extrem-Fan genau in diese Kategorie fallen würde. Wer eine falsche Spur legt, lässt sie nicht zu sich selbst führen.«

»Erinnert mich an die Morde des Herrn ABC.«

»Ich sehe, Sie kennen wichtige Werke der Kriminalliteratur. Bravo! Möchten Sie einen Wodka zur Denkunterstützung?«

»Nein, danke. Ich nehme lieber die vierte Möglichkeit.«

»Ach die. Die sollten wir aber gleich wieder vergessen, sie ist so wenig imaginativ. Sie lautet: Es gibt diverse Mörder, also zwei oder drei, und die Morde hängen nur zufällig zusammen.«

»Das wären mir zu viele Zufälle. Nicht nur, dass alle drei Ahrweinköniginnen waren. Es könnte auch ein römisches Motiv bei allen Morden geben. Tina Walter wurde tot auf Eisenbahngleisen gefunden, die in Richtung Römervilla führen, Constanze Dezaley wurde über einem römischen Ofen getötet und Chantal Schmitz schließlich mit Schierling, einem schon im alten Rom gebräuchlichen Gift. Und noch etwas verbindet die drei: ein kleines Stiefelchen, das sie alle an einer Kette um den Hals trugen. Eine Spezialanfertigung.«

»Wunderbar!« Altschiff klatschte begeistert in die Hände, was trotz Pfeife einen zackigen Knall verursachte. »Dann gehen wir jetzt einfach mal davon aus, dass alles drei tatsächlich ›römische Morde‹ waren. Obwohl der Sturz in der Nähe der Römervilla das schwächste Glied der Deduktions-Kette ist. Bei der Entfernung zum Tatort müsste man bei allen Morden im Ahrtal sagen, sie geschähen in der Nähe einer römischen Stätte.«

»Eine merkwürdige Sache habe ich vergessen zu erwähnen: Stephan Zeh, Wilfried Pause und die Dernauer Weinkönigin Verena Valckenberg leben zusammen in einer Wohngemeinschaft – alle drei gehören in den Kreis der Verdächtigen.«

»Meine Güte!«

»Ja, nicht?«

»Lassen Sie uns den Fall von einer anderen Seite angehen: Können wir jemanden wegen eines hieb- und stichfesten Alibis ausschließen?«

»Nur Wilfried Pause.«

»Umso kniffliger!« Altschiffs Begeisterung steigerte sich unentwegt.

»Noch etwas: Mein Kochkollege Antoine Carême erzählt in seinen Kräuterseminaren über Schierling. Der Betreuer der Ahrweinköniginnen, Max Lisini, hat daran teilgenommen.«

»Gut, gut, gut, erzählen Sie nur weiter, immer weiter, ich will alles wissen!«

Und Julius erzählte weiter, kein Detail auslassend. Er erzählte ausführlich über die Weinköniginnen, von dem Tag, an dem Constanze Dezaley zu ihm kam und vom Mordversuch per Kreuzotter berichtete, über mit Gamma-Decalacton gepanschten Wein und Selbstverteidigungskurse bis zum Angriff auf FX.

»Schön, schön«, sagte Altschiff danach. »Und jetzt erzählen Sie mir, was Sie vermuten. Ich wechsle mal eben die Pfeife. Diese hier war fürs Zuhören, jetzt kommt mein gutes Stück zum Dozieren.«

Sie sah ein ganzes Stück ehrfurchteinflößender aus.

»Ich vermute, dass Constanze Dezaley ein ausschweifendes Leben führte. Sie liebte das alte Rom, ich glaube, in all seinen Facetten. Römische Orgien könnten durchaus dazugehört haben. Nach allem, was ich von Tina Walter weiß, kann ich sie mir dabei auch gut vorstellen. Eine Orgie zu zweit – also nur Constanze Dezaley und ein Mann – ist ja keine richtige Orgie. Chantal Schmitz machte auf mich eigentlich nicht den Eindruck eines Orgientyps. Aber ich weiß ja auch nicht, wie der für gewöhnlich aussieht. Und der Stiefel war ihr Erkennungszeichen.«

»Schön und gut, das sagt uns aber nichts über den Mörder. Sie müssen immer den Mörder im Blick behalten, alles andere ist Tand.«

»Ich komme ja dazu.« Drückte er hier die Schulbank? Sie war zumindest weicher gepolstert als in seiner Kindheit. »Ein mögliches Mordmotiv wäre Erpressung. Die drei Frauen haben den beteiligten Mann, oder die beteiligten Männer, erpresst, mit Fotos oder Videos. Vielleicht hat auch nur eine erpresst, aber der oder die Täter wussten nicht, welche, und brachten zur Sicherheit alle um. Es könnten aber auch Stephan Zeh oder Rudi Antonitsch aus Eifersucht gewesen sein, nachdem sie von den Orgien erfahren haben.«

»Müssten die dann nicht auch die beteiligten Männer umbringen? Da denke ich jetzt an Ihren FX, bei dem es ja versucht worden ist. Sind Sie sich sicher, dass er Ihnen alles erzählt hat?«

»Er ist Wiener, ich bin mir über gar nichts bei ihm sicher. Zutrauen würde ich ihm die Orgien.«

»Wen könnten Sie sich noch als Teilnehmer eines solchen Orgienkreises vorstellen?«

»Von den Archäologen nur Wilfried, die anderen beiden sind so preußisch nüchtern.«

»Und wer sonst?«

»Rudi Antonitsch, dann wäre es aber keine Eifersucht, und …«

»Lassen Sie Ihrer Phantasie einfach freien Lauf!«

»Rainer Schäfer, dieser Mistkerl, der würde so was auch machen. Denkbar wäre auch der smarte Herr Lisini.«

»Und von den Anwärterinnen auf den Thron?«

»Die könnten natürlich auch mitgemacht haben und auch erpresst worden sein. Der Burgundia würde ich es zutrauen, vor allem, wenn sie sich davon Vorteile versprach. Von der Papagena, also der Dernauer Weinkönigin, würde ich es nicht denken, auch nicht von den Kandidatinnen aus Bachem, Rech und Altenahr. Dann gibt es da noch die Heimersheimer Weinkönigin mit ihrem ferrariroten Haar und die Walporzheimerin, blutjung mit Beinen bis zum Himmel.«

»Also, ich kann mir das Orgienründchen jetzt schon plastisch vorstellen. Sie nicht auch? Und ich möchte Ihnen etwas verraten, lieber Herr Eichendorff.«

»Fangen Sie jetzt an zu dozieren?«, fragte Julius schelmisch mit Blick auf die Pfeife.

»Nein, ich habe leider erst zu spät bemerkt, dass dies nicht meine Dozier-, sondern meine Therapier-Pfeife ist, sie sehen sich so ähnlich. Mit dieser hier stelle ich eigentlich nur Fragen und bringe andere dazu, ihren Gedanken zu folgen. Jetzt muss ich sie aber kurz mal weglegen.« Er tat dies, stand auf und holte ein Buch aus dem Regal. Schnell fand er die Seite, die er suchte, und setzte sich wieder. »Ich habe mir mit der Zeit ein perfektes Halbwissen angeeignet. Ich weiß so gut wie nichts, aber ich weiß, wo es steht.«

»So geht es mir mit Kochrezepten.«

»Hören Sie sich das an: Im Jahr zwölf nach Christus wurde ein Sohn des Germanicus geboren. Er war als dritter römischer Kaiser beim Volk zunächst sehr beliebt. Unter anderem, weil er zu Beginn seiner Amtszeit eine General-Amnestie erließ, um zu demonstrieren, dass ein neues Zeitalter beginnt. Als er nach einer Krankheit aber behauptete, er hätte eine Metamorphose zum Gott durchgemacht, wurde er unberechenbar und führte ein ausschweifendes Leben. Seinen Araberhengst Incitatus ließ er in seinem Bett schlafen, er erklärte seine Schwestern zu Vestalinnen und trieb Inzest mit ihnen. Die Töchter der Senatoren zwang er zur öffentlichen Prostitution, und schließlich ließ er die Senatoren liquidieren. Das besiegelte das Schicksal des Kaisers. Im Jahr 41 wurde er ermordet, noch keine dreißig Jahre alt.«

Julius begriff nicht. »Danke für die interessante Geschichtsstunde, aber *der* Bursche hat die Weinköniginnen sicher nicht auf dem Gewissen.«

»Wissen Sie denn nicht, wie der Kaiser hieß?«

»Passe.«

»Dann will ich Ihnen noch ein Geheimnis verraten: Er hieß Caligula.«

Julius konnte immer noch nicht folgen. Diesen anzüglichen Teil der römischen Geschichte hatte man ihm in der Schule verschwiegen.

»Caligula war ein Spitzname, lieber Herr Eichendorff. Der Junge wuchs in Heerlagern seines Vaters auf und bekam ihn dort. ›Caligula‹ bedeutet ›Stiefelchen‹ – nach den kleinen Soldatenstiefeln, die er als Knabe trug. Ich hätte nie gedacht, dass er einmal einen Ketten-Anhänger im Ahrtal inspirieren würde …«

Es war nicht Julius' Art, so tief in Dekolletés zu schauen, aber es musste sein. Halsketten trugen alle Grazien, die nun bereits zum zweiten Mal um die Krone des Ahrtals kämpften. Aber deren Anhänger war bei einigen zwischen zwei Körperteilen mit beschränktem Einblick versteckt. Nicht so beim hellen Blonden aus Walporzheim, das ein keltisches Symbol trug, und beim blutroten Gift aus Heimersheim mit einem silbernen Rebblatt. Nur bei Papagena, der Burgundia und der Kandidatin aus Altenahr blieb es ein Geheimnis, ob ein Stiefelchen zwischen den Brüsten steckte.

»Jetzt schau den Mädchen doch nicht immer auf den Busen, Junge!«

Leider war Julius nicht allein.

Auch seine Eltern waren eingeladen worden, dem Schaulaufen beizuwohnen. Seinem Vater schien es zu gefallen. Dabei waren die Damen keine Schönheiten im Miss-Germany-Format. Es waren Frauen, die man heiraten wollte, anstatt das Band der Liebe nur für eine Nacht zu knüpfen. Um es vorsichtig zu umschreiben.

Trotz so vieler wohlgeformter Dekolletés musste Julius an einen Mann denken. Stephan Zeh. Am liebsten hätte er dessen WG gestürmt, auf den Kopf gestellt und ihn durch Einflößen von Weißwein aus dem Jura zum Geständnis gezwungen. Aber Anna hatte ihm davon abgeraten. Falsch. Sie hatte es ihm verboten. Sie wollte sich darum kümmern. Er sollte sich schön die schönen Weinköniginnen anschauen.

Julius hatte erwartet, dass es weniger wären.

Zwar fehlte die junge Frau Abt, deren Wein fremdgepanscht war, doch dass die Burgundia mit dabei war, verwunderte ihn. Er hatte doch ihren Chef gestern von den Taten seiner Angestellten in Kenntnis gesetzt. Und vereinbart, dass dieser es an die Wahlkommission weiterleitete. Warum war sie nicht ausgeschlossen worden?

»Ich finde, die Burgundia sollte gewinnen. Sie hat so schöne Zähne, so gerade«, sagte zu Julius' Verwunderung sein Vater und nickte, sich selbst zustimmend.

»Die sind wirklich sehr schön«, gab ihm seine Frau Recht.

Wenn Zähne die Hauptqualifikation für den Königinnentitel waren, musste die Burgundia zweifelsohne gewinnen. Sie hätte ohne Probleme eine Zahnarztfrau im Werbefernsehen spielen können. War das eigentlich eine eingetragene Berufsbezeichnung?

Die Stimmung im Prümer Hof war trotz der schönen Zähne merklich gedrückt. Es wurde kaum geredet, alle waren in dunklen Anzügen und gedeckten Farben gekommen, wie zu einer Beerdigung. Niemand wusste, ob diese Wahl ein Todesurteil war. Deshalb, hatte Julius hinter vorgehaltener Hand erfahren, war auch das Mauerblümchen aus Rech nicht mehr angetreten.

Sie saß im Publikum.

Und trug ein goldenes Kreuz.

Die Wahl würde schnell vonstatten gehen. Nur noch fünf Kandidatinnen waren im Rennen. Verena Valckenberg betrat solo die Bühne, im grünen Seidenkleid, die Haare adrett hochgesteckt.

»Die hat ein Pferdegebiss, das muss ich leider sagen«, stellte Julius' Vater fachmännisch fest, »aber schön in der Farbe.«

Die Fragerunde begann. Die Antworten mussten kenntnisreich, charmant und witzig sein. Am wichtigsten war jedoch, dass sie den Ahrwein lobpreisten, als würde überall sonst in Deutschland, in Europa, auf der Erde und auch im Rest des Universums nur Lebertran in Flaschen gefüllt.

Bei Papagena beginnend wurden die immer gleichen neun Fragen abgespult. »Worin liegt der Unterschied zwischen Frühburgunder und Spätburgunder?« – »Auf dem Etikett eines Weines steht QbA trocken, Spätburgunder Classic. Geht das?« – »Was sind Pheromone?« – »Wo an der Ahr ist der kleinste Weinberg?« – »Was ist ein Schlott, und wo hat man ihn früher getragen?« – »Wo edler Wein die Zunge löst, da sprechen sogar die Blumen. Was könnte das bedeuten?« – »Was ist ein Fuder?« – »Was hat man sich von der Einführung des Dornfelders an der Ahr ursprünglich versprochen?« – »Wo sind die Parallelen zwischen Mensch und Wein an der Ahr?«

Die Kandidatinnen lächelten, was das Zeug hielt, gaben sich mädchenhaft-elegant, erzählten von Steil- und Schieferlagen, vom besonderen Mikroklima des Tals, von der hervorragenden Qualität der Spätburgunder, von der lokalen Spezialität Frühburgunder und auch von den weitgehend unbekannten edelsüßen Kreszenzen. Eine große Alleinunterhalterin war an keiner verloren gegangen, aber alle schienen gut vorbereitet zu sein, auch wenn die rote Schönheit aus Heimersheim am schnellsten mit ihren Antworten war. Fachlich war Verena Valckenberg führend, sie kannte jedes Detail und überzeugte mit ihrer Natürlichkeit. Konnte eine solche Frau in ein Mordkomplott verwickelt sein, gemeinsam mit ihren WG-Kollegen Wilfried Pause und Stephan Zeh?

Zwischen den schönen Zähnen der Burgundia war auch viel Schönes herausgekommen, leider ähnelte es Zuckerwatte: sehr süß, aber ohne Gewicht. Der Claudia-Schiffer-Verschnitt aus Walporzheim lächelte mehr, als er sagte. Was gut war. Das ließ den männlichen Juroren mehr Zeit, sich auf ihren kurzen Rock zu konzentrieren oder vielmehr auf das, was er preisgab. Wirklich Gewagtes konnte bei einer solchen Wahl selbstverständlich nicht getragen werden, aber körperbetont und schöne Unterschenkel freilegend war dem Erfolg nicht abträglich. Immerhin war die Jury größtenteils männlich.

Die einzige Konkurrenz für Papagena im Hinblick auf die Krone war die leicht pummelige Altenahrer Jungpolitikerin, auch wenn sie etwas unterkühlt rüberkam. Das gab ihren Antworten aber auch den Anschein der Seriosität.

Eine von beiden musste es werden.

»Also die Walporzheimer Mädchen waren ja immer schon etwas Besonderes«, sagte Julius' Mutter. »Du hättest mich mal sehen sollen, mein Sohn, nach mir hat man sich umgedreht. Auch dein Vater.«

»Die Walporzheimerin hat auch sehr schöne Zähne«, sagte Julius' Vater, der als neues Hobby Dentaltechnik ausgewählt zu haben schien.

»Deine Anna hat aber auch schöne Zähne«, sagte Julius' Mutter. War er hier beim Kongress der Kieferorthopäden gelandet? Was sollte das ganze Gerede über Zähne?

Julius' Mutter lehnte sich zu ihrem Sohn herüber. »Jetzt sag doch schon endlich etwas zu den Zähnen deines Vaters! Merkst du denn nicht, dass er etwas von dir hören will? Muss dich deine Mutter darauf aufmerksam machen? Du warst doch früher nicht so unsensibel, Pucki.«

Was sollte er sagen? Sind die neu oder mit Perwoll gewaschen?

»Mit deinen Zähnen könntest du dich aber auch da oben hinstellen«, sagte Julius und erntete ein stolzes Glitzern in den Augen seines Vaters. Dessen Hauer waren so blendend weiß, bei Stromausfall hätten sie die Saalbeleuchtung ersetzen können.

»Ein medizinisches Zahnpflegepräparat«, sagte Eichendorff senior und bleckte seine Zähne wie ein alter Gaul.

Während die Wahlzettel ausgefüllt, abgegeben und ausgezählt wurden, redete die Familie weiter über Zähne, was Julius unglaublich unappetitlich vorkam.

Jemand tippte ihm auf die Schulter.

Es war Petra Abt, die Bachemer Weinkönigin, schmucklos in dunkelgrüner Hose und dunkelbraunem Oberteil, ein bisschen wie die Försterliesel, nur dass deren Augen-Make-up niemals so verwischt gewesen war.

»Herr Eichendorff, bitte kommen Sie mit!«

Julius ignorierte den Blick seines Vaters auf die Zähne der Winzerin und folgte ihr hinaus ins Freie, in den Sonnenschein, der einen strahlenden Kontrast zur gedämpften Stimmung und zu den gedeckten Farben im Innern des Prümer Hofs bildete. Petra Abt zog Julius am Revers zu sich. Es war keine Geste der Intimität, sondern der Verschwiegenheit.

»Was ich Ihnen jetzt sage, dürfen Sie nur Ihrer Bekannten von der Polizei erzählen. Sonst niemandem! Und ohne zu sagen, von wem Sie es haben.«

»Aber –«

»Bitte! Sonst ... sonst ...« Sie schaute ihn an. »Es war eine dumme Idee, ich lass es lieber sein!« Sie ging an ihm vorbei, Julius erwischte ihren Ärmel.

»Keine dumme Idee, und ich behalte es für mich. Frisör, Priester, Masseur oder Koch, was macht das schon für einen Unterschied? Das Beichtgeheimnis gilt für uns alle.«

Petra Abt kam wieder näher und holte tief Luft. »Wie geht es Ihrem Mitarbeiter Herrn Pichler?«

»Was ...?«

»Schwebt er in Lebensgefahr, oder ist er bereits ...?«

»Woher wissen Sie von FX?«

»Lebt er noch?«

»Ja. Ja, er lebt noch. Er kann schon wieder sprechen und ist außer Lebensgefahr. Aber jetzt sagen Sie doch endlich, woher Sie wissen, dass ihm etwas zugestoßen ist!«

»Eine Freundin von mir hat ihm das angetan. Sie hat mich geschickt, damit ich nachfrage und erkläre, was passiert ist.«

Julius packte Petra Abt am Arm. »Spucken Sie aus, wer Ihre Freundin ist! Sie hat FX fast *umgebracht*!«

Er erntete ein entschlossenes Kopfschütteln. »Das kann ich nicht. Das darf ich nicht!«

»Sie und Ihre Freundin sollten sich schämen!«

»Es war alles ein Missverständnis, ein schreckliches Missverständnis! Sie dachte, er hätte sie verfolgt, seit Tagen. Sie ist zurzeit doch vollkommen durcheinander. Nur drohen wollte sie ihm, damit er aufhört. Sie ist nachts hinter einer Nachbarin ins Haus geschlüpft und hat sich dann ins Treppenhaus gesetzt. Dabei ist sie eingeschlafen, und plötzlich kam Ihr Mitarbeiter runter, und sie ist aufgesprungen und hat ihm dabei das Messer ... Sie hat das nicht gewollt!«

»Und warum ist sie dann weggelaufen und hat sich nicht um ihn gekümmert? Warum hat sie riskiert, dass er verblutet?«

»Sie war verwirrt, Herr Eichendorff, dass können Sie sich gar nicht vorstellen. Aber als sie realisierte, was sie getan hatte, hat sie sofort den Notarzt gerufen.«

»Anonym, so klar war sie bei Kopf.«

»Was hätten *Sie* denn gemacht?«

»Ich hätte niemandem mit einem Messer aufgelauert.«

»Das war alles, was ich zu sagen habe. Und dass es ihr Leid tut.«

»Das sollte sie ihm selbst sagen.«

Petra Abt schüttelte den Kopf, schürzte die Lippen und ging wieder in den Prümer Hof, jeder laute Schritt ihrer Schuhe ein Vorwurf an Julius.

Es war also nur ein Versehen gewesen. FX wäre beinahe aus Versehen gestorben.

Das sah ihm ähnlich.

Das konnte auch nur einem Wiener passieren.

So melancholisch und schwarzhumorig.

Als Julius zurückkam, stand bereits Dr. Gottfried Bäcker auf der Bühne, der dem Altbundeskanzler aus Oggersheim Jahr für Jahr mehr glich und dessen Aura der Unfehlbarkeit ebenso stetig wuchs. Hinter ihm standen die fünf Kandidatinnen, gespannt und bereit, im Falle der Niederlage tapfer zu lächeln.

»Und die neue Weinkönigin des Ahrtals ist«, er machte eine bedeutungsschwangere Pause, »Heidrun Wolff – die Burgundia!«

Julius' Vater nickte zufrieden und fuhr mit der Zungenspitze über seine obere Zahnreihe. Auch Julius' Mutter schien mit der Entscheidung einverstanden. Julius war es nicht. Es ging ihm gegen den Strich, dass Heidrun mit ihrer Intrige durchgekommen war. Den Apotheker würde er zur Rede stellen.

Der Landrat setzte der neuen Hoheit die Krone auf. Normalerweise war dies Aufgabe der amtierenden Königin, aber amtierende Königinnen waren ausgegangen.

Unter höflichem Applaus des Publikums küsste der Landrat die Burgundia auf die Wangen. Normalerweise hätte die frisch Gekürte nun den Gebietsweinmarkt eröffnet, aber der war längst beendet. Es blieb nichts Offizielles zu tun, außer anzustoßen.

Gleich um zwölf Uhr würde es für alle ein Dankeschön-Essen geben, die Ehrengäste waren für vierzehn Uhr geladen. Julius ließ seine Eltern sitzen, er wollte zu Anna und zu FX, sie mussten erfahren, was Petra Abt ihm erzählt hatte.

Wie sich vor der Tür zeigte, war Julius nicht der Einzige, der vorzeitig gegangen war. Mit schnellen Schritten ging Stephan Zeh, den Schlüsselbund in der Hand, auf einen Opel Corsa zu.

Sollte er hinterher? Nein, zu gefährlich. Wer konnte wissen, wozu Vegetarier fähig waren? Es dauerte nur eine Millisekunde, und Julius dachte: Ach was! Den schnapp ich mir, bevor er den nächsten Mord begehen kann.

Julius rannte los – und stoppte vor Rainer Schäfer. Einem Rainer Schäfer mit bester Laune. Einem Rainer Schäfer, der seinen Arm um die Schultern Max Lisinis gelegt hatte, eine noch nicht angezündete Zigarette im Mundwinkel baumelnd.

»Schade, jetzt haben wir den Stephan verpasst. Ich hätte ihn so gern gefragt, was er von der Wahl hält.« Erst jetzt bemerkte er Julius. »Sieh an, der honorige Herr Eichendorff!«

»Lassen Sie mich durch, Sie Abschaum.«

Stephan Zeh schloss bereits die Wagentür auf.

»Nanana!«, sagte Lisini, augenscheinlich leicht angeheitert. »Wie sprechen Sie mit meinem alten Freund Rainer Schäfer? Einem der besten Männer, den dieser Landstrich je gesehen hat!«

Stephan Zeh fuhr los.

Stephan Zeh war weg.

Julius wusste später nicht mehr, wieso er so schnell geschaltet hatte, aber es machte ihn zufrieden.

Er ging einen Schritt vor, tat, als würde er stolpern, und kippte auf Lisini, diesem dabei den Kragen herunterziehend, den obersten Knopf des Hemdes abreißend.

Und eine Halskette bloßlegend.

Mit einem Anhänger.

Einem Stiefelchen.

Julius erholte sich in seinem Wagen.

Nachdem er über seinen Bauch gestrichen und befunden hatte, dass dieser schon zu einem Großteil weggeschmolzen war – auch wenn das ungeübte Auge dies nicht auf den ersten Blick sehen würde –, aß er sämtliche Notfallpralinen, die er zur Beruhigung im Wagen hatte. Auf diese Weise blieb keine Geschmacksknospe unbedeckt. All das spülte er mit seinem Notfallwein herunter, der im Kofferraum schlummerte, im Innenfutter seines Autokissens. Ein robuster Wein aus dem Frauenweingut Schultze-Nögel. Ein »Schött ens erinn« genanntes Cuvée aus allem, was gerade so in den Fässern übrig war, zum Schlotzen. Ohne Glas. Einfach aus der Flasche. Zur sofortigen Verarztung der inneren Wunden.

Wie hatten Lisini und Schäfer ihn beschimpft!

Aber nur das Ergebnis zählte.

Max Lisini trug einen Stiefel-Anhänger. Er gehörte also auch zum Orgienzirkel, den Caligula-Jüngern. Was war mit Rainer Schäfer, offenbar sein Busenfreund? Und Stephan Zeh, den Schäfer zu duzen schien? Gehörten auch sie zum Zirkel? Und wenn ja, wen machte das des Mordes verdächtig? Besser: am verdächtigsten?

Julius konnte immer noch nicht fassen, dass sich die Orgienspur verdichtete. Dies war das Ahrtal, pittoreske Ausflugsregion für Wanderlustige, Tal der Reben und Rebenfeste, neuerdings auch kulinarischer Wallfahrtsort! Natürlich auch eine Gegend, in welcher die Spuren der alten Römer noch nicht vollends vom Zahn der Zeit zerkaut worden waren. Aber Orgien? Selbstverständlich konnte sich hinter Rollläden und zugezogenen Gardinen vieles verbergen, aber Vielweiberei und Vielkerlerei? Das wäre selbst dahinter aufwendig zu verbergen. Die Nachbarn konnten es spitzbekommen. Unaufgeforderte Nachbarschaftshilfe in Form von Besucher-Kontrolle und Überwachung geparkter Autos war ein beliebtes Hobby.

Wenn Orgien, dann an einem abgelegenen Ort, einem unkontrollierbaren.

Gut, dachte Julius nach einem weiteren Schluck aus der Flasche, die den letzten Rest Notfallpralinensüße hinwegspülte, nehmen wir mal an, es hätten tatsächlich frivole Feiern stattgefunden, und nehmen wir weiterhin an, Tina Walter wäre angetrunken von einer solchen gekommen.

Dann musste von ihrem Fundort aus die Suche beginnen.

Den Apotheker würde er später zur Rede stellen und auch Stephan Zeh. Der war nun auch nicht mehr alleiniger Hauptverdächtiger. Er hatte üble Gesellschaft bekommen.

Die Fußgängerbrücke führte kalt und leblos wie eine versteinerte Schlange über Straße und Schienen. Julius hatte beim Supermarkt geparkt und blickte nun, auf der Brücke stehend, in die Richtung, aus der Tina Walter gekommen war. Und damit auf aufragende Weinberge. Ein Blick in seinen mitgebrachten ADAC-Straßenatlas genügte, um zu erfahren, was dahinter lag.

Weinberge.

Nichts als Weinberge.

Natürlich war eine Freiluft-Orgie denkbar, mittendrin, weit weg von allen Straßen und Arbeitswegen. Aber was wäre im Winter? Da hätten die Orgien dann Pause gehabt. Und wer ließ sich schon gern eine ganze Jahreszeit von so einem schönen Hobby wie Orgienfeiern abhalten? Zudem war die Gefahr, bei solcherart Open-Air-Veranstaltungen entdeckt zu werden, zu groß. Irgendwer konnte sich immer verirren.

Also indoor. Es müsste ein frei stehendes Gebäude sein. Sicher vor Nachbarblicken.

Aber da gab es keins.

Es hätte für Tina Walter keinen Sinn gehabt, die Elligstraße hinaufzugehen. Sie, wie auch die anderen Orgienteilnehmer, hätten bei ihrem regelmäßigen Kommen gesehen werden können und bei ihren regelmäßigen volltrunkenen Abgängen sogar gesehen werden müssen.

Zu gefährlich.

Julius würde durch die Weinberge gehen. Da musste es etwas geben. Etwas Großes, kein einfacher Holzverschlag, der würde für eine ordentliche Orgie, so schätzte Julius, nicht reichen. Da brauchte es schon etwas Platz.

Nicht nur für Wein und Speisen.

Er suchte also ein Haus in den Weinbergen.

Das hätte aber eingezeichnet sein müssen. Der Straßenatlas behauptete jedoch steif und fest, dass da nichts war.

Julius stierte von der Brücke in die Gegend, auf eine Eingebung wartend … wunderte sich … über die Treppe, die an der gegenüberliegenden Straßenseite nach unten führte … über den Streifen helleren Betons, der daneben im Straßenbelag begann. Die B267 verlief auf einer sicher sechs Meter hohen Trasse parallel zur niedrig liegenden Eisenbahnstrecke. Genau unter dem andersfarbigen Beton befand sich in der Trassenwand eine vergitterte quadratische Maueröffnung – groß genug für einen Bus –, die auf die Bahnstrecke blickte.

Was war wohl dahinter? Und wie konnte er es herausfinden?

Bei seiner ersten Ortsbesichtigung hatte er der Merkwürdigkeit keine Bedeutung beigemessen, aber vor dem Hintergrund der neuen Erkenntnisse konnte die Färbung der Straße zum Indiz im Großmaßstab werden.

Von der Eisenbahnlinie aus konnte er nicht dran, die Strecke war gesichert. Aber mit einem Fernglas müsste er von der gegenüberliegenden Seite, von der Kreisverwaltung aus, einen Blick hineinwerfen können. Und ein Fernglas hatte er immer im Kofferraum. Direkt neben dem Weinkissen.

Julius bemerkte nicht, wie seine Schritte schneller wurden, er in einen Trab fiel. Es fiel ihm erst auf, als er mit dem Fernglas vor der Kreisverwaltung stand und ihm das Unterhemd am Rücken klebte.

Er setzte das Glas an die Augen.

Hinter den etwas vorstehenden verschnörkelten Gittern kauerte Dunkelheit.

Und doch.

Einige Sonnenstrahlen fielen in genau dem richtigen Winkel zwischen den Stäben hindurch und erleuchteten Flecken des Dahinterliegenden. Es war wie bei »Dalli-Klick«. Nur musste Julius keinen Prominenten erraten, sondern …

Steine?

Die vereinzelten Sonnenstrahlen, welche sich zwischen den Gittern durchwanden, enthüllten Flächen gleicher Farbe. Lehmgelb. Es sah aus wie Mauerwerk, aber es war keine einheitliche Mauer. Die Steine schienen unterschiedlich tief in dem Verschlag zu liegen.

Was nun? Warten, bis die Sonne an einem Punkt war, an dem sie alles hinter dem Gitter beleuchtete? Und wenn Wolken aufzogen? Dafür war keine Zeit. Er musste es von der anderen Seite versuchen, die Betontreppe runtergehen, die direkt neben der B267 verlief.

Wieder schaffte es Julius nicht zu gehen, wieder trabte er zuerst, lief dann sogar, über die Brücke und zu dem verschlossenen Gatter am oberen Ende der Treppe. Es war hüfthoch. Julius stieg darüber. Die Treppe führte tief hinunter, links grobes Mauerwerk, rechts die Straße, gefolgt von Beton, mit Spinnweben überzogenen Glasbausteinen … und einer stählernen Tür.

Einer verschlossenen Tür, wie Julius feststellte, als er den Griff herunterdrückte.

Durch die Glasbausteine konnte er nur Dunkelheit sehen. Das Brummen vorbeifahrender Autos hallte kalt und schneidend von den Wänden wider. Ein Lkw steigerte den Lautstärkepegel.

Wer konnte den Schlüssel haben?

Julius stieg die Treppenstufen wieder hoch, griff sich sein Handy und rief August Herold an. Es gab kein besser sortiertes Telefonbuch im Tal als Herolds.

Doch diesmal versagte es.

Herold tippte auf die Kreisverwaltung, ansonsten auf die Straßenmeisterei.

Wie sich herausstellte, tippte er verdammt gut.

»Können Sie direkt rauskommen? Mein Sohn hat mehrere meiner neuen Tennisbälle beim Spielen reingeworfen. Zwischen den Gittern hindurch. Kinder!«

Julius war fasziniert, wie effektiv sein Hirn in Stresssituationen arbeitete. Es ging ohne Nachdenken. Es arbeitete von allein. Der einzige Mann weltweit mit einem Schlüssel, der diese Tür öffnete, war innerhalb von zehn Minuten da. Im orangefarbenen Overall stieg er aus seinem orangefarbenen Streckenkontrollwagen, ging kopfschüttelnd und »Tennisbälle« murmelnd die Stufen hinunter bis zur Stahltür, die er flugs aufschloss.

Als wäre nichts dabei.

Als läge hinter der Tür kein Geheimnis.

Als wären dort nur Tennisbälle.

»Was ist das hier eigentlich?«, fragte Julius, in den Raum tretend. An allen Wänden, an Boden und Decke blanker Beton, unverputzt. Vierzig Quadratmeter innenarchitektonischer Ödnis. Ein hölzernes Rednerpult, das links aus der Wand ragte, war die einzige Abwechslung. Alles lag im Zwielicht.

»Das Schutzbauwerk Römerbad«, sagte der Mann in Orange und begann, die Decke des Raumes mit einer Taschenlampe abzuleuchten. »Suchen Sie Ihre Tennisbälle, ich prüfe in der Zwischenzeit auf Feuchtigkeit und Risse.«

»*Römerbad?* Wieso Römerbad? Sieht für mich nicht nach einem aus.«

»Das Bad ist bei Ihren Tennisbällen, durch eine der Glastüren da.«

Jetzt konnte auch Julius sie erkennen, dessen Augen sich mittlerweile an das Dunkel gewöhnt hatten. Links und rechts an der gegenüberliegenden Seite waren tatsächlich Glastüren.

»Können Sie nicht kurz das Licht anmachen?«

»Geht nicht, hier unten ist der Strom abgeschaltet.« Der Mann in Orange ging auf und ab, den Blick nach oben gerichtet.

Julius' Schritte hallten hohl von den Wänden wider, als er sich der linken Glastür näherte.

Als er sie öffnete, sah er, warum er von gegenüber nur lehmgelbe Steine erkannt hatte.

Hier waren nur lehmgelbe Steine.

Aber sie waren kunstvoll gemauert. Und sie waren römisch. Volltreffer! Ein Römerbad im eigentlichen Sinne war dies aber nicht, so viel konnte selbst Julius erkennen. Es sah nach einer römischen Heizungsanlage aus, einem Hypokaustum. Ein ausgeklügeltes System der Zentralheizung, vor allem durch Kanäle in Stein- oder Ziegelfußböden, das besonders in Thermen anzutreffen war. Das würde dann ja zu einem Römerbad passen.

»Wann haben Sie sich zum letzten Mal die Fundstätte angesehen?«, fragte Julius den Orangenen über die Schulter.

»Das muss mehrere Monate her sein.«

»Waren Sie zufällig barfuß?«

»Wollen Sie mich veräppeln?«

Merkwürdig, dass sich dann Fußspuren im Staub fanden. Keine Abdrücke von Schuhsohlen, sondern von Füßen inklusive Zehen. Kleine Füße, große Füße, dazu Handabdrücke und etwas, das aussah wie von zwei großen Auberginen verursacht. Julius verbot seiner Phantasie, darüber nachzudenken, aber sie war längst fertig und hatte das Ergebnis weitergeleitet. Diese Abdrücke stammten von einem Po. Sie waren direkt unter dem einzigen Mauerbogen, der noch stand. Julius gab sich keinen Illusionen hin, die Abdrücke waren nicht gut genug, um sie für die Identifikation der Orgiasten nutzen zu können. Sie waren verwischt und unvollständig.

Die Ahrtalbahn rauschte an den Gittern vorbei und war schon wieder weg. Zuggäste würden bei dem Tempo nichts erkennen können.

Und vor der gegenüberliegenden Kreisverwaltung waren sie auch sicher. Des Nachts arbeitete da niemand mehr, das war Beamten-Ehre.

Dieser Ort war perfekt. Im Eifer des Gefechts, und wieder dachte seine Phantasie mehr und schneller, als es Julius lieb war, störten vermutlich nicht einmal die Geräusche der vorbeifahrenden Autos.

»Haben Sie Ihre Tennisbälle zusammen?«, kam es aus dem Vorraum.

»Keine da. Mein Sohn muss mich veralbert haben. Das wird er bereuen, das verspreche ich Ihnen«, antwortete Julius und ging wieder hinein. »Und, gibt es Risse?«

»Nein, keine.«

»Wie oft kontrollieren Sie eigentlich?«

»Einmal im Jahr. Das muss reichen.«

Keine Gefahr also, überrascht zu werden.

»Ich muss nur noch mal in den Schaltraum«, sagte der Orangene.

Der Lichtkegel der Taschenlampe fiel auf eine Stahltür in der Wand nahe der Treppe. Er ging hinein, ohne sie aufschließen zu müssen, und leuchtete an die Decke.

»Hier ist auch alles okay«, sagte er und wollte die Tür schon schließen, als Julius dazwischenkam.

»Was ist da drin?«

»Sicher auch keine Tennisbälle.«

Julius sah hinein. Ein Sicherungskasten hing an der Wand. Es war nicht viel Platz vorhanden, aber genug für ein paar weiße Laken, die in der Ecke über irgendetwas hingen.

»Wie kommen die hierher?«, fragte Julius.

»Keine Ahnung, die sehe ich zum ersten Mal. Vielleicht sind sie mir vorher aber auch einfach nicht aufgefallen. So, Schluss jetzt, ich hab noch anderes zu tun.« Er drückte Julius heraus.

Doch dieser ließ sich nicht wegschieben. Im Gegenteil, er stieß den Arm des Orangenen weg, ging zu den Laken und zog sie fort.

Drei große Teppichrollen standen dort, goldfarben, daneben mehrere große römische Amphoren, versehen mit ebenso erotischen wie anschaulichen Zeichnungen, auch prachtvolle Kerzenleuchter fanden sich, dazu hochkant eine große kupferne Badewanne, daneben silberne Anrichteplatten, auf denen einiges an Speisen Platz haben würde. Auch ein Barrique-Fässchen bekam Julius zu sehen, die vielen Rotweinflecken darauf verrieten, dass Ahrwein in Strömen geflossen sein musste, und wohl nicht nur in die Kehlen der Anwesenden.

Und eine Reitpeitsche.

Es war also wahr. Hier wurde Geschichte wirklich mit Inbrunst gepflegt.

»Und wie kommt das hierher?«, fragte Julius.

»Tja, weiß nicht, vielleicht für eine Veranstaltung.«

»Von der müssten Sie aber doch wissen?«

Das Gesicht seines Gegenübers verriet totale Verwunderung. Und ein wenig Erschrecken.

»Ich muss zurück, den Chef fragen. Raus jetzt!«

Erst als er die Treppe hinter dem Orangenen schon wieder hinauftrottete, fiel Julius die wichtigste Frage ein.

»Wer war denn der letzte private Besucher?«

»Was Sie alles wissen wollen.« Der Orangene ging weiter, zwei Stufen auf einmal nehmend. »Das ist bestimmt schon drei Jahre her. Das war 'ne Sache. Der hat sich damals im Gegensatz zu Ihnen den Schlüssel abgeholt. Das ist ja normalerweise nicht erlaubt, aber wir haben eine Ausnahme gemacht.«

»Wieso?«

»Na ja, man will ja nicht, dass schlecht über einen geschrieben wird.«

»Das verstehe ich jetzt nicht.«

Der Orangene öffnete das obere Gatter. »Es war jemand von der Presse. Von der Eifel-Post. Und denen legt man besser keine Steine in den Weg.«

Dabei kannten die sich damit doch so gut aus, dachte Julius.

»Sah der Mann aus wie eine Spitzmaus?«

Der Orangene prustete. »Spitzmaus trifft es auch. Aber ich hab damals gesagt, er sieht aus wie eine Ratte.«

10. Kapitel

… kristallklar wie Gletscherwasser …
(Gault Millau WeinGuide)

Das Handy klingelte. Anna.

»Ich bin auf dem Weg zu Zeh. Du glaubst ja nicht, wie schwer es war, den Mann zu erreichen. Die ganze Zeit hatte er sein Handy aus. Und sein Mitbewohner, der gute Herr Pause, wusste nicht, wo er steckt.«

»Bei der Wahl der Ahrweinkönigin. Ich hatte gehofft, dich da auch zu sehen.«

»Zwei von meinem Team waren vor Ort, aber die kannten Zeh nicht. Ich musste in der Zwischenzeit die beiden Ex-Kollegen noch mal in die Mangel nehmen, die Tina Walter ihr Arbeitslosengeld verdanken. Und wenn sie keine unglaublich guten Anwälte gehabt hätten, wäre es eher Tagegeld in der JVA gewesen. Leider hat die Vernehmung nichts Neues gebracht.«

»Ich komm am besten auch zu Zeh.«

»Das geht nicht. Du bist nicht bei der Polizei, du kannst als Privatperson nicht einfach dabeisitzen. Außerdem bin ich nicht allein.«

»Aha.«

»Aber da du diese Spur aufgetan hast, wirst du trotzdem mit dabei sein.«

»Packst du mich in deine Handtasche?«

»Kann man so sagen. Ich lasse mein Handy an, und du kannst mithören. Das erspart mir auch, dir nachher alles haarklein erzählen zu müssen. – So, wir sind jetzt da, Julius, ich steck dich jetzt in die Tasche, und wenn wir gleich drinnen sind, lege ich dich auf den Tisch, okay? Mach's dir jetzt bequem, du kommst direkt neben meinen Taschenspiegel, da kannst du dich ein wenig anschauen.«

»Ich muss dir unbedingt noch etwas Wichtiges sagen!«

Es raschelte, und Julius konnte nur noch mit dem Tascheninhalt kommunizieren. Dann würde sie von der Orgien-Theorie eben erst später erfahren. Julius konzentrierte sich auf die Straße, schließlich war er auf dem Weg zu Max Lisini, seit kurzem auf einem der Spitzenränge der Verdächtigenbundesliga. Mindestens UEFA-Cup-Platz.

In der Freisprechanlage raschelte es weiter, blecherne Worte erklangen, eine Tür wurde surrend geöffnet, hallende Schritte, dann Annas Stimme. Es war die polizeiliche Belehrung.

Julius parkte den Wagen in der nächsten Lücke.

Wieder Rascheln, dann ein Klacken, das Telefon musste nun wie abgesprochen auf dem Tisch liegen, denn die Stimmen waren jetzt klarer zu verstehen. Julius nahm das Handy aus der Freisprechanlage, erhöhte die Lautstärke und hielt es sich ans Ohr, jedes vorbeifahrende Auto verfluchend, das mit seinen Motorengeräuschen das Belauschen erschwerte.

»Wie kann ich Ihnen helfen?«, fragte Stephan Zeh. »Ich habe Ihnen bereits alles darüber erzählt, wie ich die Leiche gefunden habe.«

»Deshalb haben Sie auch kein Alibi für diesen Mord. Sie wanderten allein entlang des Eisenweges.«

»Wieso Alibi? Ich brauche doch kein Alibi!«

»Sie haben uns nicht alles gesagt, Herr Zeh.«

»Doch, mehr gab es da nicht.«

»Sie haben uns nicht erzählt, dass Sie seit Jahren ein … Fan der Weinköniginnen sind.«

»Weil es keine Rolle spielt.«

»Stellen Sie sich nicht dumm, Herr Zeh! Sie sind besessen von diesen Frauen. Kaum eine Veranstaltung ohne Sie, keine Weinkönigin, der Sie nicht Avancen gemacht haben.«

»Das ist nicht verboten!«

»Warum, Herr Zeh? Ich würde es gern verstehen.«

»Was meinen Sie?«

»Was fasziniert Sie so an den Frauen?«

Pause.

»Es ist ein Hobby, nichts als ein Hobby. Andere gehen zu Fußballspielen.«

»Der normale Fußballfan legt es aber nicht auf ein romantisches Candlelight-Dinner mit seinem Lieblingsstürmer an.«

Julius konnte sich gut vorstellen, wie Anna jetzt lächelte.

»Es sind tolle Frauen, sie haben eine Wahnsinnsausstrahlung. Keine Modepüppchen mit Stroh im Hirn. Sie sind natürlich, bodenständig – und Gewinnerinnen.«

Erfolg machte attraktiv. Julius musste Kollegen fragen, ob das auch für Köche galt.

»Und keine wollte was von Ihnen, wie frustrierend.«

Anna legte es drauf an.

»Nur eine Frage der Zeit, bis eine erkennt, wie ich *wirklich* bin. Zuerst sehen sie halt nur den Fan in mir, und erst später ...«

»... den Mann. Herzzerreißend. Aber keine sah je den Mann, alle sahen nur den nervigen Schatten. Und komischerweise findet gerade der die Leiche einer ermordeten Weinkönigin.«

»Warum hätte ich Sie rufen sollen, wenn ich der Mörder bin?«

»Genau aus diesem Grund. Um unverdächtig zu erscheinen. Zum Beispiel, wenn Sie jemand gesehen hätte, wie Sie den Eisenweg gewandert sind. Und Sie hätten behauptet, ganz woanders gewesen zu sein. Alibi futsch, der Lüge überführt.«

Schweigen. Und Handyrauschen. Als Stephan Zehs Stimme wieder zu hören war, klang sie dünner.

»Aber welchen Grund sollte ich denn haben, sie zu töten? Ich hab sie alle *geliebt*!«

»Was nicht auf Gegenseitigkeit beruhte. Zurückgewiesene Liebe ist schmerzhaft. Und wenn dies mehrfach passiert – oder sogar immer –, kann eine Person durchaus die Nerven verlieren.«

»O mein Gott! Das klingt alles so logisch. Aber ich habe Ihnen doch nie schaden wollen. Niemals!«

»Wo waren Sie ...«, begann Anna und fragte nach den Alibis für die beiden anderen Taten.

»Zu Hause. Allein. Aber ich hab es nicht getan!«

»Wer dann, Herr Zeh? Sie als großer Fan haben sich doch sicher Ihre Gedanken gemacht.«

»Ich will niemanden belasten.«

»Dann bleiben *Sie* unser Hauptverdächtiger. Der Haftbefehl sollte eine Kleinigkeit sein, Ihre Wohnung wird gleich durchsucht, vielleicht findet sich ja noch etwas Gift vom letzten Mord.«

»*Nein!* Ich *war* es nicht! Es ist Lisini gewesen, der schleimige Mistkerl. Constanze hat ihn abblitzen lassen, mehrmals, aber er konnte keine Ruhe geben, hat es immer wieder versucht. Dass sie ihn so von oben herab behandelt hat, gefiel dem eitlen Gockel überhaupt nicht. *Er* war's!«

»Das kam jetzt aber schnell«, hörte Julius Anna sagen. Ein Möbeltransporter hatte neben ihm angehalten, der Motor lief. Er hielt sich das freie Ohr zu.

»Und Sie glauben, er wäre zu so einer Tat fähig?«, fragte Anna.

»Zu allem«, spuckte Zeh, »dem traue ich alles zu. Dem und seinem Spezi von der Eifel-Post.«

»Sie glauben also nicht, dass der Mord an Constanze Dezaley mit Archäologie in Zusammenhang steht? Oder die anderen beiden Morde?«

»Wie kommen Sie darauf?« Stephan Zehs Stimme klang nun wieder fester. Er schien den Eindruck zu haben, den Kopf aus der Schlinge gezogen zu haben.

»Sie wollen der Polizei doch sicher helfen, Herr Zeh. Jede Information, die Sie über die archäologischen Tätigkeiten von Constanze Dezaley haben, könnte uns helfen. Wir wüssten das zu schätzen.«

»Es gibt da etwas«, kam es nach einigem Zögern von Zeh. »Aber ich möchte nicht, dass jemand erfährt, dass Sie es von mir wissen.«

»Erzählen Sie«, sagte Anna und machte damit keine Zusage.

»Sie stehen vor meiner Einfahrt!«, sagte ein Baseballkappenträger und klopfte an die Fensterscheibe. »Ich muss raus, fahren Sie sofort Ihren Wagen weg. Sonst ruf ich die Polizei.«

Julius winkte nur ab und zeigte auf das Handy an seinem Ohr.

»So-fort!«, brüllte der Mann mit Nachdruck und riss die Fahrertür auf.

»Regen Sie sich doch nicht so auf, ich bin ja schon weg. Habe nur gerade das Gespräch beendet«, sagte Julius und legte das Handy auf den Beifahrersitz.

»Aber schnell, Freundchen, das sag ich dir! Sonst mach ich dich lang!« Der Mann schlug die Fahrertür zu und baute sich mit gekreuzten Armen in der Pose eines Profi-Catchers vor seiner Garage auf.

Julius fuhr los. Er würde den nächsten freien Parkplatz nehmen. Es würde bestimmt bald einer kommen. Hier waren doch sonst immer welche. Dahinten parkte niemals jemand.

Nur heute.

Dann eben auf den Behindertenparkplatz. Nur für jetzt! Er würde wegfahren, sobald der erste Behinderte angefahren kam. Julius setzte mehrmals vor und zurück, um auch exakt im eingezeichneten Bereich zu stehen. So viel Zeit musste sein. Wenn er schon falsch parkte, dann wenigstens richtig.

Er griff sich wieder das Handy.

»... sind ja interessante Dinge, die Sie uns da erzählt haben«, hörte er Anna sagen.

Verdammt! Verdammt! Verdammt!

»Ich wiederhole noch mal.«

Hurra! Hurra! Hurra!

»Constanze Dezaley hat illegale Grabungen vorgenommen. Tina Walter hat ihr dabei geholfen. Und die Fotos von den beiden, die Sie uns hier vorgelegt haben, stammen von einer Grabung zwischen Sinzig und Bad Breisig.«

»Ja.«

»Und diese Vergrößerung zeigt die Funde. Unter anderem eine wertvolle Kette.«

»Neben Gefäßen und Münzen, ja.«

»Was hatten Sie vor mit diesen Aufnahmen zu machen?«

»Nichts!«

»Damit hätten Sie Constanze Dezaley und Tina Walter erpressen können. Sie hätten fordern können, was immer Sie wollen!«

»Aber so etwas würde ich doch nie tun. Ich hätte die Fotos nie jemandem gezeigt, wenn Sie nicht danach gefragt hätten. Das müssen Sie mir glauben!«

»Wir müssen einem Mann, der wie ein Besessener hinter Weinköniginnen her ist, keine Alibis für drei Morde aufweisen kann und eine Leiche entdeckt hat, sehr viel glauben, finden Sie nicht auch?«

»Ich war es nicht. Ich *schwöre* es.«

»Haben Sie sich schon überlegt, wie Sie die neue Weinkönigin umbringen wollen? Diesmal vielleicht wie Brutus den guten Julius Cäsar?«

»Ich war es nicht!«, schrie Stephan Zeh.

»Wir sehen uns wieder«, sagte Anna. »Mit Sicherheit.«

Sie wollte schon gehen? Aber sie hatte doch noch gar nicht nach den Orgien gefragt.

Sie wusste auch noch gar nichts von dieser Theorie!

»Orgien!«, brüllte Julius ins Handy.

Keine Reaktion.

Julius ging mit dem Mund noch näher ans Handy. *»Orgien!«*

»Ich glaube, Ihr Handy ist an«, sagte Stephan Zeh. »Ich meine, ich hab etwas gehört.«

Es rumpelte, und Anna war am Telefon. »Hallo, Anna von Reuschenberg am Apparat.«

»Ich muss dir dringend etwas sagen! Es ist wahnsinnig wichtig für die Vernehmung.«

»Ah ja, Sekunde bitte, ich gehe in den Nebenraum.« Schritte, Türklapp. »Willst du mich vor meinen Tatverdächtigen blamieren? Dann nur weiter so, du machst das prima!«

»Alle ermordeten Königinnen trugen Halsketten, das hast du mir selbst erzählt. Mit einem Stiefelchen als Anhänger. Auch Max Lisini hat einen solchen. Bevor du jetzt sagst ›Kommt vor‹, lass mich weiterreden.«

»Das wollte ich tatsächlich gerade sagen.«

»Meine Hypothese ist: Das Stiefelchen steht für Caligula, den römischen Kaiser, der für seine Exzesse bekannt war. Jeder, der es trägt, gehört zu einem Orgienzirkel, der sich im Römerbad unter der B267 gegenüber der Kreisverwaltung trifft. Ich vermute, dass auch der Journalist Rainer Schäfer dazugehört, denn er hat sich den Schlüssel zu den Räumen vor Jahren ausgeliehen und sich vermutlich einen Nachschlüssel gemacht. Frag Zeh danach, er könnte auch dazugehören. Und sieh nach, ob er einen Stiefelchen-Anhänger trägt.«

»Julius, du weißt, dass diese Frage kommen muss: Gibt es Beweise, und ich meine, handfeste?«

»Tonnenweise! Im Römerbad stapeln sich die Orgien-Utensilien: Teppiche, Amphoren, Kerzenleuchter, sogar eine kupferne Badewanne. Reicht dir *das*?«

»Zumindest, um heute ein paar Kollegen hinzuschicken und Stephan Zeh danach zu fragen. Sag ab jetzt bitte nichts mehr ins Handy, egal wie wichtig es ist, sonst mache ich mich komplett lächerlich. Ich hatte das Handy extra so leise wie möglich gestellt, du musst wirklich wie am Spieß geschrien haben, sonst wäre es keinem aufgefallen.«

»Man tut, was man kann.«

Wieder ein Klacken. Wieder Annas Stimme. Wieder weit entfernt.

»Tragen Sie eine Kette, Herr Zeh?«

»Äh, nein. Wieso?«

»Würde es Ihnen etwas ausmachen, Ihr Hemd oben aufzuknöpfen?«

»Das sehe ich überhaupt nicht ein. Ich weiß auch gar nicht, was das soll.«

»Wissen Sie etwas über Orgien, die hier im Ahrtal abgehalten werden?«

Stille. Irgendjemand hupte. Nicht bei Stephan Zeh, sondern neben Julius.

»Herr Zeh, haben Sie meine Frage verstanden? Wissen Sie etwas über solche Orgien?«

Das Hupen wurde heftiger.

»Nein«, sagte Stephan Zeh. »Davon weiß ich nichts.«

»Dann war es das von uns. Für jetzt.«

Julius blickte sich um. Neben ihm stand ein Wagen mit einem wild gestikulierenden Fahrer, Blinker an und mit der Absicht, auf den Behindertenparkplatz zu fahren.

Es war der Mann mit der Baseballkappe.

Julius verriegelte die Wagentüren und lehnte sich zurück.

Einige überhebliche Blicke später war Julius bester Laune und auf dem Weg zu Max Lisinis Büro. Es war nicht mehr weit, er hatte vor der Telefon-Liveschaltung aus Stephan Zehs Wohnung schon das größte Stück zurückgelegt. Die weiße Stadtvilla mit dem schicken grauen Walmdach wirkte einladend und vornehm, so gar nicht wie der Ort, an dem sich ein Kreis für frivole Spielereien gebildet hatte.

»Herr Lisini ist heute nicht da, Herr Eichendorff«, sagte eine geschäftige Dame von »Gesundheit52«, die Julius beim PR-Essen kennen gelernt hatte, bei dem sie die Kamera niemals aus der Hand gelegt hatte. Noch nicht einmal zum Essen.

»Wo kann ich ihn denn finden? Es ist sehr wichtig.«

»Am besten versuchen Sie es bei ihm zu Hause. Wollen Sie vorher dort anrufen?«

»Ich versuch's auf gut Glück.«

»Wissen Sie, wo er wohnt?«

Julius nickte und verschwand. Plötzlich war eine Leichtigkeit in ihm, die er sich nicht erklären konnte. Als wäre der Fall bald gelöst. Woher das Gefühl kam, er wusste es nicht. Es gab immer noch keine unerschütterlichen Hinweise auf den Mörder. Nur Indizien, Spuren, Merkwürdigkeiten. Doch das Gefühl war da. Julius beschloss, es nicht zu hinterfragen. Er würde jetzt zu Lisini fahren, dann zum pharmazeutischen Ratefuchs, dem Arbeitgeber der frisch gekrönten Königin. Danach würde er sich zu Hause hinsetzen und nachdenken. Er würde es sich bequem machen, die Gedanken sortieren. Zurzeit waren sie wie aufgewühltes Meer. Wenn das Wasser ruhiger würde, konnte er bestimmt erkennen, was sich darunter verbarg.

Die Rosen blühten genauso schön wie bei seinem ersten Besuch.

Doch diesmal pflegte sie niemand. Er drückte auf die Klingel, eine synthetische Melodie erklang, und Bianca Lisini öffnete die Tür.

»Die Rose seh ich gehn aus grüner Klause / Und, wie so buhlerisch die Lüfte fächeln / Errötend in die laue Flut sich dehnen«, begrüßte Julius sie.

»Herr Eichendorff! Das ist ja mal eine ungewöhnliche Art, Hallo zu sagen. Aber eine sehr schöne. Stammt das von Ihrem berühmten Vorfahren?«

»Dem Mann war nichts Schönes fremd.«

»Sie kommen jetzt ja schon täglich, genau wie der Postbote«, sagte sie schmunzelnd.

»Das liegt nur daran, dass Ihr Mann lieber zu Hause als im Büro ist – und wer will ihm das verdenken? Ist er da?«

»Im Arbeitszimmer. Einfach geradeaus. Ich gehe vor.«

Delfter Kacheln schmückten die Wände, das Interieur atmete norddeutsche Strenge und Eleganz. Jeder Einrichtungsgegenstand passte, alles war aufeinander abgestimmt. Genau wie das Erscheinungsbild der Gastgeberin. Wenige Accessoires und Farben harmonierten, als wären sie im Gesamtpaket erstanden. Bianca Lisini klopfte an eine Milchglas-Tür und öffnete sie.

»Besuch für dich, Schatz. Herr Eichendorff möchte dich gern sprechen.«

»Entschuldigen Sie die Störung«, sagte Julius und trat in das kleine Zimmer ein.

»Danke«, sagte Lisini zu seiner Frau und bedeutete ihr, die Tür hinter sich zu schließen. Kühl blickte er auf Julius. »Wollen Sie mir wieder die Kleider vom Leib reißen oder doch lieber Freunde von mir beleidigen? Ich kann nicht behaupten, dass ich mich freue, Sie hier zu sehen.«

Lisini wirkte zerfahren, seine Augen zuckten von links nach rechts, als beobachte er ein Tennismatch.

»Was da vor dem Prümer Hof passiert ist, war ein Missgeschick. Und meine Privatfehde mit Rainer Schäfer ist genau das, eine private Angelegenheit. Ich bin als Freund hier.«

»Meine Freunde suche ich mir selbst aus, Herr Eichendorff! Und bisher gehören Sie nicht dazu. Trotz PR-Essen. Meine Freundschaft lässt sich nicht erkaufen.«

»Sie haben Recht, was soll das ganze Gerede. Lassen Sie uns offen sein. Ich bin nicht als Freund hier. Wir zwei werden sicher nie welche werden. Ich bin hier, weil Sie etwas über die Ermordeten wissen, das Sie der Polizei bisher nicht gesagt haben.«

»Warum sollte ich es dann Ihnen sagen?«

»Weil ich Ihr Fürsprecher sein könnte. Ich kann mit meinen Anhaltspunkten direkt zur Polizei gehen – oder aber erst nach unserem Gespräch.«

»Meine Güte! Ich habe alles gesagt, und jetzt lassen Sie mich in Ruhe und tun mir den Gefallen, mich in Zukunft nicht mehr zu belästigen. Dafür ist meine Zeit zu wertvoll.«

»Die nutzen Sie lieber für Orgien im Römerbad unter der B267.«

Julius konnte den Schock wie einen Faustschlag in Lisinis Gesicht erkennen, die plötzliche Starrheit der Züge, das schneller pumpende Blut, die Haut rot färbend. Lisinis Augen waren aufgerissen. Er hatte seine Züge nicht mehr unter Kontrolle. Und er wusste nicht, was er sagen sollte. Julius schon.

»Ja, ich weiß über Ihren kleinen Amüsier-Zirkel mit seinen Stiefelchen-Anhängern Bescheid. Zu dem auch Ihr guter Freund Rainer Schäfer gehört. Schließlich hat er damals den Schlüssel besorgt.«

Lisini stand auf, schwer atmend. »Sie wollen mich *erpressen*!«

»Nein«, sagte Julius. Und mehr nicht.

»Sie wollen mich *ruinieren*!«

»Nein«, sagte Julius.

»Sie wollen *mitmachen*?! Zu spät, Freundchen!«

»Nein«, sagte Julius wieder, der nun genug von der Raterunde hatte. »Ich will nur die Wahrheit wissen, und ich will, dass der Mörder gefasst wird. Also, wer gehörte alles zum Zirkel?«

Lisini setzte sich wieder, die Fingerspitzen aneinander legend wie ein Mafiaboss. Sein Atmen wurde ruhiger. »Was haben Sie denn in der Hand?«

»Ich frage Sie direkt, Herr Lisini. Sind *Sie* der Mörder von Constanze Dezaley, Tina Walter und Chantal Schmitz? Haben Sie sich nicht nur des Ehebruchs, sondern auch eines schlimmeren Verbrechens schuldig gemacht?«

»Verlassen Sie mein Haus«, sagte Lisini, der sich nun wieder unter Kontrolle hatte. »Auf der Stelle.«

»Dann gehe ich zur Polizei.«

»Tun Sie, was Sie nicht lassen können.« Max Lisini wirkte nicht mehr angespannt. Er wirkte erleichtert. Es zeigte sich sogar der Anflug eines Lächelns auf seinem Gesicht.

»Ich bluffe nicht.«

»Herr Eichendorff, ich bitte Sie darum: Gehen Sie zur Polizei. Ich meine das vollkommen ernst.«

»Wie Sie wollen!« Julius stand auf und ging ohne ein Wort des Abschieds hinaus.

Im Flur traf er Lisinis Frau.

»Sie sehen schlecht aus, Herr Eichendorff! Geht es Ihnen nicht gut? Warum bringt mein Mann Sie nicht zur Tür?«

»Ist schon in Ordnung. Ich find den Weg allein.«

»Nein, das ist nicht in Ordnung. Ich werde ihn darauf hinweisen, vermutlich war er mit seinen Gedanken woanders.«

Julius hob die Hand. »Es hat seinen Grund, dass er mich nicht zur Tür bringt.«

»Oh.«

»Wir hatten Streit. Sagen wir lieber: eine Meinungsverschiedenheit.«

»Darf ich erfahren, um was es ging? Mein Mann und ich haben keine Geheimnisse voreinander.«

Julius schüttelte den Kopf. »Lieber nicht. Fragen Sie ihn selbst.«

»Aber ich frage Sie, Herr Eichendorff.«

»Machen Sie das miteinander aus. Ich möchte nicht der Überbringer einer schlechten Nachricht sein.«

Bianca Lisini sah ihm fest in die Augen. »Wir sind erwachsene Menschen, Herr Eichendorff, und wir sollten uns auch so benehmen. Glauben Sie, ich sei ein Kind, dem man etwas nicht erzählen darf, um es nicht zu verschrecken?«

Warum sollte er Lisini decken? Warum sollte er jemanden schützen, der seine Frau betrog? »Ihr Mann, Frau Lisini, Ihr Mann hat, wie sagt man das am besten, nicht nur Blicke für Sie.«

Bianca Lisini schaute ihn fragend an.

»Ihr Mann ist kein … Kostverächter, wenn Sie wissen, was ich meine. Es tut mir Leid, aber ich weiß nicht, wie ich es Ihnen anders sagen soll.«

Sein Gegenüber lächelte verständnisvoll. »Lassen Sie es mich Ihnen leichter machen, Herr Eichendorff. Wenn Sie darauf hinauswollen, dass mein Mann mich betrügt, dann erzählen Sie mir nichts Neues. Lassen Sie uns doch in den Garten gehen, das ist angenehmer, als hier im Flur zu stehen. Ich denke, ich muss Ihnen einiges erklären, damit Sie keinen falschen Eindruck bekommen.«

Im Garten stand eine gusseiserne Bank, tiefgrün, fast oliv.

»Nehmen Sie Platz«, sagte Bianca Lisini und setzte sich. »Sind Sie verheiratet, Herr Eichendorff?«

Julius hob seine rechte Hand, den Ringfinger präsentierend. »Noch nicht.«

»Nach vielen gemeinsamen Ehejahren, Max und ich haben über dreiundzwanzig, kennt man seinen Partner. Ich will nicht behaupten, dass jede Frau bemerkt, wenn ihr Mann sie betrügt, aber mir ist es nicht entgangen. Max hat allerdings auch nicht versucht, ein großes Geheimnis daraus zu machen. Sein Enthusiasmus für die ihm anvertrauten Mädchen ist, glaube ich, weitgehend bekannt. Das hat einst meine Aufmerksamkeit geweckt.«

»Und es stört Sie nicht?«

»Solange er sich in der Öffentlichkeit nicht zu auffällig benimmt, lasse ich ihm seine Freiheit. Eine Ehe ist mehr wert als kurzfristige Liebschaften.«

Julius wusste nicht, ob er sie bewundern oder bemitleiden sollte.

»Aber auch wenn ich so offen darüber spreche, Herr Eichendorff«, sie nahm seine Hand in ihre, »möchte ich Sie bitten, es für sich zu behalten. Sie wissen sicherlich selbst, wie wichtig ein unbefleckter Ruf ist.«

Julius zog seine Hand weg. »Es tut mir Leid, aber ich kann Ihnen den Gefallen nicht tun. Die Sache könnte im Zusammenhang mit den Morden stehen.«

»Zu so etwas wäre mein Mann nicht fähig«, sagte Bianca Lisini lächelnd.

»Wenn jemand zu Orgien fähig ist, warum dann nicht zu mehr?«

»Orgien? Was meinen Sie mit Orgien?«

Also war sie doch nicht so gut informiert, wie sie dachte.

»Fragen Sie Ihren Mann.«

»Herr Eichendorff, das hatten wir doch schon. Wollen Sie andeuten, mein Mann hätte etwas mit Orgien zu schaffen?«

»Wie alle Weinköniginnen, die nun ermordet worden sind.«

Sie lachte auf. Etwas manieriert, wie Julius fand.

»Nein, Herr Eichendorff, dazu fehlt meinem Mann die Phantasie. Er ist eher von dem Schlag, der in einem Hotelzimmer unter falschem

Namen mit seiner Gespielin absteigt. Aber Orgien? Dass er etwas mit Constanze Dezaley hatte, das stimmt wohl. Darauf hatte sie es aber auch angelegt. Sie wollte als Letzte in die Fragerunde und die Fragen außerdem vorher haben. Und genau das hat sie von meinem Mann bekommen. Ich habe es ihm nach der Wahl auf den Kopf zugesagt. Sie war einfach zu souverän.«

»Und was ist mit den anderen beiden Ermordeten?«

»Ebenfalls Affären. Es sind immer Weinköniginnen, Herr Eichendorff. Sie sind sein Faible.«

Und damit war er nicht der Einzige. Wohl aber der einzig Erfolgreiche. Oder vielleicht einer von zweien.

»Teilt Rainer Schäfer dieses Faible?«

»Rainer hat ein Faible für alle Frauen. Er ist wahllos.«

»Wird es auch mit der neuen Königin eine Affäre geben?«

»Ich würde meinen Garten darauf verwetten, Herr Eichendorff, und den setze ich nicht leichtfertig aufs Spiel.«

»Woher nehmen Sie diese Sicherheit?«

»Ich dachte, Sie wären darin verwickelt gewesen? Mein Mann erzählte mir diese Diätgeschichte. Die arme Verena Valckenberg, sie wäre die bessere Wahl gewesen.«

»Ich sehe den Zusammenhang nicht.«

»Hatten Sie nicht erwartet, dass Heidrun Wolff disqualifiziert wird? Nun, der Apotheker hat das Geschehen gemeldet und es dann, einen Tag später, widerrufen. Es sei alles nur ein großes Missverständnis gewesen. Da passt es doch, dass die beiden Arm in Arm in der Stadt gesehen wurden. Der unverheiratete Apotheker und seine hübsche Mitarbeiterin.«

Damit konnte Julius sich eine Fahrt sparen. »Sie zeigte vollen Körpereinsatz für ihre Karriere.«

Bianca Lisini schmunzelte.

Julius entschloss sich, sie im Glauben zu lassen, dass es keine Orgien gab. Was hätte es geändert? Sie schien es sich in ihrer Situation eingerichtet zu haben.

»Sehen wir uns heute Abend?«, fragte sie nun, während sie aufstand und zum Gartentor ging.

»Wieso? Sind Sie bei mir zum Essen?«

»Sie sind mir ein Spaßvogel! Heute ist das Treffen der Gemüsepaten bei Herrn Auggen, bei dem es die Samen gibt. Das müssten Sie aber wissen, wo Sie meinen Mann und mich doch für die gute Sache angeworben haben.«

Das hieß, heute Abend wurde abgerechnet. Wenn er bis dahin keine zwanzig Paten für die »Schwarze Poppelsdorfer« hatte, wäre es Essig mit Joggen. Julius ließ Bianca Lisini bei ihren Rosen. Er musste sich um Bohnen kümmern. Er brauchte Paten, und wenn er sie sich ziehen musste.

Julius besah sich im Spiegel. Er war gerundet, befand er, wie die Hügel Irlands, sanft und harmonisch. Geradezu anmutig. Die Waage zeigte dazu eine Zahl an, die weniger anmutig war.

Eher beunruhigend.

Genau wie die Zahl der Paten.

Julius zählte zur Sicherheit noch einmal durch. Wen hatte er? Die drei Archäologen Wilfried Pause, Adalbert Niemeier und Johann Joachim Winckelmann. Die sechs verbliebenen Orts-Weinköniginnen, darunter die neue Gebietsmonarchin. Die zwei Caligulas Max Lisini und Rainer Schäfer hatten ebenfalls vor Zeugen ihre Patenschaft bekundet. Dazu zwei verletzte Herzen, die Stephan Zeh und Rudi Antonitsch gehörten. Auch August Herold und Professor Altschiff hatte Julius angeworben wie ein wild gewordener Herbalife-Vertreter.

Waren fünfzehn.

Fehlten fünf.

Er musste an die eisernen Reserven. François musste dran glauben und FX, den Julius aus gesundheitlichen Gründen vertreten würde, dazu Anna, und, es musste sein, seine Eltern. Beide. Dann hätte er zwanzig.

Dann hätte er seinen Jogging-Partner.

Doch eigentlich war das nicht das Wichtigste, dachte Julius, während er von der Waage stieg, den Bauch einziehend, als er sich im Spiegel sah. Viel wichtiger war, dass der Mörder heute Abend mit großer Wahrscheinlichkeit dabei war. Die Spuren liefen fast ausschließlich auf Anwesende zu.

Diese Chance durfte er sich nicht entgehen lassen.

Es musste eine Möglichkeit geben, den Täter zu entlarven.

Er musste etwas finden, das nur der Mörder wissen konnte, niemand sonst.

Julius spürte eine Idee anrollen, wie sich ein Zug mit dem Vibrieren der Gleise ankündigte. Eine Idee rund um eine Zahl. Hatte Antoine Carême ihm nicht etwas erzählt?

Plötzlich standen seine Eltern im Raum.

»Hallo, geliebter Sohn.« Seine Mutter küsste ihn auf die Wange. »Dein Vater möchte mit dir reden.«

»Wie seid ihr reingekommen?«, fragte Julius, mit einem Handtuch seine Blöße bedeckend. Schließlich hatte er kein Kleidungsstück mitwiegen wollen. Es kam auf jedes Gramm an.

»Wir haben dich schon häufiger nackt gesehen, Pucki. Musst dich vor uns doch nicht genieren.«

»Wart ihr schon die ganze Zeit im Haus?«

»Wir haben uns einen Nachschlüssel machen lassen, der Einfachheit halber. Schließlich sagst du immer, wir sollen uns wie zu Hause fühlen. Genug davon, dein Vater will dir etwas erklären.«

Die Idee, wie er den Mörder fassen konnte, wand sich wie ein glitschiger Aal in den Händen eines jungen Fischers.

»Es geht um das heilige Sakrament der Ehe«, begann Julius' Vater. »Sie ist das Schönste, was einem widerfahren kann.« Er blickte fragend zu seiner Frau, die zustimmend nickte. »Für einen Vater kann es keinen stolzeren Moment geben, als …«

Ihm fehlten die Worte, er blickte wieder zu Julius' Mutter, die soufflierte: »Als seinen Sohn mit einer guten Frau vermählt zu sehen.« Ihr Mann wiederholte es.

Meine Güte, dachte Julius, Inhalt wie Wortwahl stammten aus dem letzten Jahrhundert. Er durfte den Faden nicht verlieren. Keinen der beiden. Der erste hatte zu tun mit …

»Gemüsepatenschaften. Was haltet ihr davon? Bevor wir über die Ehe reden, möchte ich euer Wort, dass ihr Gemüsepaten werdet. Das geht auch in Spanien. Dann können wir weiterreden.«

Julius erklärte, worum es ging.

»Von mir aus, Pucki, gern. Aber jetzt lass uns über die Hochzeit reden. Wenn du diese Woche den Antrag machst, kann die Hochzeit zur Lesezeit stattfinden, das ist am schönsten. Wir haben mit dem Eigentümer des ›Silbernen Kutters‹ wegen Zimmern für die anreisenden Gäste gesprochen, er hat sie für uns reserviert. Und zwar für das Wochenende vom 9. September, das ist auch ein schönes Datum.«

»Können wir vielleicht im Wohnzimmer darüber reden? Und dürfte ich mir vielleicht etwas anziehen?«

Die Idee, wie war noch gleich die brillante Idee gewesen?

»Wichtige Dinge erlauben keinen Aufschub! Wir haben dich schon viel zu lange an der langen Leine gelassen. Dein Vater wird dir dazu etwas sagen.«

Herr Bimmel und Felix waren ins Badezimmer gekommen und schauten sich ihren Mitbewohner interessiert und, so kam es Julius vor, hungrig an.

»Ich würde mich jetzt *gern* anziehen.«

Seinen Vater tangierte das nicht. »Anna von Reuschenberg scheint deiner Mutter und mir eine gute Partie zu sein. Natürlich wird sie mit ihrer Berufstätigkeit aufhören müssen, wenn ihr Kinder habt. Deine Mutter hat gelesen, dass die Drei-Kinder-Familie zurzeit in Mode ist.«

»Ich würde mich jetzt gern anziehen! Würdet ihr *bitte* das Badezimmer verlassen. Und lasst den Haustürschlüssel direkt hier. Ich will nämlich *nicht*, dass ihr euch wie zu Hause fühlt!«

Seine Eltern blickten ihn wie zwei verdutzte Eulen an

»Was soll denn dieses Benehmen, Pucki? Jetzt beruhig dich mal schön und schau dir die Einladungskarten an, die wir ausgewählt haben.«

Hatte er nicht gerade eben eine Idee zur Mordaufklärung gehabt? Julius wusste es nicht mehr. In seinem Kopf war nur noch Platz für seine Erzeuger. *»Raus hier!«*

»Julius, du musst jetzt nicht so aggressiv werden, nur weil du zugenommen hast. Wir lieben dich auch so«, sagte seine Mutter und lächelte mitfühlend.

»Ich habe *abgenommen*, liebe Mutter!«

»Oh, das ist mir jetzt gar nicht aufgefallen.«

Bevor Julius etwas erwidern konnte, sprach sein Vater. »Anna, so glauben deine Mutter und ich zumindest, mag dich aber auch so, wie du bist.«

»Trotzdem könntest du ein paar Pfund abnehmen. Auch der Gesundheit wegen.«

Die Idee war weg. Und seine Eltern waren da. Das hatte sich Julius andersherum gewünscht. In diesem Moment, halb nackt im Badezimmer von Vandalen überfallen, die seine Hochzeitsvorbereitungen bereits erledigt hatten, denen seine Körperfülle nicht gefiel und die dreist seinen Haustürschlüssel kopiert hatten, wurde es ihm endgültig zu viel.

»Haut endlich ab!«

Herr Bimmel und Felix kauerten sich auf den Boden, unsicher, ob sie etwas angestellt hatten.

Die Vandalen ignorierten die Gegenwehr einfach.

»Du brauchst dich *wirklich* nicht umzuziehen, Pucki. – Dein Vater hat dir noch gar nicht das Beste erzählt! Pfarrer Lütgens wird dich trauen! Er hat sich schon den Termin notiert. Wir müssen uns nur noch für eine Uhrzeit entscheiden, bei der die ganze Familie kann.«

»Seit ihr hier seid, mischt ihr euch in mein Leben ein! Seit ihr hier seid, ist euch nichts gut genug! Von mir aus braucht ihr *nie wieder zu* kommen. Bleibt doch in Spanien, da ist es *schön warm*!« Wie in der Hölle, dachte Julius. Das Handtuch fiel ihm von den Hüften. Es war ihm egal. »Verschwindet ihr jetzt endlich? Und eine Hochzeit wird es nicht geben. Niemals! Und wenn ich nur aus dem einzigen Grund nicht heirate, um euch den Spaß zu verderben. Denn um nichts anderes geht es euch ja!«

»Julius Remigius, wie *sprichst* du mit deiner Mutter?«

»Und falls ihr euch doch noch mal im Tal blicken lassen solltet, kümmert euch gefälligst selbst um ein Hotel. Und in meinem Restaurant möchte ich euch nicht mehr sehen. Und jetzt raus mit euch. Und tretet beim Rausgehen nicht auf meine Katzen, auch wenn sie so *dick* sind!«

»Hätte ich gewusst, dass wir dir zur Last fallen, dann wären wir gar nicht erst gekommen. Ich dachte, du würdest dich freuen, deine Eltern zu sehen, so wie ein normales Kind. Wer weiß, wie viel Zeit uns noch auf Erden bleibt! Da verwenden wir so viel davon darauf, dir eine schöne Hochzeit zu bereiten, und das ist der Dank. Aber wenn du keine Hilfe willst, *wir* drängen uns nicht auf.«

»Seid ihr noch nicht weg?! Wenn ich euch noch einmal in meinem Haus sehe, vergifte ich euch eigenhändig!«

Das reichte. Seine Eltern verschwanden.

Kaum waren sie weg, war die Eingebung da.

Kam herausgehüpft wie ein Springteufel aus der Box. Ein Schild in der Hand, auf dem »Gift« stand.

Hatte er das jetzt etwa seinen Eltern zu verdanken?

Wäre ihm die Idee vielleicht nie gekommen, wenn sie ihn nicht zur Weißglut getrieben hätten? Verdammt! Dann müsste er ihnen für ihre Unverfrorenheit auch noch dankbar sein.

Falls er sie jemals wiedersah.

Es fühlte sich trotzdem gut an, die ganze Wut rausgelassen zu haben. Etwas undosiert vielleicht, da der aufgestaute Dampf auf einmal herausgeschossen war, aber ansonsten wäre der Schnellkochtopf, Modell Julius Eichendorff, höchstwahrscheinlich explodiert. Jetzt war die Wut weg und das herrliche Gefühl da, den giftigen Köder gefunden zu haben, den er für seine mörderische Angelpartie brauchte.

Das musste gefeiert werden!

»Herr Bimmel! Felix! Festessen! Was haltet ihr von einem Käseomelett? Damit wir drei endlich kräftige Burschen werden?«

Die beiden schienen das für eine gute Idee zu halten und liefen, die Schwänze in die Höhe gereckt, die Treppe hinunter zur Küche. Julius warf sich einen Bademantel über, schlüpfte in seine Hausschlappen und schlenderte hinterher.

Nichts ist giftig. Alles ist giftig. Es kommt nur auf die Dosierung an.

Meinte Paracelsus. Julius würde es heute Abend beweisen.

Und zwar beides.

Er wusste nur noch nicht, womit. Es blieb keine Zeit für Aufwendiges, wie Julius feststellte, als er auf die Uhr blickte. Das Treffen war um zwanzig Uhr. Jetzt war es kurz nach halb sechs. Julius ging zum Schreibtisch ins Arbeitszimmer, darauf türmten sich drei thematisch sortierte Bücherstapel: römische Alltagsgeschichte, römische Esskultur, römische Gerichte. Die Werke des letzten Stapels würden reichen.

Das Telefon klingelte.

Julius ließ ihm seinen Spaß.

Das Telefon klingelte weiter, unerbittlich und stur. Julius hatte keinen Anrufbeantworter, der Einhalt geboten hätte. Der Anrufer war geduldig.

Sollte er doch klingeln, bis er schwarz wurde!

Hatte er noch nie gekocht ... schmeckte nicht ... zu kompliziert ... würde er niemals mit der richtigen Temperatur servieren können ... Julius konnte es nicht riskieren, seinen Ruf durch ein liebloses Gericht zu beschädigen.

Das Klingeln ging weiter. Jedes Mal hoffte Julius, dass es das letzte gewesen wäre, aber stets an dem Punkt, an dem ihm die Pause so lange vorgekommen war, dass er sich bereits freute, klingelte es wieder. Sein Zeitgefühl machte sich über ihn lustig.

Okay, das Telefon hatte gewonnen.

Da! Jetzt hatte es doch tatsächlich aufgehört! Jetzt, wo er extra aufgestanden war!

Nein, doch nicht.

Julius hob ab.

»Eichendorff«, grummelte er in den Hörer.

»Da klingt aber einer angefressen«, sagte Anna.

»Ich habe noch niemals jemanden so ausgiebig klingeln hören.«

»Wenn man den Hörer danebenlegt und sein Telefon auf Laut stellt, hat man alle Zeit der Welt.«

»Gelobt sei der Fortschritt. Können wir vielleicht ein andermal –«

»Nein, können wir nicht. Du glaubst nicht, was wir gefunden haben. Es ist ein Traum! Dein guter FX brachte mich drauf. Dank sei seinen Ermittlungen! Ich erklär dir alles, wenn du hier bist.«

»Vorher könntest du mir aber noch sagen, wo ich dich finde.«

»Hab ich das noch nicht?«

»Nein, das hast du in deinem jugendlichen Überschwang vergessen.«

»In der Wohnung von Rudi Antonitsch darfst du mir gern weitere Komplimente machen.«

»Wohnt der nicht über seiner Praxis?«

»So ist es. Und jetzt beeil dich, Pucki!«

Sie legte auf.

Miststück. Aber ein Miststück, das noch etwas warten musste, denn zuerst galt es, Rezeptbücher durchzuwühlen. Bei dieser Arbeit bekam Julius nun Hilfe. Herr Bimmel legte sich auf einige der Bücher, streckte genüsslich die weißen Pfoten von sich und schlief ein. Kater wecken, das wusste Julius, brachte Unglück. In Form eines unleidlichen Katers. Also schaute er sich einfach an, was der Kater freigelassen hatte. Die große Pranke des gefräßigen Mitbewohners lag genau neben dem Wort »Mulsum«.

Und »Mulsum« war des Rätsels Lösung.

»Honigwein (Mulsum)«, stand dort, »tranken die Römer als Aperitif. Als Haustrunk wurde er auch Kindern verabreicht. Nehmen Sie zwei Esslöffel flüssigen Honig auf eine Flasche trockenen Weißwein. Ziehen Sie ihn mit dem Schneebesen unter und bewahren Sie das Getränk im Kühlschrank auf.«

Dazu würde eine Prise Schierling doch gut passen.

Eigentlich hielt Julius die Vermischung von Wein mit etwas anderem für pure Blasphemie, aber in diesem Fall war es angewandte Altertumskunde. Er holte einen Karton von August Herolds bestem Riesling aus dem Keller, goss ihn in einen großen Suppentopf, quirlte den Honig unter und schüttete den Wein wieder zurück in die Flaschen, Korken drauf, fertig.

Fehlte nur noch der Schierling.

Julius griff sich eine Packung echter Strohhalme, die er vor Jahren gekauft und niemals verwendet hatte. Ihr großer Auftritt war gekommen.

Der Eingang zu Antonitschs Wohnung fand sich direkt neben der Massage-Praxis. Julius drückte auf die obere Klingel, und ihm wurde geöffnet. Der Hausflur schien schon zur Wohnung zu gehören, an den Wänden hingen Aktfotos von gut durchtrainierten Damen und Herren. So was wurde selten von Hausgemeinschaften abgesegnet. Kein Wunder, dass Antonitsch die Psychologie im Stich gelassen hatte. Durchtrainierte Geister sahen nicht halb so wohlgeformt aus.

Die eigentliche Wohnungstür stand offen. »Ich bin hier«, hörte er es rufen und folgte der Stimme in die Küche. Anna hielt einen Anrufbeantworter in der Hand. »Haben wir im Tiefkühlfach gefunden.«

»Und was gibt es als Beilage?«, fragte Julius, der bester Laune war.

Hinter ihm tauchte ein junger Mann auf. »Wir sind dann so weit durch.«

»Alles klar, dann ab mit euch. Und feix nicht so blöd. Ist irgendwas dabei, wenn mich mein Freund bei der Arbeit besucht?«

»Ich hab nichts gesagt«, sagte der junge Mann und verschwand.

»Sind wir Stadtgespräch?«, fragte Julius.

»Sie schreiben an einem Fortsetzungsroman. Aber der wird mit Sicherheit nicht halb so spannend wie das hier.« Anna deutete auf den Anrufbeantworter. »Hör dir das an.«

Anna steckte das Gerät in der Leiste über dem Herd ein und drückte auf die Wiedergabe-Taste. »Du glaubst nicht, wie lange es gedauert hat, bis das Ding abgetaut war.«

»Scheint keinen Gefrierbrand zu haben.«

»Schht!«, sagte Anna. »Jetzt geht's los!«

»Hallo, Tina, hier ist Rudi. Ich weiß, dass du da bist, aber ich erwarte gar nicht von dir, dass du abhebst. So eine Trennung ist nie leicht. Ich möchte dir sagen, dass ich es dir nicht übel nehme, dass du Schluss gemacht hast. Du bist zurzeit in einer kritischen Phase deines Lebens, die Prüfungen, die Sache mit deinen Drogen vertickenden Kollegen, das hat dich gestresst, und du hast ein Ventil gesucht, um die Spannungen rauszulassen, und das Ventil war ich. Ich verstehe gut, was da passiert ist. Du brauchst jetzt Zeit, um dir über dich selbst klar zu werden. Nimm sie dir, Tina.« Antonitschs Tonfall, fand Julius, war unangenehm verständnisvoll. »Deshalb räume ich dir ein Jahr Bedenkzeit ein. Das ist viel, soll aber auch ein Zeichen für dich sein, wie sehr ich dich liebe, Kleines. Genau ein Jahr werde ich meine Gefühle im Zaum halten. Und dann müssen wir gemeinsam eine Entscheidung treffen. So oder so.«

Piep.

Anna blinzelte. »Hallo, Julius, ich verstehe, dass du jetzt wissen möchtest, wann diese Nachricht aufgesprochen wurde. Und ich möchte dir sagen, dass ich dir das auch nicht übel nehme. Du bist zurzeit in einer kritischen Phase deines Lebens. Die Steuerprüfung, die Sache mit deinem Wein vertickenden Kollegen, das hat dich gestresst. Du brauchst jetzt Zeit, um dir über dich selbst klar zu werden. Und du brauchst das Datum. Nimm es dir, Julius. Es steht im Display, seit die Nachricht gelaufen ist. Sie ist ungefähr ein Jahr alt. Ganz genau ein Jahr alt war sie an dem Tag, an dem Tina Walter gestorben ist.«

Sie hielt Julius den Anrufbeantworter vor die Nase, das Stromkabel reichte so eben.

»Was sagt Antonitsch dazu?«

»Wir haben ihn noch nicht fragen können. Als wir kamen, war das Vögelchen schon ausgeflogen. – Das wollte ich immer schon mal sagen! Steht mir gut, der lässige Polizeijargon, was?«

»Und den Tipp hattest du von FX, oder habe ich das falsch verstanden?«

»Nein, das hast du trotz der kritischen Phase deines Lebens richtig verstanden. Ich nehme das als ein Zeichen, wie sehr du mich liebst.«

»Wenn du so weitermachst, kann ich meine Gefühle kein Jahr mehr im Zaum halten«, feixte Julius zurück. »Also bitte nähere Infos zu FX.«

»Er wusste, dass Antonitsch das auf den AB gesprochen und Tina es nicht gelöscht hatte. Bei meinem letzten Besuch im Krankenhaus hat er mich zufällig gefragt, ob wir den guten Masseur schon ausgequetscht hätten und was er zu dem Band gesagt hätte. Tja, da musste ich ihm sagen, dass wir keinen AB bei Tina Walter gefunden haben. Ich an Antonitschs Stelle hätte das Ding ja gelöscht, aber er wollte wohl auf Nummer sicher gehen. Man liest ja heute so viel von Daten, die wiederhergestellt werden konnten.«

»Also ab in das Gefrierfach damit. – Schierling lag nicht zufällig noch irgendwo herum?«

»So gut meinte es der heilige Smith & Wesson, Schutzpatron aller Polizisten und Privatdetektive, dann doch nicht mit uns.«

Julius stand abrupt auf und nahm Annas Gesicht in die Hände. »Wie dem auch sei: Ich brauch dich heute Abend.«

»Äh ja?«, fragte Anna und kniff die Augen fragend zusammen.

»Du musst Gemüsepatin werden.«

»Ach so. Und ich dachte schon, es ginge um etwas Amouröses. Schade.«

»Das könnte ja eventuell danach kommen.«

»Falls ich mich der Aufgabe als Gemüsepatin als würdig erweisen sollte, was immer das heißt.«

Julius gab ihr Auggens Adresse in Sinzig. »Kannst du um acht da sein?«

»Da bleibt mir ja kaum Zeit, mich umzuziehen. Muss ich denn was für Gartenarbeit anhaben?«

»Nein, du bekommst nur ein Tütchen mit Samen, ein paar Ratschläge, und von mir gibt es ein Glas vergiftetes Mulsum gratis dazu.«

»Vergiftetes Mulsum? Darf ich fragen, was es damit auf sich hat?«

»Wirst du schon sehen. Lass dich überraschen!«

11. Kapitel

... anhaltendes Finale ...
(Gault Millau WeinGuide)

Während Julius im Wagen wartete, hoben sich die mit Kerzen bestückten Lampions in Auggens Garten immer deutlicher vom schwarz werdenden Himmel ab. Die letzten freien Parkplätze füllten sich, und ab und an sah er einen seiner Paten hineingehen. Teils in Anzug oder Kostüm, teils leger in Jeans und Lederjacke. Die einen erwarteten wohl eine feierliche Samenübergabe, die anderen eine zwanglose Gartenparty. Julius' Gratis-Programm hatte keiner auf der Karte.

Julius wurde zunehmend nervöser. Hatte er alle Züge des Mörders vorhergesehen, würden seine Konter funktionieren?

Ohne eine Notfallpraline oder einen Schluck Wein hob er sich aus dem Autositz. Nüchtern musste er sein und hungrig, dann war sein Hirn stets am wendigsten. Den Karton August-Herold-Mulsum nahm er samt Strohhalmen aus dem Kofferraum und schloss den Wagen ab.

»Schau an, der Julius!«, sagte Wilfried Pause, Arm in Arm mit Verena Valckenberg auf den Auggen'schen Garten zusteuernd. Ihr Kopf an seiner Schulter, ihre Augen größer, als Julius sie je gesehen hatte.

»Wen haben wir denn da?«, fragte er. »Hab ich was verpasst?«

»Meinst du sie hier?«, fragte Pause und küsste seine Begleiterin auf den Schopf. »Nur eine Spülbekanntschaft, sonst nichts.«

Dafür kitzelte ihn die Dernauer Weinkönigin an der Hüfte. »Du hast doch gar nicht gespült! Wolltest doch nur abtrocknen.«

»Wo ist denn euer dritter Mann? Der müsste doch heute Abend auch da sein.«

»Stephan kommt nach. Muss noch irgendwas erledigen.«

Julius folgte den beiden in Auggens Garten, in dem es zuging wie auf einer italienischen Familienfeier. Es wurde viel geredet, gelacht und getrunken, alles unter einem vollmondklaren Himmel. Selbst der Wind, der häufig schneidend durchs enge Tal zog, war heute guter Laune und blies so schwach, als ginge es nur darum, eine heiße Suppe abzukühlen.

Julius suchte nach einem freien Platz für seine Mitbringsel. Auf den Tischen am Eingang fanden sich Gemüsesorten, entsprechend ihrer ersten urkundlichen Erwähnung vor einem auf Endlospapier gemalten Zeitstrahl angeordnet. Wo Auggen kein frisches Gemüse hatte, stand eingemachtes, wo selbst das nicht zur Hand war, mussten Fotos reichen. Das Ergebnis der akribischen Arbeit war, dass nichts aussah, als sei es wirklich zum Verzehr geeignet. Noch nicht einmal der prachtvolle, in einem riesigen Einmachglas steckende »Ewige Kohl«.

Es sah aus wie ein Gemüsemuseum. Julius hatte den Eindruck, alles sei ausgestopft.

Das tatsächliche Buffet befand sich auf der gegenüberliegenden Seite des schlauchförmigen Gartens. Etliche Stangen zu dunkel gebackenes Baguette steckten in einem Flechtkorb, daneben die übliche Armada Nudel-, Kartoffel-, Schicht-, Reis-, Geflügel- und neuerdings Gummibärchensalat. Zum Nachtisch.

Wofür kultivierte Auggen alte Samen an, wenn es dann doch nur dasselbe gab wie überall?

Zumindest bis jetzt, dachte Julius, schob die Schüssel mit den Frikadellchen ordentlich zur Seite und wuchtete den Karton Mulsum an die freie Stelle. Weingläser fand er auf einer anderen Tischgruppe – der Getränketheke. Das dort aufgebockte Kölsch-Fässchen wurde stark frequentiert, aber auch der Rotwein, der aus einem großen Glasballon gezapft werden konnte, hatte eine Schlange vor sich.

»Julius!«, sagte Christoph Auggen.

»Christoph!«, sagte Julius Eichendorff.

»Sollen wir abrechnen, Meisterkoch? Was bekomme ich eigentlich dafür, dass du deine Wette verloren hast?«

»Tja, Schrebergärtner, du hast nichts eingefordert. Und jetzt ist es zu spät. Ich hab aber sowieso gewonnen.«

»Nicht im Ernst!«

»Doch, und ich rechne es dir auch gern genüsslich vor. Lass mich nur gerade die Gläser abstellen.« Julius platzierte das Tablett vor den Mulsum-Karton.

»Schön, dass du noch was zu trinken mitgebracht hast«, sagte Auggen. »Und auch noch vom August! Aber die Getränke gehören da nicht hin, die hab ich alle dahinten aufgebaut.«

»Das ist *ausschließlich* für die von mir angeworbenen Paten.«

»Und schon haben wir die Zwei-Klassen-Gesellschaft im Nutzgarten. Bekomm *ich* denn wenigstens was ab?«

»Später gern – wenn dann noch was übrig ist. Ich muss dich übrigens vorwarnen: Es kann sein, dass es hier gleich … Unmutsäußerungen gibt. Ich werde eine Ansprache halten und –«

»Du musst nicht weiterreden«, unterbrach ihn Auggen, »während deiner Rede kann es zu Protesten kommen, weil sie so schrecklich langweilig ist. Verstehe schon.«

Auggen griff sich ein Frikadellchen und wollte schon gehen, als Julius ihn am Arm packte.

»Das war kein Witz! Es geht um die Mordserie. Heute bietet sich die einmalige Chance, sie aufzuklären.«

»Nicht dein Ernst? Du willst mir sagen, dass du den Mörder unbedingt auf *meinem* Patenfest stellen musst?«

»Geht nicht anders.«

»Du kennst den Spruch von den Freunden, bei denen man keine Feinde mehr braucht.«

»Zwanzig Paten, Christoph, zwanzig Paten.«

»Wenn du einen davon ins Kittchen bringst, sind es nur noch neunzehn.«

»Warum sollte der Mörder da keine Pflanzen ziehen dürfen?«

»Tu, was du nicht lassen kannst, aber schau, dass die anderen Gäste nicht zu viel davon mitbekommen.«

Julius nickte, und Auggen verschwand.

Er machte den Blick frei auf Julius' Eltern.

Sie sahen zufrieden aus mit ihren Papptellern aus recyceltem Papier, die großzügig mit Partysalaten beladen waren. Auch sie schafften das Kunststück nicht, elegant im Stehen zu Essen. Seine Mutter versuchte gar, dazu ein Glas Wein grazil zu halten.

Sie waren stets gut informiert, das musste Julius ihnen lassen. Er hatte sie erst vor wenigen Stunden zu Paten gemacht, trotzdem waren sie bereits hier, auf einem Fest, von dem er nichts erwähnt hatte.

Und obwohl er sie nach der Übernahme der Patenschaft aus dem Haus geworfen hatte. Ihr Pflichtbewusstsein war unglaublich. Nach diesem Streit wäre Julius sofort abgereist und niemals wiedergekommen. Das hatte Größe, das musste er ihnen lassen.

Julius zählte seine Paten, während er zwischen den Grüppchen von Partygästen hindurchschlenderte, die sich wie Motten nahe den

Lampions aufhielten. Sämtliches königliche Blut war anwesend, ebenso das archäologische. Rainer Schäfer war auch gekommen, mit Kamera und ledernem Notizblock, anscheinend musste er für die Eifel-Post über das gesellschaftliche Ereignis berichten. Die Patenschaft allein hätte ihn wahrscheinlich nicht hergeführt.

Zum ersten Mal war Julius erleichtert, ihn zu sehen.

Er zählte ... vier ... sieben ... acht ... elf ... und landete schließlich bei Nummer siebzehn, François, der sich mit August Herold angeregt über Wein unterhielt, was Julius daran erkennen konnte, dass sie ihre Gläser empor zum Lampenschein hoben.

Es fehlten noch FX, den er heute Abend aus Krankheitsgründen vertreten würde, Anna und Stephan Zeh. Ohne die beiden Letzteren würde er mit dem Spektakel nicht beginnen können.

»Gefalle ich dir?«, fragte Anna, die plötzlich neben ihm auftauchte. »Deine Mutter war ganz begeistert von dem Kleid. Aber sie schien irgendwie schlecht drauf zu sein. Kann das sein?«

Das Kleid war tatsächlich begeisternd, fand Julius. Ebenso Dekolleté und Beine, die augenfreundlich ausgespart blieben. Das kurze Schwarze hatte Julius nie zuvor an ihr gesehen. Er lehnte sich mit einer Hand auf den Tisch, die Frikadellchen nur knapp verfehlend.

»Frage eins: O ja. Ich bin nahe dran, Herztabletten zu brauchen. Frage zwei: Das kann sein. Und zu Frage drei, die du jetzt sicher stellen wirst: Ich erklär dir später, warum meine Mutter schlecht drauf ist. Und nun hab ich noch eine Frage, bevor ich mir meinen Kopf in einen Eimer Eiswasser stecke: Du hast nicht zufällig Stephan Zeh gesehen?«

»Das war jetzt ein bisschen schnell für mich. Aber egal. Stephan Zeh habe ich nicht gesehen. – Mein Gott, da ist ja auch Rudi Antonitsch!« Anna suchte in ihrer Handtasche nach dem Handy.

»Bitte warte bis nach meinem Vortrag!«

Sie tippte eine Nummer ein. »Nein, Julius, der Mann muss sofort verhört werden.«

Julius nahm ihr das Handy weg.

»Sag mal, spinnst du?!«, zischte Anna.

»Vertrau mir. Du weißt, dass du das kannst«, sagte Julius und zwang sich, beruhigend und selbstsicher zu wirken. Sie nahm ihm das Handy wieder weg.

»Lass mich wenigstens Kollegen rufen, die das Gelände absichern.«

»Das könnte den Mörder unruhig und meinen Plan kaputtmachen. *Bitte!*«

»Du bringst mich noch mal ins Grab, Julius. Und dich auch. Lernst du eigentlich nie aus dem, was dir zustößt?«

»Ich hab gelernt, dass ich keinem trauen darf. Egal, wie gut ich meine, einen Menschen zu kennen.«

»Aber ich soll *dir* vertrauen? Was hast du gerade noch gesagt? Wo bleibt da die Gleichberechtigung?«

Julius küsste sie.

Stephan Zeh ging schlecht gelaunt an ihnen vorüber, bewusst in eine andere Richtung blickend.

Julius beendete den Kuss abrupt.

»Das konntest du aber auch schon mal besser«, sagte Anna.

»Es geht los«, sagte Julius, schnappte sich schnell ein Weinglas und eine Gabel, bevor er sich vor dem gigantischen Einmachglas mit »Ewigem Kohl« aufbaute. Er führte mehrmals Glas und Gabel aneinander.

Die Aufmerksamkeit war die seine.

»Darf ich alle Paten, die von mir angeworben wurden, hierher bitten?«

Tuscheln setzte bei denen ein, die nicht gemeint waren. Die Angesprochenen bildeten einen engen Kreis um Julius. Von links nach rechts waren dies:

Adalbert Niemeier, Johann Joachim Winckelmann, Wilfried Pause
die fünf Orts-Weinköniginnen
Stephan Zeh
die Ahrweinkönigin
Rainer Schäfer und die Lisinis
Rudi Antonitsch
August Herold
Professor Altschiff
Julius' Eltern
Anna
François

Letzteren forderte Julius nun auf, Mulsum einzugießen und jedes Glas mit einem Strohhalm zu versehen. Christoph Auggen gesellte sich zur Runde und betrachtete interessiert das Geschehen. Julius ergriff erneut das Wort, als François mit dem Austeilen fertig war.

»Liebe Freunde! Als kleines Dankeschön dafür, dass ihr eure Gärten und eure Zeit in den Dienst einer guten Sache stellt, habe ich euch heute Abend selbst gemachtes Mulsum mitgebracht, römischen Honig-Wein. Mit gutem Riesling von August.« Er deutete auf Herold.

»Panscher!«, rief dieser im Scherz zurück. »Dir verkauf ich noch mal Wein!«

»Nur zur edelsten Verwendung«, konterte Julius. »Einige werden sich wundern, dass so wenig stilgerecht ein Strohhalm in jedem Glas ist. Das hat folgenden Grund: Die alten Römer haben ihrem Wein alles Mögliche beigemischt, vor allem Kräuter. Das hat mich zu der Idee inspiriert, Mulsum mit Schierling anzubieten. Und zwar nicht im Honigwein selbst, sondern in Form eines Schierling-Strohhalms. Dadurch wird das Aroma gleichmäßiger verteilt und ideal auf die Zunge gelegt.«

Die Ersten zogen bereits neugierig Mulsum durch ihre Strohhalme. Einige aber waren irritiert.

»Bevor jemand fragt: Das Ganze ist natürlich vollkommen ungefährlich. Schierling ist zwar giftig, aber das ist Alkohol ja auch. Es kommt nur auf die Dosis an. Der Wirkstoff im Schierling heißt Coniin, und bei einem Glas Mulsum mit Strohhalm nehmt ihr nur etwas mehr als minimale null Komma fünf Milligramm zu euch, und das ist ab-so-lut ungefährlich.«

Zaghaft, aber mit sichtlicher Freude am angeblich nicht vorhandenen Risiko wurde das Mulsum getrunken. Zuvor wurde der Strohhalm kritisch beäugt, als könnte er aus dem Glas springen und beißen.

Julius beobachtete genau. Da er August Herold, Professor Altschiff, Anna, François und seine Eltern als Täter ausschließen konnte, musste er sechs Personen weniger im Auge behalten.

Er wartete, bis alle getrunken hatten.

Oder eben nicht.

Hektisch kramte Julius einen sorgfältig gefalteten Zettel aus der Hosentasche, las ihn, auffällig näher ans Licht tretend und dabei die Lippen bewegend. Es war ein Zettel mit Rezeptideen für den nächsten Menüwechsel, offiziell wurde er nun zur Hiobsbotschaft.

Julius nahm all sein schauspielerisches Talent zusammen. Das war nicht viel, aber es war mittlerweile dunkel, das überdeckte die darstellerischen Schwächen. Seine Füße kribbelten vor Aufregung, als wären sie kurz vorher eingeschlafen gewesen.

Er holte Luft.

»*Um Gottes willen!*«

Alle Blicke lagen auf ihm. Alle Gespräche waren beendet.

»Hört *sofort* auf zu trinken!« Er hielt den Zettel demonstrativ hoch. »Ich … ich …«, begann Julius und bemühte sich zu stottern, zwischen den einzelnen Worten hielt er die Luft an, um atemlos zu klingen. »Ich habe gerade noch mal auf diesem Zettel nachgeschaut, weil ich euch noch etwas über den Schierling erzählen wollte. Und dabei … dabei ist mir klar geworden …« Künstlerische Pause. »Dabei ist mir klar geworden, dass ich mich vertan habe: Die Schierling-Dosis im Strohhalm war nicht ungefährlich, sondern tödlich.«

BUMM!

Die Bombe war explodiert.

Julius hatte die Gesichter im Blick.

Alle waren geschockt.

Nur eines nicht. Nur eines wartete den Bruchteil einer Sekunde, bevor es ebenfalls so tat, als ob.

Das reichte.

Irgendwo schrie ein Käuzchen – wie bestellt.

Der Mörder, dachte Julius, hatte den Tod vieler Anwesenden in Kauf genommen. Er hatte niemanden gewarnt, als Julius die vermeintlich ungiftige Dosis genannt und zum Trinken aufgefordert hatte. Diesem Mörder waren seine Mitmenschen egal. Dieser Mörder wollte nur unentdeckt bleiben.

»Keine Sorge«, sagte Julius plötzlich in die panikgetränkte Stille. »Ihr habt überhaupt keinen Schierling zu euch genommen, der Halm ist aus echtem Stroh.«

»Was soll denn dann das Theater?«, fragte eine sichtlich aufgelöste Ahrweinkönigin, puterrot vor Wut.

»Das Ganze war nötig, weil der Weinköniginnen-Mörder unter uns ist. Und nach diesem Spielchen weiß ich auch, wer es ist.«

BUMM – TEIL ZWEI!

Diesmal herrschte nach der Explosion keine Stille. Diesmal wurde geredet. Mit sich selbst, miteinander, quer durch die Runde. Einige wechselten den Platz, gingen zu einer anderen Stelle im Kreis, um Rat zu suchen oder zu klagen.

»*Ruhe!*«, rief Julius. »Es ist Zeit, dass diese Mordserie ein Ende hat. In unser aller Interesse. Denn wenn der Mörder heute Abend nicht gestellt wird, geht es weiter. Garantiert. Und die zukünftigen Opfer sind ebenfalls unter uns.«

Jetzt begann wildes Umherschauen, wie bei erschreckten Hühnern im Stall. Julius genoss es, die Stimmung anzuheizen, den Mörder unruhig zu machen. Aber er hatte noch mehr in petto. Viel mehr.

»Ich sehe es gar nicht ein, bei so einem Kindergarten mitzumachen!«, rief Max Lisini, warf sein Weinglas demonstrativ auf den Boden und ging.

Damit hatte Julius nicht gerechnet. In seiner Version blieben alle, gebannt vom Geschehen.

Was tun?

Er hatte keine Handhabe gegen Lisini. Er konnte ihn nicht am Gehen hindern!

Verdammt!

»Sie bleiben ganz ruhig da stehen«, schaltete sich Anna ein. »Wir warten alle ab, was Herr Eichendorff zu sagen hat. *Danach* können wir gehen. Und wenn Sie wollen, können Sie sich dann auch beschweren.«

Lisini sagte nichts mehr. Dann kam er murrend zurück in den Kreis.

»Warum wollen Sie nicht wissen, wer der Mörder ist?«, fragte Julius ihn. »Immerhin würde das wieder Ruhe in Ihr Berufsleben bringen. Ich kann Sie wirklich nicht verstehen. Oder doch. Haben Sie vielleicht Angst, ich könnte *Sie* des Mordes beschuldigen?«

»Ach, Blödsinn.«

Der Hauptakt konnte beginnen.

»Dann sagen Sie uns doch, warum Sie Ihr Mulsum nicht getrunken haben! Die Antwort ist leicht: Weil Sie dachten, dass die Schierling-Dosis tödlich war – und das konnte nur der Mörder annehmen.«

»Was für ein bodenloser Blödsinn! Ich hab das Gebräu nicht angerührt, weil ich nichts trinke, was ein Spinner wie Sie zusammengemischt hat.«

»Was für eine unglaubwürdige Ausrede ...«

»Ich bin nicht der Mörder! Ich wäre himmelhoch jauchzend glücklich, wenn der echte endlich gestellt wird. Aber muss das in so einer Runde passieren? Geht das nicht auch anders?«

»Haben Sie etwas zu verbergen? Sie brauchen nicht zu antworten. Sie haben etwas zu verbergen. Machen wir dem ein Ende. Sehr verehrte Paten: Max Lisini, sein Freund Rainer Schäfer«, Julius zeigte auf den Ultra-Investigativ-Journalisten, »die drei ermordeten Weinköniginnen und wer weiß noch haben sich zusammen im Römerbad gegenüber der Kreisverwaltung auf eine besonders traditionelle Art und Weise miteinander vergnügt: in Form von Orgien.«

Das Geräusch, das von den umstehenden Paten kam, erinnerte Julius an das gleichermaßen schockierte wie faszinierte Raunen der Zuschauer in Gladiatorenfilmen, wenn der Löwe einen Kopf erwischte.

Max Lisini reagierte vollkommen anders als erwartet. »Ja und? Wir sind erwachsene Menschen. Außer mir sind sogar die meisten ledig, und meine Ehe ist sowieso eine Farce. Aber wissen Sie was, Herr Eichendorff? Das macht mich unverdächtig! Ich hab die Orgien schließlich genossen, denn dafür waren sie da. Und jetzt gibt es keine mehr. Was um alles in der Welt soll ich für ein Motiv gehabt haben?«

»Die drei Frauen haben Sie und Ihren *Busenfreund* Rainer Schäfer erpresst.« Julius konnte sich ein Lächeln nicht verkneifen. »Die drei wollten Geld, vielleicht Schmuck. Andernfalls wären Sie und Ihr Kumpan aufgeflogen, und dann wäre alles vorbei gewesen. Karriere, Ruf, Freundeskreis.«

»So ein Unsinn!«, empörte sich Rainer Schäfer. Alle anderen waren still. Auch unbeteiligte Partygäste hatten sich mittlerweile eingefunden und lauschten dem Geschehen.

»Ach, Herr Schäfer, schön, dass Sie sich zu Wort melden! Warum haben Sie eigentlich nur einen kleinen Schluck getrunken? Weil Sie wussten, dass Sie somit keine tödliche Dosis zu sich nehmen, nicht wahr?«

»Es hat mir nicht geschmeckt, das war der Grund.«

»Billig, Herr Schäfer, billig. Auch wenn es nur bestätigen würde, was ich bereits vermutet habe: dass Sie nicht nur keinen Stil, sondern auch keinen Geschmack haben. Bevor ich Ihren Sündenkatalog aufliste, wollen wir zuallererst Folgendes klarstellen: Es waren keine journalistischen, sondern rein private Interessen, die Sie zur Hetzjagd gegen mich getrieben haben. Viele der Anwesenden werden Ihre Schmähartikel über mich, meine Kochkunst und die ›Alte Eiche‹ gelesen haben. Damit wollten Sie mich erpressen, mich dazu bringen, dass ich Sie auf dem Laufenden über die Ermittlungen halte. Allein um zu wissen, ob ich Ihnen bereits auf den Fersen war.«

»Nur kritischer Journalismus, Herr Eichendorff. Den Sie bisher nicht gewohnt waren. Das hatte rein gar nichts mit den Morden zu tun.«

»Wie finden Sie als *kritischer* Journalist denn dieses Motiv? Wären die Orgien früher bekannt geworden, wären Sie als Journalist doch längst unten durch. Selbst wenn die Eifel-Post Sie nicht direkt rausgeworfen hätte, wer wäre mit Ihnen noch in sozialen Kontakt getreten, wer hätte Sie mit Informationen versorgt? Sie als *guter* Journalist werden mir sicher folgen können, wenn ich sage, dass Sie ein sehr wahrscheinlicher Mörder sind. Oder machen wir es noch präziser, ein sehr wahrscheinliches Mordteam. Besser klingt natürlich Folgendes, stellen Sie es sich als Überschrift in der Eifel-Post vor: ›Schäfer-Lisini-Verschwörung gesteht Morde‹.«

»Aber ich war es nicht, Sie Vollidiot. Ich habe Sie nur leicht unter Druck gesetzt, um möglichst früh zu erfahren, wer es war. Die Polizei wollte mich an ihren Erkenntnissen nicht teilhaben lassen. Jetzt zufrieden?«

»Nein, denn was Sie sagen, ist falsch. Sie wollten wissen, wie nah Ihnen die Polizei auf der Spur ist, um im Fall des Falles früh genug das Land verlassen zu können.«

»Mein lieber Herr Eichendorff, Sie verdrehen alles total.«

»Erstaunlich, dass jemand wie Sie meint, Wahrheit und Dichtung voneinander trennen zu können.«

»Überlegen Sie doch mal«, schaltete sich Max Lisini wieder ein. »Bei einer Bekanntmachung der Orgien wäre doch auch der Ruf der drei Frauen erledigt gewesen. Das konnte keine riskieren. Wir hatten alle ein Interesse daran, dass die Sache unter Verschluss bleibt. Was sich jetzt ja erledigt hat.«

Das Raunen, das diesmal erklang, war zustimmend. Dieses Argument hatte die Masse überzeugt. Julius hätte es noch erwähnt, wenn Lisini nicht von selbst drauf gekommen wäre. Alles lief wie geplant.

»Ihr Mordmotiv, liebe Frau Lisini, bleibt aber weiterhin bestehen: Eifersucht.«

Sie winkte ab.

»Winken Sie nicht so leichtfertig ab! Sie als Tochter eines Konteradmirals, aufgewachsen in einer Familie mit strengen moralischen Maßstäben, wie mir mein Freund Antoine Carême erzählt hat. Ihnen soll ich glauben, dass Ihnen die Fremdgeherei egal ist? Auch in Hinsicht auf Ihre beiden Kinder? Nein, da weigere ich mich.«

Sie zuckte mit den Schultern.

»Als Chantal Schmitz ermordet wurde, hat der Mörder genau den

Moment abgewartet, in dem der Bodyguard kurz weg und das Haus einige Zeit unbeobachtet war. Wie konnte er sicher sein, dass kein weiterer im Haus war? Weil er wusste, dass der einzige Bodyguard zu seiner Mutter fuhr. Jeden Abend zur selben Uhrzeit. Davon wussten nur zwei Personen in dieser Runde. Ihr Mann. Und Sie, wenn er Ihnen von dem Familiensinn des Bodyguards erzählt hat.«

Max Lisini nickte. Seine Frau sah es.

»Das gibt es doch nicht! Klar, dass du nickst, Betrüger. Mich erst dreist hintergehen und mir jetzt auch noch einen Mord in die Schuhe schieben wollen. Nein, Herr Eichendorff, Sie sind da auf der falschen Spur. Das mit dem Bodyguard hat mir mein Mann nicht erzählt. Wahrscheinlich hatte der Mörder einfach Glück.«

»Und welche fadenscheinige Erklärung haben Sie dafür, dass Sie das Mulsum nicht getrunken haben?«

»Die fadenscheinige Erklärung, dass ich abstinent lebe. Seit neunzehn Jahren.«

Julius sah zu Max Lisini, der nochmals nickte. Unwillig.

Wieder ging ein Raunen durch die Runde, vereinzelt waren auch verächtliche Lacher zu hören.

»Es gibt noch vier weitere Personen, die ihr Glas nicht angerührt haben«, sagte Julius so laut, als stünde er auf einer Kanzel. Er drehte sich mit Schwung nach links.

»Wilfried? Was ist deine Entschuldigung?«

»Was soll ich sagen? Ich bin immer vorsichtig mit Giften. Da kann schnell mal was schief gehen. Darum esse ich auch keine Waldpilze.« Wilfried Pause wirkte ganz ruhig, schien sogar amüsiert über den Showdown.

»Lügst du eigentlich ab und an, Wilfried?«

»Nein. Lügen machen das Leben nur kompliziert. Auf so was habe ich keine Lust.«

»Warum hast du mir dann nicht erzählt, dass Constanze Dezaley illegal gegraben hat? Und jetzt streite es nicht ab!«

»Was geht es dich an, Julius, in aller Freundschaft?«

»Du wusstest, dass ich ihren Mörder aufspüren wollte und dass es eine heiße Spur war – die dich verdächtig macht.«

»Ich wollte ihr Andenken *schützen*!«, protestierte Pause.

»Wie nobel, aber du bist ja auch einer der drei selbst ernannten Hüter römischer Funde. Vielleicht bist du sogar deren Leiter oder der

Regionalverantwortliche Ahrtal, keine Ahnung. Dass dir illegale Grabungen ein Dorn im Auge sind, steht ja wohl außer Frage.«

»Nicht, wenn ich davon weiß, es geht *nur* um die wissenschaftliche Dokumentation.«

»Auch wenn jemand etwas extrem Wertvolles, wie eine hervorragend erhaltene römische Halskette, findet? Dann wohl eher nicht. Also musste Constanze Dezaley dran glauben. Und Tina Walter, weil die Abenteurerin aus Überzeugung gleich mitgemacht hat. Chantal Schmitz' Mord folgte dann zur Ablenkung. Dein Alibi für den Mord an deiner Kollegin kannst du dir übrigens an deinen schönen Hut stecken. Einen Mann mit Wollfilz-Hut, pechschwarzem Dreitagebart und langem braunem Ledermantel hat der Gyrosbuden-Besitzer beschrieben. Phantastisch. Hast du Niemeier das Kostüm geliehen? Oder Winckelmann?«

»Ich habe sie *geliebt*, Julius! Ich habe Constanze geliebt, ich hätte ihr niemals etwas angetan!«

Pause kamen die Tränen, Verena Valckenberg reichte ihm ein Taschentuch und legte den Arm um seine Hüften.

Sie war als Nächste dran.

»Da haben wir noch jemanden, der kein Mulsum getrunken hat. Weil Wilfried Sie davon abhielt. Aber hätten Sie nicht ohnehin das Glas stehen lassen? Nach einem Motiv brauchen wir bei Ihnen nicht lange zu suchen. Bei der ersten Wahl um den Titel betrogen, war Ihre einzige Chance auf Gerechtigkeit der Mord. Als Zweitplatzierte mussten Sie davon ausgehen, automatisch nachzurücken. Dass es zu einer Neuwahl kommen würde, konnten Sie nicht ahnen. Zur Ablenkung gab es noch zwei Morde gratis. Ein weiterer Punkt spricht für Sie: Ihre Kraft. Sie geben doch Selbstverteidigungskurse für Frauen. Zuerst war ich fest davon ausgegangen, der Mörder müsse ein Mann sein, denn um Constanze Dezaleys Kopf in der Ofengischt zu fixieren, brauchte es viel Kraft – oder gute Technik. Am rechten Handgelenk der Leiche fanden sich Quetschungen, und wenn ich mich nicht täusche, ist das typisch für den Polizeigriff, der auch in Kursen wie den Ihren vermittelt wird. Über Wilfried Pause wussten Sie genau, wo Sie Constanze Dezaley wann finden würden. Stephan Zeh versorgte sie mit den Infos über die anderen Weinköniginnen: wo sie lebten, was sie machten. Chantal Schmitz ist zudem von jemandem umgebracht worden, den sie kannte. Es finden sich keine Spuren eines

Kampfes. Ihnen hätte Sie die Tür geöffnet, mit Ihnen hätte sie sich an den Tisch gesetzt. Ich würde gerne wissen, was Sie als Grund für Ihren Besuch vorgegeben haben. Dass Sie sich ein paar Tipps abholen wollten, wie die Wahl zu gewinnen ist?«

»Wenn ich jemanden umgebracht hätte, dann diesen Schieber Max Lisini und Heidrun, die falsche Schlange! Aber nicht die drei. Das waren tolle Frauen, daran ändert für mich auch die Orgiensache nichts. Ich war es nicht, ich *schwöre* es! Wie können Sie nur so etwas von mir behaupten, Herr Eichendorff? Ich dachte, wir verstehen uns gut!«

Julius tat es Leid, sie so vorgeführt zu haben, aber es musste sein. Auf dieser Scheinverurteilung würde er später aufbauen. Er drehte sich nach links. Die Stimmung in der Runde hatte sich mittlerweile geändert. Ein Teil folgte weiterhin gespannt seinen Ausführungen. Ein anderer, ausschließlich in den hinteren, nicht selbst betroffenen Reihen, tuschelte und machte sich offensichtlich lustig über Julius, der nun bereits mehrere Personen ohne Ergebnis des Mordes beschuldigt hatte. Ein dritter Teil, weitaus kleiner, schien ängstlich. Es waren die im inneren Kreis, zu denen Julius noch nicht gesprochen hatte. Sie spürten, dass sich die Schlinge zuzog.

»Liebe Heidrun«, sagte Julius nun.

Die Angesprochene warf ihm einen verführerischen Augenaufschlag zu. »Ja? *Mein* Glas ist leer!« Sie hielt es hoch.

»Warum haben Sie Ihr Mulsum nicht durch den Strohhalm getrunken?«

Ertappt, dachten alle. Es stand wie in den Sinziger Nachthimmel geschrieben.

»Es ist nicht standesgemäß für eine Ahrweinkönigin. Was, wenn jemand ein Foto geschossen hätte? Wie sieht das denn aus: Weinkönigin trinkt Wein aus Strohhalm. Das ist doch peinlich, mal ehrlich.«

»Können wir Ihnen das glauben? Das hängt von Ihrem Charakter ab, Heidrun. Fangen wir mal damit an, dass Sie Verena Valckenberg ein hochkalorisches Getränk als Diätmittel verkauft haben, damit sie zur Wahl noch ein paar Kilo zulegt.«

»Wer sagt das?«

»Ich.«

»Das höre ich heute zum ersten Mal. Mein Chef glaubt Ihnen so eine Geschichte niemals.«

»Du falsche Schlange!«, zischte Verena.

»Weiterhin gehen Sie sehr großzügig mit Ihren körperlichen Vorzügen um«, setzte Julius fort.

»Das verstehe ich nicht. Können Sie mir das erklären?« Heidrun machte große Kinderaugen.

»Sie wollten mit mir schlafen, damit ich Ihrem Chef nichts über die Diätlüge erzähle.«

»Welche Diätlüge, Herr Eichendorff? Und was das andere angeht, ich finde wirklich, dass Sie ein sympathischer Mann sind, aber leider nicht mein Typ.«

Es würde keinen Sinn machen, ihre anderen Vergehen ausführlich aufzuzählen. Also Schnelldurchlauf.

»Lassen Sie mich raten: Sie haben auch keinen Recher Postboten becirct, damit die dortige Weinkönigin einen wichtigen Brief nicht erhält? Sie haben kein Gamma-Decalacton in den Tank Ihrer Bachemer Konkurrentin geschüttet und es nachher anonym gemeldet? Sie haben ein reines Gewissen.«

»Also langsam finde ich das nicht mehr lustig«, sagte Heidrun.

»*Du* warst das! Das zahl ich dir heim!« Petra Abt holte aus und schlug zu. Die Ohrfeige knallte wie ein Peitschenschlag. Auch die andere Wange wurde bedient. Von der Recher Weinkönigin.

»Ihr seid doch bloß neidisch, ihr Schnepfen!«, sagte Heidrun und wollte gehen. Sofort war Anna bei ihr und wies sie an, zurück in den Kreis zu gehen.

»Ich hoffe, du kommst bald zu Potte«, flüsterte sie Julius ins Ohr.

Julius ging nicht darauf ein. Er machte unbeirrt weiter. Hier waren noch einige, die ihr Fett wegbekommen mussten. »Ist Heidrun Wolff fähig, einen Mord zu begehen? Wer könnte das beurteilen? Ich frage Sie, Herr Zeh, als *profunden* Kenner der Weinköniginnenschaft.«

»Es war der Lisini, ganz bestimmt.«

»Warum haben Sie Ihr Glas eigentlich nicht angerührt?«

»Ich muss noch fahren.«

»Sehr lobenswert. Aber das passt zu Ihnen als Vegetarier, Sie denken die Dinge durch. Und ich muss Ihnen sagen, Herr Zeh, einen Mörder wie Sie zu überführen ist zur Abwechslung mal angenehm. Weil es so glasklar ist. Ein verrückter Fan als Mörder, dafür braucht man nicht Psychologie studiert zu haben. Am dreistesten finde ich ja, dass Sie behaupten, Constanze Dezaleys Leiche *gefunden* zu haben.

Weil Sie sich davon versprachen, unverdächtig zu erscheinen. Mal ehrlich, Herr Zeh, Sie sind der Einzige, der alles über die Weinköniginnen wusste, Sie konnten sich für jeden Mord den richtigen Augenblick herauspicken. Wenn Sie jetzt einwenden wollen, Chantal Schmitz hätte Ihnen niemals die Tür geöffnet: Geschenkt! Ein großer Blumenstrauß, ein paar nette Worte, dass sie Ihnen immer die liebste Weinkönigin war, der harmlose Wunsch, ein Foto von ihr signieren zu lassen, da braucht es nicht viel Phantasie. Besonders hellhörig wurde ich, als Sie mir berichteten, Lisini wäre bei Constanze Dezaley abgeblitzt. Vielleicht am Anfang, aber nicht immer. Erzählen Sie mir nicht, das wäre Ihnen entgangen! Selbst seine Ehefrau hat es bemerkt, und die hat ihn nicht halb so oft gesehen wie Sie. Was hat Sie zu dieser Lüge gebracht? Natürlich die pure Eifersucht. Genau die hat Sie auch dazu gebracht, reinen Tisch zu machen, die Frauen umzubringen, die Sie abgewiesen haben. – Was haben Sie eigentlich eben gemacht, weswegen sind Sie zu spät gekommen? Haben Sie den nächsten Mord vorbereitet, vielleicht an den Herren Lisini und Schäfer? Oder haben Sie bereits eine weitere ehemalige Weinkönigin in die ewigen Weinberge geschickt?«

Dieser Witz wollte schon lange mal raus, und jetzt war Julius in der richtigen Laune gewesen. Allerdings auch in der falschen Situation.

»Der Lisini war's!«

»Und, haben Sie ihm dabei geholfen?«

»*Was?*«

»Sie kennen sich doch schon seit Jahren. Sie, der Max und der Rainer. Oder?«

»Nur vom Sehen!«, protestierte Zeh.

»Oder haben Sie sich mit Wilfried Pause und Verena Valckenberg, Ihren beiden WG-Mitbewohnern, zusammengetan? Zu dritt mordet es sich halt einfacher.«

»Mord ist unmoralisch«, konstatierte Zeh.

»Da gebe ich Ihnen absolut Recht.«

»Jetzt haben Sie alle durch«, sagte Lisini, der mitgezählt hatte. »Wer ist denn nun der Mörder? Geben Sie es zu, Eichendorff, Sie tappen völlig im Dunkeln!«

»Sie haben unsere Zeit vergeudet«, sagte Rainer Schäfer. »Und unschuldige Personen des Mordes verdächtigt!«

Es lief aus dem Ruder.

Eigentlich hatte Julius noch Rudi Antonitsch vorführen wollen. Aber wofür?

Antonitsch war nur ein Bauer in diesem mörderischen Schachspiel, den das Schicksal zur falschen Zeit gezogen hatte. Ein unglücklich Verliebter, der etwas Dummes auf Band gesagt hatte. Vor einem Jahr. Mehr nicht. Es gab keinen Grund, ihn aufzurufen.

Es gab keinen Grund, die Entlarvung weiter aufzuschieben.

Alle hatten ihr Fett bekommen.

Ein Fass Schmalz stand für den Täter bereit.

»Tja, und wer ist nun der Mörder?«, fragte Julius in die Runde. »Anscheinend hat ja jeder eine hervorragende Ausrede dafür, dass er kein Mulsum getrunken hat. Und doch ist einer von Ihnen der Mörder. Ich wusste, dass Ausreden kommen würden. Und dass es einige geben würde, die das Zeug mit gutem Grund nicht trinken. Aber es ging mir nur um den Überraschungseffekt. Fehlende Überraschung kann nicht vorgetäuscht werden! Weil man vorher nicht *weiß*, dass man sich im nächsten Moment überrascht geben muss. Als ich sagte, dass die Schierlingsdosis tödlich war, gab es nur eine Person, die nicht überrascht war.«

Er genoss den Augenblick vor der Enthüllung. Er genoss die Blicke auf sich, genoss auch die Unruhe, die er in den Augen der Person erkennen konnte, deren Namen er jetzt nennen würde.

»Bianca Lisini.«

Julius blickte die Frau an, die drei Menschenleben auf dem Gewissen hatte und es trotzdem fertig brachte, sich seelenruhig um ihre Rosen zu kümmern.

»Sie sind die dreifache Mörderin. Sie und niemand sonst.«

Bianca Lisini lachte laut auf. »Ich könnte so etwas niemals tun. Das wird Ihnen jeder bestätigen!«

»Ich hatte Sie lange nicht auf meiner Liste. Warum auch? Sie waren schließlich nur die Frau eines Betroffenen. Aber Sie haben ein Motiv: Eifersucht. Ein klassisches und ein sehr starkes.«

»Ich wusste schon lange von den Affären, Herr Eichendorff, das habe ich Ihnen bereits gesagt.«

»Jaja, es wird so viel gesagt, und so viel davon ist gelogen. Ich glaube Ihnen nicht. Und ich sage Ihnen auch, wie es in Wirklichkeit gewesen ist. Sie haben eines Abends, an dem Ihr Mann offiziell auf einem wichtigen Termin außerhalb des Ahrtals war, seinen Wagen in der Nähe des Römerbads, von dem Sie zu diesem Zeitpunkt natürlich noch nichts wussten, gesehen. Und haben sich gewundert. Und sind misstrauisch geworden. Der nächste Schritt war, Ihrem Mann an einem anderen Abend zu folgen. Vielleicht passierte mehrere Abende nichts, aber bei der dritten, vielleicht auch fünften Beschattung fuhr er wieder in die Nähe des Römerbads. Sie parkten hinter ihm und folgten unauffällig. Es wird nicht schwer gewesen sein zu hören, was im Römerbad vorging. Sie warteten bis zum Ende der Festivitäten und folgten der letzten Person, zufällig Tina Walter, um sie zur Rede zu stellen. Sie war betrunken, vermutlich uneinsichtig. Es kam zu einem Streit, es kam zu einem Gerangel, und sie fiel auf die Bahngleise.«

Julius sah Bianca Lisini in die Augen. Sie hatten sich zugezogen. Alles an ihr wirkte ruhig, nur ihre Nasenflügel, die sich schnell hoben und senkten, verrieten die Anspannung.

»Ich will Ihnen gar keine Mordabsichten unterstellen«, fuhr Julius fort. »Das war ein Unfall. Die zweite und dritte Tat aber waren eiskalt geplant. Was Constanze Dezaley angeht, so kennt nicht nur Verena Valckenberg die Technik, einen Kopf über der Gischt festzuhalten. Auch Sie sind ja, wie Sie mir erzählten, in dem Selbstverteidigungskurs. Vorher hatten Sie es bei Constanze Dezaley vergeblich mit einer Kreuzotter versucht, die Sie in ihren Wagen eingeschleust haben. Wer einen solchen Park von Garten sein Eigen nennt wie Sie, der findet natürlich ab und an auch mal eine Kreuzotter.«

Max Lisini zündete sich eine Zigarette an und sog tief daran.

»Damit kommen wir zum dritten Mord, per Schierling an Chantal Schmitz. Nicht nur Rainer Schäfer und Ihr Mann waren auf einer Kräuterwanderung von Antoine Carême, sondern auch Sie. Da kamen Sie auf die Idee. Was für ein praktisches Gift, das einfach überall wächst.«

»Aber Herr Eichendorff. Wen gibt es denn, der noch keine Kräuterwanderung bei Antoine gemacht hat? Das gehört doch mittlerweile zum guten Ton.«

Julius lächelte. »All diese Dinge sind mir erst spät aufgefallen. Soll ich Ihnen sagen, wann ich stutzig wurde? Es war nach meinem letzten Gespräch mit Ihrem Mann. Ich habe mich gefragt, warum er so ruhig war, als ich androhte mit der Orgiengeschichte, zur Polizei zu gehen. Er sagte wortwörtlich: ›Ich *bitte* Sie darum: Gehen Sie zur Polizei. Ich meine das vollkommen ernst.‹ Und das war kein Sarkasmus. Ihr Mann neigt eher zum Brüllen als zu einer doppeldeutigen Bemerkung. Er meinte es wirklich ernst. Und warum? Weil er froh war, dass es vorbei sein würde. Er wusste, dass Sie hinter den Verbrechen stecken und hatte gehofft, dass sich alles von selbst lösen würde, ohne dass seine Karriere den Bach hinunterging. Aber als ich bei ihm war, ist ihm klar geworden, dass es so nicht enden würde. Und an diesem Punkt der Ausweglosigkeit wurde ihm alles egal. Entweder die Polizei deckte alles auf und seine Frau würde eingesperrt, oder er lebte weiter an der Seite einer Mörderin. Es machte keinen Unterschied. Sein Leben war so oder so verpfuscht.«

Max Lisini sagte nichts. Nach einem langen Zug schnippte er die Zigarette weg, blies den Rauch langsam aus und nickte.

»Sie wollen meinem Mann glauben? Einem Wahlbetrüger und Fremdgeher? Ich kann Ihnen nicht sagen, warum er so ruhig war, aber sicher nicht, weil ich eine Mörderin bin.«

»Es ist vorbei, Bianca! Du bist erledigt!«, sagte Max Lisini. Plötzlich regten sich in dem aufreizend lässigen Mann wieder Gefühle, und er sprang seine Frau an, legte seine Hände um ihren Hals und drückte zu. *»Du verdammte Mörderin!«* Seine Daumen bohrten sich in ihre Kehle. »Wie konntest du mir das antun?«

Rainer Schäfer riss ihn an den Oberarmen zurück.

Bianca Lisini zog ihre Bluse zurecht und sprach, als sei nichts geschehen.

»Ach, Max! Jeder hier durchschaut doch, dass du mich nur beschuldigst, um mich loszuwerden. Damit du endlich freie Bahn für deine Rumhurerei hast.«

Da steht die Mörderin, dachte Julius. Es gibt keinen Zweifel. Ich habe sie in die Enge gedrängt. Aber sie weigert sich, das zu akzeptieren.

Und sie hatte Recht.

In der Hand hatte er rein gar nichts.

Doch wenn die Wahrheit nicht weiterhalf, gab es immer noch Lügen.

Sie waren ungleich flexibler als die Wahrheit.

»Die Polizei ist auf die Aussage Ihres Mannes nicht mehr angewiesen«, sagte Julius.

»Das soll heißen?«

Julius machte Anzeichen von Nervosität bei Bianca Lisini aus. Endlich.

»Der Schierling in Chantal Schmitz' Magen. Er stammt aus Ihrem Garten.«

Eine wilde Vermutung. Nicht mehr. Er hatte damals weiße Blüten bei ihr im Garten gesehen. Vielleicht Schierling.

»Wo sollte er auch sonst herstammen? Das Ahrtal ist ja nur voll davon.«

»Mutterboden ist nicht gleich Mutterboden, Frau Lisini. Sie kennen das bestimmt von Weinbergen. Das Bodengemisch ändert sich manchmal von einem Meter auf den anderen. Die Zusammensetzung der Erde, die Versorgung der Pflanzen mit Mineralien oder Stickstoff, es gibt da sehr, sehr viele Faktoren. Und diese finden sich als charakteristische Spurenelemente im Wein wieder. Nur große Böden bringen große Weine hervor. Das System ist bei allen Pflanzen das Gleiche, nur dass viele Unterschiede vom Menschen nicht herauszuschmecken sind. Maschinen können das viel besser. Die Schierlingreste aus Chantal Schmitz' Körper sind mithilfe eines Gas-Chromatographen untersucht worden. Eine langwierige Untersuchung, das Ergebnis lag erst heute Morgen vor. Raten Sie mal, von wo der Schierling kommt? Aus Gimmigen! Und raten Sie mal, aus welchem Garten? Aus –«

Bianca Lisini rannte los.

Niemand schaffte es, sie festzuhalten. Niemand stellte sich ihr in den Weg. Vor ihr lag Dunkelheit. Vor ihr lag Feld. Vor ihr lag die Freiheit.

Dahin rannte sie.

Niemand rührte sich.

Auch Julius dachte nicht daran, Bianca Lisini hinterherzulaufen. Er dachte auch nicht daran, andere dazu aufzufordern.

Er dachte an Lebensmittel.

Julius hatte nicht vergessen, welches sich die ganze Zeit hinter ihm befunden hatte.

Julius dachte an »Ewigen Kohl«.

Mit einem geübten Griff hatte er das Gummi vom Einmachglas gezogen. Den Glasverschluss nahm er in die eine Hand, den zuoberst liegenden »Ewigen Kohl«, schwer vom Einmachen, konnte er mit der anderen gerade so umfassen, dabei hatte ihn der liebe Gott in Spendierlaune mit riesigen Pranken bedacht.

Im Schulsport war Julius, der seit seiner Geburt auf der pummeligen Seite der Waage gelebt hatte, immer der Letzte beim Mannschaftswählen gewesen. Und wann immer es ging, musste er sich ins Tor stellen. Eine Disziplin aber gab es, bei der er allen Klassenkameraden überlegen war. Diese Sportart hatte ihn sogar dazu gebracht, über eine Profikarriere nachzudenken. Nicht, dass er eine Chance gehabt hätte. Aber zumindest mehr als im Bereich der rhythmischen Sportgymnastik.

Julius liebte das Kugelstoßen. Heiß und innig.

In diesem Moment entschied er sich für die Dreh-Stoß-Technik, mit der Aleksandr Baryshnikov 1976 das Kugelstoßen revolutionierte. Die Technik ähnelte der des Diskuswerfens. Julius beschleunigte seinen Körper durch Rotation und übertrug die Beschleunigung anschließend auf den »Ewigen Kohl«, der in einer wunderbaren Parabel auf Bianca Lisini zusteuerte. Elegant schwebte er durch die Luft, seine vielfach in sich geschwungenen Blätter von den Lampions in harmonischer Abfolge rot, gelb, blau und grün beschienen, sich wie die Erdkugel um die eigene Achse drehend, landete er schließlich mit einem satten Schmatzen auf Mutter Eichendorffs Hinterkopf.

Nun passierten zwei Dinge zugleich.

Julius' Erzeugerin stürzte vom Kohl getroffen zu Boden, nicht jedoch ohne den rechts neben ihr stehenden Rainer Schäfer mitzureißen, ebenso wie, nachdem dieser keinen Halt mehr bot, da er sich selbst in rasanter Geschwindigkeit gen Rasen bewegte, ihren Mann, von dem sie gerade noch die Krawatte greifen konnte.

Zum anderen hatte der Kohlkopf durch den Zwischenstopp auf dem Eichendorff'schen Schädel neuen Schwung gewonnen und setzte seine Reise fort – allerdings nicht mehr in Richtung Bianca Lisini, sondern um fünfundvierzig Grad abgelenkt auf das Salat-Buffet, bei diesem besonderes Interesse für die Frikadellchen-Schüssel zeigend, die jemand aus Gründen der Nahrungssicherung ganz ans Ende des Biertisches geschoben hatte.

Alles geschah in Sekundenbruchteilen.

Bianca Lisini war in der Zwischenzeit nur gute drei Meter weitergerannt.

Das Umreißen von Rainer Schäfer hatte dazu geführt, dass dieser seinerseits versuchte, an Max Lisini Halt zu finden, den dieser unglücklicherweise nicht bieten konnte und sich nun ebenfalls dem Erdboden näherte. Seine Hand wiederum hatte sich beim Sturz im Ausschnitt der Ahrweinkönigin verfangen, die dem mächtigen Zug nichts entgegenzusetzen hatte.

Auf der anderen Seite riss Vater Eichendorff beim Fallen mit seinem Bein, das er ausgestreckt hatte, um die Balance wiederzugewinnen, Professor Altschiff um, der gerade den Arm freundschaftlich um August Herold gelegt hatte und diesen gleich mit auf seine Reise zum Mittelpunkt der Erde nahm.

Wie Dominosteine fielen links und rechts von Mutter Eichendorff die Paten zu Boden.

Mittlerweile war Bianca Lisini ein Stück weitergekommen, drehte sich aber, vom Tumult hinter sich irritiert, für einen kurzen Moment um, verharrte in der Bewegung.

Der Kohlkopf flog weiter, erreichte aber niemals sein Ziel. Im Weg hing nämlich das Stromkabel, an dem die Lampions befestigt waren und das den ganzen Garten wie ein Spinnennetz überzog. Der Kohl riss es nun aus der Verankerung und damit sämtliche Lampions herunter.

Es wurde dunkel.

Bianca Lisini tat einen weiteren Schritt.

Sie hob wieder das rechte Bein.

Das linke verhakte sich im Stromkabel.

Sie ging noch einen Schritt.

Das Stromkabel schlang sich um ihren freien Knöchel.

Sie versuchte weiterzukommen.

Das Kabel verhakte sich am Buffet-Tisch, wurde dadurch gestrafft und fällte Bianca Lisini wie einen Ahornbaum in den kanadischen Rocky Mountains.

Der Bann, der bis zu diesem Zeitpunkt auf Max Lisini gelegen hatte, war gebrochen. Er rannte los und stürzte sich mit Kampfesschrei auf seine am Boden liegende Gemahlin.

Anna hatte bereits ihr Handy gezückt und gab Anweisungen.

»Das werte ich jetzt mal als Schuldeingeständnis«, sagte Julius, der neben ihr stand.

Anna hatte das Telefongespräch beendet und zwickte ihn in die Wange. »Ich werde mal sehen, dass ich schnellstmöglichst ein Geständnis von ihr bekomme. Übrigens: Guter Wurf!«

»Ja, nicht?«

»Und deine Mutter ist eine phantastische Kopfballspielerin«, sagte Anna und machte sich an die Arbeit.

»Anna?«

»Ja?« Sie drehte sich um.

»Vielleicht ist es gerade unpassend, aber ich hätte da ein schönes Eichendorff-Zitat. Eins mit Kopf und Königin.«

»Aber fix!«

Julius griff sich flink erneut einen »Ewigen Kohl« und hielt ihn hamletgleich in die Höhe. Genau im richtigen Moment steckte jemand den Stecker für die Lampions wieder ein, die verstreut auf dem Boden lagen und nun wirkten wie leuchtende Ostereier.

»Keiner doch wagt's, mir zu nahen / Denn ich bin die Tochter Frankreichs / Und der König ist mein Vater / Und wer meinen Leib berührte / Müsst's mit seinem Kopf bezahlen.«

Anna kam zurück und umarmte ihn. »Das sehe ich ja gar nicht ein, dass ich deinen Leib nicht mehr berühren soll, wo doch so viel davon da ist, mein pummeliger Kunstschütze!«

Sie tätschelte ihm den Bauch und ging wieder in Richtung Ehepaar Lisini. Die Paten trollten sich zum Getränketisch. Alle brauchten etwas. Für die Nerven.

Mit welcher Treffsicherheit Anna genau das Falsche sagen konnte, dachte Julius und blickte versonnen zu ihr, wie sie in der Ferne souverän die Rechte aufsagte.

Er griff in seine Tasche und nahm die größte, prachtvollste und kalorienreichste Nougat-Notfallpraline heraus.

Und alles war wieder gut.

Epilog

… verspielter Nachhall …
(Gault Millau WeinGuide)

»Also, Julius, ich bin beeindruckt. Muss ich ehrlich sagen!«

Christoph Auggen lief locker neben dem Chefkoch der »Alten Eiche« die Landskroner Straße Richtung Lohrsdorf entlang. Die Sonne hatte alle Scheinwerfer eingeschaltet und brannte aufs Tal, die Reben reif werden lassend und Julius schlank. Dieser trug eine schicke dunkelblau glänzende Jogginghose. Und einen neongelben Fleece-Pullover. Aus Sicherheitsgründen.

»Das Kompliment geb ich zurück. Ich hätte nicht gedacht, dass Joggen mit dir so viel bringen würde. Gerade mal einen Monat laufen wir zusammen, und ich fühl mich wie ein junger Gott.«

»Siehst ja auch wie einer aus«, sagte Auggen, dem simultanes Sprechen und Laufen im Gegensatz zu Julius keine Mühe machte. »Wahlweise wie der alte Bacchus oder der junge Amor.«

»Ja, spotte ruhig, Sterblicher. Wenn unser Oberboss Jupiter das erfährt!«

»Ich bin übrigens letztens im Römerbad gewesen. Die bieten jetzt regelmäßig Führungen an.«

»Dann hatte die Mordserie ja wenigstens etwas Gutes.«

»Danach werden die Besuchergruppen dann in meinen Garten geführt, wo ein Clown deinen Kohlwurf nachstellt.«

»Einfach kann jeder«, sagte Julius und musste Luft holen. »Das war ein Kunstwurf, der zwei Dinge auf einmal erledigt hat. Erstens: Rache an meiner Mutter für ihre regelmäßigen Heimsuchungen. Zweitens: Zur-Strecke-Bringen der Mörderin.«

»So hatte ich das noch gar nicht gesehen.«

»Hast halt nur Bohnen im Kopf!«

Die beiden Läufer näherten sich Lohrsdorf, wo das Tal sich öffnete und Obstbaumwiesen bis an die letzten Hänge des Lohrsdorfer Kopfes reichten. Julius konzentrierte sich auf die Atmung, darauf, immer nur den nächsten Schritt zu sehen, aber vor allem versuchte er zu verdrängen, dass sie heute auf die Spitze der kegelförmigen Landskrone laufen wollten – die maß immerhin zweihundertzweiundsiebzig Meter.

An der Lohrsdorfer Kirche erblickte Julius die neueste Sehenswürdigkeit der Stadt. In Altrosa.

Anna.

»Guck nicht so doof, den Trainingsanzug hat mir meine Mutter geliehen! Ich hab sonst nur den von der Polizei, und heute bin ich in Zivil.«

»Ich hab doch gar nichts gesagt«, verteidigte sich Julius.

»Aber geguckt. Und das hat völlig gereicht.«

»Nicht mal gucken darf man.«

»Lauf und halt die Schnüss.«

»So was muss ich mir von Leuten sagen lassen, die nur einen Teil der Strecke mitjoggen«, sagte Julius zu Auggen, der bewusst von den beiden wegschaute.

»Ich fand den ersten Teil von der Strecke her halt nicht interessant«, sagte Anna.

Gemeinsam liefen sie den »Großen Weg« entlang des Baches hinauf. Julius verlangsamte das Tempo merklich.

»Ich hab gestern noch mal drüber nachgedacht«, sagte Anna nun, »und ich kann es immer noch nicht glauben. Bianca Lisini hätte dich so leicht durchschauen können, Julius. Wenn diese Schierling-Untersuchung tatsächlich vorgelegen hätte, wäre die Mulsum-Lüge gar nicht nötig gewesen. Eine logische Überlegung, und sie wäre drauf gekommen, dass dein letztes Ass im Ärmel gezinkt war.«

»Es ging dabei nur ums Tempo, wie bei einem Zauberer. Ich habe ihr keine Zeit zum Überlegen gelassen. Das ist *Kunst*«, sagte Julius und versuchte sich parallel in der Kunst, niemandem zu zeigen, dass ihm alle Muskeln wehtaten.

»Das ist unverschämtes *Glück* – und ein klitzekleines bisschen Genie.«

»Warum musstest du dich jetzt so durchringen, die Wahrheit auszusprechen?«, fragte Julius.

»Was ich immer noch nicht begreife«, sagte Auggen, »mal abgesehen davon, dass wir hier so kriechen«, er stupste Julius spielerisch mit dem Ellbogen an, »ist, wie du auf sie gekommen bist. Sie zählte doch überhaupt nicht zum Verdächtigenkreis.«

»Nur zum erweiterten, nachdem die Orgiensache raus war«, sagte Anna.

»Das schmälert nicht meine Leistung«, sagte Julius, der froh war, seinen eher schwachen Langstreckenläufer-Leistungen etwas Positives entgegensetzen zu können. »Ich will das Geheimnis lüften: Die Natur hat sie verraten.«

»Die Natur verrät niemanden«, sagte Auggen. »Das wüsste ich, wenn's anders wäre.«

»Vielleicht ist das bei Gemüse so«, sagte Julius, »bei Blumen dagegen nicht. Als ich in der Wohnung von Chantal Schmitz war, lag Teeduft in der Luft. Ich tippte auf die Morgentau-Mischung, wegen des starken Duftes nach Rosenblüten. Was es dann aber nicht war.«

»Auch die beste Nase liegt mal falsch.«

»Lag sie aber nicht«, sagte Julius und wechselte ins Walking-Tempo. Sie waren den »Großen Weg« einen guten Kilometer gelaufen, dieser kreuzte nun ein drittes Mal den Bach und führte danach auf den »Kleinen Weg«. Der Gemeinde waren die guten Straßennamen ausgegangen.

»Meine Nase hat perfekt gearbeitet, mein Hirn leider nicht. Der Tee wies keine Rose auf. Ich dachte, ich hätte mich vertan, in Wirklichkeit kam der intensive Rosenduft nicht vom Tee, sondern von der Mörderin.«

»Das hast du mir ja noch gar nicht erzählt!«, sagte Anna vorwurfsvoll.

»Ein paar Geheimnisse sollten in jeder Beziehung erhalten bleiben.«

»Das sehe ich aber vollkommen anders. Aber das klären wir ein andermal. Jetzt sag schon, was die Rosen mit Bianca Lisini zu tun haben.«

»Als ich ihren Mann zu Hause besuchen wollte, habe ich sie im Garten getroffen, und sie gab mir eine Rose de Resht, die unglaublich intensiv im Geruch ist. Das erinnerte mich an etwas. Und später kam ich dann darauf.«

»Der vermeintliche Rosentee bei der dritten toten Weinkönigin. Ich sehe schon, Julius, diesen Fall konnte nur ein Koch lösen«, sagte Auggen und versuchte vergeblich das Tempo zu forcieren.

Linker Hand tauchte der Milsteinhof auf, dessen Parkplatz an diesem sonnigen Tag von unzähligen Golfhungrigen in Beschlag genommen war.

»Sollen wir nicht einen kleinen Happen essen gehen?«, fragte Julius. »Streckenverpflegung sozusagen?«

»Erst das Laufen – dann noch mehr Vergnügen«, sagte Auggen und schubste Julius von hinten an.

Der erschrak und blieb stehen.

Aber nicht wegen des Schubsers.

»*Der* nicht auch noch!«, sagte er, einen Mann im Trainingsanzug erblickend, der so schick aussah, dass Julius fest entschlossen war, sein Gehalt zu kürzen.

»Wird das jetzt ein Volkslauf oder was?«, fragte Auggen lachend.

»Da bist du ja«, sagte Anna. »Jetzt kannst du dich selbst davon überzeugen, wie fit er geworden ist.«

»Der ist ja so grazil wie eine Wasserbüffelkuh beim Kalben. Herrschaften, ich kann wegen einer kleinen Verletzung leider nur Nordic Walken, ich hoff, ihr nehmt's mir des net übel.«

FX schloss sich mit seinen Laufstöcken rhythmisch klackend der Prozession an.

»Hat sich die Bachemer Weinkönigin schon persönlich bei dir entschuldigt wegen der Messerattacke?«, fragte Anna.

»Ja, freilich«, sagte FX und streckte seinen Zwirbelbart der Sonne entgegen. Er glänzte wie frisch eingefettet. »Schon vor zwei Wochen, als ich aus dem Krankenhaus entlassen worden bin. Und zwar aufs Netteste. Mit einem Karton vom besten Wein des Hauses. Der ist wirklich leiwand!«

»Ich hab direkt gewusst, dass sie es selbst war. Die Geschichte mit einer Freundin ist einfach ein zu alter Hut«, sagte Julius, neidisch auf die Laufstöcke blickend.

»A bisserl bin ich's auch selbst schuld. Ich hab die Petra Abt ja tatsächlich beschattet, weil ich gedacht hab, dass sie was mit den Morden zu tun hätt. Sie hat ihrerseits gedacht, ich hätt was mit der Gamma-Decalacton-Geschichte zu tun. Da wusst sie noch net, dass es wahrscheinlich die neue Ahrweinkönigin gewesen ist. Ich kann des Mädel schon verstehen.«

»Und deswegen hast du auch die Anzeige zurückgezogen und behauptet, du wärst ihr ins Messer *gefallen* und es sei alles ein Missverständnis«, sagte Anna leicht vorwurfsvoll.

»Einem so netten Maderl kann man doch net nachtragend sein.«

»Sie treffen sich seit der Weinübergabe«, sagte Julius. »Der Herr Pichler hat halt seine ganz eigene Art, Freundinnen kennen zu lernen. Eine gute Grundlage für eine dauerhafte Beziehung, so eine Messerstecherei.«

»Bist ja bloß neidisch, Maestro! Obwohl du des gar net nötig hast!« Er zwinkerte Anna zu.

Insgeheim war Julius froh, dass Petra Abt seinem Freund über die Trauer wegen Tina Walters Tod hinweghalf.

Die Gruppe hatte nun den Landskronerhof erreicht. Dort standen die nächsten Mitläufer. Auf diese war Julius jedoch vorbereitet. Nur nicht auf ihre schicke Wandermontur.

»Hallo, Eltern! Es ist noch Platz in unserem kleinen Fastelovendszoch. Einfach hinten anschließen.«

Mutter und Vater Eichendorff kamen dem Wunsch umgehend nach, das Tempo weiter verlangsamend. Nur Auggen lief unermüdlich, wenn auch meist auf der Stelle. Er wandte sich an Julius.

»Du hast mir gar nicht erzählt, dass deine Eltern mitmachen.« Den tadelnden Ton des ernsthaften Freizeitsportlers hörte nur Julius heraus.

»Sie wollten unbedingt mit hoch auf die Landskrone. Wer bin ich, meinen Eltern einen Wunsch abzuschlagen?«

Das Gewitter hatte die Luft zwischen ihnen gereinigt. Es hatte nur ein paar gewaltige Donnerschläge gebraucht, um die Botschaft durch die alten Gehörgänge zu pusten: Julius ist kein kleines Kind mehr. Julius weiß selbst, was gut für ihn ist.

Julius seinerseits hatte einsehen müssen, dass seine Eltern ihm bei der Aufklärung geholfen hatten. Einerseits dadurch, dass sie ihn zur Weißglut getrieben hatten, andererseits durch hervorragende Kopfarbeit. Aber das hatte er ihnen lieber nicht gesagt.

»Auf der Burg lebte einst ein Graf«, sagte Julius' Vater in einem monotonen Sprechgesang, den Julius von Lehrern aus der Kochschule kannte, die ihren Stoff zum einhundertvierundzwanzigsten Mal durchnahmen, »der hatte drei Töchter von großem Liebreiz. Der Fürst der Tomburg hatte davon gehört und wollte eine davon heiraten, aber keine war bereit, ihn zum Manne zu nehmen. Aus Rache besetzte er die Burg, als der Graf auf Jagd war. Die drei Jungfern flohen an den Rand ihres Felsens und sahen keinen anderen Ausweg mehr, als zu springen. Aber sie stürzten nicht ab.« Er machte eine Pause wie bei einer Gruselgeschichte.

Er sollte es bereuen.

»Nein, sie schwebten engelsgleich hinab, der Felsen nahm sie auf und gab sie drei Tage später wieder frei«, führte Julius' Mutter die Geschichte fort und raubte ihrem Mann die Pointe. »Den Fürst auf Freiersfüßen erschlug dann der heimkehrende Graf.«

Ihr Mann kaute verstimmt auf der Unterlippe.

»Und dieser Graf hat die Kapelle da oben gebaut«, fügte Julius hinzu. »Ich weiß nicht, wie oft ihr mir diese Geschichte schon erzählt habt.«

»Eine gute Geschichte«, sagte sein Vater und begann forscher zu wandern, signalisierend, dass die Sache damit für ihn erledigt war.

»Ich kannte sie noch nicht«, sagte Anna. »Jetzt weiß ich wenigstens, wo ich mich verstecken kann, wenn ein Verehrer mal zu aufdringlich wird. Da spring ich einfach in den Berg.«

»Des heißt, wenn der Maestro mal zudringlich werden sollte?«, feixte FX.

»Da bin ich doch viel zu dick für«, sagte Julius beleidigt.

»Wer sagt denn das?«, fragte Anna.

»Gut, Herrschaften, jetzt legen wir aber einen Zahn zu, sonst bringt das gar nichts. Wir können uns auch in zwei Gruppen aufteilen, damit Julius wieder ein ordentliches Tempo gehen und Fett verbrennen kann.«

Auggens Aufforderung verhallte ungehört.

»Na *du*!«, sagte Julius zu Anna. »Sagst, ich sei pummelig, nennst mich Dickerchen, bewunderst Chantal Schmitz' Springreiterfreund, weil der kein Gramm zu viel hat.«

»Du hast aber auch ein klein bisschen zu viel auf den Rippen, Pucki«, sagte seine Mutter.

»Find ich überhaupt nicht«, widersprach Anna. »Ich find ihn genau richtig. Und was ich manchmal sage, hat überhaupt nichts zu bedeuten. Du darfst nicht jedes Wort so auf die Goldwaage legen. Was meinst du denn, warum ich immer süße Sachen für dich gekocht habe?«

»Weil du schizophren bist?«

»Nein, weil ich einen Mann möchte, der mir im Sommer Schatten spendet.«

»Des würd auch ein Schirm bestens erledigen«, schaltete sich FX ein.

»Genau«, sagte Julius.

»Blödsinn«, sagte Anna. »Wie viel hast du denn eigentlich schon abgenommen? Und wie viel wiegst du?«

»Fünf Kilo, und das andere ist ein Betriebsgeheimnis.«

»Fünf Kilo *zu viel*!«, sagte Anna.

»Ich laufe dann schon mal vor«, sagte Auggen. »Wer seine Pfunde verlieren will, kann mitkommen.«

»Sportiv, der Herr Gemüsologe«, sagte FX.

»Eile mit Weile«, sagte Julius' Vater.

Mitten auf dem rot beschilderten »Medizinischen Kurweg«, der hoch zur Landskrone führte, saßen Herr Bimmel und Felix, gelangweilt ihre Füße leckend, als warteten sie schon eine ganze Weile. Julius konnte nicht fassen, dass sie hier waren. Die Fellbüschel überraschten ihn doch immer wieder. Sie mussten halt doch viel mehr wissen, als man gemeinhin annahm.

»Die könnten auch gut ein paar Kilo abspecken«, sagte Julius' Mutter. »Sind ja eigentlich schöne Tiere.«

»Das mit dem Abnehmen klappt nicht bei den beiden«, sagte Julius und streichelte seinen Mitbewohnern über die Köpfe.

»Und wieso nicht?«, erkundigte sich seine Mutter.

»Weil mein professoraler Nachbar sie füttert. Hat er mir vor kurzem gestanden. Während bei mir Schmalhans Küchenmeister war, haben sie bei ihm so lange gemaunzt und auf verhungernde Raubtiere gemacht, bis er sie fütterte. Und wenn er es bei der nächsten Diät nicht machen würde, fänden sie jemand anderen.«

Wie Hunde liefen die beiden nun brav neben ihm her, die Schwänzchen gereckt.

»Ich mag deine Katzen, Maestro, sie haben so was Spitzbübisches, könnten fast Österreicher sein.«

Anna hakte sich bei Julius unter. »Wenn du tatsächlich abnehmen willst, dann doch bitte schön auf eine andere Art.«

»Die wäre?«, fragte Julius.

Für die Antwort blieb Anna stehen und deutete Julius an, mit seinem Ohr ganz nah zu kommen.

»Ich habe gelesen, dass ein Schmatzer eine Kalorie verbrennt, eine herzliche Umarmung drei, ein leidenschaftlicher Kuss sogar fünf. Lampenfieber vor dem Schlafzimmer würde dir sechzig Kalorien verbrennen und wollüstiges Liebesspiel, bis der Boden bebt, die Glocken läuten und Funken sprühen, sogar dreihundert. Das hab ich mir so genau gemerkt, weil ich beim Lesen irre Lust auf eine Diät bekommen habe.«

Julius stellte sein rechtes Bein auf einen großen Stein am Wegesrand. »Ich erkläre hiermit feierlich, dass ich meine Joggerkarriere beende.«

»Was?«, fragte seine Mutter entsetzt. »Wo du jetzt doch einen ordentlichen Anfang gemacht hast!«

»Jedem Anfang wohnt ein Ende inne.«

»Jetzt red doch nicht so blöd!«, protestierte seine Mutter. »Aber was hab ich schon zu sagen? Du bist ja jetzt erwachsen, wie du uns gesagt hast, und weißt, was du tust. Dann gehen wir jetzt halt einfach weiter zur Kapelle und tun so, als wäre nichts passiert. Hopp, hopp!«

»Warum haben Sie es denn so eilig?«, fragte Anna.

»Na, gleich ist doch der feierliche Empfang der Ahrweinkönigin im Rathaus.«

»Wieso Empfang?«, fragte Julius. »Die Wahl von dieser falschen Schlange ist doch schon lange her.«

»Doch nicht *die* Wahl, die zur deutschen Weinkönigin! Das ganze Tal ist stolz auf seine Heidrun.«

FX begann zu lachen. »Da siehst's mal wieder: Des Glück ist mit den Hinterfotzigen.«

Julius schmunzelte.

Und er konnte nicht anders, als zustimmend zu nicken.

Rezept

»Römische Weinbrötchen«

(Dieses Rezept hat Julius von seinem Stuttgarter Kollegen Vincent Klink erhalten, der im Restaurant »Wielandshöhe« den Kochlöffel schwingt.)

Einkaufsliste:
500 g Mehl
1 Würfel frische Hefe
1/4 l eingedickter roter Traubensaft
2 EL Olivenöl
1/2 TL Meersalz
2 EL Parmesan oder Pecorino
1 TL Anis
1 TL Kümmel
einige Lorbeerblätter

Zubereitung:
Kümmel, Lorbeerblätter und Anis im Mörser zerstoßen. Mehl, Hefe und angewärmten Traubensaft zu einem Teig rühren. Die übrigen Zutaten beigeben und mindestens eine Stunde gehen lassen. Einmal durcharbeiten und nochmals 30 Minuten gehen lassen. Zu kleinen Brötchen formen und 20 Minuten bei 180 Grad braun backen.

Danksagung

Ein Kriminal-Roman, der wie »In Dubio Pro Vino« an realen Schauplätzen spielt und historische Fakten beinhaltet, bedeutet viel Recherche. Ohne Hilfe wäre diese nicht zu bewerkstelligen gewesen. Deswegen möchte ich den Folgenden ganz herzlich danken:

- Harald Bongart für das Sammlerstück zur Kalkbrennerei
- Karl-Heinz Conradt, dem »Macher« der Burgundia
- Jean-Marie Dumaine für seine »giftigen« Infos und die Einkaufstipps
- Werner Elflein für die brillante Idee mit dem Mageninhalt
- Peter Gebler, dem Superschnüffler, für die Details zum Chateau Margaux
- Reinhard Hauke & Klaus Liewald für das Kochbuch, das den Anstoß zum Krimi gab
- Christian Havenith, dem Gemüse-Retter, für die Hintergrundfakten zu seiner Arbeit (02642/981577, gemuesesorten@aol.com)
- Frauke Kemmerling für die (wahre) Wildschweingeschichte, die wahrscheinlich niemand glaubt
- Vincent Klink fürs Zur-Verfügung-Stellen des tollen Rezeptes
- meiner mit Jagdschein ausgestatteten Mutter für die »säuischen« Infos
- Reiner Petersen, der mich auf die Zippammer brachte
- Andreas Schmickler für all die Infos zur Erzbrennerei und die Führung am Tatort (auch für Gruppen: 02641/79468 schmicklergrafik@freenet.de)
- Hans Stefan Steinheuer, weil er seine Einkaufsquellen preisgegeben hat
- der Straßenmeisterei, die mich den Ort des Geschehens in Augenschein nehmen ließ

- Nicole Velten für die Infos über und die original Fragen von der Weinköniginnenwahl
- Gerd Weigl vom Plachner-Verlag, dem Mann, der einfach alles übers Tal weiß
- Wolfgang Hehle, Alexander und Gerhard Stodden, den Kreuzberg-Brüdern, und Werner Näkel für ihre Rotweine – den Sprit fürs Schreiben
- meiner Frau, meinem Vater und Hagen Range fürs Redigieren
- und vor allem Frederick, der so brav war, dass ich schreiben konnte

Die Fälle von Deutschlands erfolgreichstem Krimikoch im Überblick:
Alle Titel sind auch als eBook erhältlich.

In Vino Veritas
Der erste Fall für Julius Eichendorff
ISBN 978-3-7408-0702-3
Auch als Hörbuch erhältlich,
gelesen von Jürgen von der Lippe
ISBN 973-3-89705-425-7

Nomen Est Omen
Der zweite Fall für Julius Eichendorff
ISBN 978-3-7408-0703-0
Auch als Hörbuch erhältlich,
gelesen von Jürgen von der Lippe
ISBN 973-3-89705-690-9

In Dubio Pro Vino
Der dritte Fall für Julius Eichendorff
ISBN 978-3-7408-0704-7
Auch als Hörbuch erhältlich,
gelesen von Jürgen von der Lippe
ISBN 973-3-89705-547-6

Vinum Mysterium
Der vierte Fall für Julius Eichendorff
ISBN 978-3-7408-0705-4
Auch als Hörbuch erhältlich,
gelesen von Jürgen von der Lippe
ISBN 973-3-89705-458-5